UNE MORT SANS NOM

PATRICIA CORNWELL

Une mort sans nom

TRADUIT DE L'AMÉRICAIN PAR HÉLÈNE NARBONNE

ÉDITIONS DU MASQUE

Titre original :
FROM POTTER'S FIELD

Ce livre est pour le Dr Blanton
(Scarpetta vous appellerait une amie).

Et il dit : « Qu'as-tu fait ? Écoute le sang de ton frère crier vers moi du sol ! »

Genèse, 4 ; 10.

C'ÉTAIT LA NUIT D'AVANT NOËL

Il avançait d'une démarche assurée dans l'épaisse couche de neige qui recouvrait Central Park. Il était tard maintenant, mais il ne savait pas exactement quelle heure.

Les rochers du Ramble étaient noirs sous les étoiles, et parce que lui était différent, il pouvait entendre et distinguer son propre souffle. Temple Gault avait toujours été quelqu'un de magique, un dieu dans une enveloppe humaine. Ainsi, par exemple, lui ne glissait pas dans la neige, alors qu'il était convaincu que quiconque aurait glissé. De plus, il ignorait la peur. Ses yeux protégés par la visière d'une casquette de baseball scrutaient les environs.

À un endroit précis, et il savait exactement où, il s'accroupit en dégageant d'un geste la basque de son long manteau noir. Il déposa dans la neige un vieux sac à dos militaire, étendit devant lui ses mains nues recouvertes de sang et, bien qu'elles fussent froides, ce n'était pas insupportable. Gault n'aimait pas les gants, sauf les gants de latex qui de toute façon n'étaient pas chauds non plus. Il se lava les mains et le visage dans la neige molle, et tassa celle-ci en une boule souillée de sang. Il la déposa à côté du sac à dos, parce qu'il ne pouvait les abandonner ni l'un ni l'autre.

Il eut un fin sourire. Il était comme un chien joyeux qui aurait creusé des trous sur une plage, balayant la couche de neige, faisant disparaître les empreintes de pas, cherchant la sortie de secours. Oui, elle se trouvait bien à l'endroit prévu, et il gratta encore la neige jusqu'à retrouver le bout de papier aluminium qu'il avait coincé entre le battant et le chambranle. Il attrapa l'anneau qui servait de poignée et tira le vantail posé au sol. En dessous s'étendait le ventre du métro, et il entendit le hurlement d'une rame. Il laissa tomber le sac à dos et la boule de neige dans le puits. Ses bottes résonnèrent sur les barreaux de métal de l'échelle lorsqu'il descendit.

1

Cette veille de Noël était froide. La neige sale était traîtresse, et la violence crachotait sur les scanners de la police. Il était assez exceptionnel que l'on me conduise après la tombée de la nuit au milieu des zones en réhabilitation de Richmond. D'habitude, c'était moi qui conduisais. D'habitude, j'étais le pilote solitaire de la fourgonnette bleue de la morgue qui m'emportait vers des scènes de morts violentes et inexplicables. Mais cette nuit, j'étais la passagère d'une Crown Victoria. Par instants, des refrains de Noël filtraient de la radio au milieu des échanges de flics qui se parlaient par codes.

— Le shérif Noël a pris à droite, là, dis-je en pointant dans cette direction. Je me demande s'il ne s'est pas perdu ?

Le capitaine Pete Marino, le commandant du district particulièrement violent que nous traversions, répondit :

— Ouais, ben moi je crois qu'il est défoncé. La prochaine fois qu'on s'arrête, regardez un peu ses yeux.

Sa sortie ne me surprit pas. Le shérif Lamont Brown possédait une Cadillac et portait des bijoux voyants en or massif. Il était adoré de la communauté pour le rôle qu'il tenait ce soir. Ceux d'entre nous qui connaissaient la vérité n'osaient rien dire.

11

Après tout, c'est un sacrilège de prétendre que le Père Noël n'existe pas et, dans ce cas précis, il n'existait vraiment pas.

Le shérif Brown sniffait de la cocaïne et il dérobait probablement la moitié des dons qu'il était censé distribuer aux pauvres chaque année. C'était une véritable ordure, qui s'était débrouillé pour que je sois appelée comme membre d'un jury. Il est vrai que notre animosité était réciproque.

Les essuie-glaces peinaient sur le givre. Les flocons de neige qui tournoyaient et frôlaient la voiture de Marino comme de jeunes danseuses, timides dans leur robe blanche, formaient un essaim lorsque la lumière des phares à vapeur de sodium les balayait, puis devenaient aussi noirs que le glacis qui recouvrait les rues. La plupart des habitants de la ville étaient à la maison, en famille. La lueur des arbres de Noël illuminés et des reflets des feux de cheminées brillait aux fenêtres. À la radio, Karen Carpenter rêvait d'un Noël blanc, et Marino changea de station très grossièrement.

Enfonçant l'allume-cigares, il déclara :

— Je n'ai aucun respect pour une femme qui joue de la batterie.

Comme si mes arguments pouvaient protéger la chanteuse d'autres affronts, je rétorquai :

— Karen Carpenter est morte. Et en plus, elle ne joue pas de batterie sur cet air.

Il tira une cigarette de son paquet :

— Ah ouais. C'est vrai. Elle avait un de ces problèmes avec la bouffe, j'ai oublié comment vous appeliez ça.

Les Alleluias du Chœur du Tabernacle Mormon remplirent la voiture. Je devais m'envoler demain pour Miami pour y rendre visite à ma mère, à ma sœur et à Lucy, ma nièce. Ma mère était hospitalisée depuis plusieurs semaines. Jadis, elle avait autant fumé que Marino. J'ouvris un peu ma fenêtre.

Marino disait :

— Et puis son cœur a lâché. En fait, c'est vraiment ça qui l'a eue.

— Oui, c'est le cas pour tout le monde, répondis-je.

— Pas ici. Dans ce putain de quartier, c'est l'empoisonnement au plomb.

Notre voiture faisait partie d'une véritable procession de flics, journalistes et équipes de télévision, et nous roulions entre deux véhicules de police dont les gyrophares projetaient des éclairs de lumière bleu et rouge. À chaque arrêt, les médias manifestaient leur esprit de Noël en bousculant tout le monde pour se frayer un chemin avec leurs calepins, micros et caméras. Frénétiques, ils se battaient pour récolter les images émouvantes d'un shérif Noël rayonnant de bonheur comme il distribuait des cadeaux ou de la nourriture aux enfants oubliés des quartiers en réhabilitation et à leurs mères traumatisées. Marino et moi étions responsables des couvertures que j'offrais cette année.

Nous nous arrêtâmes dans Magnolia Street, au coin de rue qui donnait dans Whitcomb Court. Les portières des voitures s'ouvrirent. Un peu plus loin devant nous, un éclair rouge vif brilla dans la lumière des phares : le Père Noël, suivi de peu par le chef de la police de Richmond et les autres huiles. Les caméras de télévision s'allumèrent et planèrent au-dessus de nous comme des OVNI. Les canons à flash crépitèrent.

Marino geignit sous sa charge de couvertures :

— Ces trucs sentent mauvais. Où les avez-vous trouvés ? Dans une boutique pour animaux ?

— Elles sont chaudes, lavables et en cas d'incendie ne risquent pas de dégager des gaz toxiques comme du cyanure.

— Seigneur ! Ben si avec ça on ne se sent pas en vacances !

Jetant un regard par la vitre, je me demandai où nous nous trouvions.

— Je n'oserais pas en mettre une dans la niche du chien, poursuivit-il.

— Vous n'avez ni chien ni niche. De surcroît, je ne vous ai pas proposé d'en prendre une pour quelque usage que ce soit. Pourquoi nous sommes-nous arrêtés ici ? Cet appartement ne figure pas sur la liste.

— Bonne question.

Les journalistes ainsi que les gens des différents services sociaux ou de police attendaient devant la porte d'un appartement de cet ensemble qui faisait penser à des baraquements en ciment. Un appartement indiscernable des autres.

Marino et moi nous faufilâmes au milieu des autres personnes présentes. Les projecteurs des caméras flottaient dans l'obscurité, les phares des voitures brillaient et le shérif Noël beuglait : « HO ! HO ! HO ! »

Nous nous frayâmes un chemin à l'intérieur de l'appartement. Le shérif Noël était en train d'asseoir un petit garçon noir sur ses genoux et lui offrait plusieurs jouets enveloppés. Le petit garçon se prénommait Trevi, c'est du moins ce que je crus saisir. Il portait une casquette de base-ball bleue dont la visière était ornée d'une feuille de marijuana. Les yeux écarquillés, il semblait sidéré de se trouver sur les genoux recouverts de velours rouge de cet homme, à côté d'un sapin de Noël argenté tendu de guirlandes lumineuses. La petite pièce sans air était surchauffée et sentait la vieille graisse.

Un cameraman me poussa du coude pour avancer :

— Il faut que je passe, M'dame.

— Vous pouvez poser ça ici.

— Qui a le reste des jouets ?

— Écoutez, M'dame, fit le cameraman en me renversant presque, il va falloir que vous reculiez un peu.

Je sentais la moutarde me monter au nez.

— On a besoin d'une autre boîte...

14

— Non, ça va. Par là.

— ... de bouffe ? Oh, bien. Je vois.

— Si vous appartenez aux services sociaux, pourquoi ne pas vous pousser dans le coin là-bas ? me dit le cameraman.

Marino lui jeta un regard furieux :

— Si vous aviez ne serait-ce qu'une moitié de cervelle, vous sauriez qu'elle est pas des services sociaux.

Une vieille femme assise sur le canapé et vêtue d'une robe informe s'était mise à pleurer. Un commandant en chemise blanche à épaulettes s'assit à côté d'elle pour la consoler. Marino se rapprocha afin de me murmurer à l'oreille :

— Sa fille a été battue à mort le mois dernier. Elle s'appelait King. Vous vous souvenez ?

Je secouai la tête. Je ne m'en souvenais pas. Il y avait tant d'affaires.

— On pense que la vermine qui a fait le coup est un enfoiré de dealer qui s'appelle Jones, insista-t-il, tentant de me rafraîchir la mémoire.

Je secouai de nouveau la tête. Il y avait tant d'enfoirés de dealers, et Jones est un nom très répandu.

Le cameraman filmait, et je détournai le visage lorsque le regard à la fois méprisant et vitreux du shérif croisa le mien. Le cameraman me bouscula à nouveau.

— À votre place, je ne referais plus ça, déclarai-je d'un ton qui lui fit comprendre que je ne plaisantais pas.

La presse n'avait plus d'yeux que pour la grand-mère, parce que c'était le clou de cette soirée. Quelqu'un avait été assassiné, la mère de la victime pleurait et Trevi était orphelin. Le shérif Noël, que les feux de la rampe abandonnaient, reposa le petit garçon par terre.

— Capitaine Marino, je vais prendre l'une de ces couvertures, dit une assistante sociale.

Il lui tendit la pile :

— Je ne sais pas ce qu'on fout dans cette tôle. J'aimerais bien que quelqu'un me le dise.

L'assistante sociale se saisit d'une des couvertures et rendit le reste de la pile à Marino :

— Il n'y a qu'un enfant dans cette maison et nous n'avons pas besoin de toutes ces couvertures, dit-elle comme s'il avait désobéi aux instructions.

Marino grogna :

— Il devrait y avoir quatre gosses ici. Je vous dis que cette tôle est pas sur la liste.

Un journaliste s'approcha de moi :

— Excusez-moi, Dr Scarpetta, n'est-ce pas ? Et qu'est-ce qui vous amène ici, ce soir, docteur ? Vous attendez que quelqu'un meure ?

Il travaillait pour le journal local, lequel n'avait jamais été particulièrement tendre à mon égard. Je prétendis ne pas l'avoir entendu.

Le shérif Noël disparut dans la cuisine, ce qui me parut étrange puisqu'il n'habitait pas dans cet appartement et qu'il n'avait demandé la permission à personne. Mais la grand-mère assise sur le canapé n'avait pas la tête à suivre ses allées et venues ou même à s'en inquiéter.

Je m'agenouillai par terre à côté de Trevi, perdu dans la contemplation émerveillée de ses nouveaux jouets

— C'est un drôlement beau camion de pompiers que tu as là, dis-je.

— Il s'allume.

Il me montra la lumière rouge qui clignotait par intermittence, sur le toit du modèle réduit, lorsqu'on tournait un interrupteur.

Marino s'installa à nos côtés.

— Est-ce qu'ils t'ont apporté des piles de rechange pour ce truc ?

Il tentait de prendre un ton bourru mais ne parvenait pas à dissimuler la tendresse de sa voix. Il poursuivit :

— Parce qu'il faut acheter la bonne taille de piles. Tu vois ce petit compartiment, ici ? C'est là-dedans qu'il faut les mettre. C'est la taille C...

Le premier coup de feu résonna depuis la cuisine comme la déflagration d'un pot d'échappement. Le regard de Marino se figea et il tira d'un geste sec son pistolet de son holster. Trevi se roula en boule sur le sol comme un mille-pattes. Je me plaquai contre le petit garçon ; les coups de feu se succédèrent en rafale jusqu'à ce que le chargeur d'un semi-automatique fût vide, quelque part du côté de la porte de derrière.

— *Couchez-vous !* COUCHEZ-VOUS !

— Oh, mon Dieu !

— Seigneur !

Les caméras, les micros s'écrasèrent par terre avec fracas. Les gens hurlaient, se bousculaient pour atteindre la porte, s'aplatissaient contre le sol.

— TOUT LE MONDE À TERRE !

Marino se dirigea vers la cuisine en position de combat, son 9 mm au poing. Les coups de feu s'interrompirent et tout dans la pièce se figea.

J'entourai Trevi de mes bras. Mon cœur battait la chamade. Des tremblements me secouèrent. La grand-mère était restée sur le canapé, penchée en avant, le torse plié sur ses genoux, ses bras protégeant sa tête comme si elle se trouvait dans un avion qui allait s'écraser. Je m'assis à côté d'elle, le petit garçon serré contre moi. Tous ses membres s'étaient raidis, et sa grand-mère sanglotait de terreur.

— Oh, Seigneur, je vous en prie, non, Seigneur, gémissait-elle en se balançant.

— Tout va bien, assurai-je fermement.

— Il faut que ça s'arrête ! Je ne peux plus supporter ça. *Doux Jésus !*

Je pris sa main dans les miennes :

— Tout va aller. Écoutez-moi. Tout est calme, maintenant. C'est fini.

Elle continua à se balancer d'avant en arrière en pleurant, Trevi suspendu à son cou.

Marino, le visage tendu et le regard fixe, réapparut dans l'encadrement de la porte qui séparait le salon de la cuisine. Il me fit signe :

— Doc.

Je le suivis dans une arrière-cour misérable où les fils à sécher le linge pendaient lamentablement de leurs portants. Les flocons de neige tourbillonnaient autour d'une forme affaissée sur l'herbe gelée. La victime, un jeune homme noir, reposait sur le dos, et ses yeux à peine entrouverts fixaient aveuglément le ciel laiteux. Son gilet de duvet bleu était percé de petites déchirures. Une balle avait pénétré par sa joue droite, et lorsque je lui comprimai la poitrine et soufflai dans sa bouche, son sang me couvrit les mains et le visage, et se refroidit instantanément. Je ne pouvais rien pour lui. Des sirènes hurlèrent et déchirèrent la nuit comme une horde d'esprits en furie protestant contre cette nouvelle mort.

Je me redressai pour m'asseoir, respirant avec peine. Marino m'aida à me relever. Des silhouettes entrèrent dans mon champ de vision et je me retournai pour découvrir que trois officiers de police entraînaient le shérif Noël, menottes aux poignets. Il avait perdu son bonnet de Père Noël, que je découvris traînant par terre non loin de moi. Des douilles brillaient sous la lumière de la torche de Marino.

Sous le choc, je m'exclamai :

— Bon sang, qu'est-ce qui s'est passé ?

— On dirait que ce bon vieux saint Nicolas a fait chier ce bon vieux saint Crack, et qu'ils ont eu une petite explication dans la cour.

Très agité et à bout de souffle, Marino poursuivit :

— C'est pour ça que la procession a été déroutée jusqu'à cet appartement. C'était sur la liste de personne, sauf celle du shérif.

J'étais complètement engourdie. J'eus un goût de sang dans la bouche, et pensai au sida.

18

Le chef de la police apparut et demanda des explications.

— Il semble que le shérif pensait livrer dans le coin plus que des cadeaux de Noël, dit Marino.

— De la drogue ?

— C'est ce qu'on en conclut.

— Je me suis demandé pourquoi nous nous arrêtions ici. Cette adresse n'est pas sur la liste.

Marino répondit sans détourner du corps son regard dépourvu d'expression :

— Ben, voilà pourquoi.

— On sait qui c'est ?

— Anthony Jones, de la bande renommée des frères Jones. Dix-sept ans, et il a déjà fait plus de taule que le docteur ici n'a été à l'opéra. Son frère aîné s'est fait descendre l'an dernier. Ça s'est passé à Fairfield Court, dans Phaup Street. On pense que c'est ce même Anthony qui a buté la mère de Trevi le mois dernier. Mais vous savez comment ça se passe dans le coin. Personne n'a rien vu. On n'avait rien. Peut-être que maintenant, on peut éclaircir l'affaire.

L'expression du chef de la police ne changea pas lorsqu'il s'enquit :

— Trevi ? Vous voulez dire le petit garçon qui est à l'intérieur ?

— Ouais. Anthony est probablement le père du gosse. Ou plutôt était.

— Et l'arme ?

— Dans quelle affaire ?

— Celle-ci.

— Un Smith et Wesson calibre 38. Les cinq balles ont été tirées. Jones n'avait pas encore retiré les douilles et on a retrouvé un chargeur plein dans l'herbe.

Magnifique dans son uniforme de cérémonie, la neige poudrant sa casquette, le chef poursuivit :

— Il a tiré à cinq reprises et il l'a manqué.

— Difficile à dire. Le shérif Brown porte un gilet pare-balles.

19

— Il porte un gilet pare-balles sous son déguisement de Père Noël.

Le chef répétait les phrases de Marino comme s'il prenait des notes.

— Ouais.

Marino examina un des portants du sèche-linge qui penchait, le pinceau lumineux de sa torche léchant le métal rouillé. De son pouce ganté, il gratta l'entaille faite par une balle.

— Tiens, on a un Noir et un Portos descendus, ce soir !

Le chef demeura silencieux un moment puis lâcha :

— Ma femme est portugaise, capitaine.

Marino eut l'air complètement dérouté ; quant à moi, je serais bien rentrée sous terre.

— Vous n'avez pas un nom portugais, dit Marino.

— Ma femme a pris mon nom, et je ne suis pas portugais, dit le chef, qui était noir. Je vous suggère d'éviter les plaisanteries ethniques ou raciales, capitaine, poursuivit-il sur un ton menaçant, les muscles de ses maxillaires saillant.

L'ambulance arriva. Je me mis à frissonner.

Marino tenta d'expliquer :

— Écoutez, je ne voulais pas...

Le chef de la police l'interrompit brusquement :

— Je crois que vous êtes le candidat idéal pour des cours de formation à la diversité culturelle.

— J'y suis déjà allé.

— Vous y êtes déjà allé, *monsieur*, et vous y retournerez, *capitaine*.

— Mais ça fait trois fois que j'y vais ! Ça sert à rien de m'y renvoyer.

Marino aurait préféré aller chez le proctologue plutôt que de retourner à un cours de formation à la diversité culturelle.

Des portes claquèrent, et une civière cliqueta.

Décidée à empêcher Marino de s'enfoncer encore davantage, j'intervins :

— Marino, je ne suis plus d'aucune utilité ici, et il faut que j'aille au bureau.

— Quoi ? Vous l'autopsiez cette nuit ? demanda-t-il, démonté.

Je répondis d'un ton sérieux :

— Au vu des circonstances, je crois que c'est une bonne idée. De plus, je prends l'avion demain.

Le chef Tucker, un homme encore bien jeune pour occuper un poste si élevé, s'enquit :

— Vous allez passer Noël en famille ?

— Oui.

— C'est agréable, dit-il sans un sourire. Suivez-moi, Dr Scarpetta. Je vous déposerai à la morgue.

Marino me jeta un regard en allumant une cigarette :

— Je passerai vous voir aussitôt que j'en aurai fini ici.

2

Paul Tucker avait été nommé à la tête de la police de Richmond six mois plus tôt, mais je ne l'avais brièvement croisé qu'à une occasion, lors d'une réception. Ce soir, pour la première fois, nous nous rencontrions sur les lieux d'un crime, et j'aurais à peine pu remplir une carte de visite avec ce que je savais de lui.

Il avait été une des stars de l'équipe de basket de l'université du Maryland, et avait décroché une bourse d'études Rhodes. Il avait une forme d'athlète, était doté d'une intelligence exceptionnelle, et il avait obtenu son diplôme de l'Académie nationale du FBI. À priori, je pensais l'apprécier, mais je n'en étais pas certaine.

Alors que nous grillions un feu orange dans East Broad Street, je dis :

— Marino ne pense pas à mal, vous savez.

Je sentis le regard sombre de Tucker se poser sur moi, et je perçus sa curiosité.

— Le monde est rempli de gens qui ne pensent pas à mal, mais qui en font quand même beaucoup, dit-il d'une voix profonde et chaude qui me fit penser à du bronze ou à un bois poli.

— Je ne peux pas vous contredire là-dessus, colonel Tucker.

— Appelez-moi Paul.

Je ne lui offris pas de m'appeler Kay, parce que mes années d'expérience en tant que femme dans un monde tel que celui-là m'avaient beaucoup appris.

— Cela ne servira à rien de le renvoyer suivre un cours de diversité culturelle, poursuivis-je.

— Marino doit apprendre la discipline et le respect.

Il regardait fixement droit devant lui.

— Marino fait preuve des deux, mais à sa manière.

— Il doit en faire preuve de la façon qui convient.

— Vous ne le changerez pas, colonel. Il est difficile, exaspérant, mal élevé, et c'est le meilleur enquêteur avec lequel j'ai jamais travaillé.

Tucker demeura silencieux jusqu'à ce que nous ayons dépassé la faculté de médecine de Virginie, et tourna à droite dans Fourteenth Street.

— Dites-moi, Dr Scarpetta, pensez-vous que votre ami Marino soit un bon commandant de poste d'arrondissement ?

La question me prit de court. J'avais été surprise de la nomination de Marino au grade de lieutenant, et complètement sidérée lorsqu'il était passé capitaine. Il avait toujours détesté les gradés. Puis, il était devenu ce qu'il détestait, mais tout en les détestant toujours comme s'il n'était pas des leurs.

— Je pense que Marino est un excellent officier

de police. Il est d'une honnêteté irréprochable et il a bon cœur.

D'une voix teintée d'amusement, Tucker reprit :

— Avez-vous l'intention de répondre à ma question ou pas ?

— Marino n'est pas un politique.

— Cela, c'est évident.

L'horloge de la tour de Main Street Station, qui surplombait la vieille gare au dôme de tuiles en terre cuite et l'entrelacs de ses voies ferrées, nous donna l'heure de toute sa hauteur. Nous nous garâmes derrière le bâtiment de Consolidated Laboratory, sur une place réservée au *Médecin Expert Général*, un simple carré de bitume peu impressionnant où ma voiture passait le plus clair de son temps.

— Il consacre trop de temps au FBI, dit alors Tucker.

— Mais il rend d'immenses services.

— Oui, oui, je sais cela. Vous aussi, d'ailleurs. Cependant, dans son cas, cela pose un sérieux problème. Il est censé commander le poste de police du premier arrondissement, pas travailler sur des crimes d'autres juridictions, et moi, j'essaye de diriger tout un service de police.

— La violence est l'affaire de tout le monde, où qu'elle se manifeste, et peu importe quels sont votre circonscription et votre service d'origine.

Tucker fixait d'un air songeur la porte métallique fermée de la baie de débarquement.

— Décidément, dit-il enfin, je serais incapable de faire ce que vous faites à cette heure de la nuit, tout seul à l'exception des gens qui se trouvent dans les réfrigérateurs.

Je déclarai d'un ton neutre :

— Ce ne sont pas ces gens-là que je redoute.

— Aussi irrationnel que cela puisse sembler, je crois que j'aurais très peur d'eux.

Les phares de la voiture semblaient percer le plâtre défraîchi et l'acier peint du même beige insipide. Une

pancarte rouge, apposée sur l'une des portes laté-
rales, avertissait les visiteurs que tout ce qui se trouvait à l'intérieur de ces murs devait être considéré
comme pouvant présenter un risque biologique, et
donnait des instructions sur la manière de manipuler
les cadavres.

Tucker lâcha :

— Il faut que je vous demande une chose.

La laine de son uniforme crissa contre le tissu du
siège de la voiture lorsqu'il changea de position pour
se pencher vers moi. Je sentis son eau de Cologne
Hermès. Il était beau, avec les pommettes hautes et
de belles dents blanches et larges. Son corps était
puissant et sa peau sombre évoquait les taches ou les
rayures d'un léopard ou d'un tigre.

— Pourquoi faites-vous cela ?

— Pourquoi fais-je quoi, colonel ?

Il se radossa au siège. Des taches lumineuses dan-
saient sur le scanner :

— Écoutez, vous êtes juriste. Vous êtes médecin.
Vous êtes un chef, j'en suis un autre. C'est pour cela
que je pose la question. N'y voyez aucun manque de
respect.

Je voyais bien qu'il disait vrai.

— Je ne sais pas, avouai-je.

Il demeura silencieux un moment. Puis il reprit
la parole :

— Mon père était jardinier et ma mère faisait des
ménages chez les gens riches de Baltimore. (Il se tut
quelques instants.) Maintenant, lorsque je retourne
à Baltimore, je descends dans les grands hôtels et je
prends mes repas dans les restaurants du port. On
me salue. Parfois, le courrier que je reçois est adressé
à *L'honorable colonel Tucker*. Je possède une maison
à Windsor Farms. Dans votre ville en proie à la
violence, j'ai sous mes ordres plus de six cents hommes armés. Je sais pourquoi je fais ce que je fais,
Dr Scarpetta. Je le fais parce que lorsque j'étais petit
garçon, je n'avais aucun pouvoir. Je vivais avec des

24

gens qui n'avaient aucun pouvoir, et j'ai appris que tout le mal dont on parlait à l'église prenait sa source dans l'abus de cette unique chose qui me manquait.

La neige continuait de tomber sans varier de rythme ou de chorégraphie, et je contemplais les flocons qui recouvraient lentement le capot de la voiture.

— Colonel Tucker, nous sommes à la veille de Noël, et le shérif Noël a probablement abattu quelqu'un dans Withcomb Court. Les médias doivent devenir fous. Que conseillez-vous que nous fassions ?

— Je vais passer la nuit au quartier général. Je vais demander à une patrouille de surveiller la morgue. Souhaitez-vous une escorte pour rentrer chez vous ?

— Je pense que Marino me raccompagnera en voiture. Je vous appellerai si je juge qu'une escorte supplémentaire est utile. Il vaudrait mieux que vous sachiez que cette affaire déjà délicate sera davantage compliquée par le fait que le shérif Brown me déteste, et que je vais être citée comme expert lors de son procès.

— Si seulement nous avions tous cette chance.

— En l'occurrence, je n'ai pas l'impression qu'il s'agisse d'une chance.

Il soupira :

— C'est vrai. Vous n'avez aucune raison d'éprouver une telle impression, parce que la chance n'a rien à voir dans tout ceci.

L'ambulance pénétra sur le parking, gyrophares et sirènes éteints, parce qu'il n'est pas besoin de se dépêcher lorsqu'on transporte les morts.

— Voici mon affaire, annonçai-je en descendant de la voiture de Tucker.

— Joyeux Noël, Dr Scarpetta.

Je pénétrai dans le bâtiment par une porte latérale, puis enfonçai le bouton situé sur le mur. Le battant métallique de la baie couina en s'ouvrant lentement et l'ambulance s'engouffra à l'intérieur. Les ambulanciers ouvrirent le hayon arrière sans ménagement. Ils déplièrent les roues de la civière, poussèrent le corps le long de la rampe d'accès, pendant que j'ouvrais la porte de l'institut médico-légal.

Les barres de néon fluorescentes, les blocs de ciment pâle des murs et du sol donnaient un air aseptisé à ce couloir, un air bien trompeur. Rien n'était stérile ici. Rien n'était même propre, selon les critères médicaux habituels.

L'un des ambulanciers me demanda :

— On vous le met dans le frigo ?

— Non. Vous pouvez le rouler jusqu'à la salle des rayons X.

Je déverrouillai d'autres portes. La civière me suivait en cliquetant, laissant dans son sillage des gouttes de sang sur le carrelage.

Un autre ambulancier, qui semblait d'origine latino-américaine, s'enquit :

— Vous travaillez en solo, ce soir ?

— J'en ai bien peur.

Je dépliai un tablier en plastique et le passai autour de mon cou en songeant que j'aimerais bien que Marino arrive rapidement. Je tirai une blouse de chirurgie verte du vestiaire puis passai des protège-chaussures et enfilai deux paires de gants.

Un des ambulanciers me demanda :

— Vous voulez qu'on vous aide à le mettre sur la table ?

— Ce serait génial.

— Eh, les mecs, on va le poser sur la table pour le Doc.

— D'accord.

— Mince, cette enveloppe-là aussi fuit. Il faut vraiment qu'on en récupère des neuves.

— Dans quel sens vous voulez la tête ?

— La tête de ce côté.

— On le met sur le dos ?

— Oui, merci.

— OK. Un, deux, trois, on y va !

Nous soulevâmes Anthony Jones de son chariot pour le déposer sur la table d'autopsie, et l'un des ambulanciers entreprit de descendre la fermeture Éclair de l'enveloppe dans laquelle se trouvait le corps.

— Non, laissez-le dedans, dis-je. Je vais le passer aux rayons comme cela.

— Ça prendra combien de temps ?

— Pas très longtemps.

— Vous aurez encore besoin d'aide pour le déplacer après.

— J'accepte volontiers toute l'aide qu'on voudra bien me donner.

— Alors, on va rester encore un petit moment. Vous aviez vraiment l'intention de faire tout ça seule ?

— J'attends quelqu'un.

Un peu plus tard, nous transportâmes le corps jusqu'à la salle d'autopsie, et je le déshabillai sur la première table en métal. Les ambulanciers repartirent, laissant la morgue à ses bruits habituels d'eau coulant dans des éviers, d'instruments de chirurgie en acier résonnant contre l'acier. Je fixai les radiographies de la victime sur les panneaux lumineux, et les ombres et contours de ses organes et de ses os me dévoilèrent leur âme. Les balles et la multitude de leurs éclats étaient autant de tempêtes de neige mortelles pour son foie, ses poumons, son cœur et son cerveau. Une vieille balle était demeurée dans la fesse gauche de Jones et je détectai la cicatrice d'une ancienne fracture de l'humérus droit. Mr Jones, comme tant de mes patients, était mort comme il avait vécu.

J'étais en train de procéder à une incision en « Y » lorsque la sonnette de la baie de déchargement retentit. Je ne m'interrompis pas. Le garde s'occuperait de la personne qui avait sonné. Quelques minutes plus

tard, j'entendis un pas lourd résonner dans le couloir, et Marino pénétra dans la pièce.

— J'aurais pu arriver plus tôt mais tous les voisins
sont sortis pour assister au spectacle.

— Les voisins ?

Je le fixai d'un air interrogateur, le scalpel suspendu au milieu d'un geste.

— Les voisins de cette vermine. On a cru à un
moment que ça allait tourner en putain d'émeute. La
nouvelle s'est répandue qu'il avait été descendu par
un flic, puis que c'était le shérif Noël qui l'avait buté,
et d'un seul coup, y'avait des gens qui sortaient de la
moindre crevasse du trottoir.

Marino, toujours revêtu de son uniforme de cérémonie, retira son manteau et l'étala sur une chaise.

— Ils étaient tous dans la rue, avec leurs maxi-
bouteilles de Pepsi, souriant aux caméras. Incroyable, un putain de spectacle !

Il tira un paquet de Marlboro de la poche de poitrine de sa chemise.

— Je croyais que vous étiez devenu raisonnable
avec les cigarettes, dis-je.

— Absolument. Je suis de plus en plus raisonnable.

— Marino, il n'y a vraiment pas de quoi plaisanter.

Je songeai à ma mère, et à sa trachéotomie. Même
l'emphysème n'avait pu la guérir de fumer, jusqu'à
ce qu'elle fasse un arrêt respiratoire.

Marino s'approcha de la table d'autopsie :

— Bon, je vais vous dire la vraie vérité, Doc. J'ai
baissé d'un demi-paquet par jour.

Je coupai les côtes et retirai le sternum.

— Molly veut pas que je fume chez elle ou dans
sa voiture.

Molly était la femme avec laquelle Marino sortait
depuis Thanksgiving.

— C'est très bien. Et comment ça va entre vous ?

— Vachement bien.

— Vous passez Noël ensemble ?

28

— Oh, oui. On va dans sa famille à Urbana. Ils font une grosse dinde, tout le tintouin.

Il fit tomber une cendre par terre et resta silencieux.

— Cela risque de prendre un peu de temps, dis-je. Les balles se sont fragmentées, comme vous pouvez le voir sur les radiographies.

Le regard de Marino parcourut le clair-obscur morbide étalé sur les plaques lumineuses qui faisaient le tour de la pièce.

— Qu'utilisait-il comme projectiles ? demandai-je. Des Hydra-Shok ?

— Oh, de nos jours, tous les flics du coin utilisent des Hydra-Shok. Je suppose que vous comprenez pour quelle raison. Ça fait son effet.

— La surface de ses reins est finement granuleuse. Pourtant, il est jeune.

Marino regarda avec curiosité :

— Qu'est-ce que ça veut dire ?

— C'est probablement un signe d'hypertension.

Il demeura coi, se demandant peut-être si, comme je le soupçonnais, ses reins à lui avaient le même aspect.

— Cela me rendrait bien service si vous preniez des notes, dis-je.

— Pas de problème, si vous épelez bien tout.

Il s'approcha d'une paillasse, saisit un bloc et un stylo. Il enfila ensuite une paire de gants. Je venais à peine de commencer à lui dicter les poids et mesures que j'avais relevés lorsque son *pager* retentit.

Le décrochant de sa ceinture, il l'approcha de son visage pour lire le message qui s'affichait sur l'écran. Son air s'assombrit.

Marino se dirigea vers le téléphone situé à l'autre bout de la salle d'autopsie et composa un numéro. Il parlait en me tournant le dos et, en raison du bruit que je faisais, je ne saisis que quelques mots par-ci par-là. Toutefois, quel que fût l'objet de sa conversation, il était évident qu'il s'agissait de mauvaises nouvelles.

Lorsqu'il raccrocha, j'étais en train de retirer des fragments de plomb du cerveau et je gribouillais mes notes au dos d'un paquet de gants vide et souillé de sang.

Pensant que l'appel avait un rapport avec notre affaire de ce soir, laquelle était suffisamment mauvaise, je m'enquis :

— Que se passe-t-il ?

Marino transpirait, et son visage avait pris une couleur rouge sombre :

— Benton vient de m'envoyer un 911 sur mon *pager*.

— Il vous a envoyé quoi ?

— C'est le code dont nous étions convenus si Gault frappait encore.

— Oh, mon Dieu, fut tout ce que je fus capable d'articuler.

— J'ai dit à Benton que c'était pas la peine qu'il vous appelle, vu que je suis avec vous pour vous donner les nouvelles.

Je posai mes mains à plat sur le rebord de la table et demandai d'une voix tendue :

— Où cela ?

— Ils ont trouvé un corps à Central Park. Une femme, blanche, la trentaine environ. On dirait que Gault a décidé de fêter Noël à New York.

J'avais redouté ce jour. J'avais espéré et prié pour que le silence de Gault dure toujours, souhaitant qu'il fût malade ou mort dans quelque village isolé où nul ne connaîtrait son nom.

— Le Bureau nous envoie un hélicoptère, poursuivit Marino. Il faut qu'on parte d'ici dès que vous aurez fini ce cas, Doc. Putain de fils de pute !

Il arpenta la pièce, furieux, le regard brillant de colère, et lâcha :

— C'est délibéré. Il a choisi délibérément de tuer à cette période précise.

Tentant de rester calme et de travailler le plus rapidement possible, je conseillai :

— Appelez donc Molly.

— Et bien sûr, il fallait que j'aie ce truc sur le dos, dit-il en désignant son uniforme de cérémonie.

— Vous n'avez pas de quoi vous changer ?

— Il faut que je passe en vitesse chez moi. Je dois laisser mon flingue. Qu'est-ce que vous allez faire, vous ?

— J'ai toujours de quoi me changer ici. Puisque vous sortez, cela vous ennuierait-il d'appeler chez ma sœur à Miami ? Lucy devrait y être également. Il était prévu qu'elle descende hier. Expliquez-lui ce qui se passe et dites-lui que je ne pourrai pas venir, du moins pas aussi tôt que prévu.

Je lui dictai le numéro de téléphone de ma sœur, et il sortit.

Il était presque minuit lorsque Marino revint. La neige avait cessé de tomber. Anthony Jones avait été placé dans son réfrigérateur ; la moindre de ses blessures, récente ou ancienne, était détaillée dans mes notes au cas où la cour souhaiterait mon témoignage.

Nous nous rendîmes jusqu'au terminal d'Aero Services International, et restâmes derrière les vitres épaisses, contemplant la descente turbulente du Belljet Ranger de Benton Wesley. L'hélicoptère se posa avec précision sur une petite plate-forme en bois et un camion de fuel sortit de l'obscurité profonde pour se couler vers lui. Les nuages glissaient comme des voiles sur la face pleine de la lune.

Je vis Wesley sortir de l'appareil et se précipiter vers l'avant pour éviter les pales. Je détectai de la colère dans son allure et de l'impatience dans sa démarche. Il était grand et se tenait très droit. Le pouvoir tranquille de son maintien effrayait les gens.

Lorsqu'il arriva à notre hauteur, il annonça :

— Il faut une dizaine de minutes pour refaire le plein. Il y a du café ?

— C'est une bonne idée. On vous en rapporte un, Marino ?

— Non.

Nous abandonnâmes Marino et nous dirigeâmes vers le petit bar coincé entre les toilettes.

— Je suis vraiment désolé, dit Wesley avec douceur.

— Nous n'avons pas le choix.

— Il le sait aussi. Il n'a pas choisi ce moment par accident. (Il remplit deux gobelets en plastique.) Le café a l'air drôlement fort.

— Plus il sera fort, meilleur ce sera. Vous avez l'air épuisé.

— J'ai toujours l'air épuisé.

— Vos enfants sont à la maison pour Noël ?

— Oui. Tout le monde est là... Excepté moi, bien sûr.

Son regard se perdit ailleurs durant quelques instants, puis il poursuivit :

— Ses jeux s'aggravent.

— S'il s'agit vraiment de Gault, je suis d'accord avec vous.

— Je sais que c'est lui.

Son calme parfait démentait sa fureur. Wesley haïssait Temple Brooks Gault. Le génie malfaisant de Gault le troublait et l'exaspérait.

Le café n'était pas très chaud, aussi le bûmes-nous rapidement. Rien dans l'attitude de Wesley ne pouvait trahir les liens intimes qui nous unissaient, si ce n'est son regard, que j'avais appris à lire. Wesley n'avait pas besoin de mots, et je savais maintenant très bien écouter son silence.

— Venez, dit-il en me prenant le coude.

Nous rattrapâmes Marino qui se dirigeait vers la porte, nos sacs à la main.

Notre pilote faisait partie de la brigade de sauvetage des otages du FBI, l'HRT. Revêtu d'un uniforme de vol noir, il surveillait tout ce qui se passait autour de lui. Il nous regarda pour nous montrer qu'il avait conscience de notre existence, mais sans nous faire ni signe de la main, ni sourire, ni même prononcer un mot lorsqu'il ouvrit les portes de l'hélicoptère. Nous baissâmes la tête pour passer sous les pales et je sus que j'associerais toujours leur bruit ou le mouvement d'air qu'elles produisaient avec le meurtre. Il semblait qu'à chaque fois que Gault frappait, le FBI arrivait pour m'emporter dans le ciel dans un maelström d'air battu par des pales de métal miroitant. Nous l'avions pris en chasse depuis plusieurs années déjà, et dresser un inventaire complet des dégâts dont il était responsable était une tâche impossible. Nous ignorions combien de personnes il avait sauvagement tuées, mais nous savions qu'il y en avait au moins cinq, dont une femme enceinte qui avait été mon employée et un jeune garçon de treize ans qui s'appelait Eddie Heath. Nous ignorions également combien de vies il avait empoisonnées avec ses machinations, mais la mienne était sûrement l'une d'entre elles.

Wesley était assis derrière moi. Il avait coiffé ses écouteurs et le dossier de mon siège était trop haut pour que je l'aperçoive en me retournant. Les lumières de l'habitacle s'éteignirent et l'hélicoptère s'éleva doucement. Volant de côté, il pointa vers le nord-est. Des nuages galopaient dans le ciel et des plans d'eau brillaient comme des miroirs dans la nuit hivernale.

La voix de Marino résonna brusquement dans mes écouteurs :

— Dans quel état elle est ?

— Elle est gelée, répondit Wesley.

— Ce qui veut dire qu'elle pourrait être restée dehors plusieurs jours sans avoir commencé à se décomposer, pas vrai, Doc ?

— Si elle était restée dehors plusieurs jours, on peut supposer que quelqu'un l'aurait trouvée avant, dis-je.

— Nous pensons qu'elle a été tuée la nuit dernière. Son corps a été « arrangé ». Elle a été appuyée contre...

— Ouais, il aime ça, le cochon, c'est vraiment son truc.

— Il les assoit ou bien il tue ses victimes alors qu'elles sont assises. Cela a toujours été le cas jusqu'ici, poursuivit Wesley.

— Enfin, du moins, dans tous les cas dont nous avons eu connaissance, leur rappelai-je.

— Oui, pour toutes les victimes que nous connaissons.

— C'est cela. Assises dans des voitures, sur une chaise, appuyée contre une benne à ordures.

— Et le gamin à Londres ?

— En effet, il n'était pas assis.

— Il semble qu'on l'ait juste balancé non loin des rails de chemin de fer.

— Nous ne savons pas qui est l'auteur de ce meurtre. Je doute que ce soit Gault, dit Wesley avec conviction.

— Pour quelles raisons pensez-vous que Gault aime tant que ses victimes soient en position assise ? demandai-je.

— C'est sa façon de nous faire un bras d'honneur, répondit Marino.

— Mépris, raillerie, c'est sa signature. Mais je crois que cela doit également avoir une signification plus profonde, précisa Wesley.

Je partageais son sentiment. Toutes les victimes de Gault avaient été retrouvées dans une posture identique : assises, la tête inclinée vers l'avant, les mains posées sur les genoux, ou pendantes le long du corps comme s'il s'agissait de poupées, à l'exception d'Helen, une gardienne de prison. Bien que son corps, revêtu de son uniforme, ait été adossé à une chaise, il lui manquait la tête.

— De toute évidence, cette façon de positionner... commençai-je, mais les micros à activation vocale n'étaient jamais en parfaite synchronisation avec le rythme de nos conversations, et parler constituait un effort.

— Ce connard veut nous foutre le nez dedans.

— Je ne crois pas que ce soit la seule...

— En fait, il *veut* que nous sachions qu'il est à New York...

— Marino, laissez-moi finir ma phrase. Benton ? Quel est le symbolisme ?

— Il pourrait arranger les corps de ses victimes de différentes façons. Mais jusqu'ici, il a toujours choisi la même position. Il les assied le buste bien droit. Cela fait partie de son fantasme.

— Quel fantasme ?

— Si je le savais, Pete, peut-être ce voyage serait-il inutile.

Un peu plus tard, la voix de notre pilote se fit entendre :

— La FAA vient d'émettre un SIGMET.

— C'est quoi, ce bordel ? demanda Marino

— Un avis d'alerte de turbulences. Il y a du vent à New York. Vingt-cinq nœuds soufflant en rafales avec des pointes à trente-sept nœuds.

— Et alors, on ne peut pas atterrir ?

Marino, qui détestait voler, semblait un peu paniqué.

— On va voler bas. Les vents soufflent beaucoup plus en altitude.

— Qu'est-ce que vous voulez dire par *bas* ? Vous n'avez jamais vu comme les immeubles sont *hauts* à New York ?

Je passai le bras entre mon siège et la porte et tapotai le genou de Marino. Nous étions à quarante milles nautiques de Manhattan et je pouvais à peine distinguer la lumière clignotante qui signalait le haut de l'Empire State Building. La lune avait l'air enflée, des avions partaient et arrivaient à La Guardia comme des étoiles flottantes et de la fumée montait en panache des cheminées d'usines. Je contemplai, par la paroi de la bulle, les douze voies de l'autoroute du New Jersey qui s'étalaient sous mes pieds, et partout étincelaient des lumières qui ressemblaient à des joyaux, un peu comme si la ville et ses ponts avaient été travaillés par Fabergé.

Nous volâmes derrière le dos de la statue de la Liberté et dépassâmes Ellis Island, où le premier contact de mes grands-parents avec l'Amérique s'était fait dans un poste d'immigration bondé par un jour d'hiver glacial. Ils avaient quitté Vérone parce qu'il n'y avait là-bas aucun avenir pour mon grand-père, le quatrième fils d'un ouvrier du rail.

Je suis issue d'une famille de gens chaleureux et durs à la tâche qui émigrèrent d'Autriche et de Suisse au début du dix-neuvième siècle, ce qui explique que j'aie les cheveux blonds et les yeux bleus. En dépit des affirmations de ma mère, qui prétend que nos ancêtres parvinrent à garder la pureté de leur sang italien lorsque Napoléon Ier céda Vérone aux Autrichiens, je suis convaincue du contraire. Je suis sûre qu'il existe une explication génétique à mes caractéristiques les plus teutonnes.

Les panneaux publicitaires, *Macy's* et les arches dorées de *McDonald's* apparurent au fur et à mesure que New York se précisait, toute de ciment et de parkings, de rues bordées de monticules d'une neige qui avait l'air sale même vue d'en haut. Nous tournâmes autour de l'héliport pour VIP de la West Thirtieth Street. Les eaux ténébreuses de l'Hudson s'illuminèrent à notre approche et se ridèrent. Une manche à air flottait bien à l'horizontale. Notre hélicoptère descendit en oscillant pour se poser à côté d'un Sikorsky S-76 si brillant que tous les autres appareils paraissaient ternes et quelconques à côté de lui.

— Faites attention au rotor de la queue, nous avertit notre pilote.

Nous fûmes accueillis, à l'intérieur du petit bâtiment à peine chauffé de l'héliport, par une femme aux cheveux bruns d'une cinquantaine d'années. Elle avait un visage intelligent et le regard fatigué. Emmitouflée dans un épais manteau de laine et une paire de pantalons, elle était chaussée de bottes lacées et portait des gants de cuir. Elle se présenta comme le commandant Frances Penn, de la police du métro de New York, la Transit Police.

Nous serrant la main, elle dit :

— Merci infiniment d'être venus. Si vous êtes prêts, des voitures nous attendent.

— Nous sommes prêts, répondit Wesley.

Elle nous conduisit à l'extérieur du bâtiment vers le froid mordant. Deux voitures de police, occupées chacune par deux officiers, nous attendaient, moteurs tournants et le chauffage monté au maximum. Il y eut un moment embarrassé lorsque nous tentâmes de savoir qui voyagerait avec qui. Nous nous décidâmes pour une répartition par sexe, comme c'est bien souvent le cas, et je montai en voiture avec le commandant Penn. J'entrepris de l'interroger sur sa juridiction, parce que dans un cas aussi important que celui qui nous amenait, beaucoup de gens allaient être convaincus que la direction de l'enquête leur revenait de droit.

— La Transit Police se sent impliquée dans cette affaire parce que nous pensons que la victime a rencontré son meurtrier dans le métro. Nous pensons que la rencontre a eu lieu hier en fin d'après-midi.

Le commandant Penn était l'un des trois directeurs adjoints de la sixième force de police, en importance, du pays.

— Comment savez-vous cela ?

— C'est assez fascinant, quand on y réfléchit. Un de nos officiers en civil patrouillait à la station Eighty-first et Central Park West. Aux environs de cinq heures et demie, hier donc, il a remarqué un couple assez étrange qui sortait du Muséum d'histoire naturelle. Une des sorties du musée donne directement dans le métro.

Nous cahotions sur des plaques de glace et des

nids-de-poule et je ressentais les secousses jusque dans les os de mes jambes.

— L'homme a immédiatement allumé une cigarette, et la femme avait une pipe à la main.

— Intéressant.

— Il est interdit de fumer dans le métro et c'est également une des raisons pour lesquelles notre officier se souvient de ce couple.

— Leur a-t-on dressé un procès-verbal ?

— À l'homme oui, mais pas à la femme parce que sa pipe n'était pas allumée. L'homme a montré son permis de conduire à l'officier et nous avons maintenant toutes les raisons de croire qu'il s'agissait d'un faux.

— Vous avez dit que le couple était étrange, dans quel sens ? demandai-je.

— La femme portait un pardessus d'homme et une casquette de base-ball de l'équipe des Atlanta Braves. Elle avait le crâne rasé. En fait, l'officier n'était pas certain qu'il s'agisse d'une femme. Au début, il a cru avoir affaire à un couple homosexuel.

— Avez-vous une description de l'homme qui était avec elle ?

— Taille moyenne, mince, les méplats du visage très marqués et des yeux très étranges, très bleus. Il avait des cheveux roux carotte.

— La première fois que j'ai vu Gault, ses cheveux étaient platine. Mais lorsque je l'ai revu en octobre dernier, ils étaient noir aile de corbeau.

— Hier, ils étaient indubitablement orange vif.

— Et aujourd'hui, il a encore dû changer de couleur. Mais en effet, il a un regard très bizarre. Très intense.

— Il est très intelligent.

— Il n'existe pas de mots pour ce qu'il est.

— Le mot qui vient à l'esprit, c'est « le mal », Dr Scarpetta.

— S'il vous plaît, appelez-moi Kay.

— Si vous m'appelez Frances.

— Il semblerait donc qu'ils aient visité le Muséum d'histoire naturelle hier après-midi. Quelle exposition y présente-t-on en ce moment ? demandai-je.

— Les requins.

Je la fixai. Elle avait l'air sérieux. Le jeune officier qui nous conduisait manœuvrait adroitement au milieu de la circulation new-yorkaise.

— En ce moment, le musée consacre une exposition aux requins. Je suppose qu'ils présentent toutes les espèces ayant existé depuis la nuit des temps.

Je demeurai silencieuse. Le commandant Penn poursuivit :

— Si l'on tente de savoir ce qui a pu arriver à cette femme, et pour autant que l'on puisse reconstruire ce qui s'est passé, Gault — mieux vaut l'appeler ainsi puisque nous croyons qu'il s'agit de lui — l'a emmenée dans Central Park après qu'ils furent sortis du métro. Il l'a conduite dans une zone du parc que l'on appelle Cherry Hill. Là, il l'a tuée et a abandonné son corps nu appuyé contre la fontaine.

— Mais pour quelle raison l'a-t-elle suivi dans Central Park à la nuit tombée ? Surtout par ce temps.

— Nous pensons qu'il est parvenu à la convaincre de le suivre vers la promenade du Ramble.

— Qui est fréquentée par les homosexuels.

— Oui. C'est un de leurs lieux de rencontre. Un ensemble de rocailles, une vraie forêt vierge, avec des petits sentiers entremêlés et sinueux dont on a l'impression qu'ils ne mènent nulle part. Même les policiers de New York qui sont chargés de la surveillance de Central Park n'aiment pas aller dans ce coin. Même lorsqu'on le connaît, on peut s'y perdre. C'est une zone très violente. On peut dire que vingt-cinq pour cent des crimes et délits commis dans le parc se produisent à cet endroit. Principalement des vols.

— Donc, Gault doit bien connaître l'endroit s'il a conduit cette femme jusqu'au Ramble à la nuit tombée ?

— En effet.

Voilà qui suggérait que Gault s'était peut-être caché à New York pas mal de temps, et cette pensée m'exaspéra au plus haut point. Il avait été pratiquement sous notre nez et nous ne l'avions pas su.

Le commandant Penn reprit la parole :

— La scène du crime a été bouclée pour cette nuit. Je suppose que vous voulez y aller avant qu'on ne vous accompagne à votre hôtel ?

— Absolument. Et les indices ?

— Nous avons retrouvé une douille de pistolet dans la fontaine. Elle porte une marque distinctive qui permet de l'attribuer à un 9 mm Glock. Et puis, nous avons retrouvé des cheveux.

— Où cela ?

— Pas très loin de l'endroit où le corps de la femme avait été disposé, dans l'une des volutes d'un ouvrage en fer forgé qui se trouve dans la fontaine. Peut-être que lorsqu'il s'est penché pour arranger le corps, quelques-uns de ses cheveux se sont pris dans la volute.

— Quelle couleur ?

— Roux carotte.

— Gault est bien trop prudent pour abandonner derrière lui une douille ou des cheveux, dis-je.

— Il ne pouvait pas voir à quel endroit la douille avait été éjectée. Il faisait très sombre. De plus, le métal de la douille devait être brûlant lorsqu'elle est tombée dans la neige. Vous imaginez ce qui a pu se produire.

— Oui. Je vois.

3

Marino, Wesley et moi-même atteignîmes Cherry Hill à quelques minutes d'intervalle les uns des autres. Des lampes avaient été placées pour renforcer l'éclairage des vieux lampadaires qui entouraient la petite place circulaire. Ce qui avait été jadis un endroit qui permettait aux calèches de tourner et aux chevaux de s'abreuver était aujourd'hui recouvert d'une neige épaisse et ceinturé par le ruban jaune qui protège la scène d'un crime.

Au milieu de cette scène surnaturelle trônait une fontaine en fer forgé doré recouverte d'une couche de glace et qui de toute façon, nous dit-on, ne fonctionnait jamais, quelle que fût la saison. C'est contre cette fontaine que le corps d'une jeune femme avait été appuyé. Elle avait été mutilée, et je compris que cette fois-ci, le but de Gault n'était pas d'éradiquer des marques de morsures, mais de les laisser comme signature, pour que nous puissions identifier tout de suite l'artiste qui en était responsable.

Pour autant que nous comprenions ce qui s'était produit, Gault avait contraint sa dernière victime à se déshabiller et à marcher pieds nus jusqu'à la fontaine où son corps gelé avait été découvert ce matin. Il l'avait abattue à bout portant d'une balle dans la tempe droite, et avait excisé des lambeaux de peau de la face interne de ses cuisses et de son épaule gauche. Deux séries d'empreintes de pas allaient vers la fontaine, une seule s'en éloignait. Le sang de cette femme dont nous ignorions l'identité tachait la neige et, passé l'arène où s'était déroulée sa mort sans nom, Central Park se dissolvait dans des ombres épaisses et de mauvais augure.

Je me tenais près de Wesley, nos bras se touchant comme si nous avions chacun besoin de la chaleur de l'autre. Il ne dit pas un mot, tout le temps qu'il scruta les empreintes de pas et l'obscurité lointaine du Ramble. Je sentis son épaule se soulever lorsqu'il inspira profondément puis se loger à nouveau plus lourdement contre la mienne.

— Purée, murmura Marino.

Bien que connaissant déjà la réponse, je demandai au commandant Penn :

— Avez-vous retrouvé ses vêtements ?

Elle jeta un coup d'œil autour d'elle et répondit :

— Pas la moindre trace. Ses empreintes prouvent qu'elle portait des chaussures jusqu'au bord de cette petite place, juste là, dit-elle en indiquant du doigt un point situé à cinq mètres de la fontaine. Vous pouvez nettement voir à partir de quel moment elle a commencé à marcher pieds nus. Avant, j'ai l'impression qu'elle portait un genre de bottes. Quelque chose avec un talon et une semelle lisse comme des bottes de cow-boy, peut-être.

— Et lui ?

— Nous avons trouvé des empreintes qui pourraient être les siennes, plus à l'ouest vers le Ramble, mais c'est difficile à dire. Il y a beaucoup d'empreintes de pas différentes là-bas, et la neige est complètement bouleversée.

Tentant de reconstituer le puzzle, je résumai :

— Donc, le couple a quitté le Muséum d'histoire naturelle par la sortie qui donne directement dans le métro. De là, ils sont entrés dans le parc par l'ouest, ont probablement marché jusqu'au Ramble, puis se sont dirigés jusqu'ici. Une fois parvenus sur cette petite place, il l'a semble-t-il obligée à se déshabiller et à enlever ses chaussures. Elle a marché pieds nus jusqu'à la fontaine, où il l'a abattue d'une balle dans la tête.

— C'est ce que l'on peut en déduire à ce point, affirma un enquêteur de la police de New York, un type trapu, qui se présenta comme étant un certain T.L. O'Donnell.

— Quelle est la température, ou plus exactement quelle était-elle dans la nuit d'hier ? demanda Wesley.

— C'est descendu jusqu'à – 12 °C la nuit dernière, et le vent glacial que nous avons eu soufflait à

– 25 °C, répondit O'Donnell, un jeune homme aux cheveux bruns fournis dont on sentait la colère.

Wesley, comme s'il parlait pour lui seul, répéta :

— Et elle s'est déshabillée et a enlevé ses chaussures. C'est étrange.

— Pas si quelqu'un pointe un pistolet sur votre tempe, dit O'Donnell qui piétinait discrètement.

Ses mains étaient enfouies profondément dans les poches de sa veste d'uniforme bleu marine, laquelle n'était pas assez chaude pour de telles températures, même avec un gilet pare-balles en dessous.

D'un ton raisonnable, Wesley répondit :

— Lorsqu'on vous contraint à vous dévêtir dehors et dans ce froid, vous savez que vous allez mourir.

Nul ne dit mot. Il poursuivit :

— Sinon, on ne vous forcerait pas à retirer vos vêtements et vos chaussures. Le simple fait de se dévêtir par un temps pareil va à l'encontre de l'instinct de survie, parce qu'il est évident qu'on ne peut pas survivre très longtemps nu dans de telles conditions.

Le silence demeura et nous contemplâmes l'arrangement macabre de la fontaine. Elle était remplie de neige maculée de rouge, et je pouvais apercevoir les marques laissées par les fesses de la victime lorsqu'on avait redressé son corps. Son sang était aussi rouge vif que lorsqu'elle était morte parce qu'il avait été congelé.

Puis, Marino rompit le silence :

— Mais putain, pourquoi est-ce qu'elle ne s'est pas sauvée ?

Wesley s'écarta brusquement de moi et s'accroupit pour examiner les empreintes dont nous pensions qu'elles appartenaient à Gault :

— C'est la question à mille dollars. Pourquoi ne l'a-t-elle pas fait ?

Je me baissai à mon tour pour examiner les empreintes. Le dessin de la semelle, clairement imprimé dans la neige, était curieux. Gault portait une sorte de chaussures dont la semelle ondulée formait un relief compliqué taillé en diamant. Il y avait la marque du fabricant sous la cambrure et un logo en forme de couronne sous le talon. À première vue, j'estimai que la chaussure était de taille 38 1/2 ou 39.

— Comment allons-nous en conserver la trace ? demanda le commandant Penn.

L'officier O'Donnell lui répondit :

— On a fait des photographies de ces empreintes, et par là (il pointa du doigt vers l'autre côté de la fontaine, à quelque distance d'où nous nous trouvions, désignant un groupe de policiers affairés), on en a trouvé de meilleures. On tente d'en faire un moule.

Couler le moule d'une empreinte dans la neige comporte beaucoup de dangers. Si jamais le mastic dentaire liquide n'est pas assez refroidi ou si la neige est trop molle, on risque de faire fondre la pièce à conviction. Wesley et moi nous relevâmes. Nous nous dirigeâmes en silence vers le groupe de policiers qu'avait indiqué O'Donnell, et je vis les traces de pas de Gault, lorsque je regardai autour de moi.

Peu lui importait d'avoir laissé des empreintes caractéristiques. Peu lui importait d'avoir laissé dans ce parc une trace que nous suivrions péniblement jusqu'au bout. Nous étions déterminés à examiner tous les endroits où il avait pu aller et pourtant, il s'en moquait. Il était convaincu que nous ne l'attraperions pas.

De l'autre côté de la fontaine, les officiers de police pulvérisaient deux empreintes avec une cire spéciale pour la neige, tenant les bombes aérosol à une prudente distance et selon un angle qui évitait que le jet de cire rouge fortement pressurisé ne fasse disparaître les délicats détails de l'empreinte de la semelle.

Lorsque plusieurs couches de cire auraient été pulvérisées sur l'empreinte, le mastic dentaire aurait assez refroidi pour que l'on puisse le couler et prendre le moule. Les conditions atmosphériques que nous connaissions convenaient à ce genre de procédure, d'habitude risquée. Il n'y avait ni soleil ni vent et les techniciens du département de police de New York avaient conservé la cire à une température moyenne, ce qui avait permis au jet de conserver toute sa pression. Les tuyaux des bombes ne crachaient pas, ni n'étaient obstrués, contrairement à ce que j'avais si souvent vu dans le passé.

— Peut-être allons-nous avoir de la chance, cette fois, dis-je à Wesley comme Marino se dirigeait vers nous.

Le regard perdu vers les bosquets sombres, il répondit :

— Nous allons avoir besoin d'un maximum de chance.

À l'est d'où nous nous trouvions commençaient les limites extérieures des quinze hectares que l'on nommait le Ramble. Cette partie très isolée de Central Park était renommée pour ses oiseaux et ses petits sentiers qui serpentaient dans un terrain rocailleux. Tous les guides touristiques que j'avais pu avoir en main déconseillaient vivement le Ramble aux promeneurs solitaires, à quelque heure et en quelque saison que ce fût. Je me demandai comment Gault avait réussi à entraîner sa victime dans cet endroit. Je me demandai où il l'avait rencontrée et ce qui avait pu le faire passer à l'action. Peut-être avait-elle juste été une opportunité, et peut-être était-il en humeur de tuer.

Je m'adressai à quiconque voudrait bien me répondre :

— Comment fait-on pour venir du Ramble jusqu'ici ?

Les yeux de l'officier de police qui remuait le mélange de mastic dentaire rencontrèrent les miens. Il devait avoir l'âge de Marino et ses grosses joues étaient rouges de froid.

— Il y a un sentier qui contourne le lac, dit-il, son souffle formant un nuage.

— Quel lac ?

— Vous ne pouvez pas bien le voir. Il est gelé et recouvert de neige.

— Sait-on si c'est bien le sentier qu'ils ont emprunté ?

— C'est un grand parc, vous savez, madame. La neige est toute chamboulée dans la plupart des endroits, dont le Ramble. Parce que dans ce coin-là, rien, même pas trois mètres de neige, n'empêchera de venir les individus à la recherche de drogue ou d'une rencontre. Mais ici, à Cherry Hill, c'est une autre histoire. Aucune voiture n'est autorisée ici, et c'est sûr que les chevaux ne viendront pas par ce temps. Alors, on a de la chance, on a une scène du crime en bon état.

Wesley demanda, toujours très direct et même parfois brusque, lorsque son cerveau de profileur passait en revue les sous-programmes compliqués et l'effrayante banque de données de sa mémoire :

— Qu'est-ce qui vous fait penser que le meurtrier et sa victime sont venus ici en passant par le Ramble ?

L'officier de police, qui semblait aimer parler, expliqua :

— Un des gars pense qu'il a peut-être repéré une de ses empreintes, à la femme, là-bas. Le problème, comme vous pouvez le voir, c'est que ses semelles à elle ne sont pas très caractéristiques.

Nous regardâmes la neige autour de nous, que les pieds des policiers brouillaient de plus en plus. Les semelles de la victime étaient lisses.

L'officier poursuivit sur sa lancée :

— En plus, comme il y a peut-être une composante homosexuelle dans le crime, nous nous demandons si le Ramble n'était pas leur destination première.

— Quelle composante homosexuelle ? demanda Wesley d'un air narquois.

— Si on se fie aux premières descriptions qui ont

été données des deux personnes, on les a pris pour un couple homosexuel.

— Il ne s'agit pas de deux hommes, déclara Wesley.

— À première vue, la victime ne ressemblait pas à une femme.

— À la vue de qui ?

— De la Transit Police. Il faudrait vraiment que vous leur parliez.

— Eh, Mossberg, t'es prêt avec le mastic ?

— Je ferais bien une autre couche.

— On en a déjà fait quatre. On a un super revêtement, enfin si ton truc est assez froid.

Le policier dont le nom était Mossberg s'agenouilla et entreprit de couler soigneusement du ciment dentaire visqueux dans l'empreinte tapissée de cire rouge. Les empreintes laissées par la victime étaient voisines de celles que nous tentions de relever, et la femme devait chausser approximativement la même pointure que Gault. Je me demandai si nous retrouverions jamais ses souliers, et mon regard suivit la piste que traçaient les pas jusqu'à quatre ou cinq mètres de la fontaine, où les empreintes changeaient pour devenir celles de pieds nus. Quinze mètres avaient suffi pour qu'elle parvienne jusqu'à la fontaine, où Gault l'avait abattue d'une balle dans la tête.

Contemplant les ombres que l'éclairage de la petite place projetait vers l'extérieur, transpercée par la morsure du froid intense, je m'interrogeai, sans parvenir à comprendre ce que cette femme avait fait. Sa soumission à Gault la nuit dernière m'était incompréhensible.

— Pourquoi n'a-t-elle pas résisté ?

Marino, qui s'était rapproché, me répondit :

— Parce que Gault lui a flanqué une terreur panique.

— Vous déshabilleriez-vous ici, sous quelque prétexte que ce soit ? insistai-je.

— Je ne suis pas cette fille.

La colère transparaissait sous ses mots.

— Nous ne savons rien d'elle, ajouta Wesley, logique.

— Sauf qu'elle s'était rasé les cheveux pour une quelconque raison tordue, précisa Marino.

— Nous n'en savons pas assez pour tenter d'analyser ses actes, dit Wesley. En fait, nous ne savons même pas qui elle est.

Marino demanda, les mains enfoncées dans les poches d'un long manteau en poil de chameau qu'il avait commencé de porter après quelques sorties avec Molly :

— Vous pensez qu'il a fait quoi avec ses fringues ?

— Probablement la même chose qu'avec celles d'Eddie Heath, répondit Wesley, qui ne put résister plus longtemps à s'enfoncer un peu dans les bosquets.

Marino me lança un regard et dit :

— Nous savons ce que Gault a fait des vêtements d'Eddie Heath. C'est pas la même chose, ici.

Tout en regardant Wesley s'éloigner, oppressée, j'expliquai :

— Oui, je suppose que c'est là tout le problème. Gault fait exactement ce qui lui passe par la tête.

— Ben moi, je pense pas que ce connard garde ce genre de merde en souvenir. Il veut pas tout ce bordel avec lui quand il doit se bouger en vitesse.

— Il s'en débarrasse.

Un briquet Bic cracha à plusieurs reprises des étincelles avant d'offrir comme à regret une flamme parcimonieuse à Marino.

— Elle était complètement sous sa coupe, pensai-je à nouveau à haute voix. Il l'a conduite ici et lui a ordonné de se déshabiller, ce qu'elle a fait. On peut voir à quel endroit cessent ses empreintes de bottes et commencent celles de ses pieds nus. Il n'y a pas eu de lutte, elle n'a, de toute évidence, même pas songé à s'enfuir. Rien, aucune résistance.

Marino alluma une cigarette. Wesley ressortit des buissons en faisant attention où il posait les pieds. Je sentis son regard se poser sur moi.

— Ils avaient un lien, continuai-je.

— Gault a de lien avec personne, dit Marino.

— Si. Aussi bizarres et tordus soient-ils, il établit des liens avec certaines personnes. Il avait une relation avec le directeur de la prison de Richmond et avec Helen, la surveillante.

— Ouais, et il les a butés tous les deux. Il a décapité Helen et a abandonné sa tête dans un putain de sac de sport au milieu d'un champ. Le fermier qui l'a retrouvé s'en est toujours pas complètement remis. Je me suis laissé dire qu'il avait commencé à boire comme un trou et il veut rien planter dans ce champ. Il veut même pas que ses vaches y aillent.

— Je n'ai jamais dit qu'il ne tuait pas les gens avec lesquels il engageait des relations. J'ai juste dit qu'il était capable d'en avoir, répliquai-je.

Je fixai, non loin de moi, les empreintes qu'elle avait laissées. Elle portait des chaussures de taille 40 ou 41.

— J'espère qu'ils prendront également le moule de ses empreintes à elle.

— Ils en prendront pas. Ils vont faire quelques photos et c'est tout, puisqu'elle n'aura jamais l'occasion de se retrouver sur le banc des témoins, du moins dans ce monde, répliqua Marino.

J'avais l'habitude des témoins qui ne parlaient à nul autre qu'à moi.

— J'aimerais une empreinte de ses chaussures. Nous devons l'identifier. Ses chaussures peuvent nous être utiles, lui dis-je.

Marino se dirigea vers Mossberg et ses camarades, et ils se mirent à discuter en me jetant de temps en temps un regard.

Wesley leva les yeux vers le ciel bouché. La neige redoubla d'intensité.

— Mon Dieu, j'espère que cela va cesser, dit-il.

Les flocons de neige tombaient de plus en plus dru. Frances Penn nous conduisait au New York Athletic Club, qui se trouve à Central Park South. Nous ne pouvions rien faire d'autre tant que le soleil ne poindrait pas, et je redoutais qu'à ce moment-là, la piste meurtrière laissée par Gault ne soit perdue.

Tout en traversant des rues désertes, le commandant Penn était pensive. Il était presque deux heures et demie du matin. Aucun de ses hommes ne nous accompagnait. J'étais assise devant et Marino et Wesley occupaient le siège arrière.

— Je vous avouerai franchement que je n'aime pas les enquêtes multijuridictionnelles, lui dis-je.

— C'est donc que vous en avez eu l'expérience, Dr Scarpetta. Quiconque les a subies ne les aime pas.

— C'est une vraie merde, résuma Marino pendant que Wesley se contentait d'écouter, à son habitude.

Je choisis une formulation aussi diplomate que possible, tout en sachant qu'elle comprenait exactement où je voulais en venir, et demandai :

— À quoi devons-nous nous attendre ?

— Le département de la police de New York est *officiellement* chargé de l'enquête, mais ce sont mes hommes qui sont sur le terrain, qui font un maximum d'heures, bref qui s'acquittent des corvées. C'est toujours comme cela lorsque nous devons partager une enquête qui a alerté l'attention des médias.

— Mon premier boulot, c'était avec la police de New York, annonça Marino.

Le commandant Penn lui jeta un regard dans le rétroviseur.

Avec son sens de la diplomatie habituel, il ajouta :

— Je suis parti de cet égout de mon plein gré.

— Vous connaissez encore des gens, là-bas ? demanda-t-elle.

— La plupart des gars que je connaissais sont probablement à la retraite ou arrêtés pour invalidité, ou bien ils ont été promus, sont devenus gras et sont vissés à leurs bureaux.

Je me demandai si Marino avait songé que ses pairs pouvaient penser que lui aussi avait grossi, et qu'il était enchaîné à son bureau.

Wesley prit la parole :

— Ce ne serait peut-être pas une mauvaise idée de chercher qui est encore là-bas, Pete. Enfin, les amis, veux-je dire.

— Ouais, eh bien ne vous montez pas trop la tête avec cette possibilité.

— Nous ne voulons pas d'ennuis ici.

— Y'a pas moyen de les éviter complètement. Les flics vont se bouffer le nez, avec cette enquête, et ils vont garder pour eux ce qu'ils savent. Tout le monde a envie de devenir un héros.

Wesley, d'un ton parfaitement égal, déclara :

— On ne peut pas se permettre ce genre de chose.

— Non, on ne peut pas, acquiesçai-je.

— N'hésitez pas à faire appel à moi, intervint le commandant Penn. Je ferai tout ce qui est en mon pouvoir.

— S'ils vous en laissent le loisir, rétorqua Marino.

La Transit Police était divisée en trois branches hiérarchiques distinctes. Le commandant Penn dirigeait le département chargé du Développement du soutien à la gestion, c'est-à-dire de la formation, de l'enseignement et également de l'analyse des données criminelles. Les enquêteurs décentralisés de la police du métro dépendaient d'un autre commandement, et de ce fait n'avaient pas de comptes à lui rendre.

D'un ton calme, elle expliqua :

— Ne vous inquiétez pas. J'ai la responsabilité du système informatique du métro. Comme vous le savez, notre police possède un des systèmes les plus performants des États-Unis. C'est grâce à notre connexion avec CAIN que j'ai pu prévenir Quantico aussi rapidement. Je suis impliquée dans cette enquête.

Wesley lui demanda :

— Parlez-moi de CAIN, et de son utilité dans ce cas.

— Dès que j'ai reçu les détails concernant l'homicide, je me suis dit que cela me rappelait quelque chose. J'ai entré sur le terminal du VICAP les informations que nous possédions, et cela a fait mouche. En fait, j'étais précisément en train de vous contacter lorsque CAIN m'a rappelée.

— Vous aviez entendu parler de Gault ? s'enquit Wesley.

— Je ne suis pas parfaitement familiarisée avec son *modus operandi*.

— Vous l'êtes, maintenant, lâcha Wesley.

Le commandant Penn se gara devant l'Athletic Club et déverrouilla les portières, tout en déclarant d'un ton sinistre :

— Oui, maintenant, je le suis.

Le hall d'entrée tapissé de vieilles boiseries et plein d'antiquités était ravissant. Nous nous avançâmes vers le bureau de réception désert. Marino se dirigea vers l'ascenseur sans nous attendre, et je savais pour quelle raison. Il voulait téléphoner à Molly, dont il était toujours déraisonnablement amoureux, et peu lui importait ce que Wesley ou moi déciderions de faire.

Les battants en cuivre jaune se refermèrent et Marino disparut, emporté par l'ascenseur jusqu'à l'étage qu'il occupait. Wesley se tourna vers moi :

— Je doute que le bar soit encore ouvert à cette heure-ci.

— Je suis sûre qu'il est fermé.

Nous regardâmes autour de nous, comme si le fait de rester immobiles suffisamment longtemps pouvait faire apparaître, comme par magie, un serveur avec des verres et une bouteille.

— Allons-y.

Il m'effleura le bras et nous montâmes.

Au douzième étage, Wesley m'accompagna jusqu'à ma porte, et je tentai nerveusement d'insérer ma carte magnétique dans la serrure en commençant par l'introduire à l'envers. Je ne parvenais pas à orienter la bande magnétique dans le bon sens, et le petit voyant de la poignée de la porte demeurait rouge.

— Je vais le faire, attendez, dit Wesley.

— Ça y est, je crois que j'y suis.

J'ouvris la porte et allumai la lumière.

— On peut boire un dernier verre ? demanda-t-il.

— À cette heure, je crois qu'il vaudrait mieux avaler un somnifère.

— Mais c'est un peu le but d'un dernier verre.

Mes quartiers étaient modestes mais assez joliment aménagés. Je jetai mon sac à main sur le grand lit double.

— Êtes-vous membre de ce club grâce à votre père ? m'enquis-je.

Wesley et moi n'étions jamais venus à New York ensemble, et le fait de découvrir un autre détail de sa vie que j'ignorais jusqu'à présent me perturbait.

— Il travaillait à New York, et c'est effectivement grâce à lui. Je venais très souvent à New York lorsque j'étais enfant.

— Le minibar est sous le poste de télévision.

— Il me faudrait la clef.

— Bien sûr.

Une étincelle amusée s'alluma dans son regard lorsqu'il prit la petite clef en acier que je lui tendis. Ses doigts touchèrent ma paume avec une douceur qui me rappela d'autres moments. Il y avait quelque chose chez lui qui le différenciait de tout le monde.

Dévissant la capsule d'une mini-bouteille de Dewars, il demanda :

— Voulez-vous que j'essaie de trouver de la glace ?

— Sec et pur, ce sera parfait.

Me tendant mon verre, il déclara :

— Vous buvez comme un homme.

Je l'observai pendant qu'il retirait son pardessus de laine foncé et sa veste. Les faux plis de sa chemise blanche amidonnée témoignaient de sa longue journée. Il se débarrassa de son holster d'épaule et déposa l'arme sur une des tables de nuit.

— C'est une sensation étrange de se retrouver sans arme, dis-je.

Mon calibre 38 m'accompagnait souvent et parfois même, dans les situations très tendues, je lui préférais un Browning High Power. Mais les lois sur le port d'armes de l'État de New York ne s'adoucissaient pas souvent pour les policiers en visite ou les gens comme moi.

Wesley s'assit sur le lit inoccupé, en face du mien, et nous dégustâmes nos verres en nous regardant.

— Nous n'avons pas souvent été ensemble au cours de ces derniers mois, remarquai-je.

Il acquiesça d'un mouvement de tête et je poursuivis :

— Je crois que ce serait une bonne chose d'essayer d'en parler.

Il répondit sans me quitter des yeux une seconde :

— D'accord. Allez-y.

— Je vois. C'est donc moi qui commence.

— Je pourrais commencer, mais il se peut que vous n'aimiez pas ce que j'ai à vous dire.

— Quoi que vous ayez à dire, j'ai envie de l'entendre.

— Je suis en train de penser que nous sommes le matin de Noël, et que je suis dans votre chambre d'hôtel, dit-il. Connie est à la maison, endormie dans notre lit, seule et malheureuse parce que je ne suis pas là. Les gosses aussi sont malheureux parce que je ne suis pas à la maison.

— Je devrais être à Miami. Ma mère est très malade, répliquai-je.

Il détourna soudain le regard, et j'aimai les angles aigus et les ombres de son visage. Je repris :

— Lucy est là-bas et moi, comme d'habitude, je n'y suis pas. Avez-vous une idée du nombre de vacances ou de jours fériés que je n'ai pas passés en famille ?

— Oui, j'en ai une excellente idée, répondit-il.

— En réalité, je ne suis même pas sûre d'avoir pu passer un moment avec eux sans que mes pensées n'aient été assombries par quelque affreuse enquête. Dans un certain sens, cela ne fait donc pas grande différence que je sois avec ma famille ou pas.

— Il faut que vous appreniez à vous couper de tout cela, Kay.

— Je l'ai appris autant qu'il était possible de le faire.

— Il faut refermer la porte sur ces choses, comme on abandonnerait dehors les vêtements puants retrouvés sur la scène du crime.

Mais je ne savais pas. Pas un jour ne se passait sans qu'un souvenir ne revienne à la surface, sans qu'une image n'éclate dans ma tête. Et je revoyais un visage enflé par la mort et les blessures, un corps ligoté. Je voyais la souffrance et l'annihilation dans leurs moindres détails insupportables parce que rien ne m'était caché. Je connaissais trop bien les victimes. Je fermai les yeux et je vis des empreintes de pieds nus dans la neige. Je vis du sang, de la même couleur rouge vif que Noël.

Terriblement déprimée, je dis :

— Benton, je ne veux pas passer Noël ici.

Je sentis qu'il s'asseyait à mes côtés sur le lit. Il m'attira contre lui et nous nous serrâmes l'un contre l'autre durant un moment. Nous ne pouvions pas être proches sans nous toucher.

— Il ne faut pas, dis-je alors que nous continuions.

— Je sais.

— Et c'est tellement dur d'en parler.

— Je sais.

Il se pencha et éteignit la lampe.

— Je trouve cela très ironique, poursuivis-je. Quand on songe à ce que nous avons partagé, à ce que nous avons vu ensemble. Parler ne devrait pas être difficile.

— Ces territoires sombres n'ont rien à voir avec l'intimité, déclara-t-il.

— Mais si.

— Alors pour quelle raison n'êtes-vous pas intime avec Marino, ou votre directeur adjoint, Fielding ?

— Travailler sur les mêmes horreurs n'implique pas logiquement que l'étape suivante soit de coucher avec les gens. Mais je ne crois pas que je pourrais devenir intime avec quelqu'un qui ne comprendrait pas ce que cela représente pour moi.

Ses mains s'immobilisèrent :

— Je ne sais pas.

— Vous en discutez avec Connie ?

Connie était la femme de Wesley, et elle ignorait que nous étions amants depuis l'automne dernier.

— Je ne lui dis rien du tout.

— Mais que sait-elle ?

— Il y a beaucoup de choses qu'elle ignore.

Il s'interrompit quelques secondes puis reprit :

— En fait, elle sait très peu de chose au sujet de mon travail. Je ne veux pas qu'elle sache.

Je demeurai silencieuse.

— Je ne veux pas qu'elle sache à cause de ce que cela nous fait. Nous changeons de couleur, un peu comme les mites changent de couleur lorsque les villes sont polluées par la suie.

— Je ne veux pas me recouvrir de la nuance terne de notre écosystème. Je refuse.

— Vous pouvez refuser aussi longtemps qu'il vous plaira.

— Croyez-vous que cela soit juste de garder votre femme dans l'ignorance de tellement de choses ? demandai-je doucement.

Il m'était difficile de réfléchir parce que ma peau devenait brûlante sous ses doigts.

— C'est injuste pour elle et pour moi, remarqua-t-il.

— Mais vous avez l'impression de ne pas avoir le choix ?

— Je sais que je ne l'ai pas. Elle comprend qu'il existe des endroits de moi qui sont hors de sa portée.

— Est-ce ce qu'elle veut ?

Je le sentis tendre la main pour prendre son verre :

— Oui. Vous êtes prête pour une deuxième tournée ?

— Oui.

Il se leva et j'entendis dans l'obscurité le petit bruit métallique des capsules qu'il dévissait. Il versa le whisky sec dans nos verres et revint s'asseoir.

— C'est tout ce qui reste, à moins que vous ne désiriez passer à un autre alcool, annonça-t-il.

— Je n'en avais même pas besoin d'autant.

— Si vous voulez que je vous dise que ce que nous avons fait était bien, c'est impossible, dit-il. Je ne le dirai pas.

— Je sais que ce que nous avons fait n'était pas bien.

J'avalai une gorgée de mon whisky et, lorsque je tendis le bras pour poser mon verre sur la table de nuit, je sentis ses mains bouger. Notre baiser fut profond, et il ne perdit pas de temps à tenter de défaire mes boutons. Ses mains se glissèrent et contournèrent tout ce qui gênait leur progression. Une frénésie nous prit, comme si nos vêtements étaient en feu et qu'il fallait les retirer au plus vite.

Plus tard, la lumière du matin illumina les rideaux. Nous flottions entre passion et sommeil avec dans la bouche un goût de vieux whisky. Je m'assis dans le lit en ramassant les couvertures autour de moi.

— Benton, il est six heures et demie.

Il grogna et se couvrit les yeux de son bras, comme s'il jugeait le soleil discourtois de le réveiller. Il resta allongé sur le dos, emmêlé dans les draps pendant que je prenais ma douche et commençais de m'habiller. L'eau chaude m'éclaircit les idées, et il y avait bien des années de cela que quelqu'un d'autre que moi s'était trouvé dans mon lit le matin de Noël.

J'éprouvai le sentiment d'avoir volé quelque chose.

À moitié endormi, Wesley lança :

— Vous ne pouvez pas sortir.

Boutonnant mon manteau et lui jetant un regard triste, je répondis :

— Il le faut.

— C'est Noël.

— Ils m'attendent à la morgue.

Il marmonna dans son oreiller :

— Je suis désolé de l'apprendre. J'ignorais que vous vous sentiez aussi coupable.

4

Les bureaux du médecin expert général de New York étaient situés sur First Avenue, juste en face de l'hôpital Bellevue, une construction en briques rouges de style gothique, où jadis se pratiquaient les autopsies. Des vignes vierges noircies par l'hiver et des graffiti maculaient les murs et les grilles, et de gros sacs-poubelles noirs abandonnés sur la neige sale attendaient le passage des bennes à ordures. Les chants de Noël avaient résonné sans interruption dans l'habitacle du taxi jaune fatigué qui s'arrêta en couinant dans cette rue rarement aussi déserte.

— J'ai besoin d'un reçu, déclarai-je à mon chauffeur de taxi russe qui avait passé les dix dernières minutes à m'expliquer ce qui n'allait pas dans le monde.

— Pour combien ?

— Huit dollars.

J'étais généreuse. C'était Noël.

Il acquiesça d'un signe de tête en remplissant le

reçu. J'observai un homme qui se tenait sur le trottoir près de la grille de l'hôpital Bellevue, et qui me regardait. Il n'était pas rasé, portait de longs cheveux ébouriffés, et était vêtu d'un blouson de jean garni de tissu molletonné. Les jambes de son pantalon de surplus de l'armée constellé de taches étaient rentrées dans ses bottes de cow-boy éculées. Il se mit à chanter et à gratter d'une invisible guitare au moment où je sortais du taxi.

« *Jingle bells, jingle bells, jingle all the day, what fun it is to ride to Galveston today — AAAAAYYYY...* »

— Vous avez un admirateur, me dit mon chauffeur amusé comme je prenais le reçu qu'il me tendait par la vitre ouverte.

Il démarra dans un tourbillon de gaz d'échappement. Il n'y avait personne en vue dans la rue, pas une seule voiture, et l'affreuse sérénade crût en intensité. Puis mon admirateur dérangé se jeta à ma suite. Pour ma plus grande consternation, il entreprit de hurler *Galveston !*, comme s'il s'agissait de mon nom ou d'une accusation. Je m'engouffrai dans le bureau de réception des locaux occupés par le médecin expert.

— Quelqu'un me suit, lançai-je à la garde de faction assise au bureau qui semblait résolument manquer de cet état d'esprit chaleureux qui accompagne Noël.

Le musicien perturbé pressa son visage contre la porte d'entrée vitrée, le regard rivé vers nous, le nez aplati contre la vitre et les joues blêmes. Il ouvrit grand la bouche et fit rouler sa langue sur le verre d'une façon obscène, donnant des coups de reins d'avant en arrière comme s'il faisait l'amour avec l'immeuble. La garde, une femme à la carrure robuste coiffée comme une rasta, se dirigea vers la porte à grandes enjambées et cogna de son poing sur la vitre.

— Benny, lâche-nous, gronda-t-elle d'une voix forte.

Elle frappa encore plus fort et insista :

— Tu arrêtes tout de suite, Benny ! *T'as pas intérêt à me faire sortir.*

Benny se recula. Soudain, il était devenu Noureïev, pirouettant dans la rue déserte.

Me tournant vers la garde, je m'annonçai :

— Je suis le Dr Scarpetta. Le Dr Horowitz m'attend.

— Ça m'étonnerait. C'est Noël.

Elle me fixa de ses yeux noirs qui avaient tout vu.

— C'est le Dr Pinto qui est de garde. Si vous voulez, je peux essayer de le trouver, poursuivit-elle en retournant à son bureau.

Je la suivis :

— Je suis parfaitement au courant que c'est Noël. Mais j'ai rendez-vous avec le Dr Horowitz ici même.

Je sortis mon portefeuille et en tirai ma plaque dorée de médecin expert général. Cela ne l'impressionna pas.

— Vous êtes déjà venue ?

— Souvent.

— Hum. Ben en tout cas, je suis sûre de ne pas avoir vu le chef aujourd'hui. Mais je suppose que ça signifie pas forcément qu'il soit pas entré par la baie sans me prévenir. Quelquefois, ils sont là depuis plus d'une demi-journée et je le sais même pas. Ha ! C'est ça. Surtout, que *personne* s'emmerde à me prévenir !

Elle attrapa le téléphone :

— Ha ! Non, madame, *moi*, j'ai rien besoin de savoir.

Elle composa un numéro.

— Moi, j'ai pas besoin de *rien* savoir du tout, pas moi. Dr Horowitz ? C'est Bonita, de la sécurité. J'ai ici un Dr Scarlett. (Elle écouta, puis :) Non, je sais pas.

Elle me regarda et demanda :

— Comment vous épelez votre nom ?

D'un ton patient, j'articulai :

— S-C-A-R-P-E-T-T-A.

Elle ne le transmit pas parfaitement mais s'en approcha suffisamment.

— Bien, monsieur. Oui, c'est d'accord.

Elle raccrocha et annonça :

— Vous pouvez aller vous asseoir là-bas.

La salle d'attente était meublée et moquettée de gris et des magazines étaient posés sur des tables noires. Un modeste arbre de Noël artificiel trônait au centre de la pièce. Le mur de marbre portait une inscription : « Tachaient colloqua effugiat risus hic locus est ubi mors gaudet succurrere vitae », ce qui signifiait que le visiteur trouverait peu de consolation ou de rire dans ce lieu où la mort aimait à aider les vivants. Un couple d'origine asiatique était assis en face de moi sur un canapé. Ils se tenaient fermement la main. Ils ne parlèrent pas ni ne levèrent la tête. Pour eux, Noël serait toujours baigné de chagrin.

Je me demandai pour quelle raison ils étaient ici, qui ils avaient perdu, et tout ce que je savais me revint à l'esprit. J'aurais aimé pouvoir offrir un peu de réconfort, mais il semblait que ce genre de cadeau me soit impossible. Après toutes ces années, le mieux que je pouvais dire aux visiteurs désespérés, c'était que la mort avait été rapide et que leur disparu n'avait pas souffert. Mais, dans la plupart des cas, ces mots que j'offrais n'étaient pas vrais, car comment mesure-t-on l'angoisse d'une femme que l'on force à se déshabiller dans un parc désert par une nuit terriblement froide ? Qui de nous pouvait imaginer ce qu'elle avait pu ressentir lorsque Gault l'avait entraînée vers cette fontaine gelée et lorsqu'il avait armé son pistolet ?

Le fait qu'il l'ait contrainte à se déshabiller n'était qu'un nouvel indice de sa cruauté, et de son insatiable appétit pour le jeu. La nudité de cette femme n'était pas nécessaire, comme il n'était pas nécessaire qu'on lui fasse comprendre qu'elle allait mourir seule, la nuit de Noël, alors que personne ne connaissait son nom. Gault aurait pu simplement la tuer, et c'est tout. Il aurait pu sortir son Glock et l'abattre alors qu'elle ne s'y attendait pas. *Le salaud.*

Une femme aux cheveux blancs apparut et s'approcha du couple asiatique :

— Mr et Mrs Li ?

— Oui.

— Si vous êtes prêts, nous pouvons y aller.

— Oui, oui, répondit l'homme, et la femme se mit à pleurer.

On les conduisit en direction de la salle d'exposition, où le corps de la personne qu'ils aimaient serait monté de la morgue dans un ascenseur spécial. Beaucoup de gens refusaient l'idée de la mort s'ils ne l'avaient pas vue ou touchée d'abord. En dépit du nombre de visites de cet ordre que j'avais organisées au fil des ans, je ne parvenais pas à m'imaginer subissant personnellement ce rituel. Je n'aurais pas pu supporter cette dernière image fugace derrière une glace. Je sentis un début de migraine et fermai les yeux en me massant les tempes. Je demeurai assise sans bouger un long moment, jusqu'à ce que je perçoive une présence.

— Dr Scarpetta ? Vous vous sentez bien ?

La secrétaire du Dr Horowitz était debout devant moi, son visage reflétant l'inquiétude.

— Emily, oui, je me sens bien, mais je ne m'attendais pas à vous voir ici aujourd'hui.

— Vous voulez des comprimés de Tylenol ?

— Non, ça va, vous êtes très gentille.

— Moi non plus, je ne m'attendais pas à vous voir aujourd'hui, mais les choses ne sont pas très normales, en ce moment. Je suis surprise que vous ayez pu arriver jusqu'ici sans être abordée par des journalistes.

— Je n'en ai vu aucun.

— Ils étaient partout, hier. Vous avez probablement vu le *Times* de ce matin.

— Non, je n'en ai pas eu l'occasion, répondis-je

gênée, en me demandant si Wesley était encore couché.

— Tout est sens dessus dessous.

Emily, une jeune femme aux longs cheveux bruns, avait toujours une allure si modeste et réservée qu'elle semblait tout droit sortie d'un autre âge. Elle enchaîna :

— Même le maire a téléphoné. La ville n'a vraiment pas besoin de ce genre de publicité. Je n'arrive toujours pas à croire que le corps a été découvert par un journaliste !

Je la suivis en lui jetant un regard en coin :

— Un journaliste ?

— En fait, c'est plutôt une sorte de secrétaire de rédaction, quelque chose dans ce genre-là. Il travaille pour le *Times*. C'est un de ces dingues qui fait son jogging qu'il neige ou qu'il vente. Donc, hier matin, il courait dans le parc et il a pris par Cherry Hill. Il faisait très froid, il neigeait et le coin était désert. Il s'approcha de la fontaine, et la pauvre femme était là. Inutile de vous préciser que la description qu'il en donne dans l'édition du matin est particulièrement détaillée, et les gens sont terrorisés.

Nous franchîmes une série de portes et elle passa la tête dans le bureau du médecin expert général, nous annonçant d'une voix douce pour ne pas le surprendre. Le Dr Horowitz se faisait âgé et devenait progressivement dur d'oreille. Son bureau était parfumé par les essences légères d'innombrables fleurs en pots car il était amateur d'orchidées, de gardénias et de violettes africaines qui s'épanouissaient grâce à ses soins.

Il se leva de derrière son bureau :

— Bonjour, Kay. Vous êtes seule ?

— Le capitaine Marino doit nous rejoindre.

— Emily se chargera de le conduire jusqu'à nous. À moins que vous ne préfériez l'attendre.

Je savais qu'Horowitz ne souhaitait pas attendre. Il avait la responsabilité du plus important département de médecine légale du pays et huit mille personnes, l'équivalent de la population d'une petite ville, étaient autopsiées tous les ans sur ses tables en acier. Les homicides représentaient un quart de ces victimes, et beaucoup d'entre elles n'auraient jamais d'identité. La ville de New York était confrontée à un tel problème d'identification des corps que le département de police avait créé dans les locaux d'Horowitz une unité chargée de répertorier les disparus.

Il décrocha le téléphone et s'adressa à un correspondant inconnu.

— Le Dr Scarpetta est arrivée. Nous descendons.

— Je me charge d'accueillir le capitaine Marino. J'ai l'impression que son nom ne m'est pas inconnu, dit Emily.

— Nous travaillons ensemble depuis de longues années, lui expliquai-je. Il collabore à l'unité d'aide à l'investigation du FBI à Quantico depuis sa création.

— Je croyais que cela s'appelait l'unité des sciences du comportement, comme dans les films.

— Le Bureau l'a rebaptisée, mais le but est le même, dis-je.

Il s'agissait d'une petite unité constituée de quelques agents devenus célèbres pour le profilage et la poursuite des auteurs de crimes sexuels avec violence et des meurtriers. Lorsque j'étais récemment devenue l'anatomo-pathologiste consultant de cette unité, je croyais avoir à peu près tout vu. J'avais tort.

Le soleil inondait les fenêtres du bureau d'Horowitz, et se réverbérait sur les étagères en verre qui soutenaient ses fleurs et des arbres miniatures. Je savais que des orchidées installées sur des perchoirs tout autour de la baignoire et du lavabo poussaient dans l'obscurité humide de la salle de bains attenante à son bureau, et qu'il avait installé une serre chez lui. La première fois que j'avais rencontré Horowitz, il m'avait fait penser à Lincoln. Les deux hommes avaient en commun un visage maigre et bienveillant, assombri par une guerre qui déchirait la société. Ils supportaient tous deux le poids d'une tragédie, comme s'ils avaient été choisis pour ce fardeau, et ils étaient dotés de grandes mains patientes.

Nous descendîmes jusqu'à ce que les gens d'ici appelaient la chambre funèbre, une dénomination étrangement désuète pour une morgue située dans l'une des villes les plus violentes des États-Unis. L'air qui s'infiltrait par la baie était glacial, et sentait le vieux tabac et la mort. Des écriteaux accrochés aux murs bleu-vert enjoignaient de ne pas jeter de draps ensanglantés, de linceuls, de linges ou de récipients dans les grosses poubelles.

Des protections de chaussures étaient exigées, et manger était interdit dans ce lieu. Des panonceaux arborant le sigle rouge qui symbolisait les « dangers biologiques » étaient apposés sur de nombreuses portes. Horowitz m'indiqua que l'un de ses trente assistants réaliserait l'autopsie de cette femme sans nom dont nous pensions qu'elle était la dernière victime de Gault. Nous pénétrâmes dans les vestiaires. Le Dr Lewis Rader, revêtu d'une blouse, était en train d'attacher une batterie électrique à sa ceinture.

Horowitz demanda :

— Dr Scarpetta, avez-vous déjà rencontré le Dr Rader ?

— Nous nous connaissons depuis une éternité, répondit Rader en souriant.

— En effet, confirmai-je chaleureusement. La dernière fois que nous nous sommes vus, c'était à San Antonio, si je ne m'abuse.

— Mon Dieu, c'est si loin que cela ?

Il s'agissait de la session annuelle de projection de diapositives organisée par l'Association américaine de médecine légale. Chaque année, nous nous réunissions l'espace d'un soir pour discuter et présenter nos travaux. Ce soir-là, Rader avait illustré le cas d'une mort provoquée par l'orage. Les vêtements de la jeune femme avaient été arrachés par la foudre et la tête de la victime présentait de nombreuses blessures consécutives à la chute du corps sur le ciment. Le cadavre de la jeune femme avait été amené dans les locaux du médecin légiste parce que les flics étaient convaincus qu'elle avait été victime d'un crime sexuel. Rien ne semblait pouvoir les faire changer de thèse, jusqu'à ce que Rader leur montre la boucle de la ceinture de la jeune femme, qui était aimantée, ainsi que la petite brûlure localisée sur la plante de l'un de ses pieds.

Je me souvenais qu'après sa présentation, Rader m'avait servi un Jack Daniel's sec dans un gobelet en carton, et que nous avions échangé nos souvenirs sur le bon vieux temps, lorsque la médecine légale était encore peu pratiquée et que j'étais la seule femme de la profession. Rader approchait de la soixantaine, et sa réputation auprès de ses confrères était excellente, mais il n'aurait jamais fait un bon médecin expert général. Il ne supportait ni la paperasserie ni la guerre avec les politiciens.

Nous passâmes nos poches à air, nos masques et nos bonnets, et l'on aurait pu croire que nous étions en train de nous équiper pour une sortie dans l'espace. Le sida est une préoccupation constante lorsqu'on travaille sur un corps infecté et que l'on risque une piqûre d'aiguille ou une coupure, mais les germes de certaines infections comme la méningite, la tuberculose ou l'hépatite, que l'air ambiant pouvait véhiculer, sont une plus grande menace. Nous enfilions maintenant deux paires de gants l'une sur l'autre, respirions un air purifié, et revêtions plusieurs blouses de chirurgie et tabliers à usage unique. Certains confrères anatomo-pathologistes comme Rader portaient des gants en fil d'acier inoxydable qui faisaient songer aux anciennes cottes de mailles.

J'étais en train d'enfiler ma capuche lorsque O'Donnell, le détective que j'avais rencontré la nuit dernière, entra, suivi de Marino qui avait l'air irritable et semblait souffrir d'une gueule de bois. Les deux hommes passèrent des masques et des gants ; nos regards évitaient de se croiser, et pas une parole ne fut échangée. Notre cas sans nom était dans le tiroir en acier n° 121, et des assistants de la morgue soulevèrent le corps pour le poser sur un chariot comme nous sortions de la salle des vestiaires. Allongée nue sur le froid plateau en métal, la morte était pathétique.

D'affreuses plaques de sang sombre marquaient les zones de chair excisées au niveau de l'épaule et de l'intérieur des cuisses. Sa peau, sous l'influence d'une froide *livor mortis*, était devenue rose vif, la couleur typique des corps gelés ou des décès consécutifs à une exposition intense au froid. La blessure par balle que portait sa tempe droite était caractéristique d'un gros calibre et je voyais distinctement la trace laissée sur sa peau par la gueule du canon à l'endroit où Gault avait posé l'arme contre sa tête pour appuyer sur la détente.

Des hommes revêtus de blouses et portant des masques la poussèrent jusqu'à la salle de radiographie, et on nous distribua à chacun une paire de lunettes aux verres en plastique orange pour compléter notre armure. Rader prépara la Luma-Lite, une sorte de boîte noire toute simple avec un câble en fibre optique bleue renforcée. Il s'agissait en fait d'une autre paire d'yeux capables de voir ce que les nôtres ne distinguaient pas, une douce lumière blanche qui rendait les empreintes fluorescentes et qui illuminait les cheveux, les fibres, les narcotiques et le sperme.

Rader demanda :

— Quelqu'un pourrait-il éteindre la lumière ?

Lorsque la pièce fut plongée dans l'obscurité, Rader commença à promener la Luma-Lite sur le corps, et de nombreuses fibres brillèrent comme de minces fils électriques portés au rouge. Utilisant des forceps, il collecta des poils pubiens et des échantillons au niveau des pieds, des mains et des cheveux ras de son crâne. Lorsqu'il balaya la face interne des doigts de sa main droite, de petites zones jaunâtres scintillèrent comme des soleils.

— Ses doigts portent la trace d'une substance chimique, annonça-t-il.

— Quelquefois, le sperme donne la même luminosité.

— Je ne crois pas qu'il s'agisse de cela.

— Ce pourrait être de la drogue, suggérai-je.

— Bien, on va en prélever sur un écouvillon, dit Rader. Où est l'acide chlorhydrique ? demanda-t-il.

— Ça vient.

Les indices furent collectés et Rader poursuivit son examen. Le petit faisceau de lumière blanche balaya le relief du corps de la femme, fouillant les surfaces sombres où sa chair avait été enlevée, poursuivant sur la plaine plate de son ventre et les pentes douces de ses seins. Pratiquement aucun indice ne fut retrouvé sur ses plaies. Ceci corroborait notre théorie selon laquelle Gault l'avait tuée et mutilée à l'endroit même où nous avions retrouvé le corps, car s'il l'avait transportée après l'avoir abattue, des débris auraient adhéré au sang en cours de coagulation. En fait, les blessures constituaient les zones les plus propres du cadavre.

Nous travaillâmes dans l'obscurité durant plus d'une heure. La femme se révélait à moi centimètre par centimètre. Sa peau était pâle, la peau de quelqu'un qui ne s'expose pas au soleil. D'une musculature assez modeste, elle était très mince et mesurait approximativement un mètre soixante-cinq. Elle portait aux oreilles des clous et de petits anneaux, tous en or, trois à l'oreille gauche et deux à la droite. Ses cheveux étaient blond châtain et ses yeux bleus. Les traits de son visage étaient réguliers, et auraient sûrement été moins fades si elle n'avait pas eu le crâne rasé et si elle n'était pas morte. Ses ongles sans vernis étaient rongés jusqu'au sang.

Les seules traces de blessures anciennes que nous trouvâmes furent des cicatrices sur le front et en haut du crâne, au niveau de l'os pariétal gauche. Il s'agissait de cicatrices linéaires de deux à deux centimètres et demi de long. Le seul résidu de poudre détectable était une marque de fenêtre d'éjection entre l'index et le pouce de sa main droite, ce qui, à mon avis, traduisait un geste défensif de sa part au moment où l'on avait fait feu. Ce résidu aurait définitivement éliminé la thèse d'un suicide, même si tous les autres indices l'avaient appuyée, ce qui n'était pas le cas.

La voix d'Horowitz résonna quelque part derrière moi dans le noir :

— Il est assez difficile de déterminer quelle était sa main directrice.

— Son bras droit est légèrement plus développé que le gauche, observai-je.

— En ce cas, je dirais qu'elle était droitière. Son hygiène et son alimentation laissaient à désirer, remarqua-t-il.

— Oui, comme une sans-abri ou une prostituée. Je dirais que c'était une prostituée, proposa O'Donnell.

La voix bourrue de Marino se fit entendre dans l'obscurité. Elle semblait provenir de l'autre côté de la table d'autopsie :

— Aucune pute de ma connaissance va se raser le crâne.

— Ça dépend qui elle cherchait à attirer, renchérit O'Donnell. Les policiers en civil qui l'ont repérée dans le métro ont dit qu'ils avaient d'abord cru que c'était un homme.

— Oui, mais quand elle était avec Gault, répondit Marino.

— Quand elle était avec ce mec dont vous pensez qu'il s'agit de Gault.

— Je ne pense pas, dit Marino. C'est bien avec lui

qu'elle était. Je peux presque renifler ce fils de pute, c'est comme s'il laissait une mauvaise odeur partout où il passe.

— Je crois que ce que vous sentez, c'est plutôt elle, conclut O'Donnell.

— Descendez l'appareil, à peu près à cet endroit. Bien, merci.

Rader continua de collecter des fragments de fibres pendant que des voix désincarnées discutaient dans une obscurité aussi épaisse que du velours.

Je finis par dire à voix haute :

— C'est vraiment très étrange. En général, lorsque l'on recueille autant de fragments, c'est que le corps a été enveloppé dans une couverture sale, ou encore transporté dans le coffre d'une voiture.

— Il est évident qu'il y a longtemps qu'elle n'avait pas pris de bain, et nous sommes en hiver, remarqua Rader.

Il continua à promener le câble en fibre optique, illuminant la petite cicatrice probablement laissée dans l'enfance par une vaccination antivariolique.

— Il est possible qu'elle ait porté les mêmes vêtements durant des jours, et si elle prenait le bus ou le métro, elle a pu ramasser énormément de fragments.

Tout ceci se résumait à une chose : il s'agissait d'une indigente, dont personne n'avait déclaré la disparition parce qu'elle n'avait pas de domicile, parce que nul ne la connaissait ni ne s'inquiétait de son absence. Nous restâmes donc sur l'idée que cette femme était un exemple typique de sans-abri, jusqu'à ce qu'on la dépose sur la table six, dans la salle d'autopsie, où le dentiste légiste, le Dr Graham, attendait de relever le tracé de sa denture.

Le Dr Graham était un homme jeune aux larges épaules. Il avait l'air d'être un peu ailleurs, un air que j'associe toujours aux professeurs de facultés de médecine. En réalité, il était dentiste à Staten Island, où il pratiquait sur des patients bien en vie. Mais aujourd'hui, il consacrait sa journée de travail à ceux qui se plaignaient sans un mot, et il le faisait pour des honoraires qui ne couvriraient probablement ni son trajet en taxi ni le prix de son déjeuner. La *rigor mortis* était installée, et la morte refusait de coopérer, comme une enfant obstinée qui déteste le dentiste. Il finit par entrouvrir de force ses mâchoires en insérant entre elles une mince lime.

Rapprochant une lampe, Rader lâcha :

— Eh bien, joyeux Noël. Elle a la bouche pleine d'or.

— Très étrange, déclara Horowitz du ton qu'aurait eu un mathématicien considérant un problème.

Pointant le doigt vers les plombages en or en forme de haricot qui ornaient la base de chacune des dents de devant de la morte, juste au niveau de la naissance de la gencive, Graham expliqua :

— Ce sont des restaurations dentaires à la feuille d'or. Il y en a ici, et ici, et encore là, dit-il en les désignant une à une. Il y en a six en tout. C'est très inhabituel. Je crois même que je n'avais jamais vu cela avant, en tout cas pas à la morgue.

— Mais c'est quoi ce truc de feuille d'or ? demanda Marino.

— Une vraie galère, voilà ce que c'est, répondit Graham. Un type de restauration très difficile à faire et très inesthétique.

— Je crois qu'il y a encore quelques années, l'examen d'obtention du diplôme de chirurgien-dentiste incluait une de ces restaurations, dis-je.

Tout en continuant à travailler, Graham acquiesça :

— C'est exact, et tous les étudiants détestaient cela.

Il poursuivit en expliquant que, pour réaliser un plombage à la feuille d'or, le dentiste doit bourrer la dent avec de petits grains du métal, mais que, s'il demeure la moindre trace d'humidité dans la dent, le plombage tombe. Il insista sur le fait que si ces restaurations étaient très fiables, elles demandaient

un énorme travail, étaient douloureuses et très onéreuses.

— D'autant que fort peu de patients apprécient un
plombage en or, lequel est très visible, principalement sur la face externe des dents de devant.

Il continua à répertorier toutes les interventions de
dentisterie, toutes les formes et les défauts, toutes les
extractions qui donnaient une existence individuelle
à cette femme. Ses dents de devant présentaient une
sorte de crénelure et avaient été érodées en arc de
cercle, ce qui pouvait indiquer qu'elle avait l'habitude de serrer quelque chose dans sa bouche, et coïn-
cidait avec le rapport qui mentionnait qu'elle fumait
une pipe.

— Mais si elle était une fumeuse de pipe chroni-
que, est-ce que ses dents ne seraient pas tachées par
le tabac ? demandai-je, alors que je n'avais rien
remarqué de tel.

— C'est possible, admit Graham. Mais regardez à
quel point la surface externe de ses dents est érodée.
Vous voyez ces zones évidées à la naissance des gen-
cives ? En réalité, les dégâts majeurs que l'on peut
observer ont sûrement été provoqués par l'habitude
de brossages obsessionnels.

— Et donc, si elle s'est brossé les dents comme
une malade dix fois par jour, elle n'aura pas de
taches de tabac, conclut Marino.

— Cette manie de se brosser les dents ne cadre
pas avec le fait que son hygiène corporelle est très
médiocre, commentai-je. Du reste, sa bouche est
totalement en contradiction avec tout le reste.

— Pouvez-vous dater les réparations dentaires ?
demanda Rader.

— Pas vraiment, répondit Graham tout en poursuivant son exploration. Mais l'ensemble est de
l'excellent travail. Je dirais que c'est probablement le
même dentiste qui a tout fait. Et le seul endroit où
l'on trouve encore des plombages à la feuille d'or,
c'est sur la côte Ouest.

— Je me demande comment vous pouvez être sûr de ça, déclara le détective O'Donnell.

— Mais parce que pour qu'il y ait des plombages, il faut qu'il y ait des médecins qui les pratiquent. Personnellement, je n'en fais pas, ni aucun des collègues que je connais. Mais il existe une organisation, qui regroupe les chirurgiens-dentistes qui pratiquent encore la restauration à la feuille d'or, et qui compte plusieurs centaines de membres qui se flattent de travailler de cette façon. La majorité d'entre eux se trouve dans l'État de Washington.

— Mais pourquoi quelqu'un désirerait-il avoir ce genre de plombage ? s'enquit O'Donnell.

Graham leva les yeux et le fixa :

— Parce que l'or tient longtemps. En plus, certaines personnes s'inquiètent de ce qu'on va leur mettre dans la bouche. Les produits chimiques qui composent le ciment dentaire blanc sont supposés être neuro-toxiques. De surcroît, ce ciment se tache et s'abîme plus rapidement que le métal. Et pour ce qui est de l'argent, certaines personnes sont convaincues qu'il est responsable de plein de maladies, depuis la calvitie jusqu'à la fibrose kystique.

— Ouais, ben y'a aussi des barjots qui aiment l'or, déclara Marino.

— En effet, répondit Graham. Peut-être en fait-elle partie.

Mais cette hypothèse ne me convainquait pas. Cette femme ne me donnait pas l'impression d'être de celles qui se préoccupent de leur apparence. Je pensais même qu'elle ne s'était pas rasé le crâne pour faire passer un message quelconque, ou parce qu'elle voulait être dans le vent. Au fur et à mesure que nous explorions son corps en profondeur, je comprenais de plus en plus de choses, même si son mystère s'épaississait.

Elle avait subi une hystérectomie par les voies naturelles, c'est-à-dire que l'utérus avait été retiré en passant par le vagin, mais les ovaires avaient été laissés en place. Ses pieds étaient plats. Sous les cicatrices crâniennes que nous avions détectées, nous trouvâmes la trace d'un ancien hématome intracérébral au niveau du lobe frontal de l'encéphale, dont l'origine était probablement un coup.

— Elle a été victime d'une agression, il y a des années, déclarai-je. C'est le genre de blessure crânienne qu'on associe généralement à des perturbations de la personnalité.

Je songeai à cette femme qui parcourait le monde, au fait que personne n'avait réclamé le corps.

— Elle s'est probablement détachée de sa famille, et devait être sujette à des crises comportementales.

Horowitz se tourna vers Rader :

— Essayez de savoir si les analyses toxicologiques peuvent être faites en urgence. Il faut vérifier sa diphénylhydantoïne.

5

Nous ne pouvions pas faire grand-chose d'autre ce jour-là. La ville entière ne pensait qu'à Noël, et la plupart des laboratoires et des bureaux étaient fermés pour les fêtes.

Marino et moi marchâmes en direction de Central Park, puis nous nous arrêtâmes dans un petit salon de thé grec où je consommai juste un café, incapable de rien manger. Nous trouvâmes ensuite un taxi.

Wesley n'était pas dans sa chambre. Je me rendis dans la mienne et restai un long moment devant la fenêtre, regardant les arbres sombres et touffus et les rochers noirs du parc qui semblaient posés au milieu d'étendues neigeuses. Le ciel était gris et bouché. D'où je me trouvais, je ne parvenais à distinguer ni la patinoire ni la fontaine où l'on avait retrouvé la femme assassinée. Bien que n'étant arrivée sur les lieux du crime qu'après l'enlèvement du corps, j'avais vu les photographies prises avant. Ce qu'avait fait Gault était monstrueux, et je me demandai où il se trouvait en ce moment.

Il m'aurait été impossible de faire le compte des morts violentes sur lesquelles j'avais travaillé depuis le début de ma carrière. Pourtant, je comprenais nombre de ces meurtres bien mieux que je ne le disais lorsque j'étais dans le box des témoins. Il n'est pas très difficile de comprendre que des gens tuent lorsqu'ils sont sous l'emprise de la rage, de la folie, de la peur ou de la drogue. Même les psychopathes possèdent leur logique tordue. Mais Temple Gault était au-delà de toute description ou de tout décryptage.

La justice criminelle avait entendu parler de lui pour la première fois cinq ans auparavant, alors qu'il buvait des cocktails dans un bar d'Abington, dans l'État de Virginie. Un conducteur de poids lourd ivre avait pris Gault à partie parce qu'il n'aimait pas les hommes efféminés. Mais Gault était ceinture noire de karaté. Sans un mot, il avait arboré son étrange sourire. Il s'était levé et, dans une pirouette, avait expédié à l'homme un coup de pied à la tête. Une demi-douzaine de soldats en congé se trouvaient ce soir-là à une table voisine, c'est du reste peut-être pour cette seule raison que Gault avait été arrêté et inculpé d'homicide involontaire.

Sa carrière au pénitencier d'État de Virginie avait été à la fois brève et étrange. Il y était devenu le chouchou d'un directeur corrompu qui avait falsifié son identité, facilitant ainsi son évasion. Gault s'était donc évadé, et n'était pas dehors depuis très longtemps lorsqu'il avait rencontré un jeune garçon du nom de Eddie Heath. Il l'avait tué d'une façon qui ressemblait fort à la boucherie qu'on lui attribuait à Central Park. Il avait poursuivi sa carrière de meurtrier en assassinant mon assistante à la morgue, le directeur du pénitencier et une des gardiennes de la prison, une nommée Helen. Gault avait à l'époque trente et un ans.

Des flocons de neige tombaient devant la fenêtre et semblaient se faire piéger un peu plus loin par les arbres, comme du brouillard. Des sabots résonnèrent sur l'asphalte, et un attelage passa sous ma fenêtre, emportant deux promeneurs emmitouflés dans des plaids. La jument blanche était vieille et n'avait pas le pied sûr. Elle glissa, et le cocher la frappa sauvagement. La tête baissée contre le mauvais temps, la robe mal entretenue, d'autres chevaux la regardèrent avec un triste soulagement, et je sentis la rage monter dans ma gorge comme un flot de bile. Mon cœur se mit à battre à tout rompre. Je bondis en entendant quelqu'un frapper à ma porte.

— Qui est-ce ?

La voix de Wesley répondit au bout de quelques secondes :

— Kay ?

J'ouvris la porte. Sa casquette de base-ball et les épaules de son pardessus étaient trempées de neige. Il retira ses gants de cuir et les fourra dans sa poche, puis ôta son manteau sans me quitter des yeux.

— Que se passe-t-il ? demanda-t-il.

Ma voix tremblait :

— Je vais vous dire ce qui ce passe. Venez ici et regardez.

Je l'attrapai par la main et le tirai vers la fenêtre.

— Regardez ! Croyez-vous que ces misérables chevaux aient le droit de se reposer, ne serait-ce qu'une journée ? Croyez-vous qu'on s'en occupe convenablement ? Croyez-vous qu'on les panse et qu'on les brosse jamais ? Vous savez ce qui se passe lorsqu'ils trébuchent ? Lorsque le sol est verglacé, qu'ils sont trop vieux et qu'ils manquent de tomber ?

— Kay...

— *On les cogne encore plus fort !*

— Kay...

M'en prenant à lui, je continuai :

76

— Alors, pourquoi n'essayez-vous pas d'y remédier ?

— Que voudriez-vous que je fasse, Kay ?

— Je ne sais pas, quelque chose, n'importe quoi. Le monde est rempli de gens qui ne font rien, et j'en ai ma claque.

— Vous voulez que je porte plainte auprès de la Société protectrice des animaux ? demanda-t-il.

— Oui. Et j'en ferai autant.

— Est-ce que ça ira si nous remettons notre plainte à demain ? Je crois qu'aujourd'hui, tout sera fermé.

Je continuai à fixer la scène qui se déroulait dans la rue, et le cocher frappa de nouveau le cheval.

— Cette fois-ci, c'est trop, dis-je d'un ton sec.

— Où allez-vous ? cria Wesley en sortant de la chambre à ma suite.

Il se précipita derrière moi tandis que je me dirigeais vers les ascenseurs. Je traversai le hall d'un pas pressé, et sortis de l'hôtel sans manteau. La neige tombait maintenant dru, et les rues gelées se recouvraient d'une couche neigeuse molle. L'objet de ma colère était un vieil homme voûté sur le siège de la calèche, qui portait un chapeau. Il se redressa en voyant approcher une femme entre deux âges remorquant un homme de haute taille dans son sillage.

Avec un fort accent, il me demanda :

— Vous voulez un beau tour en calèche ?

La jument tendit le cou vers moi et abaissa les oreilles comme si elle savait ce qui l'attendait. Pleine de cicatrices, elle n'avait que la peau sur les os, et la corne de ses sabots avait trop poussé. Son regard était morne, et le bord de ses paupières rose.

— Quel est le nom du cheval ? demandai-je.

— Blanche-Neige.

Il était aussi pitoyable que son pauvre cheval, et il entreprit de me réciter le prix des différentes promenades.

— Vos tarifs ne m'intéressent pas.

Il baissa vers moi son regard las et haussa les épaules.

— Bon, vous voulez vous promener combien de temps ?

D'une voix sèche, je répondis :

— Je ne sais pas. Il faut que je me promène combien de temps avant que vous recommenciez à frapper Blanche-Neige ? Et est-ce que vous la cognez plus ou moins, pour Noël ?

— Je traite bien mon cheval, dit-il bêtement.

— Vous êtes cruel avec cette bête, et probablement avec tout ce qui vit et respire, répondis-je.

Ses yeux se rétrécirent et il lâcha :

— Je fais mon travail.

— Je suis médecin et je vais vous dénoncer, dis-je d'une voix de plus en plus tendue.

— Quoi ? gloussa-t-il. Vous êtes toubib pour cheval ?

Je me rapprochai de son siège jusqu'à n'être plus qu'à quelques centimètres de ses jambes recouvertes d'une couverture. De ce ton glacial et calme que je réservais aux gens que je détestais, je déclarai :

— Si vous frappez encore une fois cette jument, je le verrai. Et le monsieur qui est derrière moi le verra aussi. Depuis cette fenêtre, là-haut, dis-je en pointant le doigt en direction de ma chambre. Et un de ces jours, vous vous réveillerez pour vous apercevoir que j'ai racheté votre compagnie et que je vous ai viré.

Il regarda avec curiosité le New York City Athletic Club et dit :

— Vous n'achetez pas de compagnies.

— Vous ne comprenez rien à la réalité.

Il renfonça son menton dans son col et m'ignora.

Je ne décrochai pas un mot en retournant dans ma chambre, et Wesley demeura également silencieux. J'inspirai profondément, mais mes mains n'arrêtaient pas de trembler. Wesley se dirigea vers le minibar et nous servit à tous deux un whisky. Il m'assit ensuite sur le lit, disposant plusieurs oreillers derrière mon dos, puis il enleva son manteau et en recouvrit mes jambes.

Il éteignit la lumière et s'assit à mes côtés. Il me massa la nuque durant quelques minutes. J'avais le regard fixé vers la fenêtre. Le ciel de neige était gris et humide mais il n'avait pas l'air aussi triste que lorsqu'il pleuvait. Je m'interrogeai sur cette particularité : pourquoi la neige est-elle toujours douce alors que la pluie semble plus dure, plus froide aussi ?

Lorsque la police avait découvert le petit corps nu d'Eddie Heath, cet autre Noël, il faisait un froid polaire à Richmond, et il pleuvait. Son corps était appuyé contre une benne à ordures, derrière un bâtiment abandonné aux fenêtres condamnées. Il n'était pas encore mort, mais il ne devait jamais reprendre conscience. Gault l'avait rencontré dans une petite épicerie ouverte tard le soir, où la mère d'Eddie avait envoyé le jeune garçon chercher une boîte de soupe.

Il ne me serait jamais possible d'oublier cet endroit désolé et sale où le petit garçon avait été retrouvé, ni la cruauté gratuite dont Gault avait fait preuve en plaçant à côté du corps de l'enfant le petit sac en plastique qui contenait la boîte de soupe et les bonbons qu'Eddie avait achetés juste avant de mourir. Ces détails le rendaient si réel que même l'officier de police du comté d'Henrico avait pleuré. Le souvenir des blessures d'Eddie me revint à l'esprit, et je me souvins de la pression tiède de sa main alors que je l'examinais après son arrivée dans l'unité de soins pédiatriques intensifs, juste avant qu'on ne débranche les appareils qui tentaient de le maintenir en vie.

— Mon Dieu, murmurai-je dans cette chambre obscure. Mon Dieu, j'en ai assez de tout ça.

Wesley s'était relevé et regardait par la fenêtre, son verre à la main. Il ne répondit pas.

— J'en ai tellement assez de la cruauté. J'en ai tellement assez des gens qui frappent les chevaux, qui tuent des petits garçons ou des femmes blessées à la tête.

— C'est Noël, dit Wesley sans se retourner. Vous devriez appeler votre famille.

— Vous avez raison. C'est exactement ce qu'il me faut pour me remonter le moral.

Je me mouchai et attrapai le téléphone.

J'appelai d'abord chez ma sœur à Miami, mais personne ne répondit. Je repêchai mon petit carnet d'adresses dans mon sac à main et formai le numéro de l'hôpital où ma mère séjournait depuis plusieurs semaines. L'infirmière de l'unité de soins intensifs qui me répondit m'informa que ma sœur Dorothy se trouvait avec ma mère, et qu'elle allait la chercher.

— Allô ?

— Joyeux Noël, dis-je à mon unique sœur.

— Je suppose que c'est ironique, si l'on considère où je me trouve en ce moment. Cet endroit n'a vraiment rien de joyeux. Il est vrai que, comme tu n'es pas là, tu ne peux pas le savoir.

— Je suis très au fait de ce qui se passe dans les unités de soins intensifs. Où est Lucy et comment va-t-elle ?

— Elle est partie en courses avec son amie. Elles m'ont déposée à l'hôpital et doivent venir m'y rechercher d'ici une heure à peu près. Puis nous allons à la messe. Enfin, je ne sais pas si son amie ira puisqu'elle n'est pas catholique.

— L'amie de Lucy a un nom. Elle s'appelle Janet et elle est charmante.

— Je n'ai pas l'intention de discuter de cela.

— Comment va Maman ?

— Pareil.

Elle commençait à m'exaspérer, et j'insistai :

— Pareil que quoi, Dorothy ?

— Ils ont dû pratiquer une aspiration aujourd'hui. J'ignore quel est le problème, mais tu ne peux pas imaginer ce que cela fait de la voir essayer de tousser sans parvenir à émettre un son, à cause de cet horrible tube qu'elle a dans la gorge. Elle n'a pu se passer de l'assistance respiratoire que cinq minutes aujourd'hui.

— Sait-elle quel jour nous sommes ?

D'un ton inquiétant, ma sœur répondit :

— Oh oui ! Oh oui, bien sûr qu'elle le sait. J'ai mis un petit sapin de Noël sur sa table de chevet, et elle a beaucoup pleuré.

Une douleur sourde me gonfla la poitrine.

— Quand arrives-tu ? poursuivit-elle.

— Je ne sais pas. Nous ne pouvons pas quitter New York en ce moment.

— Tu as passé la majeure partie de ta vie à te faire du souci pour des morts. Cela t'a-t-il jamais frappée, Katie ?

Sa voix devint glaciale, et elle poursuivit :

— J'ai l'impression que tu n'as de relations qu'avec les morts...

— Dorothy, dis à Maman que j'ai appelé et que je l'aime. Dis également à Lucy et à Janet que j'essaierai de rappeler ce soir un peu plus tard, ou demain.

Je raccrochai.

Wesley me tournait toujours le dos, debout devant la fenêtre. Il était parfaitement au courant de mes problèmes familiaux.

— Je suis désolé, dit-il avec gentillesse.

— Oh, elle serait pareille si j'étais là-bas avec elles.

— Je sais. Mais ce qui est important dans l'histoire, c'est que vous devriez être en Floride avec votre famille et que je devrais être chez moi.

À chaque fois qu'il parlait de chez lui, je me sentais mal à l'aise, parce que chez lui et chez moi étaient deux endroits différents. Je repensai à notre enquête, et lorsque je fermai les paupières, je revis la femme qui avait l'air d'un mannequin de magasin sans vêtement ni perruque. Je revis ses effroyables blessures.

— Benton ? Qui essaie-t-il véritablement de tuer en assassinant ces gens ?

— Lui-même. Gault tente de se tuer lui-même.

— Cela n'explique pas tout.

— Non, mais c'est une partie du problème.

— Il considère ça comme un sport.

— Oui, ça aussi, c'est vrai.

— Et sa famille ? En sait-on un peu plus à ce sujet ?

Me tournant toujours le dos, il répondit :

— Non, Papa et Maman sont en vie et en bonne santé, et habitent Beaufort, en Caroline du Sud.

— Ils ont déménagé d'Albany ?

— Vous rappelez-vous les inondations ?

— Ah oui. Le cyclone.

— Le sud de la Georgie a été presque complètement submergé. Je pense aussi qu'ils recherchent la solitude.

— Oui, je m'en doute.

— Bien sûr. Des cars de touristes stationnaient devant leur porte en Georgie, et les journalistes étaient pendus à leur sonnette. Les Gault refusent de coopérer avec les autorités. Ainsi que vous le savez, j'ai demandé à plusieurs reprises à les interroger, ils n'ont jamais accepté.

— J'aimerais en savoir davantage sur son enfance.

— Il a grandi dans la plantation familiale. Il s'agissait en réalité d'une de ces grandes maisons de bois blanche bâtie au milieu de centaines d'hectares de pacaniers. L'usine qui fabriquait les friandises à base de noix de pécan, vous savez, le genre qu'on vend surtout dans le Sud, dans les restaurants ou les stations-service, se trouvait à côté de la maison. Mais pour ce qui est de ce qui s'est passé chez les Gault lorsqu'il y vivait, nous n'en savons rien.

— Et sa sœur ?

— Je suppose qu'elle est toujours quelque part sur la côte Ouest. On ne parvient pas à la localiser afin de lui parler. De toute façon, elle refuserait probablement.

— À votre avis, existe-t-il une chance que Gault tente de la contacter ?

— C'est difficile à dire. Cependant, rien de ce que

82

nous savons ne permet de croire qu'ils aient jamais été très proches. Du reste, il ne semble pas que Gault ait jamais été proche de quiconque, dans le sens normal du terme.

— Qu'avez-vous fait aujourd'hui ? demandai-je.

Ma voix était plus tendre et je me sentais plus détendue.

— J'ai parlé à plusieurs enquêteurs et j'ai beaucoup marché.

— Vous avez marché pour faire de l'exercice ou pour des motifs professionnels ?

— Surtout pour le travail, mais un peu des deux quand même. À propos, Blanche-Neige n'est plus là. Le cocher est parti à vide, et il ne l'a pas frappée.

J'ouvris les yeux :

— Benton, parlez-moi encore de votre promenade.

— J'ai parcouru la zone du métro où Gault a été vu avec la victime, à la station de Central Park West et de Eightyfirst. Selon le temps qu'il fait et le chemin que vous empruntez, l'entrée de la station en question est située à cinq à dix minutes de marche du Ramble.

— Mais nous ne savons pas s'ils sont passés par là.

Il laissa échapper un long soupir fatigué et répondit :

— Nous n'avons pas une seule fichue certitude ! Bien sûr, nous avons retrouvé des traces de pas. Mais il y a tant d'autres empreintes de semelle, et même des empreintes de sabot, de pattes de chien, et Dieu sait quoi d'autre. Du moins y en avait-il.

Il s'interrompit. De l'autre côté de la vitre, la neige zébrait le ciel.

— Vous pensez qu'il habite le coin.

— Il n'y a pas de correspondances dans cette station de métro. En d'autres termes, lorsque les gens descendent à cet arrêt, c'est parce qu'ils habitent l'Upper West Side, ou bien parce qu'ils se rendent au musée, dans le parc, ou au restaurant dans le coin.

— C'est pour cela que je ne crois pas que Gault habite le quartier, rétorquai-je. On rencontre toujours les mêmes gens dans ce type de station. Il me semble donc que l'officier qui a dressé un procès-verbal à Gault l'aurait reconnu s'il s'était agi d'un résident du quartier ou d'un usager habituel.

— Oui, c'est un bon argument, admit Wesley. Il semble que Gault connaissait très bien le coin dans lequel il a commis son crime. Pourtant, il n'existe aucun élément qui permette de penser qu'il y ait jamais séjourné. Donc, comment se fait-il qu'il le connaisse si bien ?

Wesley se tourna et me fit face.

Les lumières de la chambre étaient éteintes. Il se tenait debout dans l'obscurité devant le fond marbré du ciel gris et neigeux. Wesley était très mince, son pantalon foncé trop large flottait autour de ses hanches. Il avait repoussé sa boucle de ceinture d'un cran.

— Vous avez perdu du poids.

— Je suis flatté que vous l'ayez remarqué, répondit-il d'un ton forcé.

— Je ne connais parfaitement votre corps que lorsque vous ne portez pas de vêtements, dis-je d'un ton plat. Et vous êtes beau.

— C'est le seul moment où cela compte, je suppose.

— Non. Combien de kilos avez-vous perdus, et pour quelle raison ?

— Je ne sais pas combien j'ai perdu. Je ne me pèse jamais. Parfois, j'oublie de manger.

— Vous avez mangé, aujourd'hui ? demandai-je comme si j'étais son médecin traitant.

— Non.

— Mettez votre manteau.

Nous marchâmes main dans la main, en longeant le mur de Central Park, et je ne parvins pas à me souvenir si nous avions déjà eu un quelconque geste affectueux en public. Mais le peu de badauds encore dehors à cette heure ne pouvait discerner clairement nos traits, et je doute que dans le cas contraire la chose les eût intéressés. L'espace d'un moment, j'eus le cœur léger, et la neige qui s'amoncelait sur la neige produisait le même son que si elle était tombée sur du verre.

Toujours silencieux, nous traversâmes quelques rues, et je songeai à ma famille à Miami. Je les appellerais probablement un peu plus tard, et ma récompense en serait d'autres reproches. Elles m'en voulaient parce que je n'avais pas fait ce qu'elles voulaient, elles, et à chaque fois, j'avais envie de les abandonner, comme si elles n'étaient qu'un travail sans intérêt ou un vice. Mais en fait, c'était Lucy, que j'avais toujours aimée comme ma propre fille, qui m'inquiétait. Je ne saurais jamais satisfaire ma mère, et je n'aimais pas ma sœur Dorothy.

Je me rapprochai de Wesley et passai mon bras sous le sien. Il prit ma main de sa main libre et je me serrai contre lui. Nous portions tous deux des casquettes qui rendaient difficile toute tentative de baiser. Nous nous immobilisâmes sur le trottoir, environnés par l'obscurité qui s'épaississait, tournâmes nos casquettes à l'envers comme les voyous et résolûmes le problème. Et puis, nous éclatâmes de rire en découvrant à quoi nous ressemblions.

Riant toujours, Wesley déclara :

— Bon sang, j'aimerais bien avoir un appareil photo.

— Certainement pas.

À la seule pensée que quelqu'un puisse nous prendre tous les deux en photo dans cet accoutrement, je retournai ma visière à l'endroit. Je venais de me souvenir que nous étions des hors-la-loi, et notre moment de bonheur s'envola en fumée. Nous reprîmes notre marche.

— Benton, on ne peut pas continuer comme ça.

Il ne répondit pas. Je poursuivis :

— Dans votre monde réel, vous êtes un mari et un père dévoué. Et parfois, nous partons en mission.

D'une voix que la tension envahissait à nouveau, il demanda :

— Et que ressentez-vous ?

— Ce que tous les autres ressentent lorsqu'ils ont une liaison, je suppose. De la honte, de la peur, de la culpabilité et de la tristesse. J'ai des migraines et vous perdez du poids.

Je demeurai quelques instants silencieuse avant de finir :

— ... Et puis nous nous retrouvons.

— Et la jalousie ?

J'hésitai avant de répondre :

— Je m'oblige à ne pas l'éprouver.

— On ne peut pas s'obliger à ne rien ressentir.

— Mais si, on le peut. C'est ce que nous faisons continuellement lorsque nous travaillons sur des affaires comme celle-ci.

— Êtes-vous jalouse de Connie ? insista-t-il.

— J'ai toujours beaucoup aimé votre femme et j'ai toujours pensé que c'était quelqu'un de très bien.

— Mais vous êtes jalouse de la relation que nous partageons tous les deux ? La chose serait parfaitement compréhensible...

— Pourquoi faut-il que vous insistiez, Benton ?

— Parce que je veux que nous fassions face au problème, que nous l'analysions pour trouver un moyen de s'en sortir, d'une façon ou d'une autre.

— Très bien. Alors en ce cas, je veux que vous me disiez quelque chose. Lorsque j'étais avec Mark, qui était votre meilleur ami et votre partenaire, étiez-vous jaloux ?

— De qui ? demanda-t-il en essayant d'être drôle.

— Étiez-vous jaloux de ma relation avec Mark ?

Il ne répondit pas directement.

— Je vous mentirais si j'affirmais que vous ne m'avez pas toujours attiré. Profondément attiré.

Le souvenir des moments où Wesley, Mark et moi étions ensemble me revint. Je fouillai mes souvenirs pour y trouver un indice quelconque qui confirme ce qu'il venait de dire. En vain. Mais lorsque j'étais avec Mark, lui seul m'occupait l'esprit.

Wesley poursuivit sur sa lancée :

— J'ai été honnête. Maintenant, parlons de vous et de Connie. Il faut que je sache.

— Pour quelle raison ?

— Je dois savoir si nous pourrons être un jour ensemble, tous. Comme au bon vieux temps, lorsque vous veniez dîner chez nous ou nous rendre visite. Ma femme a commencé à me demander pour quelle raison vous ne veniez plus.

Je sentis monter ma paranoïa :

— Vous voulez dire, vous pensez qu'elle a des soupçons ?

— Je dis seulement que nous en avons discuté. Elle vous aime bien. Maintenant que nous travaillons ensemble au FBI, elle ne comprend pas pourquoi elle vous voit encore moins qu'avant.

— Je comprends qu'elle se pose la question.

— Qu'allons-nous faire, Kay ?

J'avais été plusieurs fois chez Benton, et je l'avais vu vivre au milieu de ses enfants et avec sa femme. Je me souvenais de la façon qu'ils avaient de se toucher, de se sourire, des allusions qu'ils échangeaient au sujet de choses qui m'échappaient tout en partageant brièvement leur monde avec leurs amis. Mais les choses étaient différentes, à cette époque-là, parce que j'étais amoureuse de Mark et que Mark était mort.

Je lâchai la main de Wesley. Des taxis jaunes nous dépassaient, éclaboussant les trottoirs de grandes gerbes de neige et des lumières accueillantes brillaient aux fenêtres des appartements. Sous la clarté des grands lampadaires métalliques, le parc scintillait d'une blancheur spectrale.

— Je ne peux pas, dis-je.

Nous obliquâmes sur Central Park West.

— Je suis désolée, mais je ne crois pas être capable de vous voir en présence de Connie.

— Je croyais vous avoir entendue dire que vous saviez maîtriser vos émotions.

— Cela vous est facile parce que moi, je n'ai personne d'autre dans ma vie.

— De toute façon, il faudra que vous le fassiez à un moment ou à un autre. Si nous continuons à travailler ensemble, si nous continuons à être amis, et même si nous rompons, il faudra que vous affrontiez ma famille.

— Vous en venez aux ultimatums, maintenant ?

— Vous savez bien que non.

J'accélérai le pas. Le jour où, pour la première fois, j'avais couché avec lui, j'avais considérablement compliqué ma vie. Et pourtant, je savais ce qu'il en était. Combien de pauvres fous n'avais-je pas examinés, qui se retrouvaient sur ma table parce qu'ils avaient eu une liaison avec quelqu'un qui était déjà marié ? Les gens s'annihilent eux-mêmes comme ils annihilent les autres. Ils perdent l'esprit et se retrouvent devant un tribunal.

Je dépassai la *Tavern on the Green* et levai les yeux vers le *Dakota* situé à ma gauche, l'immeuble au coin duquel John Lennon avait été abattu quelques années auparavant. La station de métro était très proche de Cherry Hill et je me demandai si, en quittant le parc, Gault n'était pas venu jusqu'ici. Je m'immobilisai et regardai attentivement. Ce soir-là, le 8 décembre, je rentrais en voiture d'une audience au tribunal lorsque j'avais appris par la radio que John Lennon venait d'être assassiné par un inconnu qui avait sur lui un exemplaire de *L'Attrape-cœur*.

— Benton, John Lennon habitait là.

— Oui. Il a été tué juste ici, à côté de cette entrée.

— Pensez-vous que ceci ait eu une quelconque importance pour Gault ?

— Je n'y avais jamais songé.

— Cette possibilité mérite-t-elle d'être examinée ?

Wesley demeura silencieux tout en contemplant le *Dakota*, sa façade de briques décapées, et ses ornements en fer forgé et en cuivre.

— Il nous faut penser à tout, répondit-il.

— Gault devait encore être adolescent lorsque Lennon a été assassiné. Si j'en juge par son appartement à Richmond, Gault semblait préférer la musique classique et le jazz. Je ne crois pas me souvenir qu'il ait possédé d'albums de Lennon ou des Beatles.

— Si Gault s'intéressait à Lennon, ce ne serait pas pour des raisons musicales. Il doit être fasciné par un crime aussi spectaculaire.

Nous reprîmes notre marche.

— Il n'y a pas assez de gens pour répondre aux questions dont nous cherchons les réponses.

— Pour cela, il nous faudrait tout un département de police. Tout le FBI, même.

— Peut-on vérifier si quelqu'un correspondant à la description de Gault n'a pas été vu aux environs du *Dakota* ? demandai-je.

— Merde, il pourrait même y vivre, dit Wesley d'un ton amer. Jusqu'ici, il ne semble pas que l'argent lui ait jamais posé de problèmes.

Au détour du Muséum d'histoire naturelle, nous découvrîmes la marquise rose recouverte de neige d'un restaurant qui s'appelait *Scaletta* et qui, à ma surprise, était ouvert et rempli de clients. Un couple, tous deux en manteau de fourrure, descendit les marches du restaurant et y pénétra, et je me demandai si nous ne devrions pas suivre leur exemple. Je commençais en effet à avoir faim, et Wesley n'avait vraiment pas besoin de perdre davantage de poids.

— Cela vous tente ? demandai-je.

— Tout à fait. C'est de votre famille, *Scaletta* ? demanda-t-il pour plaisanter.

— Je ne pense pas.

Nous n'avions pas dépassé la porte d'entrée qu'un

chef de rang nous informa que le restaurant était fermé.

Soudain épuisée et peu désireuse de reprendre notre marche, j'insistai :

— Vous n'avez pourtant pas l'air fermé.

— Mais si, signora.

Il était de petite taille, un peu chauve, et portait un smoking orné d'une large ceinture rouge.

— C'est une soirée privée.

— Qui est Scaletta ? demanda Wesley.

— Pourquoi cela vous intéresse-t-il ?

— C'est un nom intéressant qui ressemble beaucoup au mien, dis-je.

— C'est quoi, le vôtre ?

— Scarpetta.

Le petit homme détailla Wesley et parut plongé dans la perplexité :

— Oui, bien sûr. Mais il n'est pas avec vous ce soir ?

Je le fixai sans comprendre.

— Qui n'est pas avec moi ?

— Le signor Scarpetta. Il est invité ce soir. Je suis vraiment confus, je n'avais pas compris que vous étiez avec lui.

— Mais invité à quoi ?

Je ne saisissais absolument pas à quoi il faisait allusion. Mon nom de famille est rare, et je n'ai jamais rencontré d'autre Scarpetta, pas même en Italie.

Le chef de rang hésita.

— Vous n'avez pas de lien de parenté avec le Scarpetta qui vient souvent ici ?

De plus en plus mal à l'aise, je demandai :

— Quel Scarpetta ?

— Un homme. Il est venu fréquemment ces derniers temps. C'est un très bon client et il était donc invité à notre soirée de Noël. Alors, vous n'êtes pas avec lui ?

— Parlez-moi de lui.

— Un jeune homme. Il dépense beaucoup d'argent, précisa le chef de rang dans un sourire.

— Pourriez-vous nous le décrire ? demanda Wesley.

Je sentais que sa curiosité était piquée au vif.

— Nous avons de nombreux invités qui m'attendent en bas. Mais nous ouvrons demain.

Wesley sortit discrètement sa plaque du FBI. L'homme le considéra calmement.

D'un ton poli mais sans crainte, il répondit :

— Bien sûr. Je vais vous trouver une table.

— Non, non, ce n'est pas une obligation, mais nous souhaiterions que vous nous parliez davantage de cet homme qui prétend s'appeler Scarpetta, dit Wesley.

L'homme nous fit signe de le suivre.

— Venez. Si nous parlons, nous pouvons aussi bien nous asseoir. Et si vous vous asseyez, vous pouvez aussi bien manger. Je m'appelle Eugenio.

Nous le suivîmes jusqu'à une table assez isolée des autres, recouverte d'une nappe rose. Les autres invités en tenue de soirée remplissaient presque la salle à manger.

Ils portaient des toasts, mangeaient, parlaient et riaient avec ces gestes et cette intonation typiquement italiens.

— Nous ne proposons pas la carte complète ce soir, s'excusa Eugenio. Je peux vous servir des *costoletta di vitello all griglia* ou du *pollo al limone* avec peut-être un peu de *capellini primavera* ou encore des *rigatoni con broccoli*.

Nous prîmes de tout, accompagné d'une bouteille de Dolcetto d'Alba, un de mes vins préférés qu'on a du mal à trouver.

Eugenio nous abandonna pour aller chercher notre vin pendant que mes pensées tournaient doucement en rond et qu'une peur malsaine m'envahissait.

— N'exprimez même pas votre pensée, dis-je à Wesley.

— Je n'exprimerai rien, du moins pas pour le moment.

Nul n'en était besoin. Le restaurant était situé si près de la station de métro dans laquelle Gault avait été vu. Il devait avoir remarqué l'endroit à cause de son nom, et songé à moi. Et je devais être quelqu'un à qui Gault pensait beaucoup.

Eugenio revint presque immédiatement avec notre bouteille de vin. Il retira le capuchon en métal du bouchon et plongea le tire-bouchon tout en parlant :

— Vous voyez, c'est un 1979, très léger. Plus comme un beaujolais.

Il versa quelques gouttes de vin dans mon verre afin que je le goûte.

J'acquiesçai d'un signe de tête et il remplit nos verres.

Wesley prit la parole :

— Asseyez-vous, Eugenio. Servez-vous un peu de vin. Parlez-nous de Scarpetta.

Eugenio eut un haussement d'épaules :

— Tout ce que je peux dire, c'est qu'il est venu ici pour la première fois il y a quelques semaines. Je suis certain qu'il n'était jamais venu avant. Pour tout vous dire, il est assez particulier.

— Comment cela ? demanda Wesley.

— Physiquement particulier. Il a des cheveux orange carotte, il est très mince et il s'habille d'une façon bizarre. Vous voyez, un long manteau en cuir noir, des pantalons italiens et un tee-shirt.

Eugenio regarda le plafond, haussa à nouveau les épaules et poursuivit :

— Tout de même, porter des beaux pantalons et des chaussures comme des Armani et puis un tee-shirt ! Et même pas repassé en plus.

— Il est italien ? demandai-je.

— Oh, non. Il pourrait le faire croire à certaines personnes, mais pas à moi. (Eugenio secoua la tête et se servit un verre de vin.) Il est américain, mais peut-être qu'il parlait italien, parce qu'il demandait le menu en italien. Et il commandait en italien, jamais il a voulu en anglais. D'ailleurs, il parlait bien.

— Comment payait-il ? s'enquit Wesley.

— Par carte bancaire, toujours.

— Et le nom inscrit sur la carte était bien Scarpetta ? insistai-je.

— Oui, je suis sûr. Pas de prénom, juste l'initiale K. Il a dit que son prénom était Kirk. C'est pas vraiment italien.

Eugenio sourit et haussa encore les épaules.

Tandis que mon esprit se heurtait à cette information, Wesley demanda :

— Il semblait cordial ?

— Des fois, il était très sympathique, d'autres fois pas trop. Il lisait toujours quelque chose. Des journaux.

— Était-il seul ? continua Wesley.

— Toujours.

— Quel genre de carte bancaire ? questionnai-je à mon tour.

Eugenio réfléchit un instant avant de répondre :

— American Express. Une Gold, je crois.

Je jetai un regard à Wesley, qui me demanda :

— Vous avez la vôtre ?

— Je pense, oui.

Je sortis mon portefeuille. La carte ne s'y trouvait pas. Je sentis le sang refluer jusqu'à la racine de mes cheveux.

— Je ne comprends pas.

— Quand l'avez-vous vue pour la dernière fois, Kay ?

J'étais assommée :

— Je ne sais pas. Je ne l'utilise que rarement, il y a tellement d'endroits qui ne l'acceptent pas.

Nous demeurâmes silencieux. Wesley avala quelques gorgées, et son regard fit le tour de la pièce. J'étais affolée et totalement déroutée, ne comprenant rien à tout ceci. Pourquoi Gault serait-il venu dans ce restaurant en prétendant être moi ? Et s'il détenait ma carte bancaire, comment l'avait-il obtenue ? Au moment même où je me posais cette question, un sombre soupçon me vint à l'esprit. Quantico.

Eugenio s'était levé pour surveiller notre commande.

— Benton, j'ai prêté ma carte à Lucy l'automne dernier.

Le battement de mon sang résonnait à mes oreilles.

— Lorsqu'elle a commencé son stage d'internat chez nous ? demanda-t-il en fronçant les sourcils.

— Oui. Je lui ai donné juste après sa sortie de l'université de Virginie, lorsqu'elle est partie à Quantico. Je savais qu'elle ferait de nombreux aller et retour pour venir me rendre visite. Elle devait également descendre à Miami pour les vacances, enfin bref. Je lui ai donc donné ma carte American Express, principalement pour qu'elle puisse payer ses billets d'avion et de train.

D'un ton dubitatif, il demanda :

— Et vous ne l'avez pas récupérée depuis ?

— Pour tout vous dire, je n'y ai même pas songé. Je me sers surtout de ma Master Card ou de la Visa. D'autant que je crois me souvenir que mon American Express expire au mois de février. J'ai donc dû penser que Lucy pouvait l'utiliser jusque-là.

— Vous feriez mieux de l'appeler.

— Je vais le faire.

— Parce que si ce n'est pas Lucy qui a votre carte, Kay, je vais en conclure que c'est Gault qui l'a subtilisée lorsqu'il a pénétré par effraction dans notre laboratoire en octobre dernier.

C'était précisément ce que je redoutais.

— Et vos factures de carte ? Avez-vous remarqué des changements étranges au cours de ces derniers mois ?

— Non. Je ne me souviens pas qu'il y ait eu des

changements particuliers en octobre ou en novembre. Dois-je faire opposition à la carte ou pouvons-nous l'utiliser pour pister Gault ?

— Pister Gault grâce à votre carte risque de poser des problèmes.

— À cause de l'argent ?

Wesley hésita un moment avant de répondre :

— Je vais voir ce que je peux faire.

Eugenio réapparut avec nos pâtes, et nous annonça qu'il avait cherché si un autre détail lui revenait :

— Je crois que la dernière fois qu'il est venu, c'était jeudi dernier, le soir. (Il compta sur ses doigts.) Il y a quatre jours. Il aime le *bisets* et le *carpaccio*. Hum, attendez. Il a pris un *funghi e carciofi* et un *capellini* sans sauce. Juste avec un peu de beurre. Nous l'avons invité à notre soirée de Noël. Tous les ans, nous faisons ça pour montrer notre sympathie à nos amis et à nos bons clients.

— Fumait-il ? demanda Wesley.

— Oui.

— Vous souvenez-vous quoi ?

— Oui, des brunes, des Nat Sherman.

— Et que buvait-il ?

— Il aime le bon whisky et les vins chers.

Levant le nez, Eugenio poursuivit :

— Seulement, il était snob. Il pense que seulement les Français savent faire du vin ! (Eugenio s'esclaffa.) Alors, en général, il commandait un château carbonnieux ou un château olivier, et jamais un cru d'avant 1989.

— Il ne commandait que du vin blanc ? m'enquis-je.

— Jamais de rouge, non. Il n'aurait jamais pris du rouge. Un jour je lui ai fait servir un verre de vin rouge de la part de la maison et il l'a renvoyé.

Wesley et Eugenio échangèrent leurs cartes de visite et toutes les informations nécessaires, puis notre chef de rang retourna s'occuper de ses invités et de la soirée qui battait maintenant son plein.

— Kay, avez-vous une autre théorie pour expliquer ce que nous venons d'apprendre ?

— Non. La description que nous a faite cet homme évoque bien Gault. Tout évoque Gault. Mais pourquoi me fait-il cela, à moi ?

Ma peur virait à la fureur. Wesley ne cilla pas :

— Réfléchissez, Kay. S'est-il produit quelque chose récemment dont vous devriez me parler ? Des coups de téléphone bizarres ou des lettres étranges, des gens qui raccrochent lorsque vous décrochez ?

— Non, pas de coups de téléphone étranges ni de gens qui raccrochent. Je reçois en effet des lettres bizarres, mais c'est la routine, dans mon métier.

— Rien d'autre ? Et votre système d'alarme, chez vous ? S'est-il déclenché plus souvent qu'à l'accoutumée, ces temps derniers ?

Je hochai lentement la tête en signe de dénégation :

— Il s'est déclenché deux ou trois fois ce mois-ci. Tout était en ordre. Par ailleurs, je ne crois pas que Gault soit venu visiter Richmond.

— Il faut que vous soyez très prudente, dit-il d'un ton presque irrité, comme si j'avais justement manqué de prudence.

— Je le suis toujours.

6

Le lendemain, la ville retournait au travail, et j'invitai Marino à déjeuner au *Tatou*, convaincue que nous avions besoin, l'un comme l'autre, d'une atmosphère joviale avant de nous rendre à notre rendez-vous avec le commandant Penn à Brooklyn Heights.

Un jeune homme jouait de la harpe dans la salle du restaurant, et la plupart des tables étaient occupées par des hommes et des femmes élégants et beaux qui connaissaient probablement fort peu de chose de la vie, en dehors de leurs maisons d'édition ou des entreprises en plein essor qui occupaient leur temps.

Je fus saisie par mon propre sentiment de désaffection. Je me sentais très seule en regardant Marino assis en face de moi, avec sa cravate bon marché, sa veste en velours vert et la nicotine qui tachait ses ongles craquelés. En dépit du fait que j'étais contente de me trouver en sa compagnie, il m'était impossible de partager avec lui mes pensées les plus intimes. Il ne comprendrait pas.

Me détaillant intensément, Marino déclara :

— J'ai comme l'impression qu'un verre de vin vous ferait pas de mal, Doc. Allez-y, de toute façon, c'est moi qui conduis.

— Non, nous allons prendre un taxi.

— C'est exactement la même chose. Le truc, c'est que vous conduisez pas, donc vous pouvez vous relaxer un peu.

— En fait, ce que vous voulez dire, c'est que vous aimeriez boire un verre de vin.

— C'est sûr que je cracherais pas dessus.

Il arrêta une serveuse qui passait et demanda :

— Qu'est-ce que vous avez au verre qui vaille le coup d'être bu ?

Elle fit un énorme effort pour ne pas avoir l'air scandalisé, et déclina une liste impressionnante de vins qui laissa Marino dans le flou. Je lui suggérai un verre de Beringer, réserve Cabernet, dont je savais qu'il s'agissait d'un bon vin, et nous commandâmes des assiettes de soupe aux lentilles et des spaghetti bolognaise.

Une fois la serveuse partie, Marino lâcha :

— Cette morte est en train de me rendre dingue !
Je me penchai et lui fis signe de parler moins fort.
Il m'imita et ajouta :

— Il avait une raison pour la choisir, elle.

Sur un accès de colère, je répondis :

— Il l'a probablement choisie parce qu'elle se trouvait là. Ses victimes ne représentent rien pour lui.

— Ouais, ben moi je pense que c'est plus compliqué que ça. Et puis j'aimerais aussi savoir pourquoi il a ramené son cul à New York. Vous croyez qu'il a rencontré cette femme au musée ?

— Peut-être. Peut-être aussi que nous en apprendrons davantage lorsque nous irons là-bas.

— Et ça coûte pas du fric d'aller au musée ?

— Si vous voulez visiter les expositions, en effet, il faut payer.

— Parce qu'elle avait peut-être de l'or dans la bouche, mais j'ai pas l'impression qu'elle avait beaucoup d'argent sur elle quand elle est morte.

— Je ne crois pas non plus qu'elle ait eu de l'argent. Mais Gault et elle sont quand même entrés au musée. On les en a vus ressortir.

— Alors peut-être qu'il l'avait rencontrée avant, qu'il l'a emmenée là-bas et qu'il a payé pour elle ?

— Ce que j'espère, c'est que nous comprendrons des choses en regardant ce qu'il est allé voir là-bas, dis-je.

— Je sais ce que regardait ce tordu. Des requins.

Les plats étaient délicieux et il eût été facile de demeurer assis dans ce restaurant durant des heures. Je me sentais épuisée au-delà de toute expression, comme cela m'arrivait parfois. Ma personnalité s'était peu à peu construite en prenant appui sur des couches superposées de tristesse et de souffrance, les miennes d'abord, lorsque j'étais petite, et puis, au fil des années, d'autres s'y étaient ajoutées. De temps en temps, trop souvent, mon humeur devenait sombre, comme en ce moment.

Je réglai l'addition, puisque lorsque Marino et moi allions au restaurant ensemble, et pour peu que je choisisse le restaurant, c'était moi qui payais. En réalité, Marino n'avait pas les moyens de s'offrir un repas chez *Tatou*. Il ne pouvait pas non plus s'offrir une ville comme New York. Mes yeux tombèrent sur ma Mastercard, ce qui me fit repenser à ma carte American Express, et mon humeur empira.

Il fallait payer cinq dollars par personne pour avoir accès à l'exposition du Muséum d'histoire naturelle consacrée aux requins. Elle se tenait au troisième étage, et Marino monta les escaliers beaucoup plus lentement que moi, tentant de dissimuler son essoufflement.

— Merde, ils pourraient quand même installer un ascenseur dans cette taule, se plaignit-il.

— Ils en ont un. Mais c'est bon pour vous de monter à pied. Ce sera peut-être le seul exercice physique que nous aurons de la journée.

Nous pénétrâmes dans la salle d'exposition réservée aux reptiles et aux amphibiens, dépassant un crocodile de plus de quatre mètres de long qui avait été capturé un siècle plus tôt dans la baie de Biscayne. Marino ne semblait pas pouvoir s'empêcher de flâner devant chaque pièce, et j'eus mon content de lézards, de serpents, d'iguanes et de monstres de Gila.

— Venez, murmurai-je.

— Regardez-moi un peu la taille de ce truc !

Il contemplait un python réticulé de sept mètres de long.

— Vous vous imaginez marchant là-dessus par mégarde dans la jungle ?

J'ai toujours froid dans les musées, en dépit du fait que je les aime. J'ai toujours rendu leurs sols de marbre et leurs hauts plafonds responsables de ce phénomène. Mais je déteste les serpents et leurs dents crochues. Je hais ces cobras qui crachent leur venin, ces iguanes australiens et ces alligators qui découvrent leurs crocs. Un guide conduisait un groupe de jeunes gens qui regardaient, captivés, la vitrine dans laquelle étaient exposés des reptiles Komodo d'Indonésie et des tortues qui ne traverseraient plus jamais la mer, ni ne fouleraient plus jamais le sable.

Avec la même passion qu'un évangéliste, le guide expliquait :

— ... Je vous en supplie. Lorsque vous êtes à la plage et que vous avez des détritus en plastique, jetez-les dans une poubelle. Parce que ces pauvres petits n'ont pas de doctorat et ils prennent ça pour des méduses.

Je tirai Marino par la manche :

— Marino, allons-y.

— Vous savez, je n'ai pas remis les pieds dans un musée depuis que j'étais gosse. Non, attendez. (Il eut l'air surpris.) Non, c'est pas vrai. Merde, alors ! Doris m'a amené ici, une fois. Je savais bien que cet endroit me disait quelque chose.

Doris était l'ex-femme de Marino.

— Je venais juste d'être engagé par le département de police de New York, et elle était enceinte de Rocky. Je me souviens d'avoir regardé des gorilles et des singes empaillés et lui avoir dit que ça portait malheur. Je lui ai dit que le gosse finirait par se balancer dans les arbres et manger des bananes.

— ... Je vous en supplie. Leur nombre s'amenuise de jour en jour..., continuait le guide en décrivant la situation critique des tortues de mer.

Marino poursuivit :

— Alors peut-être que c'est ça le problème, avec ce gosse. C'était à cause du fait qu'on est venus ici.

J'avais rarement entendu Marino faire ne serait-ce qu'une allusion à son fils, son seul enfant. En fait, alors que je connaissais bien Marino, je ne savais rien de son fils.

Nous reprîmes notre promenade, et je dis tranquillement :

— J'ignorais que votre fils s'appelait Rocky.

— En réalité, il s'appelle Richard. Quand il était petit, on l'avait surnommé Ricky, et ça a fini en Rocky. Il y a des gens qui l'appellent Rocco. Il a plein de noms.

— Vous avez des contacts avec lui ?

— Tiens, une boutique de cadeaux. Peut-être que je pourrais acheter un porte-clefs en forme de requin, ou quelque chose dans ce genre, pour Molly ?

— Oui, bien sûr.

Il changea d'avis.

— Peut-être que je lui rapporterai juste des *bagels*.

Je ne voulais pas pousser Marino à propos de son fils, mais je sentis que c'était le bon moment, d'autant que j'étais convaincue que leur éloignement était à la base de bon nombre des problèmes de Marino.

— Où est Rocky ? demandai-je prudemment.

— Dans un trou paumé qui s'appelle Darien.

— Dans le Connecticut ? Mais ce n'est pas un trou paumé !

— Non. Ce Darien-là est en Georgie.

— Je suis étonnée de ne pas l'avoir su avant.

— Il ne fait rien qui vaille la peine que vous le sachiez.

Marino se pencha et colla son visage contre la paroi d'un aquarium situé à l'extérieur de la salle d'exposition, au fond duquel nageaient deux petits requins nourrice.

— On dirait des poissons-chats, dit-il tandis que les requins le fixaient avec des yeux morts, leur nageoire caudale battant silencieusement l'eau.

Nous flânâmes dans les salles de l'exposition, sans devoir faire la queue puisque fort peu de visiteurs se trouvaient au musée en ce jour de semaine. Nous dépassâmes des guerriers Kiribati dans leurs vêtements d'écorces de noix de coco tissée, puis la toile de Winslow Homer représentant le Gulf Stream. On avait souvent peint des requins sur le flanc des avions, et des notices expliquaient que ces animaux, dotés d'un flair très puissant, peuvent repérer des odeurs à plusieurs centaines de mètres, ainsi que des décharges électriques aussi minimes qu'un millionième de volt. Ils possèdent quinze rangées intérieures de dents et leur forme leur permet de fendre l'eau comme des torpilles.

Un petit documentaire nous montra un grand requin blanc tentant de fracasser une cage pour se précipiter sur un thon qu'on avait attaché à une corde. Le narrateur expliqua que les requins sont les chasseurs légendaires des profondeurs, des machines à tuer parfaites, les mâchoires de la mort et les maîtres de la mer. Ils peuvent sentir une simple goutte de sang diluée dans cent litres d'eau, et détecter les ondes de mouvement des autres animaux passant à proximité. Ils nagent plus rapidement que leurs proies, et nul ne sait véritablement pour quelle raison certains d'entre eux attaquent les humains.

Une fois le documentaire fini, je dis à Marino :

— Sortons d'ici.

Je boutonnai mon manteau et enfilai mes gants en imaginant Gault en train de regarder ces monstres déchiquetant la chair, le sang fonçant l'eau. Je vis son regard froid, perçus l'esprit tordu dissimulé derrière son mince sourire. Dans un des recoins les plus effrayants de mon cerveau, je savais qu'il souriait lorsqu'il tuait. Sa cruauté se révélait dans cet étrange sourire, que j'avais vu à chaque fois que je l'avais rencontré.

Ma conviction était qu'il s'était assis dans l'auditorium plongé dans la pénombre, aux côtés de cette femme dont nous ignorions le nom. Et sur l'écran, elle avait, sans le savoir, visionné sa propre mort. C'était son sang qu'elle regardait s'échapper, sa chair qui était déchiquetée. Gault lui avait offert une avant-première de ce qui l'attendait. L'exposition avait constitué un prélude pour Gault.

Nous nous en retournâmes vers la rotonde où les

enfants d'une classe entouraient un fossile de baro-
saure. Le cou allongé de cette femelle était tendu vers
le haut plafond comme si elle tentait éternellement
de protéger son bébé de l'attaque d'un allosaure. Des
voix résonnaient, l'écho des pas se répercutait sur le
marbre. Je regardai autour de moi. Des gens en uniforme se tenaient sagement derrière leurs guérites
vitrées, et protégeaient les entrées de l'exposition des
gens qui n'avaient pas payé leur billet. Au travers des
portes vitrées, je vis les tas de neige sale qui s'amon-
celaient dans la rue froide et animée.

— Elle est venue ici pour se réchauffer, dis-je à
Marino.

Fasciné par des os de dinosaure, il demanda :

— Quoi ?

— Peut-être est-elle entrée ici pour se réchauffer,
répétai-je. Cela ne coûte rien et on peut parfaitement
passer la journée à regarder les fossiles. Il n'y a que
les expositions qui sont payantes.

— Alors, vous pensez que Gault l'a rencontrée ici ?
demanda-t-il, sceptique.

— J'ignore s'il la connaissait déjà ou pas.

Les cheminées de brique étaient au repos, et de
l'autre côté des garde-fous du Queens Expressway,
s'élevaient des bâtiments lugubres en ciment et
métal.

Notre taxi dépassa des immeubles déprimants, et
des boutiques qui vendaient du poisson fumé ou
en saumure, du marbre ou des carreaux de faïence.
Des rouleaux de fils de fer barbelé surmontaient
des clôtures faites de grosses chaînes, des ordures
avaient été jetées sur les chaussées ou pendaient des
arbres. Nous entrâmes dans Brooklyn Heights pour
rejoindre la Transit Authority de Jay Street, le QG de
la Transit Police.

Un officier vêtu de pantalons bleu marine et d'un
pull commando nous escorta au second étage, et

nous précéda dans le bureau de direction du commandant Frances Penn. Elle avait été suffisamment prévenante pour nous faire préparer du café sur une petite table basse ainsi qu'une assiette de biscuits de Noël, alors que nous allions discuter d'un des homicides les plus horribles jamais perpétrés à Central Park.

Elle nous serra fermement la main à tous deux et dit :

— Bonjour. Asseyez-vous, je vous en prie. Et, à propos, nous avons retiré toutes les calories des gâteaux. Nous faisons toujours cela. Capitaine, vous prenez de la crème et du sucre ?

— Ouais.

Le commandant Penn sourit légèrement :

— Je suppose que cela signifie que vous prenez les deux. Dr Scarpetta, je suis sûre que vous préférez votre café noir.

— En effet, répondis-je en la détaillant avec une curiosité grandissante.

— Et vous ne mangez probablement pas de gâteaux.

— Et je ne vais probablement pas en manger.

Je retirai mon pardessus et m'assis sur une chaise. Le commandant Penn était vêtue d'un tailleur-jupe d'un bleu foncé orné de boutons d'étain ainsi que d'un chemisier en soie blanche fermé d'un col haut. Elle n'avait nul besoin de porter un uniforme pour être impressionnante, pourtant, elle n'était ni sévère ni froide. Si j'avais cherché un qualificatif pour décrire son allure, j'aurais choisi « digne », et non pas « martiale ». Je crus détecter une certaine anxiété dans son regard noisette.

— Il semble que Mr Gault ait pu rencontrer sa victime dans l'enceinte du musée, et non pas avant, commença-t-elle.

— C'est étrange que vous disiez cela, nous arrivons du musée.

— Si l'on en croit la déclaration de l'un des

104

gardiens, une femme qui correspond à la description de la victime a été aperçue en train de rôder dans la rotonde. On l'a ensuite vue parler à un homme qui a acheté deux billets pour l'exposition. Ils ont été repérés par plusieurs des employés du musée en raison de leur étrange allure.

— Et à votre avis, pourquoi cette femme se trouvait-elle à l'intérieur du musée ? demandai-je.

— Les gens qui l'ont aperçue dans la rotonde ont eu l'impression qu'il s'agissait d'une sans-logis. À mon avis, elle est entrée là pour se réchauffer.

— Et ils ne collent pas les SDF dehors ? demanda Marino.

— Quand ils le peuvent, si. (Le commandant Penn s'interrompit quelques secondes, puis reprit :) En tout cas, ils les mettent dehors s'ils troublent la tranquillité des lieux.

— Et je suppose que tel n'a pas été le cas avec cette femme ? m'enquis-je.

Le commandant Penn attrapa son café avant de répondre :

— Il semble qu'elle ait été calme et discrète. Elle a eu l'air intéressée par les os de dinosaures, et les a longuement regardés.

— A-t-elle parlé à quelqu'un ?

— Elle a demandé où se trouvaient les toilettes.

— Ce qui tendrait à prouver qu'elle n'avait jamais mis les pieds au musée auparavant, conclus-je. Avait-elle un accent ?

— Personne ne l'a mentionné.

— En ce cas, ce n'est probablement pas une étrangère.

— On a une description de ses vêtements ? demanda Marino.

— Un manteau court — peut-être marron ou noir. Une casquette de base-ball des Atlanta Braves, de couleur bleu marine ou noire. Il est probable qu'elle portait des jeans et des sortes de rangers. C'est à peu près tout ce dont les témoins se souviennent.

105

Nous demeurâmes tous silencieux, perdus dans nos pensées.

Je me raclai la gorge et demandai :

— Et puis ?

— Ensuite, elle a été aperçue parlant avec un homme, et la description de ses vêtements à lui est intéressante. Les témoins se souviennent qu'il avait un pardessus assez voyant. Une sorte de long trench-coat noir, un peu le genre de chose que portaient les membres de la Gestapo pendant la dernière guerre. Le personnel du musée pense qu'il avait également des grosses chaussures.

Je songeai aux empreintes de pas inhabituelles retrouvées sur les lieux du crime, et au long manteau de cuir noir qu'avait mentionné Eugenio chez *Scaletta*.

— On a vu le couple dans plusieurs autres endroits du musée, et ils ont visité l'exposition sur les requins. L'homme a même acheté plusieurs livres sur le sujet à la boutique de cadeaux, poursuivit le commandant Penn.

— Vous savez quel genre de bouquins ? demanda Marino.

— Des livres concernant les requins, notamment un qui contient des photographies très évocatrices de gens qui ont été attaqués.

— Il a payé en liquide ? demandai-je à mon tour.

— Malheureusement, oui.

— Donc ensuite, il quitte le musée, et il se fait interpeller dans le métro, poursuivit Marino.

Le commandant Penn acquiesça d'un mouvement de tête :

— Je suis certaine que vous aimeriez savoir quel nom il a donné lors de la vérification d'identité.

— Ouais. Allez-y.

— Le permis de conduire qu'il a produit était celui d'un certain Frank Benelli, âgé de trente-trois ans et originaire de Vérone.

106

— Vérone ? demandai-je. Voilà qui est intéressant, mes ancêtres sont de là-bas.

Marino et le commandant me jetèrent un regard.

— Vous voulez dire que ce type parlait avec l'accent italien ?

— L'officier qui l'a interpellé se souvient que l'homme parlait assez mal l'anglais. Il avait en effet un fort accent italien, et je suppose que Gault n'a pas d'accent.

— Gault est né à Albany, en Georgie. Donc, en effet, il n'a pas d'accent italien. Ce qui ne veut pas dire qu'il ne soit pas capable de l'imiter.

Je lui relatai ce que Wesley et moi avions découvert hier soir chez *Scaletta*.

— Et votre nièce a-t-elle confirmé qu'on lui avait dérobé votre carte bancaire ?

— Je n'ai pas encore pu joindre Lucy.

Le commandant Penn rompit un petit morceau de biscuit et le glissa entre ses lèvres :

— L'officier qui a dressé le procès-verbal est d'origine italienne, bien qu'il soit né à New York, Dr Scarpetta. À son avis, l'accent de l'homme était authentique. Gault doit être bon.

— Oh, j'en suis convaincue.

— Pensez-vous qu'il ait étudié l'italien au collège, ou à l'université ?

— Je l'ignore, mais en tout cas, il n'a pas fini ses années de collège.

— Où est-il allé ?

— Dans un collège privé de Caroline du Nord, Davidson.

— C'est pourtant une école très chère et très sélective, remarqua-t-elle.

— Oui. La famille de Gault est riche, et il est extrêmement intelligent. D'après ce que je sais, il n'est pas resté à Davidson plus d'un an.

— Viré ?

Je pouvais sentir que Gault la fascinait.

— À ce que j'ai cru comprendre.

— Pour quelle raison ?

— Je pense qu'il a violé le code d'honneur du collège.

— Difficile à croire, non ? ajouta Marino d'un ton sarcastique.

— Et puis ensuite ? Un autre collège ? s'enquit le commandant Penn.

— Non, je ne crois pas.

Elle eut l'air sceptique, comme si elle se demandait si les gens qui avaient enquêté sur cette affaire avaient suffisamment fouillé, et demanda :

— Quelqu'un est-il allé enquêter sur Gault à Davidson ?

— Je l'ignore, mais pour être franche, j'en doute.

— Il est âgé d'une petite trentaine. Ce n'est pas si ancien que cela. Des gens là-bas devraient se souvenir de lui.

Marino, qui avait entrepris d'émietter sa tasse de café en polystyrène, leva la tête et la regarda :

— Vous avez vérifié ce mec Benelli, pour savoir s'il existe vraiment ?

— On est en train. Jusque-là, nous n'avons eu aucune confirmation. Ce genre de chose peut prendre du temps, surtout en cette période de l'année.

— Le FBI a un attaché à l'ambassade américaine de Rome, dis-je. Cela pourrait peut-être accélérer les recherches.

Nous discutâmes encore quelques minutes, puis le commandant Penn nous raccompagna jusqu'à la porte.

— Dr Scarpetta, je souhaiterais vous dire quelques mots avant de partir.

Marino nous regarda, et répondit comme si on lui avait posé personnellement la question :

— Sûr, allez-y. Je vous attends là-bas.

Le commandant Penn referma la porte sur nous :

— Je me demandais si nous pourrions nous rencontrer un peu plus tard ?

Je répondis en hésitant :

— Oui, sans doute. À quoi pensiez-vous ?

— Seriez-vous par hasard libre ce soir, pour dîner, vers sept heures ? Je me disais que nous pourrions bavarder un peu et nous détendre, dit-elle en souriant.

J'avais espéré pouvoir dîner avec Wesley, mais je lui répondis :

— C'est très gentil de votre part. Bien sûr, j'accepte.

Elle sortit une carte de visite de sa poche et me la tendit :

— Mon adresse. À tout à l'heure, donc.

Marino ne me demanda pas de quoi avait parlé le commandant Penn, mais il était évident qu'il se posait la question, et qu'il était ennuyé d'avoir été exclu de notre conversation.

— Tout va bien ? demanda-t-il comme on nous conduisait vers les ascenseurs.

— Non, rien ne va. Si tout allait bien, nous ne serions pas là, à New York.

D'un ton aigre, il lâcha :

— Bordel ! J'ai cessé d'avoir des vacances quand je suis devenu flic. Les vacances, c'est pas pour des gens comme nous.

— Eh bien, c'est un tort, répondis-je en hélant un taxi qui était déjà occupé.

— Foutaise ! Combien de fois on vous a appelée à Noël, pour le réveillon, pour Thanksgiving, pour le 1er mai, le week-end ?

Un autre taxi nous dépassa.

— Les vacances, c'est à ce moment-là que des tordus comme Gault n'ont nulle part où aller et personne à voir. Alors, ils s'amusent tout seuls, de la façon dont il s'est amusé l'autre nuit. Et la moitié du reste de l'humanité fait une déprime, quitte son mari, ou sa femme, se tire une balle dans la tête, ou bien encore se saoûle et meurt dans un accident de voiture.

Scrutant la rue animée dans les deux sens, je murmurai :

— Bon sang ! Si jamais l'envie vous prenait de m'assister dans cette difficile tentative, votre aide sera la bienvenue. À moins que vous ne préfériez traverser le Brooklyn Bridge à pied.

Marino descendit sur la chaussée et leva le bras. Immédiatement, un taxi effectua un demi-tour et s'arrêta à notre hauteur. Nous nous installâmes. Le chauffeur était iranien, et Marino fut désagréable avec lui. Une fois dans ma chambre, je pris un long bain chaud, et tentai à nouveau de joindre Lucy. Malheureusement, ce fut Dorothy qui répondit à mon appel.

— Comment va Maman ? demandai-je sans préambule.

— Lucy et moi avons passé la matinée avec elle à l'hôpital. Elle est très déprimée et dans un état affreux. Je repense à toutes ces années où je lui ai dit d'arrêter de fumer, et maintenant, regarde-la ! Une machine respire à sa place. Ils lui ont fait un trou dans la gorge. Et hier, j'ai surpris Lucy en train de fumer une cigarette dans le jardin.

— Mais quand s'est-elle mise à fumer ? demandai-je, consternée.

— Je n'en ai pas la moindre idée. Tu la vois plus souvent que moi.

— Elle est là ?

— Ne quitte pas.

Le combiné heurta bruyamment la surface sur laquelle Dorothy le reposa.

La voix de Lucy retentit de l'autre côté de la ligne :

— Joyeux Noël, Tante Kay.

Mais elle n'avait pas l'air très joyeux.

— Le Noël n'a pas été très gai pour moi non plus, dis-je. Comment s'est passée ta visite à grand-mère ?

— Elle a commencé à pleurer, et on ne comprenait pas ce qu'elle essayait de nous dire. Après, il a fallu que Maman parte en vitesse parce qu'elle était en retard à son match de tennis.

— Du tennis ? Depuis quand ?

— Elle nous refait une crise de remise en forme.

— Elle m'a dit que tu fumais.

— Pas beaucoup.

Lucy balaya ma remarque comme s'il s'agissait d'une chose sans importance.

— Lucy, il faut que nous en parlions. Il ne faut pas te laisser entraîner dans une autre addiction.

— Mais je ne vais pas devenir accro.

— C'est exactement ce que je pensais lorsque j'ai commencé à fumer. J'avais ton âge. Arrêter est une des choses les plus difficiles que j'aie jamais faites. Un véritable enfer.

— Je sais très bien comme il est difficile d'arrêter. Je n'ai pas l'intention de me mettre dans une situation que je ne puisse pas contrôler.

— Bien.

Elle poursuivit :

— Je prends l'avion pour Washington demain.

— Je croyais que tu resterais à Miami au moins une semaine.

— Il faut que je retourne à Quantico. Il y a des trucs qui se passent avec CAIN. L'unité m'a laissé un message sur mon *pager* un peu plus tôt dans l'après-midi.

Il s'agissait de l'Unité de Recherche en Ingénierie, l'ERF. Le FBI y élaborait des technologies très sensibles, variant des appareils de surveillance à la robotique. C'était dans cette unité que Lucy avait développé CAIN, un programme d'intelligence artificielle, une sorte de réseau qui permettait d'emmagasiner toutes les informations concernant les criminels.

CAIN était un ordinateur central qui reliait tous les départements de police, ainsi que les autres agences d'investigation, à une énorme banque de données gérée par le VICAP du FBI. Quant au VICAP, il s'agissait du programme qui devait faciliter l'arrestation des grands criminels. L'idée de CAIN était d'alerter les policiers lorsqu'ils se trouvaient confrontés à un criminel qui avait déjà violé ou déjà tué ailleurs. Ensuite, et si besoin était, l'unité dirigée par Wesley pouvait être appelée en renfort, comme cela avait été le cas à New York.

— Il y a un problème ? demandai-je avec gêne, parce qu'il y avait déjà eu un très grave problème peu de temps auparavant.

— Pas si l'on se fie au contrôleur interne de l'ordinateur. Il n'a aucune trace de quelqu'un qui aurait pénétré dans le système. Mais, de toute évidence, CAIN envoie des messages qu'on ne lui a pas demandé d'envoyer. Quelque chose de bizarre se passe depuis quelque temps, mais j'ai été incapable de remonter la trace jusque-là. C'est comme si CAIN s'était mis à penser tout seul.

— J'avais cru comprendre que c'était précisément le but de l'intelligence artificielle.

— Pas vraiment. Ces messages ne sont pas normaux, répondit ma nièce, qui était dotée d'un QI de génie.

— Tu peux me donner un exemple ?

— D'accord. Hier, la police des transports britanniques a entré un dossier sur le terminal qui les relie au VICAP. Il s'agissait d'un viol commis dans le métro, au centre de Londres. CAIN a traité les informations, les a comparées à sa banque de données, et a rappelé le terminal d'où provenait l'appel. L'officier qui avait la responsabilité de l'enquête à Londres a reçu un message de CAIN lui demandant des informations supplémentaires concernant la description de l'assaillant. CAIN voulait plus spécifiquement connaître la couleur des poils pubiens de l'assaillant, et si la victime avait eu un orgasme.

— Tu plaisantes !

— CAIN n'a jamais été programmé pour poser des questions qui aient un quelconque rapport avec ce genre de choses. Il est bien évident que ceci ne fait pas partie du protocole mis en place par le VICAP. L'officier londonien a été bouleversé, il a prévenu l'assistant du chef de la police, qui a lui-même appelé Quantico, et Quantico a appelé Benton Wesley.

— Benton t'a appelée ?

— En fait, il a demandé à quelqu'un de l'ERF de me téléphoner. Il rentre à la base demain, lui aussi.

— Je vois, dis-je d'une voix posée.

J'étais parvenue à dissimuler qu'il ne m'était pas indifférent que Wesley reparte demain pour Quantico sans m'en avoir parlé avant.

— Et peut-on être certain que l'officier à Londres dit la vérité, qu'il n'est pas en train de faire une mauvaise plaisanterie, je ne sais pas ?

— Ils nous ont faxé une copie du message, et selon l'ERF, il semble authentique. Seul un programmateur connaissant intimement CAIN pourrait entrer dedans et faire passer une information de cet ordre. Et, si l'on se fie au contrôleur interne, personne n'a rien tripoté dans l'ordinateur, je te le rappelle.

Lucy poursuivit en m'expliquant que CAIN marchait grâce à une plate-forme UNIX avec des réseaux locaux eux-mêmes connectés à de grands réseaux. Elle me parla de passages, de ports, de mots de passe qui changeaient automatiquement tous les soixante jours. Seuls les trois super-utilisateurs, et Lucy était l'un d'entre eux, pouvaient véritablement altérer le cerveau du système. Les utilisateurs secondaires et éloignés de CAIN, comme cet officier de Londres, ne pouvaient rien faire d'autre que d'entrer leurs informations sur un terminal aveugle ou un PC connecté au serveur vingt-gigabytes localisé à Quantico.

Lucy poursuivit :

— CAIN est probablement le système le plus sûr dont j'aie jamais entendu parler. Le garder sous haute protection est notre priorité numéro 1.

Mais cette protection était parfois insuffisante. L'ERF avait été visité l'automne dernier, et nous avions de bonnes raisons de penser que Gault était impliqué dans cette affaire. Nul n'était besoin de rafraîchir la mémoire de Lucy à ce sujet. Elle faisait son internat à la base au moment des faits, et son travail consistait maintenant à réparer les dommages perpétrés.

Comme si elle pouvait lire dans mes pensées, elle déclara :

— Écoute, Tante Kay. J'ai tout essayé avec CAIN. J'ai épluché tous les programmes et j'ai réécrit de grosses fractions de certains d'entre eux pour être certaine qu'il n'y avait ni danger ni menace.

— Des menaces qui émaneraient de qui ? CAIN ou Gault ?

D'un ton plat, elle répondit :

— Personne ne rentrera dedans. Personne ne rentrera parce que personne ne peut y rentrer.

Je lui parlai ensuite de ma carte American Express, et son silence me glaça :

— Oh, non. Je n'y ai même pas pensé, lâcha-t-elle.

— Tu te souviens que je te l'ai confiée l'automne dernier, lorsque tu as commencé ton stage d'internat à l'ERF ? Je t'ai dit que tu pouvais t'en servir pour acheter tes billets de train ou d'avion.

— Mais je n'en ai jamais eu besoin puisque finalement tu m'as prêté ta voiture. Et puis, après, il y a eu l'accident, et je n'ai pas bougé pendant un moment.

— Où rangeais-tu ma carte ? Dans ton portefeuille ?

Confirmant mes peurs, elle répondit :

— Non. Je l'avais dans mon bureau à l'ERF. Je l'avais rangée dans un tiroir, dans une lettre de toi. Je me suis dit que c'était une cachette comme une autre.

— Et la carte s'y trouvait toujours au moment où l'effraction a été perpétrée ?

— Oui. Elle n'y est plus, Tante Kay. Plus j'y repense, et plus j'en suis certaine. Je l'aurais vue, depuis le temps...

Puis, balbutiant :

— ... Je serais tombée dessus en fouillant dans mon tiroir. Je vérifierai dès que je serai rentrée à la base, mais je sais déjà que je ne la trouverai pas.

— C'est bien ce que je pensais.

— Je suis vraiment désolée. Quelqu'un a-t-il tiré beaucoup d'argent dessus ?

— Je ne crois pas.

Je ne lui dis pas qui était ce quelqu'un.

— Tu as fait opposition, non ?

— On s'en occupe. Dis à ta mère que je descendrai voir Maman dès que je le pourrai.

— « Dès que tu le peux », c'est toujours lointain, répondit ma nièce.

— Je sais. Je suis une fille infernale et une tante indigne.

— Tu n'es pas toujours une tante indigne.

— Merci du compliment.

7

L'appartement du commandant Frances Penn était situé du côté ouest de Manhattan et de là, je pouvais voir les lumières de l'État du New Jersey, qui commençait de l'autre côté de la rivière Hudson. Elle habitait au quinzième étage d'un immeuble défraîchi, dans un quartier sale de la ville, mais tout ceci fut oublié dès qu'elle ouvrit la porte blanche de son entrée.

Son appartement était plein de lumières, d'œuvres d'art, et le fumet d'une cuisine raffinée flottait dans l'air. Les murs badigeonnés à la chaux étaient ornés de dessins à l'encre et au crayon. S'y trouvaient également quelques toiles abstraites au pastel ou à l'aquarelle. Je regardai les livres rangés sur les étagères ou posés sur les tables basses, et appris ainsi qu'elle aimait Ayn Rand et Annie Leibovitz, qu'elle lisait de nombreuses biographies et des ouvrages historiques, notamment les magnifiques volumes de Shelby Foote sur cette terrible et tragique Guerre Civile.

— Je prends votre manteau ?

Je le lui abandonnai, ainsi que mes gants et une écharpe en cachemire noir que j'aimais beaucoup parce que c'était un cadeau de Lucy.

Elle me lança depuis le placard du couloir de l'entrée :

— Vous savez, j'ai oublié de vous demander si vous aviez des dégoûts particuliers. Vous aimez les fruits de mer ? Sinon, ou bien si vous avez une allergie, je peux faire du poulet.

— Non, les fruits de mer seront parfaits, répondis-je.

— Bien.

Elle me précéda dans le salon, depuis lequel on avait une vue magnifique sur le pont George Washington, qui enjambe la rivière comme un collier de pierres brillantes qui se seraient immobilisées en plein vol.

— Vous aimez le whisky, si je ne m'abuse ? demanda-t-elle.

— Je préférerais quelque chose de plus léger.

Je m'installai sur un canapé en cuir souple, blond miel.

— Du vin ?

J'acquiesçai, et elle disparut dans la cuisine quelques instants pour nous servir deux verres d'un chardonnay frais.

Le commandant Penn était vêtue d'une paire de jeans noirs et d'un pull de laine grise dont elle avait retroussé les manches. C'est ainsi que je découvris que ses avant-bras étaient couverts d'affreuses cicatrices. Elle intercepta mon regard et expliqua :

— Un souvenir de mes jeunes et téméraires années. J'étais sur le porte-bagages d'une moto, et j'ai laissé pas mal de peau sur l'asphalte. Mon petit ami conduisait. J'avais dix-sept ans et lui vingt.

— Et lui, que lui est-il arrivé ?

— Il a été projeté en travers de la route, les voitures arrivaient en face. Il a été tué, répondit-elle du ton calme de quelqu'un qui a eu le temps d'apprendre à évoquer une perte. C'est de cette façon que je me suis intéressée au travail de la police, continua-t-elle.

Puis elle but une gorgée et acheva :

— Et ne me demandez pas le rapport, car je ne suis pas certaine de le connaître.

— Parfois, on devient l'étudiant de la tragédie qui vous frappe.

Elle me fixa avec intensité, d'un regard qui voyait presque tout et ne révélait rien.

— C'est votre théorie ?

— Mon père est mort lorsque j'avais douze ans, dis-je simplement.

— Où cela s'est-il produit ?

— À Miami. Il était propriétaire d'une petite épicerie. En fait, c'est ma mère qui s'est occupée de la boutique durant de nombreuses années, parce que mon père était tombé malade.

— Mais si votre mère veillait à la boutique, qui s'occupait du foyer durant la maladie de votre père ?

— Moi, je suppose.

— C'est bien ce que je pensais. Je l'ai su avant que vous ne m'en parliez. Je suis presque sûre que vous êtes l'aînée, que vous n'avez pas de frère, et que vous avez toujours été une perfectionniste qui ne supporte pas l'échec.

J'écoutai sans dire un mot. Elle poursuivit :

— En conséquence, les relations personnelles sont votre Némésis, car il est impossible d'avoir une relation satisfaisante lorsque l'on est une perfectionniste. Il est impossible d'avoir un mariage heureux, ou une

117

relation amoureuse qui vous contente. Et je suis certaine que lorsque quelqu'un que vous aimez a un problème, vous êtes persuadée que vous auriez dû être capable de l'éviter et que, de toute façon, c'est à vous de le résoudre.

— Pour quelle raison me disséquez-vous ainsi ?

C'était une question directe, mais elle n'était pas inspirée par un sentiment de menace. J'étais surtout fascinée.

— Votre histoire est la mienne. Il y a beaucoup de femmes comme nous. Pourtant, il semble que nous ne nous rencontrions jamais, n'avez-vous pas remarqué ?

— Si, je le constate sans arrêt.

Elle reposa son verre de vin.

— Bon, mais je ne vous ai pas invitée pour vous faire subir un interrogatoire. Pour être parfaitement honnête, mon but était de nous offrir une chance de nous connaître davantage.

— Merci, Frances. Je suis très heureuse que vous pensiez de la sorte.

— Excusez-moi un instant.

Elle se leva et disparut dans la cuisine. J'entendis une porte de réfrigérateur que l'on refermait, le bruit de l'eau coulant d'un robinet, et l'écho des casseroles qui s'entrechoquaient. Elle revint quelques instants plus tard avec un seau à glace dans lequel refroidissait une bouteille de chardonnay qu'elle posa sur le plateau de verre de la table basse.

Se rasseyant, elle annonça :

— Le pain est dans le four, les asperges dans la cocotte et il ne restera plus qu'à faire revenir les crevettes.

— Frances, depuis combien de temps votre département est-il connecté à CAIN ?

— Oh, pas plus de quelques mois. Nous avons été le premier département de police du pays à le faire.

— Et le département de police de la ville de New York ?

— Ils vont bientôt s'y mettre. La Transit Police a un système informatique beaucoup plus sophistiqué et nous disposons d'une équipe d'analystes et de programmeurs haut de gamme. C'est pour cela que nous avons pu nous brancher très tôt sur CAIN.

— Grâce à vous.

Elle sourit. Je poursuivis :

— Je sais que la police de Richmond est connectée, comme celle de Chicago, de Dallas, de Charlotte, ainsi que la police d'État de Virginie et la police britannique des transports. De plus, de très nombreux départements de police, chez nous et à l'étranger, sont en train de se brancher.

— Où voulez-vous en venir ?

— Racontez-moi ce qui s'est passé lorsque le corps de cette inconnue, dont nous pensons qu'il s'agit d'une nouvelle victime de Gault, a été retrouvé la veille de Noël ? Comment est intervenu CAIN ?

— Le corps a été retrouvé dans Central Park très tôt le matin et, bien sûr, j'ai été immédiatement prévenue. Ainsi que je vous l'ai déjà dit, le *modus operandi* m'a rappelé quelque chose. J'ai donc entré les détails sur CAIN pour voir ce qui en ressortirait. Ce devait être en fin d'après-midi.

— Et qu'en est-il ressorti ?

— CAIN a rappelé notre terminal VICAP très rapidement pour demander des informations complémentaires.

— Vous souvenez-vous du genre d'informations dont il avait besoin ?

Elle réfléchit durant quelques instants :

— Attendez. CAIN était intéressé par le détail des mutilations. Il voulait savoir quelles étaient les parties du corps dont la peau avait été excisée, et quel genre d'instrument tranchant avait été utilisé. Il voulait également savoir s'il y avait eu des violences sexuelles et, si tel était le cas, quelle était la nature de la pénétration : orale, vaginale, anale ou autre. Nous ne pouvions pas répondre à toutes les questions, puisque l'autopsie de la victime n'avait pas encore été pratiquée. Cependant, nous sommes quand même parvenus à obtenir quelques informations supplémentaires en appelant la morgue.

— CAIN a-t-il posé d'autres questions ? insistai-je. Quelque chose qui vous aurait étonnée, quelque chose d'inhabituel ou d'incongru ?

Elle me fixa d'un air interrogateur et répondit :

— Pas que je sache, non.

— CAIN a-t-il jamais envoyé des messages bizarres ou incompréhensibles à la Transit Police ?

Elle réfléchit encore.

— Depuis que nous nous sommes connectés sur CAIN, en novembre dernier, nous avons dû entrer au maximum vingt cas sur le réseau. Il s'agissait principalement de viols, attaques à main armée ou homicides dont j'ai pensé qu'ils pouvaient intéresser le VICAP, soit parce que les circonstances qui les entouraient étaient inhabituelles, soit parce que nous ne sommes pas parvenus à identifier les victimes. À ma connaissance, les seuls messages que nous avons reçus de la part de CAIN étaient des demandes standard d'informations complémentaires. Du reste, il ne semblait y avoir aucune urgence particulière dans les différentes requêtes de CAIN, jusqu'à cette histoire de Central Park. Ce jour-là, CAIN a envoyé un signal clignotant qui stipulait « courrier urgent », parce que le système avait établi un lien.

— Si vous receviez des messages sortant de l'ordinaire, appelez immédiatement Benton Wesley, s'il vous plaît, Frances.

— Pourriez-vous me dire exactement ce que vous recherchez ?

— La sécurité de l'Unité de recherche en ingénierie du FBI a été violée en octobre dernier. Quelqu'un a pénétré par effraction dans les locaux à trois heures du matin. La façon dont les choses se sont produites laisse supposer que Gault pourrait être derrière tout cela.

Décontenancée, le commandant Penn répéta :

— Gault ? Mais comment cela a-t-il pu se produire ?

— Nous avons fini par découvrir qu'un des analystes — il s'agissait d'une femme — de l'Unité de recherche était lié à une boutique d'espionnage en Virginie du Nord. Gault était un habitué de cette boutique. Cette femme était impliquée dans l'intrusion dans les locaux et nous redoutons qu'elle ait été pilotée par Gault.

— Mais pourquoi ?

— Parce que Gault adorerait pénétrer à l'intérieur de CAIN, et avoir ainsi accès à une banque de données dans laquelle sont stockés les détails des meurtres les plus horribles commis de par le monde.

— Mais n'existe-t-il pas un moyen de l'en empêcher ? Ne peut-on pas renforcer la sécurité de sorte que Gault, ou qui que ce soit d'autre, ne puisse se faufiler dans le système ?

— Nous pensions avoir réussi à installer ce genre de défenses, répliquai-je. En fait, ma nièce, qui est le meilleur programmeur du FBI, était certaine qu'il n'existait aucune faille dans le système de sécurité.

— Ah, en effet, j'ai entendu parler d'elle. En réalité, c'est elle, le créateur de CAIN.

— Elle a toujours eu un don pour l'informatique, et je crois qu'elle préfère la compagnie des ordinateurs à celle de la plupart de ses congénères.

— Je suis assez d'accord avec elle. Comment s'appelle-t-elle ?

— Lucy.

— Et quel âge a-t-elle ?

— Vingt et un ans.

Le commandant Penn se leva du canapé.

— Peut-être y a-t-il un truc, un virus ou quelque chose comme cela, à l'origine de ces messages étranges ? Si tel est le cas, Lucy le trouvera.

— Espérons-le.

— Prenez votre verre et venez me tenir compagnie dans la cuisine, proposa-t-elle.

Mais le téléphone sonna avant même que nous n'y pénétrions. Le commandant Penn répondit, et je lus sur son visage que notre agréable soirée touchait à son terme.

— Où cela ? demanda-t-elle avec cette intonation et ce regard glacé que je connaissais bien.

J'étais déjà en train d'ouvrir le placard de l'entrée pour y prendre mon manteau lorsque je l'entendis annoncer :

— J'arrive immédiatement.

La neige avait commencé à s'amonceler sur le sol comme des cendres, lorsque nous arrivâmes à la station de métro de Second Avenue, dans cette partie sordide de Manhattan connue sous le nom de Bowery.

Le vent hurlait, et des lumières rouges et bleues palpitaient par intermittence, comme si la nuit avait été blessée. L'escalier qui descendait vers la station avait été interdit d'accès. Les clochards avaient été déplacés comme un troupeau, les rames de métro détournées vers d'autres stations, et des voitures et camionnettes pleines de journalistes arrivaient en bande. Un officier de l'Unité des sans-abri de la Transit Police de New York venait de mourir.

Il s'appelait Jimmy Davila, avait vingt-sept ans, et il était dans la police depuis un an seulement.

Un policier dont le visage pâle était marqué par la colère me tendit une veste fluorescente, des gants et un masque chirurgical en me disant :

— Vous feriez mieux d'enfiler tout ça.

D'autres policiers sortaient de l'arrière d'une fourgonnette encore d'autres vestes et des torches lumineuses, et quelques officiers au regard perçant, armés de riot guns, me dépassèrent en dévalant les marches quatre à quatre. Une tension palpable régnait. Ses pulsations étaient perceptibles dans l'air, comme le pouls d'un cœur sombre, et les voix de tous ces hommes venus aider leur camarade abattu se mêlaient au son des pas traînants et au langage étrange des radios de police. Quelque part, beaucoup plus loin, une sirène hurla.

Quatre officiers, trapus dans leurs gilets de Kevlar, leurs manteaux et leurs vestes fluorescentes, nous escortèrent en bas des marches, et le commandant Penn me tendit une torche lumineuse très puissante. Une rame de métro nous dépassa comme un fleuve de métal liquide, et nous progressâmes avec difficulté le long d'une étroite contre-allée qui nous conduisit jusqu'à d'obscures catacombes dont le sol était jonché d'ampoules de crack vides, d'aiguilles, de détritus et de crasse. Les faisceaux de nos torches balayèrent des campements de sans-abri, aménagés à quelques centimètres des rails sur des palettes et des corniches. L'air ambiant était fétide, chargé de la puanteur de la déchéance humaine.

Les tunnels s'étendaient sous les rues de Manhattan sur dix-neuf hectares, et au moins cinq mille sans-abri y avaient trouvé refuge vers la fin des années 80. Ce nombre avait substantiellement baissé, mais leur présence était encore perceptible dans ces couvertures sales sur lesquelles s'empilaient des chaussures, des vêtements, des bouts de tout et de rien.

Des animaux en peluche aux airs menaçants et des reproductions d'insectes hérissés avaient été suspendus aux murs comme des gris-gris. Tous les squatters, que les hommes de l'Unité des sans-abri connaissaient presque tous par leur nom, avaient fui leur monde souterrain, à l'exception de Freddie, qui fut tiré d'un sommeil comateux d'intoxiqué. Il s'assit sous sa couverture de l'armée et regarda autour de lui, ahuri.

Le faisceau d'une torche éclaira son visage :

— Eh, Freddie, lève-toi.

Il se protégea le visage de sa main bandée, grimaçant sous les petits soleils lumineux qui perçaient l'obscurité de son tunnel.

— Allez, lève-toi. Qu'est-ce que tu t'es fait à la main ?

— C'est le froid, marmonna-t-il en chancelant sur ses pieds.

— Il faut que tu fasses attention à toi. Tu sais que tu ne peux pas rester ici. On est obligé de te mettre dehors. Tu veux aller dans un refuge ?

— Non, mec !

L'officier poursuivit d'une voix forte :

— Freddie, tu sais ce qui vient de se passer ici ? Tu as entendu parler de l'officier de police Davila ?

— J'sais rien de rien.

Freddie tituba et se rétablit de justesse, grimaçant sous les lumières.

— Je sais bien que tu connais Davila. Tu l'appelles Jimbo.

— Ouais, Jimbo. Il est bien.

— Non, j'ai bien peur qu'il ne soit pas bien du tout, Freddie. Il s'est fait descendre ce soir, ici. Quelqu'un a tiré sur Jimbo et il est mort.

Les yeux jaunes de Freddie s'élargirent.

— Oh, non, mec.

Il jeta un regard scrutateur autour de lui, comme si le tueur était toujours à l'affût, ou comme si quelqu'un tentait de le rendre responsable de ce qui s'était passé.

— Freddie, est-ce que tu as vu quelqu'un ce soir dans le métro, quelqu'un que tu ne connaissais pas ? Est-ce que tu as vu quelqu'un qui aurait pu faire un truc comme ça ?

— Non, j'ai rien vu, rien du tout et personne du tout, j'le jure.

Freddie faillit perdre l'équilibre et parvint à se rétablir en s'accrochant à un mur de ciment.

Une autre rame surgit des ténèbres et s'engouffra en direction du sud. On aida Freddie à déménager, et nous reprîmes notre progression, évitant les rails et les rongeurs qui s'affairaient sous les détritus. J'avais enfilé des bottes, ce soir-là, Dieu merci. Nous marchâmes encore une dizaine de minutes. Je sentais la transpiration dégouliner sur mon visage recouvert d'un masque, et perdais progressivement tout sens de l'orientation. Je ne parvenais plus à discerner si les taches rouges que j'apercevais plus loin sur les rails provenaient des lampes des policiers ou si elles signalaient l'arrivée de nouvelles rames.

— Bon, il faut que nous enjambions le troisième rail, annonça le commandant Penn, qui était restée à mes côtés.

— C'est encore loin ?

— Juste au niveau des lumières que vous voyez là-bas. Mais il faut que nous enjambions le rail ici. Levez la jambe en ciseaux, calmement, un pied à la fois et surtout ne touchez pas le rail.

— À moins de recevoir le choc de votre vie, précisa un policier.

— Ouais, six cents volts qui ne vous lâchent pas, ajouta un autre de la même voix dure.

Nous continuâmes notre progression en suivant la voie qui nous menait toujours plus profondément dans le tunnel. Le plafond de la voûte devenait de plus en plus bas. Certains des hommes durent se baisser vivement lorsque nous passâmes sous l'une des arches. De l'autre côté, les techniciens du labo ratissaient le périmètre, et un médecin légiste, protégé d'une cagoule en plastique qui ressemblait à un heaume, ainsi que de gants, examinait le corps. Des projecteurs avaient été installés et les ampoules, les aiguilles et le sang brillaient d'un éclat dur sous leurs feux.

L'officier Davila reposait sur le dos, et la fermeture Éclair baissée de son anorak laissait apercevoir les contours nets du gilet pare-balles qu'il portait sous son pull commando bleu marine. Il avait été abattu d'une balle de 38 tirée entre les yeux, et le revolver reposait sur sa poitrine.

M'approchant plus près du corps, je m'enquis :

— C'est dans cette position qu'on l'a retrouvé ?

— On n'a absolument rien touché, me répondit un homme de la police de New York.

— Son anorak était ouvert et le revolver était posé comme cela ?

— Exactement comme ça.

Le visage congestionné du policier était en sueur, et il évitait de croiser mon regard.

Le médecin légiste leva les yeux vers nous. Je ne parvins pas à distinguer ses traits dissimulés derrière la cagoule en plastique.

— On ne peut pas exclure la possibilité d'un suicide, dit-elle.

Je me penchai davantage en dirigeant le faisceau de ma lampe vers le visage de l'homme mort. Il avait les yeux ouverts, et sa tête était légèrement inclinée vers la droite. Le sang qui s'était accumulé sous lui était d'un rouge vif, et commençait à coaguler. Davila était de petite taille. Son cou musculeux et son visage mince prouvaient qu'il était en parfaite condition physique. J'éclairai ses mains. Elles étaient nues. Je m'agenouillai afin de mieux voir.

— Je ne vois pas de trace de poudre, dis-je.

— Cela peut arriver, répondit le légiste.

— La blessure qu'il porte à la tête ne semble pas indiquer qu'il y ait eu un contact direct de l'arme sur la peau et, de surcroît, j'ai l'impression que l'arme n'était pas braquée de façon perpendiculaire.

— Le fait qu'il existe un léger angle de tir ne me surprend pas, au contraire, répliqua le médecin légiste.

— L'angle est descendant et cela me surprend, insistai-je. Et comment se fait-il que son revolver se soit retrouvé proprement posé sur sa poitrine ?

— Un des sans-abri qui traînent dans le coin a pu bouger l'arme et la déposer.

— Et pour quelle raison ? demandai-je.

L'exaspération commençait à m'envahir.

— Peut-être quelqu'un l'a-t-il ramassée. Il aura, ensuite, eu peur de la conserver et l'aura placée où nous l'avons trouvée.

— Nous devrions envelopper ses mains pour les protéger.

— Chaque chose en son temps.

Grimaçant sous la lumière qui m'aveuglait, je demandai :

— Portait-il des gants ? Il fait très froid, ici.

— Nous n'avons pas terminé de fouiller ses poches, madame, répondit le médecin légiste.

C'était une jeune femme, le genre rigide que j'associe à ces autopsies à rétention anale qui durent une demi-journée.

— Comment vous appelez-vous ? demandai-je.

— Je suis le Dr Jonas. Et je vais être dans l'obligation de vous prier de vous pousser, madame. Nous tentons de préserver une scène du crime et il serait préférable que vous ne touchiez ni ne dérangiez rien.

Elle brandit un thermomètre.

Le commandant Frances Penn prit la parole :

— Dr Jonas, je vous présente le Dr Scarpetta, médecin expert général de l'État de Virginie, et expert auprès du FBI. Elle a l'habitude de préserver l'état des scènes de crime.

Le Dr Jonas leva le regard vers nous et je perçus une lueur d'étonnement sur son visage dissimulé par sa cagoule. Au temps qu'il lui fut nécessaire pour déchiffrer le thermomètre, je compris qu'elle était gênée.

Me rapprochant encore du corps, j'examinai le côté gauche de sa tête.

— Son oreille gauche a été lacérée.

— C'est probablement une conséquence de sa chute, déclara-t-elle.

J'observai l'endroit où nous nous trouvions, une plate-forme en ciment lisse. Il n'y avait ici aucun rail sur lequel se cogner. Je balayai de ma torche le sol et les murs de ciment qui nous entouraient, cherchant une trace de sang qui dévoile ce que Davila avait pu heurter dans sa chute.

M'agenouillant, j'examinai de plus près son oreille blessée, ainsi que la marque rougeâtre située dessous. Je finis par distinguer la crénelure caractéristique d'une empreinte de semelle, dont le motif était ondulé et parsemé de petits trous. La trace que j'avais trouvée sous l'oreille avait été laissée par le bord d'un talon. Je me relevai, la sueur dégoulinant le long de mon visage. Tout le monde me regarda ; je fixai une lumière qui se rapprochait de nous dans le long tunnel obscur.

— On l'a frappé d'un coup de pied porté au côté gauche de la tête.

Sur la défensive, le Dr Jonas persista :

— Vous ne pouvez pas être certaine qu'il n'a pas heurté quelque chose en tombant.

La fixant, j'affirmai :

— Je sais que j'ai raison.

Un policier demanda :

— Comment peut-on être sûr qu'il n'a pas été piétiné une fois à terre ?

— Ses blessures ne cadrent pas avec ce genre d'hypothèse, répondis-je. Lorsqu'un agresseur frappe quelqu'un à terre à coups de pied, on trouve plusieurs blessures et en général à différents endroits du corps. De surcroît, si tel était le cas, il devrait y avoir des traces de l'autre côté du visage, puisque c'était de ce côté-là qu'il reposait sur le ciment, au moment où on l'a frappé à gauche.

Une rame nous dépassa à grande vitesse en hurlant, dans une bourrasque d'air chaud. Des lumières semblaient flotter plus loin dans l'obscurité du tunnel, entourées de silhouettes qui ressemblaient à des ombres, et dont les voix nous parvenaient à peine.

— Il a été assommé d'un coup de pied, puis abattu avec son propre revolver.

— Il faut le transporter à la morgue, déclara le médecin légiste.

Dans le regard fixe et sur le visage du commandant Penn, se lisaient son émotion et sa colère.

Nous avançâmes et elle me demanda :

— C'est lui, n'est-ce pas ?

— Il a déjà frappé des gens à coups de pied.

— Mais enfin, pourquoi ? Il a une arme, un Glock. Pourquoi ne l'a-t-il pas utilisé ?

— La chose la plus terrible qui puisse arriver à un flic, c'est d'être abattu avec sa propre arme.

— Donc, Gault aurait agi délibérément, parce qu'il savait comment la police... comment nous le ressentirions ?

— Il a sûrement pensé que c'était amusant.

Nous revînmes sur nos pas en enjambant les rails, et en marchant dans des détritus que les mouvements des rats rendaient vivants. Je sentis que le commandant Penn pleurait. Les minutes s'écoulèrent. Enfin, elle dit :

— Davila était un bon officier de police. Il était si serviable, ne se plaignait jamais, et avait un sourire... Un sourire qui illuminait les endroits où il passait.

Sa voix se crispa de fureur et elle martela :

— Merde, c'était juste un gosse.

Ses hommes nous entouraient, mais à une certaine distance. Je fixai les profondeurs du tunnel, et regardai de l'autre côté des voies, en songeant aux hectares souterrains de courbes et de virages qui constituaient le métro. Les sans-abri qui vivaient ici n'avaient pas de lampes, et je me demandai comment ils faisaient pour voir. Nous dépassâmes un autre campement sordide où un Blanc dont les traits me semblèrent vaguement familiers était assis, fumant un caillou de crack à l'aide d'un bout d'antenne de voiture comme si n'existaient dans ce pays ni loi ni ordre. Les détails de sa casquette de base-ball

129

atteignirent d'abord mon cerveau sans rien y déclencher de particulier, puis, d'un seul coup, je le fixai.

— Benny, Benny, Benny. Tu devrais avoir honte, dit un des officiers de police d'un ton sec. Arrête un peu. Tu sais bien que tu peux pas faire ça. Combien de fois il va falloir qu'on te le répète, mon pote ?

Il s'agissait du Benny qui m'avait fait fuir, hier matin, jusque dans le hall de réception des bureaux du médecin expert général. Je reconnus ses pantalons dégoûtants des surplus de l'armée, ses bottes de cow-boy et son blouson en jean.

Benny ralluma son caillou et lâcha :

— Eh ben vas-y, et boucle-moi.

— Ah ouais, je vais coller ton cul en tôle, tu peux en être sûr. J'en ai ras la caisse de toi.

Calmement, j'indiquai au commandant Penn :

— Sa casquette.

Il s'agissait d'une casquette bleu marine ou noire des Atlanta Braves.

Elle retint ses hommes :

— Attendez. (Puis, elle demanda à Benny :) Où as-tu trouvé cette casquette ?

Il la retira, découvrant une touffe de cheveux sales et gris, et répondit :

— J'sais rien.

On avait l'impression que quelque chose lui avait mâchonné le nez.

— Mais si, tu le sais, insista le commandant Penn.

Il la fixa avec des yeux de dément. Elle demanda à nouveau :

— Benny, où as-tu trouvé cette casquette ?

Deux des policiers le soulevèrent et lui passèrent les menottes. Sous sa couverture étaient cachés des livres de poche, des magazines, des briquets à gaz et des petits sacs à fermeture Éclair. Il y avait également des barres aux céréales, des paquets de chewing-gum sans sucre, un flageolet et une boîte de hanches pour saxophone. Mon regard chercha celui du commandant Penn, et elle me fixa.

— Ramassez tout, ordonna-t-elle à ses hommes.

Benny se débattit, donnant des coups de pied.

— Vous pouvez pas prendre ma place ! Vous avez pas le droit de prendre ma putain de place.... sales fils de pute !

— T'es juste en train de rendre les choses plus difficiles, Benny.

Ils resserrèrent ses menottes, un policier le soulevant de chaque côté.

— Mettez des gants avant de toucher quoi que ce soit, ordonna le commandant Penn.

— Ne vous inquiétez pas.

Les policiers ramassèrent tous les biens terrestres de Benny pour les fourrer dans des sacs-poubelles, que nous emportâmes avec leur propriétaire. Je suivis le groupe, munie de ma lampe torche, et l'obscurité ressemblait à un vide silencieux qui aurait eu des yeux. Je me retournai fréquemment, sans apercevoir rien d'autre qu'une lumière lointaine, que je pris d'abord pour les phares d'une rame, jusqu'à ce que je la voie bouger latéralement. Et puis, cette lumière devint le pinceau d'une torche lumineuse, qui éclaira le passage de Temple Gault sous une arche de béton. Ce ne fut qu'une silhouette en lame de couteau, dans un long manteau sombre, un visage comme un éclair blanc. Je saisis la manche du commandant Penn et hurlai.

8

En cette nuit au ciel couvert, plus de trente officiers de police ratissèrent le Bowery et son métro.

Nul ne savait comment Gault avait pu pénétrer dans les tunnels, à moins qu'il ne les ait jamais quittés après avoir assassiné Jim Davila. Nous ne possédions aucun indice qui puisse nous aider à comprendre comment il avait pu s'enfuir après que je l'aie repéré dans le tunnel, mais il s'était bel et bien enfui.

Le lendemain matin, Wesley partit pour l'aéroport de La Guardia et Marino et moi retournâmes à la morgue. Je n'y vis pas le Dr Jonas, le médecin légiste que j'avais rencontré la nuit précédente ; quant au Dr Horowitz, il n'était pas là non plus. Cependant, on me prévint que le commandant Penn se trouvait sur les lieux, accompagnée de l'un de ses hommes, et que je les trouverais dans la salle de radiographie.

Marino et moi entrâmes dans la salle avec la discrétion d'un couple qui se faufilerait dans une salle de cinéma après le début du film, puis nous nous perdîmes dans l'obscurité. Je le soupçonnai d'avoir cherché un mur contre lequel s'adosser, car je savais qu'il avait des problèmes à conserver son équilibre dans le noir. Du reste, ce genre de lieu avait un côté presque hypnotisant, et on avait parfois l'impression de tituber. Je me rapprochai de la table en inox où reposait le corps de Davila, et autour de laquelle se serraient des silhouettes sombres. Un pinceau de lumière explorait la tête abîmée du cadavre.

— J'aimerais que l'on me donne un de ces moules afin de procéder à une comparaison, annonça quelqu'un.

La voix du commandant Penn, que je reconnus, précisa :

— Il y a des photos de l'empreinte des semelles. J'en ai quelques-unes ici.

— Ce serait parfait.

— C'est le labo qui a les moules.

— Le vôtre ?

— Non, répondit le commandant Penn. Le labo de la police de New York.

Le pinceau lumineux s'arrêta juste sous l'oreille gauche de Davila.

— Cette zone d'abrasion et cette contusion dans

laquelle on aperçoit des marques, là, juste ici, ont été provoquées par un talon. Les lignes ondulées sont assez visibles, et je ne vois pas de traces incrustées dans la zone abrasée. Mais il y a aussi cette marque, ici. Et je n'arrive pas à déterminer de quoi il s'agit. Cette contusion, hum, cette sorte de marbrure avec cette petite queue. Je ne sais pas ce que c'est.

— On pourrait tenter d'agrandir l'image.

— Bien, bien.

— Et dans l'oreille en elle-même ? Vous voyez quelque chose ?

— Difficile à dire. Il s'agit soit de déchirures, soit de coupures. Les bords déchiquetés ne sont pas éraflés, et ils sont reliés par des membranes tissulaires. (Le doigt protégé de latex pointa en direction de l'oreille.) Si l'on se réfère à la lacération en arc de cercle que l'on voit ici, je dirais que le talon a percuté l'oreille.

— C'est pour cette raison qu'elle est déchirée.

— Je pencherais en faveur d'un seul coup de pied porté avec une grande violence.

— Assez pour le tuer ?

— Peut-être. Nous verrons. Je crois que nous allons trouver des fractures sur la zone temporale pariétale gauche du crâne, et une sérieuse hémorragie épidurale.

— C'est ce que je pense également.

Les mains gantées manipulèrent les forceps et la lumière. Un cheveu brun d'environ quinze centimètres de long était resté accroché au col ensanglanté du pull commando de Davila. Le cheveu fut prélevé et placé dans une enveloppe au moment où je tentais de retrouver mon chemin jusqu'à la porte. Je déposai mes lunettes teintées sur un chariot et sortis, Marino à ma suite.

Une fois dans le couloir, celui-ci me dit :

— Si ce cheveu est à lui, alors ça veut dire qu'il s'est encore teint.

La silhouette que j'avais aperçue la nuit dernière

me revint à l'esprit. Le visage de Gault était très pâle, mais je n'avais pas distingué ses cheveux.

— Venant de lui, la chose me paraît assez probable.

— Dans ce cas, il n'est plus roux.

— Il pourrait même maintenant avoir les cheveux violets, nous n'en savons rien.

— S'il continue à changer de couleur comme ça, peut-être qu'ils finiront par tomber.

— Cela me surprendrait beaucoup. Par ailleurs, il est possible que ce cheveu ne lui appartienne pas. Le Dr Jonas a les cheveux bruns, et ils sont à peu près de cette longueur. Elle est restée penchée au-dessus du corps un long moment, hier.

Vêtus de blouses, avec des masques et des gants, nous devions ressembler à une équipe chirurgicale renommée sur le point de pratiquer une opération extraordinaire, une transplantation cardiaque, par exemple. Des hommes déchargeaient de pitoyables boîtes en pin destinées à la fosse commune, et de l'autre côté des vitres, les autopsies du matin étaient en cours. Il n'y avait, pour l'instant, que cinq cas. L'un d'entre eux était un enfant, de toute évidence victime d'une mort violente. Marino détourna le regard.

Son visage vira au rouge sombre, et il grommela entre ses dents :

— Merde. Vous parlez d'une façon de commencer la journée !

Je ne répondis pas.

— Davila était marié depuis deux mois seulement.

Qu'aurais-je pu dire ?

— J'ai parlé à deux gars qui le connaissaient.

On avait entassé pêle-mêle les effets personnels de Benny le toxicomane sur la table numéro 4, et je pris sur moi de les déplacer, pour les éloigner de l'enfant mort.

— Davila avait toujours voulu devenir flic. Toujours la même putain d'histoire.

Les sacs-poubelles étaient lourds, et une odeur nauséabonde s'en dégageait, au niveau du nœud. J'entrepris de les transporter sur la table 8.

— Mais pourquoi est-ce qu'on veut faire un métier comme ça ?

La rage de Marino montait. Il attrapa un des sacs-poubelles et me suivit.

— Parce qu'on pense que cela peut faire une différence, dis-je. Parce qu'on veut arranger les choses, d'une façon ou d'une autre.

D'un ton sarcastique, Marino répondit :

— Ah ouais. C'est sûr que Davila a fait la différence. C'est sûr qu'il a arrangé les choses, bordel !

— Ne lui enlevez pas cela, Marino. Ce qu'il a fait de bien, ou ce qu'il aurait pu faire, est tout ce qui lui reste, maintenant.

Le bruit d'une scie Stryker se fit entendre, l'eau coula, et les rayons X dévoilèrent des balles et des os, dans ce théâtre au public silencieux et dont les acteurs étaient morts. Le commandant Penn apparut. Elle portait toujours son masque, et la fatigue se lisait dans son regard. Elle était accompagnée d'un jeune homme brun qu'elle nous présenta comme le détective Maier. Il nous montra les photographies des empreintes de semelle relevées dans la neige de Central Park.

— Elles sont à l'échelle, expliqua-t-il. Il est évident que des moules auraient été préférables, si nous avions pu les obtenir.

Mais les moules étaient en possession de la police new-yorkaise, et j'étais prête à parier que la Transit Police ne les verrait jamais. Frances Penn ne ressemblait plus du tout à la femme à laquelle j'avais rendu visite hier, et je me demandai pour quelle raison elle m'avait invitée chez elle. Que m'aurait-elle confié si nous n'avions pas été appelées dans le Bowery ?

Nous entreprîmes de défaire les sacs-poubelles pour en déverser le contenu sur les tables, à l'exception, toutefois, des couvertures en laine fétides qui avaient servi de domicile à Benny, et que nous nous contentâmes de plier et d'empiler par terre. L'inventaire des possessions de Benny se révéla étrange, et ne pouvait s'expliquer que de deux façons. Ou bien il avait vécu avec quelqu'un qui portait des brodequins d'homme de pointure 38 1/2, ou alors il les avait récupérés quelque part. On nous apprit en effet qu'il chaussait du 42.

— Et que raconte Benny ce matin ? demanda Marino.

Ce fut le détective Maier qui lui répondit :

— Il dit qu'il a un jour trouvé toutes ces choses entassées sur ses couvertures. Il prétend qu'il est monté à la surface, puis redescendu dans le métro et que c'était là, dans ce sac à dos.

Le détective Maier montra du doigt un havresac en toile verte maculé de taches qui devait avoir bien des choses à raconter.

— Et quand cela se serait-il produit ? m'enquis-je.

— Eh bien, Benny n'est pas trop clair à ce sujet, en fait il n'est pas clair sur grand-chose. Mais d'après lui, ça s'est passé ces jours derniers.

— Il a vu la personne qui a laissé le havresac ? demanda encore Marino.

— Il dit que non.

J'approchai une photographie de la semelle d'une des deux chaussures que nous avions retrouvées afin de comparer les deux empreintes. La pointure et les piqûres étaient identiques. D'une façon ou d'une autre, Benny était en possession des affaires de la femme retrouvée à Central Park, et dont nous pensions qu'elle avait été attaquée par Gault. Sans échanger un mot, nous commençâmes à passer en revue tous les effets que nous attribuions à la victime. Tandis que nous allions tenter de reconstruire une vie à partir de loques et d'un flageolet, je me sentis lasse, dans un état second.

Marino lâcha :

— On pourrait pas lui donner un nom ? Ça me trouble qu'elle en ait pas.

— Comment voudriez-vous l'appeler ? demanda le commandant Penn.

— Jane.

Le détective Maier jeta un regard à Marino et commenta :

— Ça, c'est original. Et son nom de famille, ce ne serait pas Doe, par hasard ?

— À votre avis, les hanches de saxophone peuvent-elles appartenir à Benny ? m'enquis-je.

— Je ne crois pas, répondit Maier. Il a dit que tous ces trucs se trouvaient dans le sac à dos, et je ne pense vraiment pas que Benny ait un goût particulier pour la musique.

— Il joue parfois d'une guitare invisible, précisai-je.

— Vous en feriez autant si vous fumiez du crack. Et Benny ne fait rien d'autre : il mendie et il fume du crack.

— Il devait quand même faire autre chose avant de se mettre à la drogue.

— Il était électricien, et sa femme l'a quitté.

— C'est pas une raison pour finir dans le caniveau, déclara Marino, que sa femme avait également quitté. Doit tout de même y avoir une autre explication.

— La drogue. Il a fini de l'autre côté de la rue, à l'hôpital Bellevue. Et dès qu'il est désintoxiqué, il ressort. Toujours la même histoire.

— Peut-être un saxophone se trouvait-il également avec les affaires, et Benny l'aura-t-il mis au clou ? proposai-je.

— Je n'en ai pas la moindre idée, répondit Maier. Benny dit qu'il n'y avait rien d'autre que ce que nous avons trouvé.

Je repensai aux dents de cette femme que nous venions de baptiser Jane, à l'évasement de ses incisives, que le médecin légiste avait attribué à l'usage régulier d'une pipe.

— Si elle a longtemps joué de la clarinette ou du saxophone, cela peut expliquer que ses dents soient abîmées, dis-je.

— Et le flageolet ? demanda le commandant Penn. Elle se pencha vers la petite flûte, dont l'embout était rouge. L'objet, de marque *Generation*, était de fabrication anglaise, et il n'avait pas l'air récent.

— Si elle en jouait souvent, cela n'a sûrement fait qu'aggraver les dégâts de ses dents, répondis-je. De plus, ce qui est intéressant, c'est qu'il s'agit d'un alto, et que les hanches que nous avons retrouvées sont également prévues pour un saxophone alto. Il est donc possible qu'elle ait joué du saxo à un moment de sa vie.

— Peut-être avant la blessure crânienne, proposa Marino.

— Peut-être.

Nous poursuivîmes notre minutieuse inspection des affaires de la femme, tentant de les déchiffrer comme du marc de café. Elle devait aimer le chewing-gum sans sucre et utilisait de la pâte dentifrice de marque *Sensodyne*, ce qui était cohérent avec le fait qu'elle avait des problèmes dentaires. Elle possédait une paire de jeans noirs pour homme de taille 32 pour le tour de taille et 34 pour la longueur des jambes. Ils étaient vieux et roulés aux chevilles, ce qui pouvait suggérer qu'il s'agissait de pantalons de récupération, ou bien qu'elle les avait achetés d'occasion. De toute façon, ils étaient beaucoup trop grands pour elle, si l'on en jugeait par sa corpulence au moment de sa mort.

— Ils ne pourraient pas appartenir à Benny ? demandai-je.

— Il dit que non, répondit Maier. Il nous a déclaré que ses affaires à lui se trouvaient toutes là-dedans.

Il désigna du doigt un sac bourré à craquer posé par terre.

Je glissai une de mes mains gantées dans une des poches arrière des jeans, et en retirai un ticket rouge et blanc identique à ceux qu'on nous avait donnés, à Marino et moi, lorsque nous avions visité le Muséum d'histoire naturelle. C'était un ticket de forme ronde, pendu à une petite cordelette. Sur l'une des faces était inscrit « Donateur », alors que l'autre face arborait le logo du Muséum.

Rangeant le ticket dans un petit sachet à indices, je déclarai :

— Il faudra analyser ceci pour vérifier la présence éventuelle d'empreintes. Elle doit l'avoir touché, ou peut-être même Gault, si c'est lui qui a payé.

— Pourquoi l'a-t-elle gardé ? D'habitude, on le pend à l'un des boutons de sa chemise et on l'enlève en sortant pour le jeter à la poubelle, remarqua Marino.

— Peut-être l'a-t-elle mis dans sa poche, et ensuite, elle l'aura oublié, proposa le commandant Penn.

— Elle a peut-être voulu le conserver comme souvenir, suggéra Maier.

— Je n'ai pas l'impression qu'elle soit du genre à collectionner des souvenirs, dis-je. Je crois plutôt qu'elle a sélectionné ce qu'elle voulait garder, et ce dont elle souhaitait se débarrasser.

— Voulez-vous insinuer qu'elle a conservé ce ticket pour que quelqu'un le trouve ?

— Je l'ignore.

Marino alluma une cigarette.

— Je finis par me demander si elle connaissait Gault, dit Maier.

— Si tel était le cas, et si en plus elle savait qu'elle était en danger avec lui, pourquoi l'a-t-elle suivi dans le parc à la nuit tombée ? répliquai-je.

Marino, le masque baissé sur son menton, exhala une grosse bouffée de fumée :

— Ben voilà, c'est là que ça colle plus.

— Pas si elle ne le connaissait absolument pas, précisai-je.

— Donc, peut-être le connaissait-elle ? insista Maier.

— Peut-être, acquiesçai-je.

Je glissai ma main dans les autres poches du pantalon, et y trouvai quatre-vingt-deux cents, une hanche de saxophone mordillée et quelques Kleenex proprement pliés. Un sweat-shirt bleu à l'envers, de taille « médium », portait sur le devant une inscription si défraîchie qu'il était impossible de la déchiffrer.

À part cela, Jane possédait également deux paires de pantalons de survêtement gris, et trois paires de chaussettes de sport décorées de bandes de couleur différentes. Dans une des poches du havresac, je découvris la photo encadrée d'un chien de chasse assis dans l'ombre tachetée des arbres. Le chien semblait sourire à la personne qui le prenait en photo, et plus loin en arrière-plan, une silhouette contemplait la scène.

— Il faut analyser cette photo pour les empreintes, dis-je. Du reste, on peut distinguer des empreintes latentes sur le verre du cadre, lorsqu'on l'incline.

— Je parie que c'est son chien, déclara Maier.

Le commandant Penn demanda :

— Est-il possible de déterminer l'endroit où elle a été prise ?

Je détaillai la photo de plus près et déclarai :

— Le relief a l'air plat et il fait beau. Je ne vois pas de végétation tropicale, et cela ne ressemble pas à une région désertique.

Marino conclut :

— En d'autres termes, elle a pu être prise à peu près n'importe où dans le monde.

— Pratiquement, acquiesçai-je. Je ne parviens pas à me faire une idée sur la silhouette que l'on aperçoit en arrière-plan.

Le commandant Penn examina la photo.

— Un homme, peut-être.

— Ce pourrait tout aussi bien être une femme.

— Ouais, je crois bien que c'est une femme, très mince, acquiesça Maier.

— Peut-être Jane, dit Marino. Elle aimait les casquettes de base-ball et cette personne, là, porte un truc qui ressemble à une casquette.

Regardant le commandant Penn, je déclarai :

— J'aimerais avoir des copies de toutes les photos, celle-ci incluse.

— Je vous les ferai parvenir aussi vite que possible.

Nous continuâmes de déterrer la vie de cette femme, qui semblait présente dans cette pièce, parmi nous. Je devinais sa personnalité au travers de ses misérables possessions, et j'étais convaincue qu'elle nous avait laissé des indices. Il semblait bien qu'elle portât des maillots de corps d'homme en guise de soutien-gorge, et nous découvrîmes dans le sac trois culottes de femme, ainsi que plusieurs bandanas.

Tous ses vêtements étaient usagés et sales, et pourtant, un certain ordre et un soin évident de ses affaires transparaissaient dans les accrocs bien raccommodés, ainsi que dans la petite boîte en plastique où elle avait rangé des boutons de rechange, du fil et des aiguilles à coudre. Seuls les jeans noirs et le sweat-shirt avaient été rangés à la va-vite, et nous nous demandâmes s'il ne s'agissait pas des vêtements qu'elle portait lorsque Gault l'avait contrainte à se déshabiller dans l'obscurité.

En fin de matinée, nous avions passé en revue tous les objets découverts dans le sac, sans avancer d'un pouce dans l'identification de la victime que nous avions décidé de baptiser Jane. Nous finissions par supposer que Gault avait éliminé tous les papiers qui auraient pu nous permettre de mettre un nom sur ce corps, ou alors que Benny avait pris le peu d'argent qu'elle pouvait posséder, et qu'il avait disposé à son gré des choses qui l'intéressaient dans le sac. Je ne parvenais pas à comprendre à quel moment, chronologiquement, Gault avait déposé le sac sur les couvertures de Benny, si toutefois c'était bien lui.

— Qu'est-ce qu'il faut envoyer au labo pour la recherche d'empreintes, dans tout ça ? demanda Maier.

— En plus des différents objets que nous avons déjà sélectionnés, on pourrait essayer avec le flageolet, c'est une bonne surface, suggérai-je. Vous pouvez également tenter un balayage du havresac avec une source de lumière alternative, surtout sur la face interne du rabat, qui est en cuir.

Marino lâcha :

— On reste toujours avec le même problème : elle. Rien ici ne va nous dire qui elle était.

Maier répondit :

— Je vais peut-être vous surprendre, mais je ne crois pas que l'identification de Jane nous aidera à arrêter le type qui lui a fait ça.

Je l'observai quelques instants, et constatai que l'intérêt qu'il avait manifesté pour elle s'amenuisait. Son regard perdit son étincelle. J'avais déjà été témoin de ce genre de réaction, lorsque les victimes demeuraient inconnues. Jane avait épuisé toutes les réserves de temps qui lui étaient imparties. Assez ironiquement, elle aurait bénéficié d'encore moins d'attention si son meurtrier n'avait pas été célèbre.

— Croyez-vous que Gault l'ait tuée dans le parc puis soit descendu dans le tunnel où l'on a retrouvé son havresac ? demandai-je.

— C'est possible, répondit Maier. Tout ce qu'il suffisait de faire, c'est sortir de Cherry Hill, et prendre le métro à Eighty-sixth ou Seventy-seventh Street. Ça le conduisait tout droit dans le Bowery.

— Il a aussi parfaitement pu prendre un taxi, ajouta le commandant Penn. Par contre, il semble peu probable qu'il ait marché, cela représente une trotte.

Marino demanda alors :

— Et pourquoi le sac n'a-t-il pas été abandonné

sur les lieux du crime ? Après tout, Benny aurait pu le trouver là-bas.

Ce fut le commandant Penn qui répondit :

— Mais pour quelle raison Benny se serait-il promené à Cherry Hill à cette heure-là ? Je vous rappelle que les conditions météo étaient très dures.

Une porte s'ouvrit, et plusieurs assistants poussèrent devant eux le chariot sur lequel reposait le corps de Davila.

— Je ne sais pas, dit Maier. (Puis se tournant vers le commandant Penn, il demanda :) Portait-elle son havresac, au musée ?

— Je crois me souvenir que quelqu'un a mentionné une sorte de sac en bandoulière.

— Et ce pouvait être le havresac.

— Oui.

— Benny vend-il de la drogue ? demandai-je.

— Passé un cap, il faut en vendre si vous voulez pouvoir en acheter, répondit Maier.

— Il se peut très bien qu'il existe un lien entre Davila et la morte, lançai-je.

Le commandant Penn me considéra avec intérêt.

— Je crois qu'il convient de ne pas exclure cette possibilité, poursuivis-je. À première vue, cela peut paraître assez improbable, mais Davila et Gault se sont retrouvés dans le tunnel au même moment. Pour quelle raison ?

Le regard fixé devant lui, Maier répondit :

— Pur hasard.

Marino ne fit aucun commentaire. Son attention s'était portée sur la table d'autopsie numéro 6, où deux médecins photographiaient sous plusieurs angles le corps de l'officier abattu. Un autre assistant essuyait le sang qui avait séché sur le visage du mort avec une serviette de toilette mouillée. Si Davila avait été en vie, la vigueur avec laquelle on le nettoyait lui aurait probablement fait mal. Marino n'avait pas conscience qu'on l'observait, et durant quelques instants, sa vulnérabilité fut perceptible. Je vis les ravages laissés par des années de tempêtes, et la charge qui reposait sur ses épaules.

Je repris :

— Benny aussi se trouvait dans le tunnel. Donc, soit il a trouvé le havresac sur les lieux du crime, soit quelqu'un le lui a donné, soit enfin, il l'a bien retrouvé sur ses couvertures comme il le prétend.

— Très franchement, je ne crois pas que le havresac soit apparu comme ça sur ses couvertures, dit Maier.

— Et pour quelle raison ? demanda le commandant Penn.

— Pourquoi Gault se serait-il donné la peine de le transporter depuis Cherry Hill ? Pourquoi ne pas l'abandonner plutôt sur place ?

— Peut-être contenait-il quelque chose, suggérai-je.

— Comme quoi ? demanda Marino.

— Par exemple quelque chose qui aurait permis d'identifier la femme, poursuivis-je. Peut-être ne voulait-il pas que l'on puisse l'identifier, et avait-il besoin d'un peu de temps pour fouiller dans ses affaires.

— Possible, acquiesça le commandant Penn. Et de fait, nous n'avons rien trouvé qui puisse nous aider à établir son identité.

— D'un autre côté, dans le passé, Gault n'a jamais eu l'air de s'inquiéter de savoir si nous pouvions identifier ses victimes. Alors pourquoi cette fois-ci ? Pour quelle raison craindrait-il que nous puissions identifier cette vagabonde au crâne abîmé ?

Le commandant Penn n'eut pas l'air de m'entendre, et personne ne me répondit. Les deux médecins avaient entrepris de déshabiller Davila, qui résistait à leurs tentatives. Il tenait ses bras rigides plaqués contre son torse, comme s'il se protégeait des coups durant un match de football. Les médecins peinaient à ôter les manches du pull, et essayaient de le tirer par-dessus sa tête lorsque la sonnerie d'un *pager* retentit.

Instinctivement, chacun d'entre nous vérifia le *pager* pendu à sa ceinture. La sonnerie persista, et nos regards se portèrent vers la table sur laquelle reposait Davila.

Un des deux médecins annonça :

— Ce n'est pas le mien.

L'autre s'écria :

— Merde, c'est le sien !

Il détacha le *pager* de la ceinture de Davila, et un frisson me parcourut. Nous étions tous silencieux. Nous ne pouvions détourner le regard de la table d'autopsie, ni du commandant Penn, qui se rapprocha, parce qu'il s'agissait du *pager* de l'un de ses officiers abattu, et que quelqu'un tentait d'appeler celui-ci. Le médecin lui tendit l'appareil, et elle le leva afin d'en déchiffrer l'écran. Son visage se colora, et je la vis déglutir.

— C'est un code, dit-elle.

Ni elle ni le médecin n'avait songé à éviter de prendre le *pager* en main. Ils ignoraient que ce geste pouvait être important.

— Un code ? répéta Maier, sidéré.

D'une voix tendue par la rage, elle précisa :

— Un code de police. Dix, espace, sept.

Dix, espace, sept signifiait « fin de ronde ».

— Putain, cracha Maier.

Marino eut un mouvement vers l'avant, comme s'il s'apprêtait à s'élancer à la poursuite de quelqu'un. Mais il n'y avait personne à prendre en chasse, personne que nous puissions voir.

— Gault, dit-il avec incrédulité.

Puis sa voix s'enfla :

— Ce fils de pute doit avoir repéré le numéro du *pager* de Davila après avoir tapissé tout le métro de sa cervelle. Vous comprenez ce que ça signifie ? dit-il avec un regard flamboyant. Ça signifie qu'il nous voit ! Il sait que nous sommes ici en train de l'autopsier.

Maier regarda autour de lui.

Complètement déconcerté, le médecin protesta quand même :

— On ne sait pas qui a envoyé ce message.

Mais, moi, je savais. Je n'avais aucun doute.

Maier reprit la parole :

— Même si c'est bien Gault, il n'avait pas besoin de voir ce que nous faisons aujourd'hui pour savoir ce qui se passe. Il devait bien se douter que le corps serait là, et nous aussi.

Gault devait savoir que moi, j'étais là, pensai-je. Peut-être n'était-il pas nécessairement au courant de la présence des autres.

Marino regarda autour de lui comme un fou, incapable de rester immobile :

— Il est quelque part d'où il peut téléphoner.

Le commandant Penn se tourna vers Maier et ordonna :

— Envoyez un message radio à toutes les unités. Envoyez également un télétype.

Maier retira ses gants et les jeta avec colère dans une poubelle avant de sortir en courant.

— Enveloppez le *pager* dans un sac à indices, dis-je. Je sais bien que nous l'avons touché, mais on peut toujours tenter le coup. C'est pour cette raison que la fermeture Éclair de sa veste était défaite.

— Hein ? demanda Marino, qui avait l'air comme assommé.

— La veste de Davila était ouverte, et ce n'était pas normal.

— Mais si, c'était normal. Gault voulait son flingue.

— Il n'était pas nécessaire de défaire sa veste pour le prendre. Il y a une fente sur le côté du vêtement, qui permet d'atteindre le holster. Je crois que Gault a défait la veste de Davila pour trouver son *pager* et prendre son numéro.

Les médecins avaient repris leur travail et s'affairaient autour du corps. Ils retirèrent ses rangers et ses chaussettes, et débouclèrent son holster de cheville, qui contenait un Walther 380 qui n'aurait pas dû s'y trouver, et que Davila n'avait jamais eu la possibilité d'utiliser. Ils enlevèrent le gilet pare-balles en Kevlar, un tee-shirt bleu marine de la police et le crucifix en argent qui pendait à une longue chaîne autour de son cou. Davila portait sur l'épaule droite un petit tatouage représentant une croix entourée d'une rose. Son portefeuille contenait un dollar.

9

Je quittai New York ce même après-midi sur un vol de US Air et arrivai à l'aéroport national de Washington à trois heures. Lucy n'avait pas pu venir me chercher à ma descente d'avion parce qu'elle n'avait pas repris le volant depuis son accident, et il n'existait aucune raison valable pour que Wesley m'attende.

Une fois dehors, seule et tentant de me dépêtrer de mon sac à main et de mon attaché-case, j'éprouvai un moment d'apitoiement sur moi-même. J'étais épuisée, mes vêtements étaient sales, je me sentais totalement dépassée par les événements, et j'avais honte d'en convenir. Et apparemment, je n'étais même pas capable de trouver un taxi.

Je finis pourtant par arriver jusqu'à Quantico dans un taxi cabossé repeint en bleu-vert dont les vitres étaient teintées en mauve. La fenêtre de mon côté refusait de descendre, et mon chauffeur de taxi vietnamien était incapable d'expliquer qui j'étais au garde en faction devant l'entrée de l'Académie.

— Madame docteur, essaya-t-il de nouveau, et je sentais qu'il était déconcerté par le garde, la déchiqueteuse à pneus et les multiples antennes qui se balançaient sur les toits. Elle okay.

— Non, ce n'est pas cela, dis-je dans son dos. Mon *nom* est Kay. Kay Scarpetta.

Je tentai de sortir de la voiture, mais les portières étaient verrouillées et les petits boutons qui les condamnaient avaient été retirés. Le garde attrapa sa radio.

— S'il vous plaît, laissez-moi sortir. Il faut que je sorte de cette voiture, criai-je au chauffeur, qui regardait fixement le 9 mm pendu à la ceinture du garde.

Le chauffeur se retourna, affolé.

— Ici ?

— Non, répliquai-je comme le garde sortait de sa guérite.

Les yeux du chauffeur s'élargirent.

— Je veux dire, oui. Je veux sortir mais juste pour une minute. Pour que je puisse m'expliquer avec le garde. (Je pointai dans sa direction et articulai très lentement.) Le garde ne sait pas qui je suis parce que je ne peux pas baisser la vitre et qu'il ne me voit pas au travers.

L'homme hocha de nouveau la tête.

D'un ton ferme et assuré, je répétai encore :

— Je dois sortir. Il faut que vous ouvriez les portes.

Les portes se déverrouillèrent.

Je descendis de voiture, clignant des yeux sous le soleil. Je montrai mon insigne au garde, un jeune homme au maintien militaire.

— Les vitres sont teintées et je ne pouvais pas vous voir, dit-il. La prochaine fois, baissez-les.

Le chauffeur de taxi avait entrepris de sortir mes bagages du coffre et les déposait sur la route. Il jetait des regards frénétiques autour de lui. Des rafales d'artillerie et des coups de feu nous parvenaient des champs de tir du FBI et des terrains d'entraînement des Marines.

— Non, non, non.

Je lui fis signe de remettre les bagages dans le

coffre. Puis, pointant en direction de Jefferson, un haut bâtiment de brique marron, situé de l'autre côté du parking, j'insistai :

— Conduisez-moi là-bas, s'il vous plaît.

Il n'avait, de toute évidence, aucune envie de me conduire où que ce soit, mais je remontai en voiture avant qu'il n'ait le temps de faire demi-tour. Le hayon du coffre claqua, et le garde nous fit entrer. L'air était froid et le ciel d'un bleu éclatant.

Dans le hall de Jefferson, un écran vidéo situé au-dessus du bureau de réception me souhaita la bien-venue à Quantico ainsi que de bonnes et paisibles vacances. Une jeune femme aux joues constellées de taches de rousseur me fit signer le registre d'entrée et me tendit une carte magnétique qui devait me per-mettre de circuler dans l'Académie.

— Le Père Noël a-t-il été gentil avec vous, Dr Scar-petta ? demanda-t-elle joyeusement en fouillant parmi les clefs des chambres.

— J'ai dû être une méchante fille, cette année, répondis-je. J'ai surtout reçu des coups de canne.

— Oh, je ne peux pas le croire, vous êtes toujours si gentille. Nous vous avons placée à l'étage de sécu-rité, comme d'habitude, ajouta-t-elle.

— Merci.

J'étais incapable de me souvenir de son nom, et j'eus le sentiment qu'elle s'en rendait compte.

— Combien de nuits passerez-vous avec nous ?

— Juste une.

Elle devait s'appeler Sarah, et pour une raison quelconque, il me parut soudain fondamental de m'en souvenir.

Elle me tendit deux clefs, l'une en plastique et l'autre en métal.

Je pris le risque et me lançai :

— Vous êtes Sarah, n'est-ce pas ?

— Non, je m'appelle Sally.

Elle avait l'air blessée.

— Oui, je voulais dire Sally, rectifiai-je, consternée.

Bien sûr, je suis vraiment désolée. Vous vous occupez toujours si gentiment de moi, je tiens à vous en remercier.

Elle me jeta un regard hésitant :

— À propos, votre nièce vient de passer. Il y a environ une demi-heure.

— De quel côté allait-elle ?

La jeune femme désigna du doigt les portes vitrées qui séparaient le hall du cœur de l'immeuble, et déverrouilla le système de sécurité avant que je n'aie eu le temps d'insérer ma carte dans la fente. Dans cette direction, Lucy pouvait s'être rendue au bureau de poste, à l'ERF, ou dans la salle de réunion. Elle pouvait également être montée dans sa chambre. Le dortoir se trouvait en effet dans une autre aile du bâtiment.

Je tentai de deviner, en vain, où pouvait se trouver ma nièce à cette heure de l'après-midi, pour finir par la découvrir dans le dernier endroit où je l'aurais cherchée. Elle m'attendait dans ma suite.

— Lucy ! Comment es-tu entrée ? m'exclamai-je lorsque j'ouvris la porte.

D'un ton qui manquait un peu de chaleur, elle répondit :

— De la même façon que toi. J'ai une clef.

Je portai mes sacs jusque dans le salon et les posai par terre. Je la détaillai un moment :

— Pourquoi ?

— J'occupe la chambre à côté de la tienne.

Cet étage où la sécurité était renforcée était réservé aux témoins nécessitant une sécurité maximale, aux espions ou à toutes les autres personnes que le département de la Justice jugeait opportun de faire particulièrement protéger. Il fallait passer par deux systèmes de sécurité qui condamnaient les portes avant de parvenir jusqu'aux chambres. Le premier était un code mémorisé sur une clef digitale, et il était automatiquement reconfiguré après chaque utilisation. Pour ce qui était de la deuxième série de portes, elles ne s'ouvraient que grâce à une carte magnétique fréquemment changée, elle aussi. De surcroît, j'avais toujours soupçonné les lignes téléphoniques d'être sous surveillance.

On m'avait assigné une chambre à cet étage l'année dernière, à une époque où Gault n'était pas mon seul problème. J'étais sidérée que ma nièce ait été également logée ici.

— Je pensais que tu étais au dortoir Washington.

Elle me suivit dans le salon et s'assit :

— Je l'étais. Mais je suis ici depuis cet après-midi.

Je m'installai en face d'elle sur le canapé. Des fleurs en soie avaient été placées dans un vase et les rideaux tirés faisaient ressembler la fenêtre à un bout de ciel. Ma nièce était vêtue d'un pantalon de survêtement, d'un sweat-shirt sombre à capuche à l'emblème du FBI, et portait des chaussures de sport. Ses cheveux auburn étaient coupés court et son visage aux traits bien dessinés était parfait, à l'exception de la cicatrice très visible qui barrait son front. Lucy était diplômée de l'université de Virginie. Elle était belle et très intelligente, mais notre relation avait toujours été une relation d'extrêmes.

Cherchant à comprendre les raisons de sa présence à l'étage, je demandai :

— Ils t'ont trouvé une chambre ici parce que je venais ?

— Non.

Soudain, je me rappelai qu'elle ne m'avait pas prise dans ses bras lorsque j'étais entrée. Je l'avais embrassée mais elle s'était raidie et s'était dégagée en me repoussant. Je me levai et déclarai :

— Tu as fumé.

Je me rassis.

— Qui t'a raconté cela ?

— Je n'ai besoin de personne pour le savoir. J'ai senti l'odeur du tabac dans tes cheveux.

— C'est pour cela que tu m'as prise dans tes bras : pour pouvoir sentir si j'avais fumé.

— Et toi, tu m'as repoussée parce que tu savais que j'allais m'en apercevoir.

— Tu me harcèles.

— Non, Lucy, sûrement pas.

— Si. Tu es pire que grand-mère, répliqua-t-elle.

Soutenant son intense regard vert, je déclarai :

— Et qui est en ce moment à l'hôpital justement parce qu'elle fumait ?

— Puisque tu as percé à jour mon secret, autant en allumer une.

— Cette chambre est une zone non fumeur. Du reste, rien n'est autorisé dans cette chambre, dis-je.

— Rien ? demanda-t-elle sans baisser les yeux.

— Absolument rien.

— Tu bois bien du café dans cette chambre. Je le sais, je t'ai entendu l'enfourner dans le micro-ondes lorsqu'on se parlait au téléphone.

— Il n'y a rien à redire sur le café.

— Tu as dit « rien ». Le café est un vice, pour beaucoup de gens sur cette terre. Et je parie que tu bois aussi de l'alcool, dans cette chambre.

— Lucy, s'il te plaît, ne fume pas.

Elle sortit un paquet de Virginia Slim mentholées et déclara :

— Je vais fumer dehors.

J'ouvris les fenêtres pour lui permettre de fumer dans la chambre, incapable de me faire à l'idée que ma nièce avait acquis une habitude à laquelle j'avais renoncé avec peine. Lucy était une athlète, et merveilleusement en forme. Je lui dis que je ne comprenais pas.

— Je flirte juste avec. Je ne fume pas beaucoup.

Elle exhala la fumée, et je demandai :

— Bon, revenons-en au sujet de départ. Qui t'a demandé de déménager dans ma suite ?

— Ils m'ont déménagée.

— Qui cela, « ils » ?

— Apparemment, l'ordre est venu d'en haut.

— De Burgess ? demandai-je.

Burgess était le sous-directeur de l'Académie.

— Oui, répondit-elle en accompagnant sa réponse d'un hochement de tête.

— Mais dans quel but ? demandai-je en fronçant les sourcils.

Elle fit tomber une cendre de cigarette dans sa paume :

— Personne ne m'a donné d'explication. Je me demande simplement si cela n'a pas un lien avec l'ERF et CAIN. (Elle s'interrompit un instant, puis reprit :) Tu sais bien, ces messages bizarres, et tout ça.

— Lucy, qu'est-ce qui se passe, au juste ?

Elle répondit d'un ton égal :

— Nous n'en savons rien, mais en tous les cas, il se passe quelque chose.

— Gault ?

— Nous n'avons aucune preuve que quelqu'un ait pénétré dans le système, enfin du moins, quelqu'un qui n'avait rien à y faire.

— Mais tu crois que c'est quand même le cas, n'est-ce pas ?

Elle inspira profondément, comme un fumeur de longue date :

— CAIN n'agit pas selon nos ordres. Il fait autre chose. Il prend ses instructions ailleurs qu'ici.

— Mais il doit bien y avoir un moyen de pister ce genre de chose ?

Ses yeux étincelèrent :

— J'essaie, tu peux me croire !

— Je ne remets pas en question tes efforts ou tes capacités.

Lucy poursuivit :

— Nous n'avons aucune piste. Si quelqu'un d'autre est bien dans le système, il ne laisse aucune trace. Le problème, c'est que c'est impossible. Tu ne peux pas entrer comme cela dans ce système et envoyer des messages ou lui demander de faire autre chose sans que le rapport d'utilisation du système le mentionne. Et nous avons une imprimante qui enregistre et imprime vingt-quatre heures sur vingt-quatre tout ce qui se passe, la moindre touche enfoncée par qui que ce soit, et quel que soit le motif de l'opération.

— Pourquoi te mets-tu en colère ?

— Parce que j'en ai assez qu'on me colle les problèmes de CAIN sur le dos. L'effraction dans les locaux ne venait pas de moi. Je ne me suis jamais doutée que quelqu'un qui travaillait à mes côtés... (Elle tira une autre bouffée de sa cigarette.) Bon, tout ce que j'ai dit, c'est que j'acceptais de réparer le système parce qu'on me l'a demandé. Parce que le sénateur me l'a demandé. Enfin, c'est-à-dire qu'il te l'a demandé.

Gentiment, je répondis :

— Lucy, à ma connaissance, personne ne t'accuse de rien concernant CAIN.

La colère enflamma encore davantage son regard :

— Si on ne me reprochait rien, je n'aurais pas été déménagée à cet étage. Parce que cela équivaut à une assignation à résidence.

— C'est ridicule. On me donne une chambre à cet étage à chacune de mes visites à Quantico, et je ne crois vraiment pas qu'on m'assigne à résidence.

— Non, toi, ils te mettent ici pour des raisons de sécurité et pour garantir ton intimité. Mais ce n'est pas mon cas. Moi, si on me met à cet étage, c'est parce qu'on me rend responsable de quelque chose, encore une fois. On me surveille. Je m'en rends parfaitement compte à la façon dont certaines personnes me traitent là-bas.

Elle eut un mouvement du menton en direction de l'ERF, dont les locaux se trouvaient juste en face du bâtiment de l'Académie.

— Que s'est-il passé aujourd'hui ? demandai-je.

Elle alla dans la cuisine et fit couler de l'eau sur son mégot de cigarette, puis le jeta dans la poubelle. Elle se rassit dans le salon sans dire un mot. Plus je l'observais et plus je me sentais déstabilisée. Je ne parvenais pas à comprendre pour quelle raison elle éprouvait une telle colère, et à chaque fois qu'elle faisait quelque chose qui m'échappait, je m'en effrayais.

L'accident de voiture qu'avait vécu Lucy aurait pu être fatal. La blessure qu'elle avait reçue à la tête aurait pu endommager son don le plus extraordinaire, et des visions d'hématomes, de crânes fracturés comme la coquille d'un œuf dur m'assaillirent. L'image de la femme que nous avions appelée Jane me revint à l'esprit, je revis son crâne rasé et ses cicatrices. J'imaginai Lucy, abandonnée dans des lieux où nul ne connaissait son nom.

— Tu te sens en forme ? demandai-je à ma nièce.

Elle haussa les épaules.

— As-tu encore des migraines ?

Un soupçon assombrit son regard :

— Cela m'arrive. De temps en temps, ça passe avec du Mildrin, mais parfois, cela me fait vomir. Le seul remède qui marche vraiment, c'est le Fiorinal. Mais je n'en ai pas.

— Tu n'en as pas besoin.

— Ce n'est pas toi qui as les migraines.

— J'ai très souvent la migraine, rétorquai-je. Tu n'as pas besoin de prendre des barbituriques. Manges-tu et dors-tu bien ? Tu fais de l'exercice ?

— C'est quoi, une visite médicale ?

— D'une certaine façon, et cela tombe bien puisqu'il se trouve que je suis médecin. Bien que tu n'aies pas pris rendez-vous, je suis prête à te recevoir, simplement parce que je suis très gentille.

Un sourire tira le coin de ses lèvres. Un peu moins sur la défensive, elle déclara :

— Je vais bien.

— Quelque chose s'est produit aujourd'hui, insistai-je.

— Je vois que tu n'as pas reparlé au commandant Penn.

— Pas depuis ce matin. J'ignorais que tu la connaissais.

— Son département est connecté sur CAIN. Aujourd'hui, à midi, CAIN a appelé le terminal de la Transit Police. Tu devais déjà être partie pour l'aéroport.

J'acquiesçai d'un mouvement de tête. Mon estomac se contracta au souvenir de la sonnerie du *pager* de Davila résonnant dans la morgue.

— Et quel était le message, cette fois ?

— Je l'ai avec moi, si tu veux le lire.

— Oui.

Lucy alla dans sa chambre et revint avec son attaché-case. Elle en tira la fermeture Éclair et en sortit une liasse de feuilles. Elle m'en tendit une. Il s'agissait d'une copie d'une émission du terminal du VICAP situé dans l'Unité de transmissions dirigée par Frances Penn. Le message était le suivant :

... Message PQ 21 96701 001 1 45 Début...

De : CAIN

À : Toutes les unités et commandements

Motif : Flics morts.

À tous les commandements concernés :

Pour des raisons de sécurité, les membres devront, lorsqu'ils répondent à un appel ou sont en patrouille dans les tunnels, porter des casques.

... Message PQ 21 96701 001 1 45 Fin...

Je fixai la feuille durant quelques secondes, à la fois déconcertée et dans une rage terrible. Enfin, je demandai à Lucy :

— Y avait-il un nom d'utilisateur ?

— Non.

— Il n'y a vraiment aucun moyen de remonter la piste jusqu'à la personne qui a tapé cela ?

— Non, pas par les moyens classiques.

— Qu'est-ce que tu en penses, Lucy ?

— Je crois que lorsqu'il y a eu cette effraction dans les locaux de l'ERF, on a pu rentrer dans CAIN et y insérer un programme.

— Comme un virus ?

— C'est un virus. Il a été entré dans un fichier auquel nous n'avons pas pensé, et ce programme permet à quelqu'un de se promener dans notre système sans laisser de trace.

Je repensai à la silhouette de Gault en ombre chinoise dans le tunnel, la veille au soir, aux rails sans fin qui s'enfonçaient toujours plus profondément dans l'obscurité et la décrépitude. Gault pouvait se déplacer sans difficulté dans des espaces que la plupart des gens étaient incapables de voir. Il enjambait avec légèreté les rails graisseux, les aiguilles et les tanières fétides des rats et des humains. Gault était un virus. Il était parvenu à pénétrer d'une façon ou d'une autre dans nos corps, dans nos bâtiments et dans notre technologie.

— Donc, en résumé, CAIN est infecté par un virus.

— Et un virus inhabituel. Celui-là n'a pas pour but de détruire le disque dur ou d'abîmer les données. Ce n'est pas un virus générique. Il est spécifique au réseau d'intelligence artificielle de lutte contre le crime, parce que son objet est de permettre à quelqu'un de pénétrer sur CAIN et sur les bases de données du VICAP. C'est comme un passe-partout, qui ouvre toutes les pièces de la maison.

— Donc, il est lié à un programme existant ?

— Oui, tu peux même dire que c'est son invité. Ainsi qu'à un programme que nous utilisons en routine. Un virus ne peut provoquer ces dommages que si l'ordinateur lit une routine ou une sub-routine qui permet à un programme hôte, comme autoexec.bat sur le DOS, d'être lu.

— Je vois. Et ce virus n'est pas inclus dans un des fichiers qui sont lus lorsque l'ordinateur est amorcé, par exemple ?

Lucy hocha la tête.

— Combien y a-t-il de programmes sur CAIN ?

— Oh, mon Dieu, répondit-elle. Des milliers. Et certains d'entre eux sont assez longs pour qu'on enveloppe ce bâtiment avec. Le virus a pu être implanté n'importe où. La situation est encore plus complexe parce que je n'ai pas créé tous les programmes. Je ne suis pas parfaitement familiarisée avec les programmes écrits par d'autres.

« D'autres » désignait Carrie Grethen, qui avait été la collègue programmatrice de Lucy et son amie intime. Carrie connaissait aussi Gault, et était à l'origine de l'effraction perpétrée dans les locaux de l'ERF. Lucy refusait de parler d'elle, et évitait même de prononcer son nom.

— Serait-il possible que ce virus soit hébergé dans l'un des programmes écrits par Carrie ?

L'expression du visage de Lucy ne changea pas :

— Il est possible qu'il soit hébergé sur l'un des programmes que je n'ai pas écrits. D'un autre côté, il pourrait se trouver sur un des miens. Je ne sais pas, je cherche. Ça peut prendre du temps.

La sonnerie du téléphone retentit.

— C'est probablement Jan, dit Lucy.

Elle se leva et se dirigea vers la cuisine.

Je jetai un regard à ma montre. J'avais rendez-vous en bas dans moins d'une demi-heure. Lucy couvrit le récepteur de sa paume :

— Ça t'ennuie si Jan passe ? On va courir.

— Non, pas du tout.

— Elle veut savoir si tu aimerais venir courir avec nous.

Je souris en secouant la tête en signe de dénégation. J'aurais été incapable de suivre Lucy, même si elle avait fumé deux paquets de cigarettes par jour. Quant à Janet, elle aurait aisément pu passer pour une athlète professionnelle. Ces deux jeunes femmes finissaient par me donner la vague impression que j'étais vieille et qu'on m'avait oubliée dans le mauvais tiroir.

Lucy raccrocha et plongea dans le réfrigérateur :

— Et si on buvait quelque chose ?

Je contemplai sa silhouette mince. Elle tenait la porte du réfrigérateur d'un de ses bras replié et, de l'autre, fouillait dans les canettes de boisson.

— Que peux-tu m'offrir ?

— Du Pepsi light, du Zima, de la Gatorade et du Perrier.

— Zima ?

— Tu n'as jamais essayé ?

— Je ne bois pas de bière.

— Cela ne ressemble pas à la bière. Tu devrais aimer.

— J'ignorais qu'il y eût un service d'étage, ici, dis-je en souriant.

— J'ai d'autres trucs au bureau.

— Je vais prendre un Perrier.

Elle revint avec nos verres.

— N'y a-t-il pas de programmes anti-virus ? demandai-je.

— Les programmes anti-virus savent seulement détecter les virus connus, comme « Vendredi 13 » ou « L'amibe maltaise » ou le « Virus déjanté », ou encore « Michel-Ange ». Nous avons affaire à quelque chose qui a été spécialement créé pour CAIN, créé de l'intérieur. Il n'y a pas de programme anti-virus, du moins tant que je ne l'aurai pas écrit.

— Et c'est impossible tant que tu n'as pas trouvé le virus ?

Elle avala un longue gorgée de Gatorade.

— Lucy, ne serait-il pas préférable de fermer CAIN ?

Elle se releva :

— Attends, je vais aller voir où se trouve Jan. Elle ne pourra pas ouvrir les portes extérieures, et je doute que nous l'entendions frapper.

Je me levai également, et transportai mes bagages dans la chambre austère meublée d'une simple penderie en pin. Contrairement à d'autres chambres, la suite de l'étage de haute sécurité possédait une salle de bains privée. De ma fenêtre, j'avais une vue imprenable sur les champs enneigés par endroits et qui semblaient se fondre au loin dans les profondeurs de la forêt, dont on ne parvenait pas à distinguer la fin. Le soleil était si éclatant qu'on aurait pu se croire au printemps, et je regrettai de ne pas avoir le temps de prendre un bain. J'avais envie de me laver de New York.

J'étais en train de me brosser les dents lorsque la voix de Lucy me parvint :

— Tante Kay ? Nous sommes là.

Je me rinçai rapidement la bouche et retournai vers le salon. Lucy avait enfilé une paire d'Oakleys et s'échauffait devant la porte. Son amie avait posé un pied sur la chaise et relaçait sa chaussure.

Janet se redressa vivement à mon entrée :

— Bonjour, Dr Scarpetta. J'espère que je ne vous dérange pas, et que vous ne voyez pas d'inconvénient à ce que je sois passée.

En dépit de mes efforts pour la mettre à l'aise, Janet agissait toujours en ma présence comme un caporal surpris par l'entrée du général Patton. Janet était une des nouvelles recrues du FBI, et je l'avais remarquée la première fois le mois précédent, alors que je donnais une conférence à l'Académie. Elle était assise au fond de la salle, et je me souvenais parfaitement que pendant tout le temps que j'avais passé des diapositives illustrant des morts violentes et la préservation des lieux d'un crime, elle avait gardé les yeux fixés sur moi. Malgré l'obscurité, je sentais qu'elle m'observait depuis sa chaise, et ma curiosité avait été éveillée lorsque j'avais constaté qu'elle ne parlait à personne durant les pauses. Elle disparaissait de la salle et descendait.

Je n'avais appris que plus tard que Lucy et elle étaient amies, et peut-être ceci, ajouté à sa timidité, expliquait-il son attitude à mon égard. Elle avait le corps musclé de quelqu'un qui passe des heures au gymnase, des cheveux mi-longs et blonds et des yeux bleus presque violets. Si tout se passait bien, elle obtiendrait son diplôme de l'Académie dans moins de deux mois.

Poliment, Janet réitéra son invitation :

— Si vous avez envie de venir courir avec nous, Dr Scarpetta, vous êtes vraiment la bienvenue.

— Vous êtes gentille, répondis-je en souriant. Et je suis flattée que vous pensiez que j'en suis capable.

— Mais bien sûr.

— Non, elle ne peut pas...

Ma nièce se leva et reposa sa bouteille vide de Gatorade sur la paillasse de la cuisine :

— ... Elle déteste courir. Elle a des pensées négatives, tout le temps qu'elle court.

Elles sortirent, et je retournai dans la salle de bains m'examiner dans le miroir. Mes cheveux blonds me semblaient plus gris que ce matin, et curieusement ma coupe de cheveux avait l'air encore pire que quelques heures plus tôt. Je n'étais pas maquillée ; j'avais l'impression que mon visage sortait du sèche-linge et qu'il avait besoin d'être repassé. Lucy et Janet étaient parfaites, indemnes de rides et intelligentes, comme si Dame Nature aimait seulement modeler et polir les êtres jeunes. Je me relavai les dents, ce qui me fit de nouveau penser à Jane.

L'unité dirigée par Benton Wesley avait été rebaptisée à plusieurs reprises, et était maintenant rattachée à l'HRT. Cependant, elle était toujours située à dix-huit mètres sous terre, dans le bâtiment occupé par l'Académie. C'était une zone sans fenêtre qui avait jadis servi à Hoover d'abri antiaérien.

Je trouvai Wesley dans son bureau, au téléphone. Il me jeta un regard tout en compulsant une volumineuse pile de papiers.

Les photographies prises sur les lieux d'un crime qui n'avait rien à voir avec Gault étaient étalées sur son bureau. La victime était un homme qui avait été poignardé et tailladé à 122 reprises. L'homme avait été retrouvé sur le ventre dans la chambre d'un motel de Floride. Il avait été étranglé à l'aide d'un lien fin.

— C'est un crime qui porte une signature... Eh bien, l'acharnement du tueur et la configuration inhabituelle des liens, c'est cela. Chaque poignet a été ligoté, comme avec une paire de menottes.

Je m'assis. Wesley portait ses lunettes de lecture et je déduisis qu'il venait de se passer la main dans les cheveux. Il avait l'air fatigué. Mon regard se promena sur les jolies huiles suspendues aux murs, et sur les livres dédicacés rangés dans des vitrines. Wesley était souvent contacté par des écrivains ou des gens du cinéma, mais il n'affichait pas ses célèbres relations. Je pense qu'il les jugeait plutôt embarrassantes et sans élégance. J'étais convaincue que s'il avait eu les coudées parfaitement franches, il n'aurait jamais reçu aucune personne extérieure.

— Oui, c'était une agression particulièrement sanglante, c'est le moins qu'on puisse dire. Les autres aussi, d'ailleurs. Je crois que nous avons affaire à un rituel de domination dominé par la rage.

Je remarquai plusieurs manuels bleu pâle de l'ERF sur son bureau. L'un des ouvrages était un guide d'instructions concernant CAIN, et Lucy avait participé à sa rédaction. De nombreux petits marque-pages dépassaient de sa tranche. Lucy les avait-elle placés là, ou bien était-ce Wesley ? Mon instinct me répondit, et mon cœur se serra, comme à chaque fois que Lucy avait des ennuis.

Le regard de Wesley croisa le mien. Il poursuivit :

— Cela a dû mettre en péril son besoin de domination. Oui, il va réagir par la colère. C'est toujours le cas avec ce genre d'individu.

Wesley portait une cravate noire à rayures dorées et, comme d'habitude, une chemise blanche amidonnée. Ses boutons de manchette étaient à l'emblème du département de la Justice. Il portait son alliance et une montre en or discrète avec un bracelet en cuir noir. Connie, sa femme, la lui avait offerte pour leur vingt-cinquième anniversaire de mariage. Wesley et sa femme venaient de familles riches, et ils vivaient très confortablement.

Il raccrocha et retira ses lunettes.

— Il y a un problème ? demandai-je.

Je détestais la façon dont mon cœur s'emballait en sa présence.

Il ramassa les photos éparpillées devant lui et les rangea dans une grande enveloppe en papier fort.

— Une autre victime en Floride.

— À nouveau dans la région d'Orlando ?

— Oui. Je vous ferai passer les rapports dès que nous les aurons.

J'acquiesçai d'un signe de tête, puis embrayai sur Gault.

— Vous devez être au courant de ce qui s'est produit à New York.

— Le *pager*.

Je hochai encore une fois la tête.

Les mâchoires de Wesley se crispèrent :

— Oui, malheureusement, je suis au courant. Il est en train de se payer notre tête, il nous fait part de son mépris. Il s'amuse avec ses propres jeux, mais cela devient de pire en pire.

— En effet, c'est de pire en pire. Mais nous devrions éviter de nous focaliser sur Gault seul.

Il m'écoutait, son regard rivé au mien, les mains croisées sur le dossier de l'homme assassiné dont il venait de discuter un peu plus tôt au téléphone.

— Il est facile de se laisser obséder par Gault, à tel point que l'on risque de ne pas vraiment creuser les affaires. Ainsi, je crois qu'il est crucial d'identifier cette femme de Central Park. Celle dont nous pensons qu'il s'agit de sa dernière victime.

— Kay, je suis certain que tout le monde sait que c'est important.

Je sentis la colère monter doucement en moi, et répliquai :

— Tout le monde *dira* que c'est important. Mais

en réalité, ce que veulent les flics et le FBI, c'est arrêter Gault. L'identification de cette femme sans abri n'est donc pas une priorité. Elle n'est qu'un autre de ces pauvres sans nom que les prisonniers enterreront à la fosse commune, à Potter's Field.

— De toute évidence, c'est une priorité pour vous.

— Absolument.

— Pour quelle raison ?

— Je crois qu'elle a encore quelque chose à nous dire.

— Au sujet de Gault ?

— Oui.

— Et sur quoi vous basez-vous pour affirmer cela ?

— Sur l'instinct, répondis-je. Et cette femme est une priorité parce que nous sommes tenus, moralement et professionnellement, de faire tout ce que nous pouvons pour elle. Elle a le droit d'être enterrée avec son nom.

— Bien entendu. Que ce soit la police de New York, la Transit Police ou nous, tout le monde veut identifier cette femme.

Je ne le crus pas. D'un ton plat, je répondis :

— Mais non. Nous n'en avons rien à faire. Ni les flics, ni les légistes, ni cette unité. Nous savons déjà qui l'a tuée, alors qui elle est n'importe plus. Ce sont les inconvénients, lorsque l'on travaille dans une juridiction comme New York, tellement débordée par la violence.

Le regard de Wesley fixa un point au loin, ses longs doigts effilés caressant un stylo-plume Mont-Blanc.

— Il y a du vrai dans ce que vous dites.

Son regard revint se poser sur moi. Il poursuivit :

— Elle ne nous importe pas parce qu'il n'y a pas moyen de faire autrement. Ce n'est pas parce que nous ne le voulons pas. Ce que je veux, c'est que Gault soit arrêté avant qu'il ne tue encore. Je n'en démordrai pas.

— C'est normal. Mais peut-être cette femme peut-elle nous aider à mettre la main dessus. Et peut-être le fera-t-elle.

Je vis qu'il était déprimé, ce que le ton las de sa voix confirma :

— Pour ce que l'on en sait, son seul lien avec Gault, c'est qu'elle l'a rencontré au musée. Nous avons épluché ses affaires, et rien de ce que nous avons trouvé ne nous permettra de remonter jusqu'à lui. Alors, ma question est la suivante : selon vous, que pouvez-vous apprendre d'autre sur cette femme, qui nous aidera à arrêter Gault ?

— Je ne sais pas, répondis-je, mais lorsque je me trouve en face de pareils cas en Virginie, je suis incapable de m'apaiser tant que je n'ai pas fait le maximum pour les résoudre. Cette affaire s'est produite à New York, mais j'y suis impliquée, parce que je travaille avec votre unité et que l'on m'a invitée à participer à l'enquête.

J'étais sincère et convaincue de ce que je disais, comme si j'assistais au procès du meurtrier pervers de Jane. Je poursuivis :

— Si je ne suis pas autorisée à conserver mes propres exigences de conscience professionnelle, il ne me sera pas possible de continuer mon rôle de consultante pour le FBI.

Wesley m'écoutait avec de moins en moins de patience. Je savais qu'il partageait beaucoup de la frustration que je ressentais, mais il existait une différence. Wesley n'avait jamais été pauvre et lorsque nous nous bagarrions, j'en éprouvais du ressentiment.

— Si cette femme était quelqu'un d'important, tout le monde s'en préoccuperait.

Il demeura silencieux.

— Il n'existe pas de justice pour les pauvres, sauf lorsqu'on force les choses, ajoutai-je.

Il me fixa.

— Benton, j'ai décidé de forcer les choses.

— Expliquez-moi ce que vous voulez faire, Kay.

— Je veux faire tout ce qui est en mon possible pour savoir qui elle est. Et je veux que vous me souteniez dans cette démarche.

Il m'étudia quelques instants puis lâcha :

— Pourquoi cette victime-là en particulier ?

— Je pensais m'être expliquée sur ce point.

— Prenez garde, Kay. Prenez garde que votre motivation ne soit pas objective.

— Où voulez-vous en venir ?

— Lucy.

Une vague d'irritation m'envahit. Il poursuivit :

— Les blessures crâniennes de Lucy auraient pu être aussi sérieuses que celles que nous avons observées chez cette femme. Lucy a toujours été une orpheline, c'est une façon de parler, et il n'y a pas si longtemps, elle a disparu et vous avez dû aller la rechercher alors qu'elle traînait quelque part en Nouvelle-Angleterre.

— Vous m'accusez de projection.

— Je ne vous accuse pas. Je suis seulement en train d'explorer cette éventualité avec vous.

— J'essaie simplement de faire mon travail, rétorquai-je. Et je ne souhaite pas être psychanalysée.

— Je comprends. Faites ce que vous jugez nécessaire. Je vous aiderai de mon mieux. Et je suis certain que Pete fera de même.

Puis nous glissâmes vers une conversation plus dangereuse, Lucy et CAIN, et il était évident que Wesley ne souhaitait pas aborder ce sujet. Il se leva pour aller se servir un café au moment où le téléphone retentissait à nouveau dans le bureau voisin, qu'occupait sa secrétaire. Du reste, les appels n'avaient pas cessé depuis mon arrivée, et je savais qu'il en était tous les jours de même. Mais c'était la même chose dans mon bureau. Le monde était rempli de gens désespérés qui possédaient notre numéro de téléphone, et personne d'autre à qui parler.

Lorsqu'il se réinstalla, je demandai à Wesley :

166

— Dites-moi simplement ce que vous croyez qu'elle a fait.

Il posa son café devant lui et déclara :

— Vous parlez comme sa tante.

— Non, je parle en ce moment comme si j'étais sa mère.

— Je préférerais que vous et moi abordions ce sujet comme deux professionnels.

— Très bien. Peut-être pouvez-vous commencer par me dire ce qui se passe ?

— L'espionnage a débuté en octobre dernier, juste après l'effraction à l'ERF, et cela a continué jusqu'à maintenant, Kay. Quelqu'un est à l'intérieur de CAIN.

— J'étais au courant.

— Nous ne savons pas qui est à l'origine de tout cela.

— Mais nous pouvons supposer qu'il s'agit bien de Gault.

Wesley attrapa sa tasse de café et me regarda droit dans les yeux.

— Je ne suis pas un expert en informatique, mais il faut que je vous montre quelque chose.

Il ouvrit une mince chemise en carton et en tira une feuille. Lorsqu'il me la tendit, je constatai qu'il s'agissait d'une copie d'écran.

— Ceci est une page du rapport d'émission de CAIN au moment précis où le dernier message a été envoyé au terminal du VICAP qui se trouve au département des transmissions de la Transit Police de New York, précisa-t-il. Vous ne constatez rien d'inhabituel ?

Je repensai à la copie que m'avait montrée Lucy un peu plus tôt, à ce message monstrueux au sujet des « flics morts ». Je déchiffrai durant quelques instants la liste des temps d'entrée et de sortie de l'ordinateur, les différents numéros d'identification des utilisateurs, les dates et les heures, avant de comprendre où était le problème. Et je fus effrayée.

Le numéro d'identification de Lucy était assez peu conventionnel, puisqu'il n'était pas composé de l'initiale de son prénom suivie des sept premières lettres de son nom. Au lieu de cela, son code d'utilisateur était « LUCYPARLE » et, selon le rapport, elle était mentionnée comme super-utilisateur de CAIN au moment où le message avait été envoyé au terminal de New York.

— L'avez-vous interrogée à ce sujet ? demandai-je à Wesley.

— Oui, et elle n'a pas paru très inquiète puisque, comme vous pouvez le voir sur cette feuille, elle passe la journée à aller et venir sur le système, parfois même en dehors des heures d'utilisation normales.

— Mais si, elle est inquiète, Benton, et peu importe ce qu'elle a pu vous répondre. Elle pense qu'on l'a déplacée à l'étage de haute sécurité afin de la surveiller.

— Elle est sous surveillance.

— Ce n'est pas parce que son code d'utilisateur a été enregistré en même temps que l'émission du message qu'elle l'a effectivement envoyé, persistai-je.

— J'en suis conscient. Du reste, rien d'autre dans ce rapport n'indique qu'elle l'ait envoyé. Au demeurant, rien n'indique que quiconque l'ait fait.

— Qui vous a prévenu au sujet de ce rapport ? demandai-je alors, car je savais que Wesley ne vérifiait pas systématiquement les rapports d'utilisation des ordinateurs.

— Burgess.

— Donc, quelqu'un de l'ERF l'a prévenu.

— Cela semble évident, en effet.

— Il y a encore des gens à l'ERF qui n'ont pas confiance en Lucy, à cause de ce qui s'est produit à l'automne dernier.

Le regard de Wesley ne lâcha pas le mien.

— Je ne peux rien y changer, Kay. Lucy doit faire

ses preuves. Nous ne pouvons rien pour elle. Vous ne pouvez rien pour elle.

Je rétorquai d'un ton irrité :

— Je n'essaie pas de faire quelque chose. Tout ce que je demande, c'est que l'on soit juste avec Lucy. Elle n'a rien à voir avec le virus qui se promène dans CAIN. Ce n'est pas elle qui l'a introduit. Elle fait son possible pour y remédier et, très franchement, si elle échoue, je ne vois pas très bien qui d'autre y parviendra. Le système sera corrompu dans son intégralité.

Wesley attrapa sa tasse de café puis changea d'avis et la reposa devant lui. Je poursuivis :

— Et je ne crois pas que Lucy ait été placée à l'étage de haute sécurité sous prétexte que certaines personnes pensent qu'elle sabote CAIN. Si vous aviez vraiment pensé cela, vous lui auriez ordonné de faire ses valises. Parce que la dernière chose que vous feriez en pareil cas, c'est la garder ici.

— Pas nécessairement, répondit-il, mais je n'étais pas dupe.

— Dites-moi la vérité, Benton.

Je sentis qu'il réfléchissait à un moyen de noyer le poisson.

— C'est vous qui avez placé Lucy à l'étage de haute sécurité, n'est-ce pas, Benton ? Ce n'est pas Burgess. Et la raison de ce déménagement, ce n'est pas cette feuille que vous venez de me montrer. C'est un peu léger.

— Pas pour certaines personnes, Kay. Quelqu'un, là-bas, a tiré la sonnette d'alarme, et m'a demandé de les débarrasser d'elle. J'ai répondu que c'était encore prématuré, que nous allions d'abord la surveiller.

— Êtes-vous en train de me dire que vous croyez que Lucy *est* le virus ? dis-je, incrédule.

Wesley se pencha :

— Non. Je crois que Gault est le virus, et je veux que Lucy nous aide à le pister.

Je le regardai comme s'il venait de sortir son arme et de tirer en l'air. Je m'écriai :

— Non.

— Kay, écoutez-moi...

— Certainement pas. Laissez-la en dehors de cette affaire. Lucy n'est pas un foutu agent du FBI !

— Vous réagissez trop émotionnellement, Kay... Mais je ne le laissai pas parler.

— Bon Dieu, c'est une étudiante ! Elle n'a rien à voir...

Ma voix se coinça dans ma gorge, mais je repris :

— ... Je la connais. Lucy va tenter de communiquer avec lui. Enfin, vous ne comprenez pas !

Je lui jetai un regard peu amène.

— Vous ne la connaissez pas, Benton.

— Si, Kay, je crois la connaître.

— Je ne vous laisserai pas utiliser Lucy de cette façon.

— Laissez-moi vous expliquer.

— Vous devriez plutôt fermer CAIN.

— Impossible. C'est peut-être la seule piste laissée par Gault.

Il s'interrompit un instant, et je continuai à le fixer avec rage.

— Kay, d'autres vies sont en jeu. Gault n'a pas fini de tuer.

— C'est précisément pour cette raison que je refuse que Lucy soit impliquée. Je ne veux même pas qu'elle *pense* à Gault.

Wesley demeura silencieux quelques instants, son regard alla vers la porte fermée de son bureau puis revint sur moi :

— Gault sait déjà qui est Lucy, dit-il.

— Il ne connaît pas grand-chose à son sujet.

— Nous ignorons ce qu'il sait. Mais il sait probablement au moins à quoi elle ressemble.

Je ne parvenais plus à réfléchir :

— Comment ça ?

— Cela date du moment où on vous a volé votre

carte Gold American Express. Lucy ne vous a rien dit ?

— Que m'aurait-elle dit ?

— Elle ne vous a pas parlé des objets qu'elle conservait dans son tiroir de bureau ?

Lorsqu'il comprit que je ne savais absolument pas de quoi il parlait, il se reprit abruptement. Et je sentis qu'il n'avait fait que frôler certains détails qu'il tairait.

— De quoi ne m'a-t-elle pas parlé ?

— Eh bien, elle avait conservé une lettre dans son bureau à l'ERF, une lettre de vous. La carte bancaire était à l'intérieur.

— Oui, je sais cela.

— Bien. Mais dans cette lettre se trouvait également une photo de vous et de Lucy. Il semble que cette photo ait été prise dans le jardin de votre mère à Miami.

Je fermai les yeux et inspirai profondément. Wesley poursuivit d'un ton sinistre :

— Gault sait bien, lui aussi, que Lucy est votre point faible. Je ne veux pas qu'il fixe son attention sur elle. Cependant, ce que j'essaie de vous faire comprendre, c'est que Gault a déjà Lucy dans le collimateur. Il a réussi à pénétrer dans un univers dont Lucy est le maître. Il a pris le contrôle de CAIN.

— Et c'est pour cette raison que vous avez fait déménager Lucy, n'est-ce pas ?

Wesley m'observa, cherchant désespérément un moyen de m'aider. Je sentis sa terrible émotion derrière sa maîtrise, ainsi que son immense peine. Lui aussi avait des enfants.

Je repris :

— Vous l'avez logée à côté de moi à l'étage de haute sécurité. Vous craignez que Gault ne s'en prenne à elle.

Il ne se décidait toujours pas à me répondre. Avec une férocité que je ne ressentais pas, je déclarai :

— Je veux que Lucy retourne à l'université de

Virginie, à Charlottesville. Et je veux qu'elle y soit dès demain.

Mais ce que je voulais réellement, c'est que ma nièce ne connaisse jamais mon monde, et cela, c'était impossible.

Wesley répondit simplement :

— Elle ne peut pas. Pas plus qu'elle ne peut rester chez vous à Richmond. Et pour tout vous avouer, elle ne peut aller nulle part en ce moment. Elle ne peut que rester ici, parce que c'est l'endroit le plus sûr.

— Elle ne peut pas passer le restant de sa vie ici.

— Jusqu'à ce que Gault soit arrêté.

— Peut-être ne l'arrêterons-nous jamais, Benton !

Il me regarda d'un air las :

— En ce cas, il est possible que vous finissiez l'une et l'autre dans notre programme de protection des témoins.

— Je ne renoncerai jamais à mon identité, à ma vie. En quoi cela serait-il préférable à la mort ?

— C'est préférable, répondit-il calmement.

Et je compris qu'il revoyait des cadavres décapités, portant des traces de coups de pied et des blessures par balle.

Je me levai.

— Que dois-je faire au sujet de ma carte bancaire volée ? demandai-je, comme engourdie.

— Résiliez-la, répondit-il. J'espérais que nous pourrions utiliser de l'argent en provenance de fonds saisis ou du trafic de drogue, mais c'est impossible.

Il s'interrompit quelques secondes et je secouai la tête, incrédule. Il reprit :

— On ne m'a pas demandé mon avis. Vous connaissez les problèmes de budget. Vous les subissez également.

— Mon Dieu. Je pensais que vous vouliez le pister.

— Votre carte de crédit ne nous permettra pas de savoir où il se trouve. Tout au plus saurons-nous où il était.

— Je n'arrive pas à le croire.

172

— Remerciez les politiques.

— Je ne souhaite entendre parler ni de « problèmes budgétaires », ni de « politiques », m'exclamai-je.

— Kay, de nos jours, le Bureau peut à peine s'offrir les munitions nécessaires à l'entraînement. De plus, vous êtes au courant de nos problèmes de personnel. Moi-même, je travaille en ce moment sur cent trente-neuf affaires différentes, et le mois demier, deux de mes meilleurs collaborateurs ont pris leur retraite. Mon unité s'est rétrécie à neuf personnes, dix avec moi. Nous sommes dix en tout, qui essayons de couvrir l'ensemble des États-Unis, ainsi que les dossiers qui nous parviennent de l'étranger. Bon Dieu, la seule raison pour laquelle nous ayons fait appel à vous, c'est que nous ne vous payons pas !

— Je ne fais pas cela pour l'argent.

— Vous pouvez résilier votre carte American Express, répéta-t-il d'un ton las. À votre place, je ne perdrais pas de temps.

Je le contemplai un long moment, puis sortis.

10

Lucy avait fini son jogging et s'était douchée lorsque je revins dans la chambre. Le dîner était servi à la cafétéria, mais elle était retournée travailler à l'ERF. Je l'appelai :

— Je retourne à Richmond ce soir, Lucy.

— Je pensais que tu resterais au moins une nuit ici, répondit-elle avec une note de désappointement dans la voix.

— Marino passe me prendre, ajoutai-je.

— Quand ?

— Il arrive. On pourrait dîner ensemble avant mon départ ? proposai-je.

— D'accord. J'aimerais bien que Janet vienne avec nous.

— Parfait. Je crois que nous devrions également inviter Marino. Il est sur la route.

Lucy ne répondit pas.

— Peut-être pourrais-tu me faire visiter seule, avant le dîner ?

— Où cela ? Ici ?

— Oui. J'ai l'autorisation, si tu me fais passer au travers de tous ces scanners, portes barricadées, machines à rayons X et missiles à détection thermique.

— Bien, je vais demander à l'Attorney Général. Elle déteste qu'on l'appelle chez elle.

— J'arrive.

Le bâtiment qui abritait l'unité de recherche et d'ingénierie était constitué de trois cocons de verre et de béton entourés d'arbres. Il était impossible d'accéder au parking sans avoir auparavant montré patte blanche à une guérite qui n'était éloignée de celle contrôlant l'entrée de l'Académie que d'une trentaine de mètres. L'ERF était la division la plus protégée du FBI et, avant d'y pénétrer, les employés qui y travaillaient devaient scanner leur empreinte digitale dans les cadenas biométriques qui condamnaient ses grandes portes en Plexiglas. Lucy m'attendait à l'entrée. Il était presque vingt heures.

— Salut.

— Il y a encore une douzaine de voitures garées sur le parking, remarquai-je. Est-ce habituel que les gens travaillent si tard ?

— Oh, ils vont et viennent à toute heure. La plupart du temps, je ne les croise même pas.

Nous empruntâmes de longs couloirs moquettés du même beige que les murs, dépassant des portes fermées qui protégeaient des laboratoires dans lesquels des scientifiques et des ingénieurs s'affairaient sur des recherches dont ils n'avaient pas le droit de discuter. Hormis le travail de Lucy avec CAIN, je ne possédais qu'une très vague idée des travaux qui étaient en cours ici. Mais je savais que la mission de base de l'ERF était d'optimiser techniquement les différentes tâches des agents spéciaux du FBI, que ces tâches concernent la surveillance, le tir d'élite, l'utilisation de la robotique dans les interventions surprises ou même la descente en rappel d'un hélicoptère. Que Gault ait pu s'introduire dans ces bâtiments, c'était un peu comme s'il était parvenu à infiltrer la NASA ou une centrale atomique. C'était impensable.

Lucy et moi empruntâmes un ascenseur.

— Benton m'a parlé de la photographie qui se trouvait dans le tiroir de ton bureau, commençai-je.

Lucy enclencha la clef qui débloquait l'ascenseur, et nous nous élevâmes vers le deuxième étage.

— Gault sait déjà à quoi tu ressembles, si c'est ce qui t'ennuie. Il t'a déjà vue, au moins à deux reprises.

Je répondis d'un ton mordant :

— Ce qui ne me plaît pas, c'est qu'il sache à quoi tu ressembles, toi.

— Tu pars du principe que c'est lui qui a la photo.

Nous pénétrâmes dans une sorte d'énorme terrier gris composé de petites alcôves qui abritaient des postes de travail, des imprimantes et des piles de papier. CAIN, lui, était protégé par des panneaux en verre, dans une pièce dont l'air était conditionné, bourrée de modems et de moniteurs. Des kilomètres de câbles couraient sous le plancher surélevé.

Lucy posa le doigt sur le détecteur de la serrure biométrique qui protégeait l'accès à CAIN et déclara :

— Il faut que je vérifie quelque chose.

Je la suivis dans la pièce dont l'air réfrigéré semblait vibrer de l'énergie statique dégagée par la circulation invisible, à des vitesses faramineuses, des impulsions électriques. Les témoins lumineux rouges et verts des modems clignotaient et sur un grand écran vidéo s'étalaient les lettres grasses et lumineuses des initiales de CAIN. Les boucles et les circonvolutions des quatre lettres me faisaient penser aux sillons d'une empreinte digitale, comme celle que Lucy venait de laisser sur le détecteur en entrant.

— La photographie se trouvait dans l'enveloppe avec la carte American Express. Puisqu'il semble maintenant acquis que c'est lui qui a ma carte, la logique veut qu'il ait également la photo, dis-je.

— Quelqu'un d'autre peut l'avoir prise...

Lucy surveillait intensément les modems et regardait l'horloge qui se trouvait sur son écran tout en prenant des notes. Elle finit sa phrase :

— Ça dépend qui a fouillé dans mon bureau.

Nous en étions déjà arrivées à la conclusion que Carrie Grethen était l'auteur de l'effraction dans l'ERF, et qu'elle en avait profité pour prendre ce qui l'intéressait. Mais, aujourd'hui, je n'en étais plus aussi sûre.

— Carrie pouvait être accompagnée de quelqu'un d'autre, suggérai-je.

Lucy ne répondit pas.

— En fait, je crois que Gault n'aurait jamais pu résister à la tentation de venir ici. Je crois qu'il était avec elle.

— C'est terriblement risqué de la part de quelqu'un qu'on recherche pour meurtre.

— Lucy, de toute façon, c'est déjà très risqué de s'introduire illégalement dans cette enceinte.

Elle continua à prendre des notes pendant que les couleurs de CAIN tournoyaient sur l'écran et que des témoins lumineux s'allumaient puis s'éteignaient. CAIN était une sorte de pieuvre de l'ère atomique dont les tentacules connectaient entre elles toutes les unités chargées de la lutte contre le crime dans ce pays et à l'étranger. Sa tête était constituée d'une boîte beige en hauteur ornée de boutons et de fentes. Et, dans le ronronnement de l'air froid, je finis presque par me demander s'il savait de quoi nous étions en train de parler.

— Quelque chose d'autre a-t-il disparu de ton bureau ? demandai-je.

Perplexe, elle scrutait la lumière clignotante qui émanait d'un des modems. Elle leva le visage vers moi :

— Il doit pénétrer dans le système par un des modems qui sont ici.

— Comment cela ? demandai-je, intriguée.

Elle s'assit devant un clavier et appuya sur la barre d'espacement. Le programme d'économie d'écran de CAIN disparut. Elle entra son code d'identification puis tapa des commandes UNIX qui n'avaient aucun sens pour moi. Elle obtint le menu réservé à l'administrateur du système, et pénétra dans le rapport des entrées et sorties.

Les yeux fixés sur l'écran, elle dit :

— Je suis souvent venue ici pour vérifier la circulation sur ces modems, ces derniers temps. De deux choses l'une : ou bien cette personne est physiquement présente dans le bâtiment, et elle a un accès manuel aux commandes, ou alors il faut qu'elle passe par l'intermédiaire d'un modem.

— Il n'existe pas d'autre moyen ?

Lucy soupira profondément :

— Eh bien, théoriquement, tu peux utiliser un récepteur pour te connecter sur l'entrée d'un clavier via les radiations de Van Eck. Certains agents soviétiques le faisaient il n'y a pas si longtemps encore.

— Oui, mais ce n'est pas cela qui te fera véritablement pénétrer dans le système.

— Cela pourrait te donner des mots de passe, ainsi que d'autres informations qui peuvent te permettre de pénétrer dans le système si tu possèdes le code d'accès.

— Et l'a-t-on changé après l'effraction ?

— Bien sûr. J'ai changé tout ce à quoi j'ai pu penser. Du reste, le code d'accès a été à nouveau modifié par la suite. En plus, nous avons des modems qui fonctionnent sur le mode rappel. Tu appelles CAIN et il te rappelle pour vérifier que tu es bien un utilisateur autorisé.

Lucy avait l'air à la fois découragée et furieuse.

Cherchant à l'aider, je demandai :

— Si tu ajoutes un virus à un programme, est-ce que cela ne modifie pas la taille du fichier ? Est-ce que ce ne serait pas un moyen de trouver où se cache le virus ?

— Oui, en effet, un virus changerait la taille du programme. Mais le problème, c'est que l'anti-virus présent sur UNIX, et qui est chargé de vérifier les espaces pris par les différents programmes — il s'appelle Checksum —, n'est pas protégé cryptographiquement. Ce que je veux dire, c'est que je suis certaine que la personne qui a créé le virus de CAIN a également créé un sous-programme qui a pour fonction de contrecarrer Checksum en faisant disparaître les bytes pris par le virus.

— Donc, ce virus est invisible ?

Elle acquiesça d'un signe de tête, bouleversée, et je sentis qu'elle repensait à Carrie. Puis elle tapa une commande « QUI », pour savoir quelles étaient les unités de police connectées sur le système. New York apparut sur l'écran, ainsi que Richmond et Charlotte, et Lucy désigna du doigt leurs modems. Des témoins lumineux clignotèrent sur la façade de leurs boîtiers pendant que les données s'échangeaient par l'intermédiaire des lignes téléphoniques.

— Nous devrions aller dîner, proposai-je gentiment à ma nièce.

Elle continua à taper différentes commandes et répondit :

— Je n'ai pas encore faim.

— Lucy, il ne faut pas que tu laisses tout ceci envahir complètement ta vie.

— Et c'est toi qui me dis cela ?

Elle avait raison.

178

— On nous a déclaré la guerre, dit-elle. C'est la guerre.

— Il ne s'agit pas de Carrie, insistai-je.

Je faisais allusion à Carrie Grethen, cette femme dont je soupçonnais qu'elle avait été plus qu'une amie pour ma nièce.

— L'identité de la personne n'a pas d'importance.

Elle continua à taper sur son clavier.

Mais cela en avait, parce que Carrie Grethen ne tuait ni ne mutilait ses victimes. Temple Gault, si.

Je reposai ma question :

— Quelque chose d'autre a-t-il disparu de ton bureau le jour de l'effraction ?

Elle s'arrêta de taper et me fixa. Son regard étincelait.

— Oui, si tu veux tout savoir. Il y avait une grande enveloppe en carton jaune que je ne voulais pas laisser dans ma chambre à l'université ou ici à cause de mes camarades de dortoir ou des allées et venues des visiteurs. Il s'agissait de choses personnelles, et j'ai cru qu'elles seraient plus en sécurité dans mon bureau.

— Et que contenait cette enveloppe ?

— Des lettres, des notes, différentes choses. Certaines des lettres étaient de toi, notamment celle qui contenait la photo et ta carte bancaire. Mais la plupart étaient ses lettres à elle. (Elle rougit.) Il y avait également des petits mots de grand-mère.

— Des lettres de Carrie ? répétai-je, incrédule. Mais pourquoi t'écrivait-elle ? Vous étiez ensemble à Quantico, et vous ne vous étiez jamais rencontrées avant l'automne dernier.

Ses joues devinrent cramoisies :

— Eh bien, si, en quelque sorte.

— Comment cela ? demandai-je, sidérée.

— Nous nous sommes rencontrées par l'intermédiaire d'une messagerie informatique qui s'appelle Prodigy. C'était l'été d'avant. J'avais conservé toutes les copies des notes que nous avions échangées.

Ma stupéfaction grandissant, je demandai :

— T'es-tu délibérément débrouillée pour qu'elle soit engagée avec toi à l'ERF ?

— Elle allait être recrutée par le Bureau, à cette époque. C'est elle qui m'a encouragée à demander une bourse d'internat ici.

Mon silence devint compact.

— Écoute, comment voulais-tu que je me doute ? s'écria-t-elle.

— Non, tu ne pouvais pas savoir. Mais elle t'a trompée. Elle voulait que tu sois ici, avec elle, et tout ce plan était déjà en place bien avant qu'elle ne te rencontre par l'intermédiaire de Prodigy. Carrie avait déjà sûrement rencontré Gault dans cette boutique pour espions de Virginie du Nord, et ils avaient tous les deux décidé qu'il fallait qu'elle te connaisse.

Le regard coléreux de Lucy se fixa sur un point situé au loin.

— Mon Dieu, dis-je dans un soupir sonore, tu as été menée tout droit dans un piège.

Mon regard se perdit dans le vague, j'en avais presque la nausée.

— Lucy, ce n'est pas seulement à cause de toi ou pour le travail que tu fais. C'est également à cause de moi.

— N'essaie pas de tout te coller sur le dos. Je déteste quand tu fais ça.

— Tu es ma nièce. Gault le savait certainement, et depuis longtemps.

Elle me fixa d'un air de défi et lâcha :

— Moi aussi, je suis assez célèbre dans le monde de l'informatique. Il y a d'autres professionnels qui me connaissent. Tu n'es pas à l'origine de tous les problèmes.

— Benton sait-il de quelle façon tu as rencontré Carrie ?

— Cela fait pas mal de temps que je le lui ai raconté.

— Et pourquoi ne m'as-tu rien dit ?

Évitant mon regard, elle répondit :

— Parce que je ne voulais pas. Je me sens assez coupable comme ça. C'est personnel. C'était entre Mr Wesley et moi. Et en plus, je te rappelle que je n'avais rien fait de mal.

— Es-tu en train de me dire que cette grande enveloppe avait disparu après l'effraction ?

— Oui.

— Mais pour quelle raison quelqu'un aurait-il voulu s'en emparer ?

Lucy répondit d'un ton amer :

— Elle l'aurait voulu. Parce que l'enveloppe contenait des choses qu'elle m'avait écrites.

— Carrie a-t-elle tenté de te contacter depuis ?

— Non, répondit Lucy comme si elle détestait Carrie Grethen.

Du ton ferme qu'aurait eu une mère, j'ordonnai :

— Allez, viens. Tâchons de trouver Marino.

Marino se trouvait dans la salle du réfectoire. J'essayai une Zima, et il commanda une autre bière. Lucy nous abandonna quelques instants pour retrouver Janet, ce qui nous donna un peu de temps pour discuter.

Il jeta un regard dédaigneux à mon verre et déclara :

— Je sais pas comment vous faites pour boire ce truc.

J'avalai une gorgée, puis répondis :

— Je ne sais pas non plus comment je vais le boire puisque c'est la première fois que j'y goûte.

Ce n'était pas mauvais du tout, et je le signalai à Marino.

— Vous devriez essayer les choses avant de les juger, ajoutai-je.

— Je bois pas des bières de pédés, et y'a plein de trucs que j'ai pas besoin d'essayer pour savoir qu'ils sont pas pour moi.

— Une des grandes différences entre nous, Marino, c'est que je ne suis pas constamment préoccupée par le fait que les gens risquent de me croire homosexuelle.

— Ben, y'a des gens qui croient que vous l'êtes, rétorqua-t-il.

J'étais amusée.

— Eh bien, tranquillisez-vous, personne ne croira jamais que ça puisse être votre cas. Du reste, la seule chose que la plupart des gens pensent de vous, c'est que vous êtes sectaire.

Marino bâilla sans masquer sa bouche de sa main. Il fumait et buvait de la Budweiser à même le goulot. Ses yeux étaient cernés de sombre, et bien qu'il ne m'ait encore jamais confié de détails intimes sur sa relation avec Molly, je reconnaissais chez lui les symptômes du désir. On avait parfois l'impression qu'il ne s'était pas couché depuis des semaines.

— Vous allez bien ? m'enquis-je.

Il posa sa bouteille de bière devant lui, et son regard balaya la salle. Celle-ci était pleine de nouveaux agents et de flics qui buvaient une bière en mangeant du pop-corn et en écoutant un poste de télévision dont le volume était poussé au maximum.

L'esprit ailleurs, il déclara :

— Je suis vanné.

— C'est gentil d'être venu me chercher.

— Si je m'endors sur le volant, filez-moi un coup de coude. Mais vous pouvez conduire. D'ailleurs, ces machins que vous buvez contiennent sûrement pas d'alcool.

— Si, suffisamment. Je n'ai pas envie de conduire, mais si vous pensez être trop fatigué pour prendre la route, le mieux serait sans doute de passer la nuit ici.

Marino se leva pour aller chercher une autre bière et je le suivis du regard. Je sentais qu'il allait être difficile cette nuit. Je pouvais détecter les orages de Marino bien mieux que n'importe quel météorologiste.

Il se réinstalla en face de moi :

— On a reçu un rapport des labos de New York. Ça peut vous intéresser. C'est au sujet des cheveux de Gault.

— Le cheveu que nous avons retrouvé dans la fontaine ? demandai-je aussitôt.

— Ouais. Et j'ai pas retenu le genre de détails scientifiques qui vous branchent, d'accord ? Alors il faudra que vous les appeliez là-bas pour les avoir. Mais bon, le truc important, c'est qu'ils ont retrouvé de la drogue dans le cheveu. Les gars, là-bas, ont dit que pour trouver ce genre de truc dans un cheveu, ça voulait dire que Gault buvait et qu'il se défonçait à la coke.

— Ils ont retrouvé du cocaéthylène.

— Ouais, je crois que c'est ce nom. Il y en avait partout dans le cheveu, de la pointe à la racine, et ça veut dire que Gault picole et se drogue depuis un bout de temps.

— En réalité, il est difficile d'avoir des certitudes sur la durée de son addiction.

— Le gars à qui j'ai parlé a dit que le cheveu correspondait à une croissance de cinq mois.

— Les détections dans les cheveux sont l'objet de controverses, expliquai-je. Lorsqu'on obtient un test positif pour la cocaïne, on n'est jamais absolument certain qu'il ne s'agisse pas d'une contamination extérieure. Par exemple, la fumée émise dans les labos où on fabrique du crack peut être absorbée dans les cheveux exactement de la même façon que la fumée de cigarette. Il n'est pas toujours aisé de discriminer entre ce qui a été absorbé et ce qui a été réellement ingéré.

— Vous voulez dire qu'il aurait pu être contaminé par un truc extérieur ? demanda Marino en réfléchissant.

— Oui, en effet. Mais cela ne signifie pas non plus qu'il ne boit pas ou qu'il ne se drogue pas. En fait, c'est même plutôt l'inverse, puisque le cocaéthylène est produit par le foie.

Marino alluma une autre cigarette d'un air songeur :

— Et cette façon qu'il a de se teindre les cheveux sans arrêt ?

— Cela pourrait également altérer les résultats des tests. Certains des agents oxydants présents dans les teintures peuvent détruire partiellement la drogue.

— Oxydants ?

— Oui, comme dans le peroxyde, par exemple.

— Donc, il est possible qu'une portion de ce cocaéthylène ait été détruite, réfléchit Marino. Ce qui veut dire que son état d'intoxication pouvait être encore plus important que ce qu'on a trouvé.

— C'est en effet possible.

Le regard de Marino fixa un point de la salle.

— Il faut bien qu'il trouve la drogue quelque part.

— Ce ne doit pas être très difficile, à New York.

La tension imprimée sur le visage de Marino se durcit :

— Bordel, c'est dur partout.

— À quoi pensez-vous ? demandai-je.

— Je vais vous dire à quoi je pense. Ces histoires de drogue, c'est pas très bon pour Jimmy Davila.

— Pourquoi ? demandai-je, intriguée. Avons-nous les résultats de ses tests toxicologiques ?

— Ouais, négatifs. (Il fit une pause.) Mais Benny s'est mis à table. Il a dit que Davila dealait.

— J'aurais pensé qu'on ferait preuve de prudence avec ce genre de témoignage. Benny ne me fait pas l'effet d'un narrateur fiable.

— Je suis bien d'accord avec vous. Pourtant, il y a des gens qui essaient de présenter Davila comme un flic pourri. La rumeur dit qu'on va lui coller le meurtre de Jane sur le dos.

— C'est ridicule, m'écriai-je, surprise. Cela n'a aucun sens.

— Vous vous souvenez du machin qu'on a trouvé

sur la main de Jane et qui brillait dans la lumière de la Luma-Lite ?

— Oui.

— Cocaïne, dit Marino.

— Et ses tests toxicologiques ?

D'un ton sous lequel perçait la frustration, Marino lâcha :

— Négatifs. Et ça, c'est bizarre. Mais maintenant, Benny raconte autre chose. Il prétend que c'est Davila qui lui a donné le sac à dos.

— Oh, je vous en prie, dis-je d'un ton excédé.

— Je vous raconte juste.

— En tous les cas, ce n'était pas le cheveu de Davila que nous avons retrouvé dans la fontaine.

— Ouais, mais on ne peut pas savoir depuis combien de temps il s'y trouvait, et en plus on ne peut pas prouver que c'est bien un des cheveux de Gault.

D'un ton convaincu, je rectifiai :

— L'analyse d'ADN pourra le prouver. De surcroît, Davila était armé d'un 38 et d'un 380, et Jane a été abattue par un Glock.

Marino avança le torse et posa ses deux coudes sur la table.

— Écoutez, je suis pas venu pour m'engueuler avec vous. Je vous dis juste que les choses prennent une sale tournure. Les politiques à New York veulent classer l'affaire, et la meilleure façon d'y arriver c'est de coller le meurtre sur le dos d'un autre cadavre. Dans ces cas-là, qu'est-ce qu'on fait ? On prétend que Davila était une vraie pourriture, comme ça personne ne le plaint et tout le monde s'en fout.

— Et ce qui est arrivé à Davila, qu'est-ce que ça devient ?

— Cette connasse de médecin légiste qui a été appelée sur les lieux du crime pense toujours que l'hypothèse d'un suicide n'est pas à exclure.

Je regardai Marino comme si j'avais un fou en face de moi.

— Donc, Davila s'est tué d'un coup de pied puis il s'est tiré une balle entre les deux yeux, c'est cela ?

— Non, il était debout lorsqu'il s'est tiré une balle dans la tête, puis il est tombé et sa tempe a heurté le ciment ou un truc quelconque.

— Les réactions vitales à ses blessures démontrent qu'il a d'abord reçu le coup sur la tempe.

De plus en plus furieuse, j'ajoutai aussitôt :

— Et expliquez-moi, s'il vous plaît, comment son revolver a pu se retrouver aussi soigneusement posé sur sa poitrine ?

Marino me regarda droit dans les yeux :

— C'est pas votre enquête, Doc, un point c'est tout. On est tous les deux de passage dans cette histoire. Ils nous ont invités.

— Davila ne s'est pas suicidé, Marino. Et je doute que le Dr Horowitz permette qu'une telle conclusion sorte de ses bureaux.

— Peut-être pas. Peut-être qu'ils vont juste conclure que Davila était un pourri qui s'est fait défoncer par un autre dealer. Jane finira dans une caisse à savon à la fosse commune. Fin de l'histoire. Et Central Park comme le métro redeviennent sûrs.

Je repensai au commandant Frances Penn, et me sentis mal à l'aise. Je demandai de ses nouvelles à Marino.

— Je sais pas ce qu'elle a à voir dans toute cette histoire. J'ai juste parlé à certains des mecs là-bas. Mais, de toute façon, elle se retrouve coincée. D'un côté, elle veut pas qu'on pense qu'un de ses hommes était un pourri, de l'autre, elle veut pas non plus que le public se mette en tête qu'il y a un dingue de serial killer qui se balade dans le métro.

— Je vois.

En disant cela, j'imaginai la pression énorme qu'elle devait subir, parce que sa mission était précisément de reprendre le métro de New York aux criminels. La ville avait du reste alloué dix millions de dollars au département de la Transit Police pour mener cette tâche à bien.

Marino reprit :

— En plus, c'est un putain de reporter qui a découvert le corps de Jane dans Central Park. Et ce mec est aussi acharné qu'un marteau-piqueur, à ce que j'ai entendu. Il veut un prix Nobel.

D'un ton irrité, je rétorquai :

— Je serais étonnée qu'on lui en accorde un.

— Allez savoir.

Marino adorait faire des prédictions sur l'identité des lauréats du prix Nobel et, si on l'en croyait, j'aurais déjà dû entrer dans leurs rangs à plusieurs occasions.

— Je voudrais bien savoir si Gault est toujours à New York, lâchai-je.

Marino termina sa deuxième bière et regarda sa montre :

— Où est Lucy ?

— Aux dernières nouvelles, elle cherchait Janet.

— Comment elle est ?

Je savais exactement à quoi il pensait, aussi répondis-je :

— C'est une très jolie jeune femme. Elle est intelligente mais assez réservée.

Marino resta silencieux.

— Marino, ils ont déménagé ma nièce à l'étage de haute sécurité.

Il tourna la tête vers le comptoir comme s'il avait envie d'une autre bière.

— Qui ça ? Benton ?

— Oui.

— C'est à cause de ce bordel avec l'informatique ?

— Oui.

— Vous voulez une autre Zima ?

— Non, merci, et vous ne devriez plus boire puisque c'est vous qui conduisez. Et si vous avez une voiture de service ce soir, vous auriez même dû complètement vous abstenir.

— Non, j'ai mon camion.

La perspective de rouler dans son camion ne m'enchantait pas du tout, et Marino le sentit.

— Alors, écoutez, mon camion a pas de foutu air bag, et je suis vraiment désolé. Mais un taxi ou une limo n'en auraient pas non plus.

— Marino...

— Je vais vous offrir un énorme air bag, vous pourrez vous entortiller dedans et le trimballer partout avec vous, comme une montgolfière portative.

— Un dossier qui se trouvait dans le bureau de Lucy a été dérobé l'automne dernier, lorsque quelqu'un a réussi à pénétrer dans les locaux de l'ERF.

— Quel genre de dossier ?

— Une grande enveloppe dans laquelle étaient rangés des papiers personnels.

Je lui parlai de Prodigy, et comment Lucy et Carrie s'étaient rencontrées.

— Elles se connaissaient avant d'être à Quantico ?

— Oui, et j'ai l'impression que Lucy croit que c'est Carrie qui a fouillé dans le tiroir de son bureau.

Le regard de Marino balaya la salle. Il promenait nerveusement sa bouteille de bière vide sur la table, lui faisant accomplir de petits cercles concentriques.

— Elle a l'air obsédée par Carrie, poursuivis-je. C'est comme si elle ne voyait rien d'autre. Je suis inquiète.

— Où se trouve Carrie, maintenant ?

— Je n'en ai pas la moindre idée.

À l'époque de l'effraction dans l'ERF, il n'avait pas été possible de prouver que Carrie était coupable, ni même qu'elle avait subtilisé quelque chose appartenant au FBI. Aussi avait-elle été renvoyée sans être poursuivie. Carrie n'avait même pas passé une seule journée en prison.

Marino déclara :

— Ben, faut pas que Lucy se fasse du mouron pour cette salope. C'est de lui qu'elle doit s'inquiéter.

— Oui, en effet, et Gault m'inquiète beaucoup.

— Vous pensez qu'il a l'enveloppe de votre nièce ?

— En tous les cas, cela m'effraie.

Je sentis une main se poser sur mon épaule, et me retournai.

— On s'installe ici, ou pas ? demanda Lucy.

Elle s'était changée et portait une paire de pantalons kaki, une chemise en jean brodée du sigle du FBI, des chaussures de randonnée et une robuste ceinture en cuir. Il ne lui manquait plus qu'une casquette et un revolver.

Marino était beaucoup plus intéressé par Janet, qui avait une façon fascinante de remplir un polo.

— Bon, parlons un peu de cette grande enveloppe et de ce qu'il y avait dedans, me lança-t-il, incapable de décrocher son regard de la poitrine de Janet.

— Pas ici, je vous en prie.

Le camion de Marino était un vieux Ford bleu et il en prenait davantage soin que de sa voiture de service. Il avait installé une CB et un râtelier pour ses armes. Je ne découvris ni désordre, ni aucune saleté à l'intérieur du véhicule, à l'exception d'un cendrier rempli de mégots. Je m'installai sur le siège avant. Des plaquettes désodorisantes étaient suspendues au rétroviseur et donnaient à l'obscurité une odeur de pin.

Marino, s'adressant à Lucy qui s'était installée sur la banquette arrière avec son amie, demanda :

— Qu'est-ce qu'il y avait exactement dans cette enveloppe ?

Lucy se pencha et posa une main sur le dossier de mon siège :

— Je ne peux pas vous dire *exactement* ce qu'elle contenait.

Marino dépassa la guérite du garde de l'entrée, puis embraya. Son camion crachota bruyamment en revenant à la vie.

Il haussa la voix :

— Réfléchis !

Janet parla doucement à Lucy, et elles échangèrent

des murmures durant quelques instants. L'étroite route était complètement sombre et les champs de tirs étrangement silencieux. Je n'étais jamais montée dans le camion de Marino, et le véhicule me sembla être l'audacieux symbole de sa fierté masculine.

Lucy commença :

— Il y avait des petits messages de ma grand-mère, des lettres de Tante Kay et des copies de courrier électronique de Prodigy.

— De Carrie, tu veux dire ? demanda Marino.

Lucy hésita à peine :

— Oui.

— Et puis quoi d'autre ?

— Des cartes d'anniversaire.

— De qui ?

— Des mêmes personnes.

— Rien de ta mère ?

— Non.

— Et ton père ?

— Je n'ai rien de lui.

— Son père est mort lorsqu'elle était toute petite, rappelai-je à Marino.

Se tournant vers moi, il me demanda :

— Quand vous avez écrit à Lucy, est-ce que vous avez indiqué votre adresse ?

— Oui. C'est imprimé sur mon papier à lettres.

— Avec un numéro de boîte postale ?

— Non. Mon courrier personnel me parvient chez moi. Le reste arrive à mon bureau.

— Qu'est-ce que vous essayez de trouver ? demanda Lucy avec une note de ressentiment dans la voix.

Marino, tout en conduisant dans la campagne obscure, lâcha :

— Bien ! Je vais te dire ce que ton voleur connaît d'ores et déjà, Lucy. Il sait où tu vas à la fac, où habite ta tante Kay à Richmond et ta grand-mère en Floride. Il sait à quoi tu ressembles et où tu es née.

En plus, il est au courant de ton amitié pour Carrie puisqu'il a les copies du courrier électronique.

Il jeta un regard dans le rétroviseur avant de poursuivre :

— Et c'est même le minimum de ce qu'a appris cette vermine. J'ai lu ni les lettres ni les petits mots, et je ne sais pas tout ce qu'il a pu apprendre d'autre.

— De toute façon, elle savait déjà presque tout cela, lâcha Lucy d'un ton hargneux.

— *Elle ?* souligna Marino.

Lucy se tut.

Janet déclara d'un ton apaisant :

— Lucy, tu dois surmonter cette histoire. Il le faut.

Marino reprit :

— Et quoi d'autre ? Lucy, tâche de te souvenir du moindre petit truc. Qu'est-ce qu'il y avait d'autre dans cette enveloppe ?

— Quelques autographes et des vieilles pièces de monnaie. Des souvenirs de quand j'étais petite. Des choses qui n'ont aucune valeur pour personne, sauf moi. Comme ce petit coquillage que j'ai ramassé sur la plage, un jour que Tante Kay m'avait emmenée. J'étais toute petite à l'époque.

Elle réfléchit quelques instants et ajouta :

— Il y avait mon passeport, également, et puis quelques articles que j'ai rédigés durant mes études au collège.

Le chagrin que je déchiffrais dans sa voix me brisa le cœur. J'avais envie de la serrer dans mes bras. Mais lorsque Lucy avait mal, elle repoussait tout le monde. Elle se battait.

— Pourquoi les gardais-tu dans l'enveloppe ? demanda Marino.

D'un ton sec, elle rétorqua :

— Il fallait bien que je les garde quelque part, non ? C'étaient mes trucs, d'accord ? Et si je les avais laissés à Miami, ma mère les aurait probablement foutus à la poubelle.

— Ces articles que tu as écrits au collège, Lucy, quels en étaient les sujets ? demandai-je.

Le silence tomba dans l'habitacle du camion, à l'exception du bruit du moteur qui s'amplifiait ou se calmait au rythme des accélérations et des changements de vitesse. Marino pénétra dans la petite ville de Triangle. Les restaurants qui bordaient la route étaient illuminés, et j'étais convaincue que la majorité des voitures garées sur leurs parkings appartenait à des Marines.

Lucy se décida :

— Eh bien, c'est assez ironique, lorsqu'on y pense maintenant. Un des devoirs que j'ai faits là-bas portait sur la sécurité du système UNIX. Je l'avais principalement traité sous l'angle des mots de passe, vous voyez, ce qui peut se produire si les utilisateurs du système choisissent des mots de passe trop simples, ce genre de choses. Donc j'ai parlé du sous-programme de codage dans la bibliothèque C et comment...

— Et l'autre article, c'était quoi ? La chirurgie du système nerveux ? demanda Marino.

— Comment avez-vous deviné ? riposta Lucy d'un ton aussi arrogant.

— Quel en était le sujet ? insistai-je.

— Wordsworth.

Nous dînâmes au *Globe and Laurel*. Je repensai à ma vie tout en contemplant les murs tendus de tissu écossais, les écussons représentant les différents secteurs de police et les chopes de bière en terre cuite qui pendaient au-dessus du bar. Mark et moi avions l'habitude de venir dîner ici, et puis une bombe avait explosé à Londres alors qu'il passait simplement devant. Je venais aussi souvent dans ce restaurant avec Wesley, avant. Et puis nous nous étions fréquentés trop intimement pour continuer à sortir ensemble dans des endroits publics.

Tout le monde commanda une soupe à l'oignon à la française et un filet. Janet était aussi silencieuse qu'à l'accoutumée, mais Marino ne cessait de la dévisager en faisant des commentaires provocants. Je sentais la fureur de Lucy à son égard aller crescendo, et j'étais surprise de l'attitude de Marino. Ce n'était pas un imbécile, et il savait ce qu'il faisait.

— Tante Kay, j'aimerais passer le week-end avec toi.

— À Richmond ?

— C'est toujours là que tu habites, non ? dit-elle sans sourire.

J'hésitai un instant :

— Je crois qu'il vaut mieux que tu restes à Quantico.

— Je ne suis pas en prison, et je fais ce que bon me semble.

— Non, bien sûr, tu n'es pas en prison, répondis-je calmement. Laisse-moi en parler d'abord à Benton, d'accord ?

Lucy ne broncha pas.

— Alors, dites-moi ce que vous pensez du Signine, lança Marino aux seins de Janet.

Elle le regarda droit dans les yeux et répondit :

— Personnellement, je préfère un Colt Python avec un canon de quinze centimètres. Pas vous ?

L'atmosphère continua à se détériorer durant le dîner, et le voyage de retour vers la base fut tendu et silencieux. Seul Marino s'acharnait à engager une conversation avec Janet. Nous déposâmes les deux jeunes filles, et une fois seule dans le camion avec Marino, je me tournai vers lui et explosai :

— Pour l'amour de Dieu, qu'est-ce qui vous a pris ?

— Je sais pas de quoi vous voulez parler.

— Vous avez été odieux. Parfaitement odieux, et vous savez exactement à quoi je fais allusion.

Il accéléra dans l'obscurité le long de la route J. Edgar Hoover, qui conduisait à l'autoroute, tout en fouillant pour trouver une cigarette.

— Janet ne voudra sûrement plus jamais vous

revoir, poursuivis-je. Et je comprendrais Lucy si elle aussi décidait de vous fuir. Ce qui est dommage, vous étiez devenus bons amis.

— C'est pas parce que je lui ai donné des leçons de tir qu'on est amis. De toute façon, pour moi, c'est une sale gosse mal élevée, et ça, c'est pas nouveau, et une mademoiselle « je sais tout ». En plus, j'aime pas son genre, et je comprends foutrement pas pourquoi vous tolérez qu'elle fasse ce qu'elle fait.

— *Qu'est-ce qu'elle fait ?* sifflai-je, de plus en plus en colère contre lui.

Il me jeta un coup d'œil et demanda :

— Est-ce qu'elle est déjà sortie avec un mec ? Même une seule fois, je veux dire ?

— La vie privée de ma nièce ne vous regarde pas, répliquai-je. Et cela n'a rien à voir avec la façon dont vous vous êtes conduit ce soir.

— Mes fesses, oui ! Si Carrie n'avait pas été la petite amie de Lucy, il n'y aurait jamais eu d'effraction à l'ERF, et on ne se retrouverait pas avec Gault qui se balade dans l'ordinateur.

— Ce que vous dites est absolument grotesque, et rien ne vous permet de soutenir une telle chose. Je soupçonne Carrie d'être parfaitement capable de mener à bien ses plans, que Lucy fasse partie du scénario ou pas.

Marino souffla sa fumée par la vitre légèrement ouverte de sa portière :

— Ben moi, je vous dis que les pédales sont en train de foutre en l'air la planète.

— Seigneur, répondis-je d'un ton dégoûté, j'ai l'impression d'entendre ma sœur.

— Je crois qu'il faut que vous envoyiez Lucy consulter quelqu'un. Il faut que vous trouviez quelqu'un qui soit capable de l'aider.

— Marino, vous devez mettre un terme à ce genre de raisonnement. Vos opinions naissent de votre ignorance. Elles sont haineuses. S'il vous plaît, dites-moi en quoi le fait que ma nièce préfère les femmes aux hommes vous menace-t-il tant ?

— Ça me menace pas du tout. Simplement, c'est pas naturel.

Il jeta par la fenêtre son mégot de cigarette incandescent, qui me fit penser à un petit missile que la nuit éteindrait.

— ... Mais attention, c'est pas que je comprends pas. Tout le monde sait bien qu'il y a des femmes qui se trouvent une autre femme parce qu'elles peuvent pas prétendre à mieux.

— Je vois. Tout le monde le sait. (Je marquai une pause.) Donc, dites-moi, c'est également le cas pour Janet et Lucy ?

— Ben, c'est pour ça que je vous conseille de trouver quelqu'un pour les aider : il y a encore de l'espoir. Elles pourraient trouver des mecs facilement. Surtout Janet, avec la façon dont elle est carrossée. Si j'étais pas moi-même engagé ailleurs, je crois que j'essaierais de la sortir.

Il me fatiguait.

— Marino, fichez-leur la paix. Vous vous exposez à une rebuffade. Tout ce que vous allez gagner, c'est que vous passerez pour un imbécile. Les Janet de ce monde n'accepteront jamais de sortir avec vous.

— Tant pis pour elle. Si elle avait vraiment une bonne expérience, ça pourrait la remettre dans le droit chemin. Parce que ce que les femmes font entre elles, c'est pas ce que j'appelle le vrai truc. Elles savent pas ce qu'elles perdent.

L'idée que Marino puisse se considérer comme un expert sur les besoins des femmes au lit était si absurde que j'en oubliai d'être fâchée contre lui et éclatai de rire.

Il reprit :

— Je me sens assez protecteur vis-à-vis de Lucy, d'accord ? Je me sens un peu comme un oncle pour elle et vous voyez, le problème, c'est qu'il n'y a pas eu d'homme autour de Lucy. Son père est mort, vous êtes divorcée, elle n'a pas de frère et sa mère passe sa vie à sauter dans le plumard de couillons.

— Jusque-là, je suis d'accord avec vous, Marino, et j'aurais aimé que Lucy bénéficie d'une influence masculine positive.

— Je peux vous certifier que si elle l'avait eue, elle aurait pas tourné gouine.

— Ce n'est pas un mot très aimable, Marino, et personne ne peut dire pourquoi les gens deviennent ce qu'ils sont.

Il me jeta un regard :

— Ben alors, dites-moi où ça a mal tourné ?

— Tout d'abord, je n'ai jamais dit que quelque chose avait mal tourné. Il se peut que la préférence sexuelle des gens soit influencée par une composante génétique. Il est également possible que ce soit erroné. Mais ce qui compte vraiment, c'est que cela n'a pas d'importance.

— Donc, vous vous en foutez ?

Je réfléchis quelques instants puis déclarai :

— Non, je ne m'en fous pas, parce que c'est une façon de vivre beaucoup plus difficile.

D'un ton sceptique, il demanda :

— Et c'est tout ? Vous ne préféreriez pas qu'elle soit avec un homme ?

J'hésitai à nouveau :

— Je crois qu'au point où nous en sommes, je souhaite simplement qu'elle soit avec des gens bien.

Marino se calma et conduisit en silence quelques instants, puis déclara :

— Je suis désolé pour ce soir. Je sais que je me suis conduit comme un con.

— Merci de vous excuser.

— Ben, la vérité c'est que les choses se passent pas très bien pour moi, en ce moment. Ça se passait vachement bien entre Molly et moi jusqu'à la semaine dernière, quand Doris a appelé.

Je n'étais pas véritablement surprise de cet appel.

196

Les anciens époux ou les vieux amants ont le chic pour toujours refaire surface.

— Il semble qu'elle ait découvert l'existence de Molly parce que Rocky, mon fils, a lâché quelque chose. Et maintenant, tout d'un coup, elle veut rentrer à la maison et qu'on se remette ensemble.

Lorsque Doris avait quitté Marino, il avait été dévasté. Cependant, j'en étais à une phase de ma vie où j'étais convaincue, non sans cynisme, que les relations brisées ne se ressoudent pas comme un os fracturé. Marino alluma une autre cigarette. Un camion se rapprocha et nous doubla à toute vitesse. Un autre véhicule qui se trouvait derrière le camion se colla au pare-chocs arrière de Marino, et le rétroviseur nous renvoya la lumière aveuglante de ses feux de route.

Marino reprit, et les mots lui venaient avec difficulté :

— Molly était pas très contente. Faut vous dire que depuis, ça s'est pas génialement passé entre nous, et c'est aussi bien qu'on n'ait pas été ensemble à Noël. Je crois bien qu'elle a commencé à sortir avec quelqu'un d'autre. C'est ce sergent qu'elle a rencontré. Vous vous rendez compte que c'est moi qui les ai présentés un soir à la FOP, notre association ?

Je regardai Marino et crus un instant qu'il allait pleurer.

— Je suis désolée, dis-je gentiment. Vous aimez toujours Doris ?

— Bordel, j'en sais rien, je sais rien de rien. Vous savez, ce serait pas pire si les femmes venaient d'une autre planète. C'est comme pour ce soir, rien de ce que je fais ne va.

— C'est faux. Nous sommes amis depuis de longues années. Cela prouve que vous devez faire quelque chose de bien.

— Vous êtes ma seule amie femme. Mais c'est vrai que vous ressemblez davantage à un mec.

— Merci du compliment !

— Mais si, je peux vous parler comme à un autre

mec, et vous savez ce que vous faites. Merde quoi, vous n'êtes pas arrivée où vous êtes parce que vous étiez une femme.

Marino cligna des yeux sous la lumière réfléchie par le rétroviseur et l'ajusta pour réduire la clarté aveuglante.

— ... Plutôt, vous êtes là en dépit du fait que vous êtes une femme.

Marino jeta à nouveau un coup d'œil au rétroviseur. Je me retournai. Une voiture, feux de route allumés, nous suivait de si près qu'elle touchait presque notre pare-chocs arrière. Nous roulions à plus de cent dix kilomètres heure.

— C'est bizarre. Il a largement la place de nous doubler, dis-je.

La circulation était très fluide sur l'Interstate 95. Il n'y avait donc aucune raison pour que quelqu'un colle à notre pare-chocs, et je me souvins de l'accident de l'automne dernier, lorsque Lucy avait fait des tonneaux dans ma Mercedes. Ce soir-là également, quelqu'un la talonnait. La peur me tendit les nerfs.

— Pouvez-vous voir de quelle voiture il s'agit, Marino ?

— Ça m'a tout l'air d'une Z, une vieille 280 Z, peut-être, un truc comme ça.

Il plongea la main à l'intérieur de son manteau et dégagea son pistolet du holster. Marino plaça l'arme en équilibre sur ses genoux, tout en continuant à surveiller, grâce au rétroviseur, le véhicule qui nous suivait. Je me retournai à nouveau et distinguai la forme sombre d'une tête qui avait l'air d'être celle d'un homme. Le conducteur de la voiture nous fixait.

Marino grogna :

— Bon, ça commence à me gonfler.

Il enfonça la pédale de frein.

La voiture se déporta brusquement et nous dépassa dans un long coup de klaxon hargneux. Il s'agissait d'une Porsche, et son conducteur était noir.

Je demandai à Marino :

— Vous avez enlevé ce sticker avec le drapeau confédéré que vous aviez collé derrière ? Celui qui réfléchit la lumière des feux ?

Marino rangea son arme :

— Non, je l'ai toujours.

— Vous devriez peut-être songer à l'enlever.

La Porsche, loin devant nous, ne se distinguait plus que par ses veilleuses arrière. Je repensai aux menaces proférées par le chef de police Tucker lorsqu'il avait envisagé de renvoyer Marino aux cours de diversité culturelle. Même en y assistant jusqu'à la fin de ses jours, je n'étais pas certaine que cela guérisse Marino.

— On est jeudi, demain, reprit-il. Faut que je fasse un tour au poste du premier arrondissement pour voir si les gens se souviennent que je travaille toujours pour la ville de Richmond.

— Où en est-on avec l'affaire du shérif Noël ?

— Il doit se présenter pour une première audition la semaine prochaine.

— Il est en prison, je suppose ?

— Que non. Libéré sous caution. Quand commence votre participation au jury ?

— Lundi.

— Peut-être que vous pourriez vous faire excuser ?

— Je ne peux pas. Il se trouverait bien des gens pour monter mon désistement en épingle et même si tel n'est pas le cas, ce serait hypocrite de ma part. Je suis supposée faire cas de la Justice.

Nous étions arrivés à Richmond et la silhouette du centre-ville se distinguait.

— Vous croyez que je devrais revoir Doris ?

Je me tournai vers lui et contemplai son profil, ses cheveux qui s'éclaircissaient, son visage et ses grandes oreilles. Le volant disparaissait sous ses énormes mains. Marino ne parvenait pas à se souvenir de sa vie avant son mariage avec Doris. Il y avait bien longtemps que leur relation avait oublié les éclats et le brasier du sexe pour s'installer dans l'orbite d'une vie à deux, stable et ennuyeuse. Je finissais par me demander s'ils ne s'étaient pas séparés de peur de devenir vieux.

Je répondis :

— Oui, je crois que vous devriez la voir.

— Donc, il faut que je monte dans le New Jersey ?

— Non, répondis-je. C'est Doris qui est partie, c'est donc à elle de se déplacer.

11

Nous quittâmes Cary Street pour tourner dans Windsor Farms. Le quartier baignait dans l'obscurité. Marino refusa de me laisser entrer seule chez moi. Il se gara dans l'allée en brique qui menait à mon garage et regarda la porte fermée, illuminée par ses phares.

— Vous avez le boîtier de commande d'ouverture ? demanda-t-il.

— Il est dans ma voiture.

— Ah ben ça, c'est super utile lorsque votre voiture est dans le garage avec la porte fermée.

— Si vous acceptiez de me laisser devant, ainsi que je vous l'ai demandé, je pourrais ouvrir la porte.

— Que non. Vous ne vous baladerez plus le long de cette allée, Doc.

Il était très autoritaire et je savais qu'il était inutile de discuter avec lui lorsqu'il prenait ce ton.

Je lui tendis mes clefs.

— Bien, en ce cas, vous n'avez qu'à entrer dans la maison et ouvrir la porte du garage de l'intérieur. Je vous attends dans le camion.

Il ouvrit la portière et déclara :

— Il y a un fusil entre les deux sièges.

Il se pencha pour me montrer un Benelli calibre

12 sur lequel avait été rajouté un chargeur de huit balles. Il me revint à l'esprit que Benelli, un fabricant d'armes italiennes de grande qualité, était également le pseudonyme que Gault avait choisi pour son permis de conduire.

Marino, joignant le geste à la parole, me fit une démonstration du maniement du fusil :

— Le cran de sûreté est juste ici. Il suffit que vous le repoussiez, puis vous pompez et vous tirez.

— Serions-nous à l'aube d'une émeute sans que je le sache ?

Il descendit du camion et verrouilla les portières.

J'abaissai légèrement la vitre pour lui lancer :

— Peut-être vous serait-il utile de connaître le code de mon alarme ?

— Je le connais déjà.

Il traversa la pelouse gelée avant de terminer :

— FDC pour Fille de chienne !

— Comment savez-vous cela ?

Avant qu'il ne disparaisse derrière la haie, je l'entendis répondre :

— Vous êtes prévisible.

Quelques minutes plus tard, la porte du garage commença à se soulever et l'éclairage intérieur s'alluma, illuminant les outils de jardin proprement suspendus à leurs crochets sur les murs, une bicyclette dont je ne me servais que très rarement, et ma voiture. À chaque fois que je voyais ma nouvelle Mercedes, je repensais à celle que Lucy avait complètement abîmée.

Ma précédente Mercedes 500E était racée et rapide, et son moteur avait été spécialement conçu pour elle par Porsche. Mais maintenant, j'avais simplement besoin d'une grosse voiture. J'avais racheté une S500, qui était probablement de taille à se défendre contre un camion-benne ou une remorque à tracteurs. Marino restait planté à côté de ma voiture, et me regardait comme s'il avait envie que je me presse.

Je donnai un coup de klaxon pour lui rappeler qu'il m'avait enfermée à l'intérieur.

Après qu'il m'eut délivrée, je déclarai :

— Pourquoi les gens veulent-ils toujours m'enfermer dans leur véhicule ? Ce matin, c'était un taxi, et maintenant, vous.

— Parce qu'il est dangereux de vous laisser la bride sur le cou. Je veux jeter un coup d'œil chez vous avant de partir.

— Ce n'est pas nécessaire, Marino.

— Je ne suis pas en train de vous demander la permission. Je vous dis juste que je vais le faire, rétorqua-t-il.

— Très bien, comme bon vous semble.

Il me suivit à l'intérieur, et je me dirigeai tout droit dans le salon pour y allumer le chauffage au gaz. J'ouvris ensuite la porte de devant et ramassai mon courrier, ainsi que plusieurs journaux que l'un de mes voisins avait oublié de prendre. Il avait donc dû être évident pour quiconque passait devant mon élégante demeure que je m'étais absentée pour les fêtes de Noël.

Lorsque je revins vers le salon, je jetai un regard autour de moi, cherchant si quelque chose avait été déplacé, même imperceptiblement. Je me demandai si quelqu'un avait envisagé de pénétrer chez moi. Je m'interrogeai sur les regards qui s'étaient tournés vers ma maison, sur les sombres pensées qui avaient enveloppé l'endroit dans lequel je vivais.

J'habitais l'un des quartiers les plus opulents de Richmond, un quartier qui avait connu pas mal de problèmes jadis, notamment à cause de gitans qui n'hésitaient pas à pénétrer en plein jour dans les maisons, même lorsque leurs occupants étaient présents. En fait, ce n'était pas tant les gitans qui m'inquiétaient, puisque mes portes étaient généralement verrouillées et que mon alarme fonctionnait en permanence. Je redoutais un type de criminel totalement différent, un criminel qui n'était pas tant intéressé par mes biens que par qui j'étais et ce que je faisais. Je conservais plusieurs armes dans la maison, et je les avais réparties dans des endroits qu'il m'était possible d'atteindre facilement.

Je m'installai sur le canapé. La lueur des flammes du feu caressait les différentes toiles pendues aux murs. J'avais opté pour des meubles de style européen contemporain et ma maison était très lumineuse dans la journée.

C'est en classant mon courrier que je découvris une enveloppe rose, similaire à celles que j'avais déjà reçues. Il s'agissait d'une petite enveloppe de qualité médiocre, le genre de papier à lettres que l'on achète dans une grande surface. Cette fois-ci, le cachet de la poste indiquait que la lettre avait été postée de Charlottesville le 23 décembre. J'ouvris l'enveloppe à l'aide d'un scalpel. Le message qui se trouvait à l'intérieur avait été écrit à la main avec un stylo-plume à encre noire.

> Cher Dr Scarpetta,
> Je vous souhaite un Noël très spécial.
>
> CAIN.

Je reposai délicatement la petite feuille sur ma table basse.

— Marino ? appelai-je.

Gault avait écrit ce message avant d'assassiner Jane. Mais, en raison de la lenteur du courrier, je ne le recevais que maintenant.

— Marino ! répétai-je en me levant.

Je l'entendis descendre lourdement et précipitamment l'escalier. Il se rua dans le salon, l'arme au poing.

Essoufflé, il jeta un regard circulaire autour de lui et s'écria :

— Quoi ? Ça va ?

Je désignai la note du doigt. Le regard de Marino tomba sur l'enveloppe rose et son papier assorti.

— C'est de qui ?

— Regardez.

Il se laissa tomber sur le canapé à côté de moi pour se relever immédiatement :

— Je vais d'abord rebrancher l'alarme.

— Bonne idée.

Il revint et s'installa à nouveau à côté de moi.

— Passez-moi deux crayons, merci.

Il utilisa les crayons pour maintenir le papier ouvert sans risquer de compromettre les empreintes que je n'avais pas déjà détruites en ouvrant l'enveloppe. Lorsqu'il eut fini sa lecture, il étudia le cachet de la poste ainsi que l'écriture.

— C'est la première fois que vous recevez ce genre de message ?

— Non.

Il me jeta un regard accusateur et s'exclama :

— Et vous avez rien dit !

— Ce n'est pas le premier message que je reçois, mais c'est la première fois qu'il porte la signature de CAIN.

— Comment étaient signés les autres ?

— Je n'en ai reçu que deux autres écrits sur le même papier à lettres, et ils n'étaient pas signés.

— Vous les avez ?

— Non. Je ne les croyais pas importants. Les lettres avaient été postées de Richmond, et si le contenu était un peu bizarre, il n'était pas inquiétant. Je reçois fréquemment des lettres étranges.

— Ici, chez vous ?

— Non, plutôt au bureau. Mon adresse personnelle n'est pas dans l'annuaire.

Marino se leva d'un bond et se mit à arpenter la pièce :

— Merde, Doc ! Et ça ne vous a pas perturbée lorsque vous avez reçu ces messages chez vous alors que vous n'êtes pas dans l'annuaire ?

— Mais mon adresse n'est pas confidentielle. Vous savez aussi bien que moi que nous avons demandé à plusieurs reprises aux médias de ne pas filmer ou photographier ma maison, mais ils le font quand même.

— Racontez-moi ce que disaient les autres messages.

— Ils étaient courts, comme celui-ci. Sur l'un, on me demandait comment j'allais et si je travaillais toujours autant. Quant au second, je crois me souvenir que son auteur prétendait que je lui manquais.

— Que vous lui manquiez ?

Je cherchai dans mes souvenirs :

— C'était quelque chose du genre : « Cela fait trop longtemps. Il faut vraiment que nous nous voyions. »

Marino jeta un regard vers la petite feuille rose posée sur la table et demanda :

— Vous êtes sûre qu'il s'agit de la même personne ?

— Je le crois. Il semble que Gault connaisse mon adresse personnelle, comme vous l'aviez prévu.

— Il est probablement passé devant...

Marino s'immobilisa quelques instants et me regarda avant de poursuivre :

— ... Vous en êtes consciente ?

Je ne répondis pas.

Il se passa la main dans les cheveux et insista :

— Je vous dis que Gault a vu votre maison. Vous comprenez ça ?

— Il faut envoyer tout cela dès demain matin au labo.

Je songeai aux deux premières lettres. Elles avaient été postées de Richmond, et si Gault en était également l'auteur, cela prouvait qu'il était venu dans cette ville.

— Vous pouvez pas rester ici, Doc.

— Mais si, je le peux.

— Ben, moi je vous dis que vous pouvez pas.

Obstinée, je rétorquai :

— Il le faut, Marino. J'habite ici.

Il hocha la tête en signe de dénégation :

— Non, c'est hors de question. Ou alors, j'emménage chez vous.

J'avais énormément d'amitié pour Marino, mais je ne pouvais tolérer l'idée qu'il vive chez moi. Je l'imaginais en train de s'essuyer les pieds sur mes tapis orientaux, et de laisser des ronds de verre sur mes meubles en bois d'if et en acajou. Il regarderait les retransmissions de boxe ou de catch, vissé à la télévision, en buvant de la Budweiser à même le goulot.

— Je vais appeler Benton tout de suite, poursuivit-il, et il vous dira comme moi.

Il se leva et se dirigea vers le téléphone.

— Marino, laissez Benton en dehors de tout ceci.

Il revint vers la cheminée et s'assit sur le rebord en grès du foyer. Il enfouit son visage dans ses mains. Lorsqu'il me regarda à nouveau, son visage portait les marques d'une immense fatigue.

— Vous savez comment je me sentirais si quelque chose vous arrivait ?

— Pas très bien, répondis-je, mal à l'aise.

— Ça me tuerait. Ça c'est sûr, je peux le jurer.

— Vous devenez larmoyant, Marino.

— Je sais pas ce que ce mot veut dire. Mais ce que je sais, c'est que Gault devra d'abord me tanner la peau du cul avant de vous atteindre, vous m'entendez !

Il me fixa avec intensité.

Je détournai le regard. Je sentais le rouge me monter aux joues.

— Vous savez, vous pouvez vous faire descendre comme les autres, comme Eddie, comme Susan, comme Jane, et comme Jimmy Davila. Gault s'est fixé sur vous, bordel. Et c'est probablement le pire assassin de cette putain d'époque.

Il s'interrompit et me regarda :

— *Vous m'écoutez, ou quoi ?*

Je levai les yeux sur lui :

— Oui, je vous écoute, j'écoute chacune de vos paroles.

206

— Il faut que vous partiez pour le bien de Lucy, aussi. Elle peut plus jamais venir chez vous. Et si quelque chose vous arrive, à votre avis, qu'est-ce qui va se passer pour elle ?

Je fermai les yeux. J'aimais ma maison. J'avais travaillé tellement dur pour l'obtenir. J'avais travaillé avec toute mon énergie, m'efforçant à l'excellence dans ma carrière. Ce qu'avait prédit Wesley était en train de se réaliser. Ma protection se ferait aux frais de qui j'étais et de tout ce que je possédais.

— Donc, il faudrait que je déménage quelque part et que je dépense mes économies ? Il faudrait que je renonce à tout ceci ? dis-je en désignant la pièce d'un geste de la main. Il faudrait que j'accorde à ce monstre tout ce pouvoir ?

Marino poursuivit comme s'il pensait à haute voix :

— Vous pouvez plus conduire votre bagnole, non plus. Faut que vous vous déplaciez dans un truc qu'il connaît pas. Je peux vous passer mon camion, si vous voulez.

— Ah, certainement pas, m'exclamai-je.

Marino eut l'air blessé :

— Mais c'est pas n'importe quoi, pour moi, de passer mon camion. Vous êtes la première pour qui je le fais.

— Ce n'est pas le problème, Marino. Je veux ma vie. Je veux que Lucy soit en sécurité. Je veux vivre dans ma maison et conduire ma voiture.

Marino se releva et me tendit son mouchoir :

— Je ne pleure pas, déclarai-je.

— Ça va pas tarder.

— Non, certainement pas.

— Je vous sers quelque chose ?

— Un whisky.

— Moi, je crois que je vais prendre un petit bourbon.

— Vous ne pouvez pas, vous conduisez.

Il se glissa derrière le bar et répondit :

— Non. Je campe sur votre canapé.

Vers minuit, j'apportai à Marino un oreiller et une couverture, et l'aidai à s'installer. Il aurait pu dormir dans la chambre d'amis mais il préférait rester dans le salon devant le feu qui brillait faiblement dans la cheminée.

Je me retirai à l'étage et lus jusqu'à ce que mes yeux ne puissent plus suivre les lignes. J'étais heureuse de la présence de Marino chez moi. Je ne parvenais pas à me souvenir si j'avais jamais été aussi effrayée auparavant. Jusqu'à présent, Gault était toujours arrivé à ses fins. Jusqu'à présent, il n'avait jamais échoué dans la réalisation des projets monstrueux qu'il avait entrepris. Je n'étais pas convaincue de pouvoir lui échapper s'il avait décidé de me tuer. Et s'il désirait tuer Lucy, j'étais certaine qu'il y parviendrait.

J'étais surtout terrorisée par la deuxième hypothèse. J'avais vu le travail de Gault. Je savais ce qu'il faisait. J'aurais pu dessiner chaque fragment d'os, chaque lambeau de peau excisée. Je contemplai le pistolet 9 mm sur ma table de chevet en me posant la question qui me venait toujours en pareil cas. Pourrais-je l'atteindre assez rapidement ? Pourrais-je défendre ma vie ou celle de quelqu'un d'autre ? Et tandis que je scrutais ma chambre et le bureau attenant, je compris que Marino avait raison. Je ne pouvais pas rester seule dans cette maison.

Je glissai dans le sommeil sur cette pensée et fis un rêve déconcertant. Une silhouette, revêtue d'une sorte de robe de chambre sombre et dont le visage ressemblait à un ballon blanc, m'adressait un sourire fade dans un miroir ancien. À chaque fois que je passais devant le miroir, la silhouette me décochait un de ses sourires glacés. On aurait dit qu'elle n'était ni morte ni vivante, et elle semblait n'avoir pas de sexe. Je me réveillai en sursaut à une heure du matin. Plongée dans l'obscurité, je tentai de discerner les bruits. Je descendis, et entendis le ronflement de Marino.

Je l'appelai doucement.

Le rythme de ses ronflements ne changea pas.

Je me rapprochai du canapé en murmurant :

— Marino ?

Il se redressa, fouillant bruyamment à la recherche de son arme.

— Mon Dieu, ne tirez pas.

— Hein ?

Il regarda autour de lui. Son visage était pâle sous la clarté du feu. Il se rappela enfin où il était et reposa l'arme sur la table.

— Ne vous faufilez pas furtivement comme ça !

— Je ne me faufile pas furtivement.

Je m'assis à côté de lui sur le canapé. J'eus conscience de n'être revêtue que d'une chemise de nuit, et que Marino ne m'avait encore jamais vue dans ce genre d'appareil, mais cela m'était égal.

— Y a quelque chose qui va pas ?

Je ris, mais c'était un rire désabusé :

— Je n'ai pas l'impression que grand-chose aille.

Le regard de Marino erra, et je sentis le combat qui se livrait en lui. J'avais toujours su que Marino me portait un intérêt auquel je ne pouvais pas répondre. Mais cette nuit, la situation était beaucoup plus difficile parce qu'il m'était impossible de me cacher derrière une blouse de laboratoire, mes tabliers d'autopsie, mes tailleurs professionnels, et mes titres. Je ne portais qu'une courte chemise de nuit en flanelle douce de couleur sable. Il était plus de minuit et Marino dormait chez moi.

— Je n'arrive pas à dormir, continuai-je.

Il s'allongea à nouveau sur le canapé en me regardant, les deux mains croisées sous la tête :

— Ben moi, je dormais super bien.

— Je suis convoquée comme juré la semaine prochaine.

Il ne fit aucun commentaire.

— Je dois également faire plusieurs interventions devant la cour et je dirige un service. Je ne peux pas boucler mes valises comme ça et quitter la ville.

— Cette histoire de jury, c'est pas un problème, on peut vous en sortir.

— Mais je ne le souhaite pas.

— De toute façon, vous serez éliminée. Aucun avocat de la défense ne vous acceptera dans son jury.

Je ne répondis pas.

— Vous pouvez partir quelque temps. Vos affaires qui doivent passer en justice continueront bien sans vous. Tiens, et pourquoi vous n'iriez pas faire du ski pour une ou deux semaines ? Dans l'Ouest, quelque part.

Plus il parlait, plus j'étais perturbée.

— Il faudra que vous utilisiez un pseudonyme, poursuivit-il. Et puis, il faut que vous soyez protégée. Vous pouvez pas vous tirer comme ça toute seule dans une station de ski.

D'un ton sec, je rétorquai :

— Eh bien, personne ne va m'attribuer un agent du FBI ou des services secrets pour veiller sur moi, si c'est à cela que vous faites allusion. Vos droits ne sont respectés que lorsqu'ils ont été bafoués. La plupart des gens ne bénéficient pas de la protection d'un agent ou d'un flic avant d'être violés ou assassinés.

— Vous pouvez engager quelqu'un. Il vous servira de chauffeur aussi, mais pas dans votre bagnole.

— Je n'ai pas l'intention d'engager qui que ce soit et j'insiste pour conduire ma propre voiture.

Marino réfléchit quelques minutes, le regard fixé vers le plafond incurvé en coupole. Enfin, il demanda :

— Vous l'avez depuis combien de temps ?

— Même pas deux mois.

— Vous l'avez achetée chez McGeorge, non ?

Il faisait référence au concessionnaire Mercedes de Richmond.

— Oui.

— Je vais leur parler pour leur demander de vous prêter quelque chose de moins voyant que votre grosse Nazimobile noire.

Je me levai, furieuse, me rapprochai du feu et demandai d'un ton amer en contemplant les flammes qui léchaient les bûches artificielles :

— Et à part cela, que dois-je encore abandonner ?

Marino demeura coi.

Je me lançai dans une diatribe :

— Je ne le laisserai pas me transformer en Jane. On dirait qu'il est en train de me conditionner afin de me faire subir ce qu'il lui a fait. Il est en train d'essayer de tout m'enlever. Jusqu'à mon nom. Il faut maintenant que je prenne un pseudonyme, je dois être moins apparente, moins ostensible. Il faut que je sois comme n'importe qui d'autre. Je ne peux plus vivre nulle part, ni conduire aucune voiture et je n'ai pas le droit de révéler mon adresse à qui que ce soit. Les hôtels et les gardes du corps privés sont très onéreux. Ce qui va donc se passer, c'est qu'il faudra que je puise dans mes économies. Puisque je suis médecin expert général de Virginie, et qu'on ne me verra presque plus au bureau, il est fort possible que le gouverneur me limoge. Je finirai progressivement par perdre tout ce que j'ai et tout ce que je suis. À cause de lui.

Marino ne répondait toujours pas, et je me rendis compte qu'il s'était endormi. Je sentis une larme glisser le long de ma joue. Je tirai les couvertures sur lui et remontai dans ma chambre.

12

Je me garai juste derrière l'immeuble qui abritait mes bureaux à sept heures et quart, et demeurai quelques instants assise dans ma voiture à fixer le bitume craquelé, le stuc défraîchi et la grosse chaîne pendante qui entourait le parking.

Derrière moi se trouvaient les chevalets du chemin de fer et la boucle de délestage de l'Interstate 95, puis, encore un peu plus loin, les limites de ce centre-ville condamné et meurtri par la violence et le crime. Il n'y avait ni arbre ni massif de fleurs ici, et seulement quelques rares pelouses. Il est vrai que lorsqu'on m'avait nommée à ce poste, on ne m'avait pas promis une vue imprenable sur la ville, et du reste, aujourd'hui, la chose m'était assez indifférente. Mon bureau et mon équipe me manquaient, aussi tout ce que j'apercevais de cet univers me rassurait-il.

Une fois entrée dans la morgue, je m'arrêtai quelques secondes pour consulter dans mon bureau les dossiers des affaires du jour. Un suicide attendait notre attention, ainsi qu'une femme âgée de quatre-vingts ans, décédée à son domicile des suites d'un cancer du sein non traité. Une famille entière avait été décimée hier lorsque leur voiture avait percuté un train, et mon cœur se serra lorsque je lus la liste de leurs noms. Je décidai de m'acquitter des inspections en attendant mes assistants, et ouvris l'immense chambre froide et les portes qui conduisaient à la salle d'autopsie.

Les trois tables d'autopsie avaient été astiquées et luisaient, quant au sol carrelé, il était d'une parfaite propreté. Je vérifiai du regard les placards dans lesquels étaient rangés les formulaires que nous devions remplir, les chariots et leurs instruments de chirurgie ainsi que les tubes à essais soigneusement étalés, les étagères en acier où étaient posés les appareils photos et les rouleaux de pellicule. Je ressortis de la pièce pour déboucher dans le couloir où les masques de chirurgie, les protège-chaussures et les heaumes en plastique dont nous nous protégions le visage étaient rangés sur le plateau d'un chariot.

J'enfilai une paire de gants et poursuivis mon

inspection en pénétrant dans le réfrigérateur où m'attendait mon premier cas. Les différents cadavres étaient enveloppés dans de grandes poches noires et reposaient sur des civières à roulettes. L'air ambiant était réfrigéré à 1 °C et adéquatement désodorisé, si l'on considérait que nous faisions aujourd'hui le plein. Je vérifiai les étiquettes d'identification accrochées aux orteils des corps, jusqu'à ce que je découvre celui que je recherchais, et poussai la civière à l'extérieur du réfrigérateur.

Nul n'arriverait avant une heure, et j'adorais ce silence. Je n'avais même pas besoin de fermer les portes de la salle d'autopsie puisqu'il était encore trop tôt pour que les scientifiques arrivent et empruntent l'ascenseur, situé au bout du couloir, pour monter aux étages supérieurs.

Je ne parvins pas à retrouver les notes prises au sujet de ce cas de suicide, aussi retournai-je dans mon bureau. Le rapport de mort violente avait été placé dans le mauvais casier. La date qui y figurait était erronée de deux jours et le formulaire avait été à moitié complété. Du reste, les seules informations qu'il renfermait étaient le nom du décédé et le fait que le corps avait été amené à trois heures du matin par les pompes funèbres Sauls, et ces informations n'avaient aucun sens.

Je n'avais recours qu'à trois maisons de pompes funèbres pour le transport des corps. Ces trois établissements de la ville offraient leurs services vingt-quatre heures sur vingt-quatre, et tous les cas qui relevaient de mes bureaux, ou de n'importe quel médecin légiste en Virginie, passaient forcément par l'une ou l'autre de ces entreprises. Je ne parvenais pas à comprendre pourquoi ce cadavre avait été transporté par un établissement avec lequel nous n'avions pas de contrat, ni pourquoi le chauffeur du fourgon de pompes funèbres n'avait pas signé le formulaire. Une certaine irritation m'envahit. Je n'étais partie que quelques jours, et déjà le système avait des ratés. Je me dirigeai vers le téléphone et appelai le surveillant de nuit, dont le service ne se terminait pas avant une demi-heure.

Je m'annonçai dès qu'il décrocha :

— Ici le Dr Scarpetta.

— Oui, madame ?

— À qui suis-je en train de parler, je vous prie ?

— Evans.

— Mr Evans, un suicide supposé a été amené à la morgue à trois heures du matin.

— Oui, madame, c'est moi qui l'ai fait rentrer.

— Qui l'a amené ?

— Euh, je crois que c'était Sauls.

— Nous n'avons pas de contrat avec Sauls.

Il ne répondit pas.

— Je crois que vous feriez mieux de venir.

Il hésita un peu et demanda :

— À la morgue ?

— Oui, c'est là que je me trouve.

Il tergiversa à nouveau, et je sentis son manque total d'enthousiasme. Nombre des gens qui travaillaient ici ne pouvaient pas supporter l'idée de la morgue. Ils refusaient de s'en approcher, et je n'avais toujours pas trouvé de vigile qui accepte seulement de passer la tête à l'intérieur d'un réfrigérateur. Du reste, la plupart des vigiles et des employés du service de nettoiement me quittaient en général très rapidement.

En attendant l'arrivée du téméraire Evans, je descendis la fermeture Éclair de la grande enveloppe noire, qui me sembla neuve. La tête de la victime était recouverte d'un sac-poubelle en plastique noir, serré autour du cou par un lacet de chaussure. L'homme était revêtu d'un pyjama trempé de sang et portait au poignet une épaisse gourmette en or et une montre Rolex. Le coin de ce qui ressemblait à une enveloppe rose dépassait de sa poche de poitrine. Je reculai d'un pas, et une soudaine faiblesse me coupa les jambes.

Je me précipitai vers la porte et la verrouillai tout en fouillant dans mon sac pour y trouver mon revolver. Des tubes de rouge à lèvres et une brosse à cheveux tombèrent par terre. Lorsque je décrochai le téléphone, mes mains tremblaient. Je pensai à la pièce où se trouvaient nos vestiaires, à tous les endroits où quelqu'un pouvait s'être dissimulé. Il pouvait être caché dans le réfrigérateur s'il était assez chaudement vêtu, pensai-je au bord de la terreur, et le souvenir de tous ces corps enveloppés dans leurs poches noires et posés sur les civières me revint à l'esprit. Je courus vers la grande porte en acier et basculai le levier qui la condamnait. Puis, j'attendis que Marino me rappelle.

La sonnerie du téléphone retentit cinq minutes plus tard, au moment même où Evans frappait timidement contre la porte verrouillée de la salle d'autopsie.

Je criai :

— Attendez, Evans. Restez où vous êtes.

Je décrochai le téléphone.

— Ouais, déclara Marino à l'autre bout du fil.

Serrant fermement mon revolver et tentant de conserver une voix calme, je dis :

— Marino, venez immédiatement.

D'un ton inquiet, il demanda :

— Qu'est-ce qui se passe ?

— Dépêchez-vous.

Je raccrochai et composai le 911. Puis je criai à Evans de l'autre côté de la porte :

— La police arrive.

Sa voix monta dans l'aigu :

— La police ?

Mon cœur ne parvenait pas à se calmer :

— Nous avons un problème terrible, Evans. Montez et attendez dans la salle de conférences, vous entendez ?

— Oui, madame. J'y vais de ce pas.

Un comptoir en Formica faisait le tour de la moitié

de la pièce, et je grimpai dessus en me plaçant de telle sorte que j'étais à portée du téléphone tout en ayant une vue sur chacune des portes. Je serrai le 38 Smith et Wesson en regrettant de ne pas avoir mon Browning ou le fusil Benelli de Marino. Je fixai l'enveloppe noire posée sur la civière comme si je redoutais de la voir bouger.

Je sursautai lorsque la sonnerie du téléphone retentit à nouveau, et attrapai le combiné.

— Ici la morgue, dis-je d'une voix tremblante.

Silence.

— Allô ? dis-je plus fort.

Personne ne répondit.

Je raccrochai et descendis du comptoir. La colère commença à s'insinuer en moi, et se transforma rapidement en rage, balayant ma peur comme le soleil balaie une brume matinale. Je déverrouillai les portes de la salle d'autopsie qui menaient au couloir, et pénétrai dans le bureau de la morgue. Quatre bouts de scotch retenant encore des coins de papiers étaient collés sur le mur au-dessus du téléphone : ce qui restait de la liste des postes internes, que quelqu'un avait arrachée. Les numéros du poste de la salle d'autopsie et de ma ligne directe en haut s'y trouvaient.

— Merde, merde, merde ! jurai-je dans un souffle.

J'étais en train de me demander à quoi d'autre on avait touché ou ce qui avait été dérobé, lorsque la sonnette de la baie d'accès retentit. Tout en poussant le bouton qui commandait l'ouverture, je songeai à mon bureau. La grande porte grinça. Marino attendait de l'autre côté, revêtu de son uniforme et entouré par des policiers et un détective. Ils se précipitèrent devant moi vers la salle d'autopsie, leurs holsters ouverts. Je les suivis et déposai mon revolver sur le comptoir, songeant que je n'en aurais plus besoin.

Marino jeta un regard vide d'expression au corps toujours dans sa poche noire, et s'écria :

— Bordel, qu'est-ce qui se passe ici ?

Les autres policiers inspectèrent à leur tour la pièce du regard sans rien y découvrir de suspect. Puis, ils me détaillèrent et virent le revolver que je venais de reposer.

Le détective dont j'ignorais le nom s'enquit :

— Dr Scarpetta, où est le problème ?

Je leur racontai ce qui s'était passé avec l'entreprise de pompes funèbres, sans que l'expression de leur visage se modifie.

— ... Et il est arrivé avec ce qui ressemble à une enveloppe dans la poche de sa veste de pyjama. Connaissez-vous un seul policier qui laisserait ce genre de chose ? Du reste, quel est le département de police chargé de cette enquête ? Cela n'est mentionné nulle part.

Je poursuivis en leur faisant remarquer que la tête du cadavre était recouverte d'un sac-poubelle maintenu autour du cou par un lacet de chaussure.

Le détective, qui portait un manteau sombre noué par une ceinture, des bottes de cow-boy et une Rolex en or dont j'étais sûre qu'il s'agissait d'une contrefaçon, demanda :

— Et qu'y a-t-il dans l'enveloppe ?

— Je n'y ai pas touché. J'ai pensé plus raisonnable de vous attendre.

— Je crois qu'il vaudrait mieux regarder, déclara-t-il.

Je portais toujours mes gants, et je fis glisser l'enveloppe hors de la poche du mort en essayant de toucher le moins possible au papier. Je sursautai en constatant que mon nom et mon adresse personnelle avaient été inscrits au stylo-plume noir sur l'enveloppe. L'enveloppe était timbrée. Je me dirigeai vers le comptoir pour l'ouvrir précautionneusement à l'aide d'un scalpel et déplier la feuille de papier à lettres qui se trouvait à l'intérieur, qui m'était maintenant désagréablement familière. Le message était le suivant :

OH ! OH ! OH !
CAIN

— Qui est CAIN ? demanda un des policiers alors que je dénouais le lacet pour retirer le sac-poubelle qui couvrait le visage du mort.

— Oh, merde, lança le détective en se reculant d'un pas.

— Seigneur ! s'exclama Marino.

Le shérif Noël avait été abattu d'une balle entre les deux yeux. Une douille de 9 mm était enfoncée dans son oreille gauche. La marque du percuteur indiquait clairement que l'arme était un Glock. Je m'assis sur une chaise et regardai autour de moi. Personne ne semblait savoir quoi faire. C'était la première fois qu'une telle chose se produisait. Les gens n'ont pas pour habitude de tuer puis d'apporter les cadavres de leurs victimes à la morgue.

Tentant de reprendre mon souffle, je déclarai :

— Le vigile de nuit est à l'étage supérieur.

Marino alluma une cigarette, et ses yeux lançaient des éclairs :

— Il était là lorsqu'on a amené ça.

— Oui, en effet.

Marino, à qui revenait la tâche de prendre cette enquête en main, puisque nous nous trouvions dans sa circonscription, déclara :

— Je vais aller lui parler. (Puis, se tournant vers ses policiers :) Et vous les gars, fouinez un peu ici et à l'extérieur, du côté de la baie. On verra ce que vous trouvez. Balancez un message radio sans tuyauter les médias. Gault est venu ici. Il peut encore être dans le coin.

Il jeta un coup d'œil à sa montre, puis se tournant vers moi, me demanda :

— Comment s'appelle le mec en haut ?

— Evans.

— Vous le connaissez ?

— Vaguement.

— Venez.

Regardant les deux policiers et le détective, je demandai :

— Quelqu'un va-t-il rester ici pour protéger la pièce ?

— Oui, moi, répondit un des policiers. Mais il vaudrait peut-être mieux que votre revolver ne reste pas à traîner là.

Je rangeai mon arme dans mon sac à main. Marino écrasa sa cigarette dans un des grands cendriers et nous montâmes dans l'ascenseur qui se trouvait de l'autre côté du couloir. Les portes ne s'étaient pas refermées sur nous que le visage de Marino s'empourpra. Il perdit sa façade de capitaine de police.

Il me fixa, le regard plein de fureur :

— Je ne peux pas croire ça. Ça ne peut pas se produire, ça ne peut pas !

La porte de l'ascenseur coulissa, et Marino traversa à grandes enjambées le couloir de l'étage où j'avais passé tant de ma vie.

— Evans devrait se trouver dans la salle de conférences, dis-je.

Nous dépassâmes mon bureau, vers lequel je jetai à peine un regard. Je n'avais pour l'instant pas le temps de chercher si Gault s'y était introduit. Du reste, pour ce faire, il lui aurait simplement fallu prendre l'ascenseur ou l'escalier. À trois heures du matin, qui allait vérifier s'il se trouvait dans mon bureau ?

Evans était assis dans la salle de réunion, très raide sur son siège. Il occupait une des chaises situées au milieu de la table. Je m'installai en face de ce gardien qui avait permis que mon lieu de travail soit transformé en scène de crime. Les nombreuses photographies de mes prédécesseurs suspendues aux murs me contemplaient. Evans était un homme noir assez âgé, et il avait besoin de garder cet emploi. Il était vêtu d'un uniforme kaki, et les rabats de ses poches étaient marron foncé. Il était armé d'un revolver, et je me demandai s'il savait s'en servir.

Marino tira une chaise :

— Vous savez ce qui se passe en ce moment ?

Au regard d'Evans, je compris qu'il avait peur.

— Non, monsieur, pour sûr que non, répondit-il.

Marino sortit à nouveau son paquet de cigarettes :

— Quelqu'un a livré quelque chose, et cette livraison n'aurait pas dû exister. Ça s'est passé quand vous étiez de service.

Evans fronça les sourcils. Il avait véritablement l'air dans le flou.

— Vous voulez dire un corps ?

J'intervins :

— Écoutez, je connais la procédure, comme nous tous. Vous êtes au courant pour ce cas de suicide. Nous venons d'en parler au téléphone...

Evans m'interrompit :

— Comme je vous l'ai dit, j'ai laissé rentrer le gars.

— À quelle heure ? demanda Marino.

Evans contempla le plafond puis répondit :

— Je pense qu'il devait être aux environs de trois heures du matin. J'étais assis au bureau, comme d'habitude, quand ce fourgon mortuaire est arrivé.

— Arrivé où ?

— Derrière l'immeuble.

Marino insista brutalement :

— Si c'était derrière l'immeuble, comment avez-vous pu le voir arriver ? Le bureau où vous êtes est de l'autre côté.

— Je l'ai pas vu, mais ce type est venu, et je l'ai vu par la vitre de protection. Alors, je suis sorti pour lui demander ce qu'il voulait, et il me dit qu'il a une livraison pour nous.

— Et les justificatifs ? demandai-je. Il ne vous a rien montré ?

— Il m'a dit que la police avait pas fini son rapport et que les flics lui avaient dit qu'il pouvait emmener le corps. Il m'a dit que les flics apporteraient les papiers plus tard.

— Je vois.

Evans poursuivit :

— Il m'a dit que son fourgon était garé derrière. Et puis, il m'a dit qu'une des roulettes de sa civière était bloquée, et s'il pouvait utiliser une des nôtres ?

J'essayai de contenir ma colère :

— Le connaissiez-vous ?

Il eut un hochement de dénégation.

— Pourriez-vous le décrire ? insistai-je.

Evans réfléchit quelques instants :

— Ben, pour dire vrai, je l'ai pas vraiment regardé de près. Mais je crois bien qu'il avait la peau pâle et les cheveux blancs.

— Ses cheveux étaient blancs ?

— Oui, madame. Ça, j'en suis sûr.

— Il était âgé ?

Evans fronça à nouveau les sourcils.

— Non, madame.

— Comment était-il habillé ?

— Je crois bien qu'il avait un costume sombre et une cravate. Vous savez, de cette façon qu'ont les gens des pompes funèbres de s'habiller.

— Il était gros, mince, grand, petit ?

— Mince et taille moyenne.

— Et après, qu'est-ce qui s'est passé ? demanda Marino.

— Après, je lui ai dit de se garer devant la porte de la baie, et que je le laisserais entrer. J'ai traversé l'immeuble comme je fais toujours, et j'ai ouvert la baie. Alors, il est rentré, et il y avait une civière dans le hall. Il l'a prise et il est allé chercher le corps et puis, il est revenu. Il a signé le carnet de visite et tout ça. (Le regard d'Evans semblait ne pas pouvoir se poser.) Il a mis le corps dans le réfrigérateur et il est parti.

Evans évitait de nous regarder.

J'inspirai profondément en silence, et Marino expira sa fumée.

— Mr Evans, je veux simplement que vous me disiez la vérité, déclarai-je.

Il me jeta un regard.

— Il faut que vous nous disiez ce qui s'est produit lorsque vous avez laissé cet homme entrer. C'est tout ce que je veux. Vraiment.

Evans me fixa, et ses yeux devinrent brillants :

— Dr Scarpetta, je sais pas ce qui s'est passé mais je sens que c'était du vilain. Je vous en prie, vous mettez pas en colère après moi. J'aime pas être ici la nuit. Je serais un menteur si je vous disais le contraire. J'essaie de bien faire mon boulot.

M'efforçant de mesurer mes paroles, j'insistai :

— S'il vous plaît, dites-moi seulement la vérité. C'est tout ce que nous voulons.

Je le sentis au bord des larmes :

— Je m'occupe de ma maman. Elle a personne d'autre que moi et elle a un problème terrible avec le cœur. Je vais la voir tous les jours et je lui fais ses courses depuis que ma femme est morte. Et j'ai une fille qui élève ses trois gamins toute seule.

— Mr Evans, vous ne serez pas renvoyé, l'assurai-je, et ceci bien qu'il le méritât.

Son regard croisa brièvement le mien.

— Merci, madame. Je vous crois. Mais c'est ce que les autres gens vont dire qui me fait du tracas.

— Mr Evans...

Je m'interrompis jusqu'à ce qu'il me regarde vraiment.

— ... Je suis la seule autre personne dont vous ayez à vous soucier.

Il essuya une larme.

— Je suis désolé pour ce que j'ai fait, même que je sais pas bien quoi. Et si je suis la cause que quelqu'un est en peine maintenant, je sais pas ce que je vais faire.

— Vous êtes la cause de rien du tout, affirma Marino. C'est ce fils de pute qui a tout fait.

— Parlez-nous de lui, repris-je. Qu'a-t-il fait, précisément, lorsque vous l'avez laissé rentrer ?

— Il a poussé le corps sur la civière, juste comme je vous l'ai dit, et il l'a laissé dans le couloir, devant le réfrigérateur. Il a fallu que je l'ouvre, vous voyez, et je lui ai dit qu'il avait qu'à pousser la civière dedans. Et c'est ce qu'il a fait. Et puis, je l'ai accompagné au bureau pour lui montrer les formulaires qu'il devait remplir. Je lui ai dit qu'il fallait qu'il marque son kilométrage pour être remboursé, mais il a pas prêté attention à rien de tout ça.

— L'avez-vous raccompagné jusqu'à la sortie ? demandai-je.

Evans laissa échapper un soupir :

— Non, madame. Je vais pas vous mentir.

— Et qu'est-ce que vous avez fait ? insista Marino.

— Je l'ai laissé en bas pour remplir les formulaires. Je suis remonté pour refermer la porte du réfrigérateur, et j'avais pas à m'occuper de refermer la porte de la baie après son départ puisqu'il avait pas pu s'y garer à cause qu'il y avait déjà une de nos fourgonnettes.

Je réfléchis quelques instants et demandai :

— Quelle fourgonnette ?

— La bleue.

— Il y a aucune fourgonnette garée devant la baie, lâcha Marino.

Les traits du visage d'Evans s'affaissèrent :

— Mais, pour sûr qu'y en avait une à trois heures du matin. Je l'ai vue de mes propres yeux, garée là, quand j'ai ouvert la porte pour qu'il puisse pousser le corps à l'intérieur.

— Attendez une seconde. Que conduisait l'homme aux cheveux blancs ?

— Un fourgon mortuaire.

Mais je sentis qu'Evans n'en était pas sûr :

— L'avez-vous vu ?

Il exhala, accablé :

— Non, je l'ai pas vu. Il a dit qu'il conduisait un fourgon et j'ai pensé qu'il était garé sur le parking de derrière, près de la porte de la baie.

— Et donc, lorsque vous avez ouvert la porte de la baie, vous n'avez pas attendu, et vous n'avez pas vu quel genre de véhicule arrivait ?

Le regard d'Evans tomba sur le plateau de la table.

— Y avait-il déjà une fourgonnette garée devant la baie la première fois que vous avez ouvert à cet homme ? Avant que le corps ne soit introduit à l'intérieur ? insistai-je.

Evans réfléchit quelques instants à la question et l'expression de son visage devint encore plus désespérée. Les yeux toujours baissés, il s'exclama :

— Mince. Je me souviens pas. J'ai pas regardé. J'ai juste ouvert la porte du couloir, j'ai appuyé sur le bouton qui commande l'entrée de la baie de déchargement et je suis rentré à l'intérieur. J'ai pas regardé. Et ça se pourrait que rien était garé à ce moment-là.

— Donc, la baie aurait pu être libre de tout véhicule à ce moment-là ?

— Oui, madame. Je crois bien que c'est possible.

— Et lorsque vous avez tenu la porte ouverte quelques minutes plus tard afin que cet homme puisse pousser la civière à l'intérieur, avez-vous remarqué si la fourgonnette se trouvait devant la baie ?

— C'est à ce moment-là que je l'ai vue. À ce moment-là, j'ai juste pensé que ça devait être un véhicule appartenant à vos services. Ça ressemblait à une de vos fourgonnettes. Vous savez, bleu foncé et sans vitres, sauf le pare-brise.

— Bon, revenons-en à cet homme qui a poussé la civière avec le corps et au fait que vous avez refermé le réfrigérateur derrière lui, commença Marino. Et après ?

— Ben, je me suis dit qu'il s'en irait dès qu'il aurait fini de remplir les formulaires. Je suis retourné de l'autre côté du bâtiment.

— Avant qu'il ait quitté la morgue.

La tête d'Evans s'inclina vers la table une nouvelle fois.

Marino demanda alors :

— Avez-vous une idée de quand il est vraiment reparti ?

Le gardien répondit d'une voix faible :

— Non, monsieur. Je pourrais même pas jurer qu'il est bien ressorti d'ici.

Le silence tomba comme si Gault allait entrer soudainement dans la salle de conférences. Marino repoussa sa chaise et fixa l'entrée vide de la pièce.

Ce fut Evans qui reprit la parole le premier :

— Si c'était sa fourgonnette, alors c'est que c'est lui qui a refermé la porte de la baie. Je sais qu'elle était fermée à cinq heures ce matin, puisque j'ai fait ma ronde dans l'immeuble.

Acerbe, Marino commenta :

— Ben, c'est pas la peine d'être physicien atomiste pour savoir fermer la porte. Vous avancez votre véhicule, vous re-rentrez à l'intérieur de l'immeuble pour pousser le putain de bouton et vous avez qu'à ressortir par la porte de côté.

— Une chose est certaine : la fourgonnette n'est plus là, acquiesçai-je. Quelqu'un l'a donc conduite ailleurs.

— Toutes les fourgonnettes sont dehors ? demanda Marino.

— Elles l'étaient lorsque je suis arrivée.

Marino se tourna vers Evans :

— Si vous voyiez ce type dans une série de suspects, est-ce que vous pourriez le reconnaître ?

Evans leva la tête, terrifié :

— Qu'est-ce qu'il a fait ?

— Vous pourriez le reconnaître ? insista Marino.

— Je crois que je pourrais, oui, monsieur. Et pour sûr que je ferais mon possible.

Je me levai et traversai le hall d'un pas rapide. Parvenue à hauteur de mon bureau, je m'immobilisai à l'entrée, et mon regard inspecta les lieux, de la même façon que je l'avais fait hier en rentrant chez moi. Je m'efforçai de percevoir les moindres modifications de mon environnement — un tapis repoussé, un objet dont la place aurait changé, une lampe allumée alors qu'elle aurait dû être éteinte.

Des piles bien rangées de paperasserie étaient posées sur mon bureau, attendant mon attention, et le signal de retour affiché sur l'écran de mon micro-ordinateur m'indiquait que je devais prendre connaissance de mon courrier électronique. Le panier qui recevait le courrier entrant était plein et celui du courrier sortant vide. Mon microscope était recouvert de sa housse en plastique, puisque la dernière fois que j'avais examiné des lames, je m'apprêtais à m'absenter pour une semaine de vacances en Floride.

J'avais l'impression que tout ceci s'était produit des siècles plus tôt. À la pensée que la veille de Noël, le shérif avait été arrêté, et que le monde avait changé depuis, j'étais toujours sous le choc. Gault avait massacré une femme nommée Jane. Il avait assassiné un jeune officier de police. Il avait abattu le shérif Noël et s'était introduit dans ma morgue. Tout ceci en quatre jours. Je m'approchai de mon bureau, détaillant l'espace, et lorsque je parvins à proximité de mon ordinateur, je sentis presque l'odeur d'une présence, ou du moins la ressentis-je, comme un champ électrique.

Je n'eus pas besoin de toucher à mon clavier pour savoir qu'il l'avait utilisé. Je contemplai le clignotant vert qui m'indiquait la présence de courrier électronique, et je frappai quelques touches pour obtenir le menu qui me permettrait d'accéder à mes messages. Mais le menu n'apparut pas. À sa place s'installa un programme d'économie d'écran. Les lettres rouge vif de CAIN s'affichèrent sur un fond noir, et elles dégouttaient comme s'il s'agissait de sang. Je sortis et retraversai le hall.

226

— Marino ? Vous voulez venir, s'il vous plaît ?

Il abandonna Evans et me suivit jusqu'à mon bureau. Je désignai du doigt l'écran de mon micro-ordinateur. Marino le fixa d'un regard glacial. Des auréoles humides apparaissaient sous ses aisselles, tachaient la chemise blanche de son uniforme et je sentais sa transpiration. Lorsqu'il bougea, le craquement du cuir noir épais me parvint. Marino passait son temps à remettre en place la cartouchière pleine qu'il portait à la ceinture sous son ventre bedonnant, comme si ces deux symboles de sa vie le gênaient.

S'épongeant le front avec un mouchoir sale, il demanda :

— C'est difficile à faire, un truc comme ça ?

— Non, c'est simple si vous avez déjà un programme qu'il vous suffit d'expédier dans l'ordinateur.

— Bordel, mais où il a eu ce programme ?

— C'est bien ce qui me tracasse, dis-je en songeant à une question que nous n'avions pas posée.

Marino et moi retournâmes dans la salle de conférences. Evans était debout et regardait d'un air amorphe les photographies accrochées aux murs.

— Mr Evans, l'homme de l'établissement de pompes funèbres vous a-t-il parlé ?

— Non, madame, pas beaucoup.

— Pas beaucoup ? répétai-je, perplexe.

— Non, madame.

— En ce cas, comment vous a-t-il fait comprendre ce qu'il voulait ?

— Il a juste dit le minimum. (Evans s'interrompit quelques instants, puis reprit :) C'était plutôt le genre calme. Il parlait avec une voix douce...

Evans se frotta le visage :

— ... Plus j'y repense, plus c'était bizarre. Il portait des lunettes à verres teintés. Et pour tout vous dire... Ben, en quelque sorte, j'ai eu comme une impression...

— Quelle impression ?

Evans hésita puis se lança :

— Ben, je me suis dit que peut-être il était homosexuel.

— Marino, allons faire un tour, proposai-je.

Nous raccompagnâmes Evans dehors, puis nous attendîmes qu'il ait disparu au coin de l'immeuble, parce que je ne voulais pas qu'il puisse voir ce que nous allions faire ensuite. Les deux fourgonnettes de la morgue étaient garées à leurs places habituelles, pas très loin de ma Mercedes. Prenant garde de ne toucher ni les vitres, ni les portes, je jetai un œil par la fenêtre qui se trouvait la plus proche de la baie, côté conducteur. Je vis sans difficulté que le panneau de plastique qui protégeait l'arbre de direction avait été enlevé, découvrant les fils électriques.

— On a court-circuité le contact.

Marino saisit sa radio portative, et la rapprocha de sa bouche.

— Unité huit cents.

La voix du contrôleur nous parvint immédiatement :

— Huit cents.

— Dix-cinq 711.

Le radio appela le détective qui se trouvait toujours dans l'immeuble, et dont le numéro d'unité était 711. Marino annonça ensuite :

— Dix-vingt-cinquez-moi en retour.

— Dix-quatre.

Marino envoya ensuite un message radio pour prévenir le service d'enlèvement. La fourgonnette allait être passée au peigne fin afin de trouver d'éventuelles empreintes, notamment sur les poignées des portes. Elle serait ensuite remorquée et les recherches d'indices se poursuivraient à l'intérieur et à l'extérieur du véhicule. Quinze minutes plus tard, l'unité 711 n'avait toujours pas franchi la porte de derrière.

Marino, tout en faisant le tour de la fourgonnette, sa radio à la main, se plaignit :

— Il est aussi con qu'un sac de clous. Salaud de

fainéant. C'est pour ça que les gars l'appellent *Détective 711*. C'est parce qu'il est *si vif*. Merde !

Marino jeta un regard courroucé à sa montre :

— Merde, mais qu'est-ce qu'il fout ? Il s'est paumé dans les chiottes, ou quoi ?

J'avais de plus en plus froid, sur la piste goudronnée. Je n'avais pas retiré ma blouse de chirurgie et j'avais oublié de prendre mon manteau. Imitant Marino, je fis plusieurs fois le tour de la fourgonnette, résistant à grand-peine à l'envie d'ouvrir le hayon arrière pour regarder à l'intérieur. Cinq autres minutes s'écoulèrent encore avant que Marino ne contacte par radio le contrôleur pour lui demander d'appeler les autres policiers toujours dans l'immeuble. Leurs réponses furent immédiates.

Dès que les deux policiers apparurent à la porte, Marino gronda :

— Où est Jakes ?

— Il a dit qu'il allait fouiner un peu aux alentours, répondit l'un des hommes.

— Je l'ai contacté il y a au moins vingt putains de minutes et je lui ai demandé de me dix-vingt-cinquer en retour. Je pensais qu'il était avec l'un de vous deux.

— Non, monsieur, du moins pas depuis une demi-heure, au moins.

Marino composa encore le 711 sur sa radio sans obtenir de réponse. La peur envahit ses yeux.

— Peut-être qu'il est dans une partie de l'immeuble où il ne peut pas nous recevoir, suggéra un des policiers en levant le regard vers les fenêtres.

Son coéquipier avait la main posée sur la crosse de son arme et jetait, lui aussi, un regard circulaire.

Marino lança un appel radio pour demander des renforts. Des gens commençaient à arriver sur le parking et à pénétrer dans l'immeuble. La plupart des scientifiques, leur attaché-case à la main, semblaient bander leurs muscles pour résister au froid piquant, et nul ne porta attention à nous. Il est vrai que les véhicules de police et leurs conducteurs étaient monnaie courante en ces lieux. Marino tenta encore de contacter le détective Jakes par radio. Sans réponse.

— Où l'avez-vous vu pour la dernière fois ? demanda Marino aux deux policiers.

— Il prenait l'ascenseur.

— Où ça ?

— Au deuxième étage.

Marino se tourna vers moi :

— Il pouvait pas monter, n'est-ce pas ?

— Non. Il faut une clef de sécurité pour atteindre les étages situés après le deuxième palier.

— Vous croyez qu'il est redescendu à la morgue ? s'enquit Marino, dont l'agitation allait croissant.

— J'y suis descendu quelques minutes plus tard et je ne l'ai pas vu, répondit un des policiers.

— Le crématorium, suggérai-je. Il aurait pu descendre jusqu'au crématorium.

— Bon, d'accord, lâcha Marino. Vous deux, vous allez faire un tour à la morgue et je veux que vous restiez ensemble. Le docteur et moi, on va descendre au crématorium.

À gauche du quai de chargement situé dans la baie, se trouvait un vieil ascenseur qui descendait aux étages inférieurs. C'était là que jadis, les corps donnés à la science étaient embaumés, conservés et incinérés après que les étudiants en médecine en aient fini avec eux. Il était possible que Jakes y soit descendu. Je poussai le bouton, et l'ascenseur monta lentement vers nous dans un long gémissement plaintif. J'abaissai le levier qui commandait l'ouverture de la porte, et tirai les lourds battants dont la peinture était écaillée. Nous nous baissâmes pour pénétrer dans la cabine.

Notre descente commença, et Marino rabattit la patte de protection de son holster en déclarant :

— Bordel, j'aime pas ça !

Il sortit son pistolet de la gaine au moment où l'ascenseur s'arrêta. Les portes s'ouvrirent sur la partie de cet immeuble que j'aimais le moins. Bien que consciente de l'utilité de ces lieux, je détestais cet espace sans fenêtre et chichement éclairé. Nous avions décidé de n'utiliser le four que pour détruire les déchets biologiques contaminés, juste après que j'ai fait déménager la division d'anatomie à la faculté de médecine de Virginie. Je sortis mon revolver.

— Restez derrière moi, ordonna Marino en scrutant l'espace.

La grande salle était plongée dans le silence, à l'exception du rugissement du four qui nous parvenait de derrière une porte fermée située à mi-chemin du couloir. Nous demeurâmes immobiles, inspectant du regard les civières abandonnées sur lesquelles traînaient des enveloppes à cadavre vides et les barils bleus qui avaient jadis contenu le formol dont on se servait pour remplir les bacs dans lesquels étaient conservés les corps. Je suivis le regard de Marino, fixé sur les rails du plafond, desquels pendaient les grosses chaînes et les crochets utilisés dans le passé pour soulever les lourds couvercles des bacs et les cadavres conservés à l'intérieur.

Marino respirait bruyamment et transpirait à grosses gouttes. Il se rapprocha d'une des salles d'embaumement et pénétra à l'intérieur. Il inspecta divers bureaux laissés à l'abandon et je le suivis. Il me regarda en s'épongeant le front.

— Il fait au moins 30 °C, murmura-t-il en détachant la radio pendue à sa ceinture.

Je le regardai, stupéfaite.

— Quoi ? demanda-t-il.

Mon regard se tourna vers la porte fermée du crématorium, et je déclarai :

— Le four ne devrait pas être allumé.

Je m'avançai.

— À ma connaissance, nous n'avions aucun déchet à incinérer aujourd'hui et, de surcroît, il est contraire à toutes les instructions de faire fonctionner le four sans que personne ne soit là pour le surveiller.

Au travers du panneau nous parvenait le ronflement du brasier. Je posai la main sur le bouton de porte : il était brûlant.

Marino passa devant moi, tourna le bouton et ouvrit brutalement le battant d'un coup de pied. Il tenait son pistolet à deux mains, en position de combat, comme si le four était une brute qu'il lui faudrait abattre.

— Seigneur, s'écria-t-il.

Des flammes léchaient les énormes portes en vieil acier qui protégeaient le foyer, et le sol était couvert de débris et de morceaux d'os brûlés qui ressemblaient à de la craie. Une civière avait été abandonnée non loin de nous. Je ramassai une sorte de long tisonnier dont une des extrémités se terminait par un crochet, que je passai autour de l'anneau qui pendait à la porte du four.

— Reculez-vous.

Une bouffée de chaleur insoutenable nous frappa le visage, et le feu rugit comme un vent haineux. L'enfer sortait de la gueule carrée du four, et le corps allongé sur le plateau était là depuis peu de temps. Ses vêtements avaient déjà brûlé, mais pas ses bottes de cowboy en cuir. Toujours aux pieds du détective Jakes, elles fumaient, et des flammes semblaient lui lécher la peau pour révéler ses os et aspirer ses cheveux. Je rabattis brutalement la porte du four.

Je me précipitai pour prendre des serviettes dans la salle d'embaumement, pendant que Marino vomissait à côté d'une colonne de bidons en métal entassés les uns sur les autres. M'enroulant les mains dans les serviettes, je retins mon souffle pour passer devant le four et basculer l'interrupteur qui fermait le gaz. Les flammes moururent instantanément. Je ressortis en courant de la pièce et saisis la radio de Marino, qui ne parvenait pas à maîtriser ses hoquets.

— SOS, hurlai-je au contrôleur. SOS !

13

Je passai le reste de la matinée à m'occuper de deux homicides imprévus tandis que les hommes de la section d'intervention de la police grouillaient dans l'immeuble. La police recherchait la fourgonnette bleue, qui s'était volatilisée du parking pendant que tout le monde était à la recherche du détective Jakes.

Nous découvrîmes, sur les radiographies, que celui-ci avait reçu avant sa mort un coup violent à la poitrine. Le sternum et les côtes avaient été fracturés, l'aorte avait été arrachée et un dosage d'oxyde de carbone prouva que Jakes avait déjà cessé de respirer avant son incinération.

Il semblait plus que probable que Gault l'ait frappé d'un coup de karaté, mais nous ignorions où l'assaut avait eu lieu. Nous étions également incapables de formuler une hypothèse satisfaisante qui expliquerait comment une personne seule avait pu soulever le corps pour le poser sur la civière. Jakes pesait plus de quatre-vingts kilos et mesurait presque un mètre quatre-vingts, et Temple Gault était un poids léger.

— J'arrive pas à comprendre comment il s'est débrouillé, commenta Marino.

— Moi non plus.

— Peut-être qu'il l'a menacé avec son arme pour le forcer à s'allonger sur le chariot.

— Si Jakes avait été allongé, Gault n'aurait pas pu le frapper d'un coup de pied.

— Peut-être qu'il lui a porté le coup avec le tranchant de la main.

— Il s'agit d'un coup particulièrement violent, Marino.

Il réfléchit puis déclara :

— Ben, en ce cas, il est probable qu'il n'était pas seul.

— J'en ai bien peur.

Il était presque midi et nous roulions vers la demeure de Lamont Brown, également connu sous le nom de shérif Noël. Sa maison était située dans le paisible voisinage de Hampton Hills, à l'angle de Carry Street et non loin du Country Club de Virginie, lequel n'aurait jamais accepté Mr Brown comme membre.

Lorsqu'il gara sa voiture de service, Marino déclara d'un ton ironique :

— Il semble que les shérifs soient bien mieux payés que nous.

— C'est la première fois que vous voyez sa maison ?

— Je suis déjà passé devant lorsque j'étais en patrouille, mais je suis jamais rentré à l'intérieur.

Le quartier de Hampton Hills était constitué d'un curieux ensemble de grandes et belles résidences et de maisons modestes nichées dans les bois. La maison de brique du shérif Brown possédait deux étages et un toit d'ardoise, un garage et une piscine. La Cadillac et la Porsche 911 du shérif étaient toujours garées dans l'allée, ainsi que quelques voitures de police. Je détaillai la Porsche vert foncé. Elle semblait d'un modèle ancien mais était bien entretenue.

— Vous croyez que cela aurait pu être lui ? demandai-je à Marino.

— C'est bizarre.

— Vous souvenez-vous de la plaque d'immatriculation ?

— Non, merde.

— Cela aurait pu être le shérif, continuai-je en songeant à l'homme qui nous avait suivis la nuit dernière.

— Bordel, j'en sais rien.

Il descendit de voiture.

— À votre avis, aurait-il pu reconnaître votre camion ?

— Il aurait pu s'il l'avait voulu.

Nous remontâmes l'allée de brique. Je poursuivis :

234

— En admettant qu'il vous ait reconnu, peut-être cherchait-il simplement à vous harceler, rien de plus.

— J'en ai pas la moindre idée.

— Ou peut-être était-ce seulement à cause de votre sticker raciste ? Une coïncidence. Que sait-on d'autre au sujet du shérif ?

— Divorcé. Les enfants sont grands.

Un officier de police de Richmond, impeccablement sanglé dans son uniforme bleu foncé, ouvrit la porte d'entrée, et nous pénétrâmes dans le hall lambrissé.

— Neils Vander est-il là ? demandai-je.

— Pas encore. L'identité judiciaire est en haut, répondit l'officier.

Il faisait référence au département dont la tâche consistait à récolter tous les indices.

— Je voudrais une source de lumière alternative, précisai-je.

— Oui, madame.

Marino, qui travaillait depuis de trop nombreuses années dans la police criminelle pour se satisfaire des exigences des autres, commença d'un ton bourru :

— Il nous faut davantage de renforts dans cette affaire. Lorsque la presse va avoir vent de ce qui s'est passé, l'enfer va nous tomber dessus. Je veux davantage de voitures sur le devant, et je veux qu'on élargisse le périmètre de sécurité. Le ruban de protection doit être repoussé devant l'allée du garage. Je veux pas que quiconque marche ou roule dans cette allée. Il faut mettre un autre ruban pour entourer le jardin à l'arrière de la maison. Toute cette putain de propriété doit être considérée comme la scène du crime.

— Oui, monsieur, capitaine.

Le policier attrapa sa radio.

La police travaillait sur l'affaire depuis des heures déjà. Il ne lui avait pas fallu longtemps pour conclure que Lamont Brown avait été abattu dans le lit qui se trouvait dans la chambre de maître de l'étage. Je suivis Marino dans l'escalier étroit recouvert d'un tapis chinois industriel, et l'écho des voix nous entraîna jusqu'au bout du couloir. Deux détectives se trouvaient dans la chambre lambrissée de pin noueux foncé. Les rideaux et le lit lui donnaient l'allure d'une chambre de bordel. Le shérif semblait avoir un goût prononcé pour la couleur bordeaux et les dorures, les glands de doubles rideaux, et le velours, sans oublier les miroirs au plafond.

Marino s'abstint de tout commentaire lorsqu'il balaya la pièce du regard. Son opinion sur le shérif était déjà faite. Je m'approchai de l'immense lit.

— A-t-on arrangé le lit de quelque façon que ce soit ? demandai-je à l'un des détectives tout en imitant Marino qui passait une paire de gants.

— Non, pas vraiment. Nous avons pris des photographies de tous les recoins et avons regardé sous les couvertures. Mais nous avons trouvé le lit à peu près dans cet état.

— Les portes étaient fermées quand vous êtes arrivés ? demanda Marino.

— Ouais. Il a fallu qu'on casse la glace de celle qui est au fond.

— En d'autres termes, il n'y avait pas trace d'effraction ?

— Non, rien. On a retrouvé de la cocaïne sur un miroir en bas dans le salon. Mais elle pouvait être là depuis un certain temps.

— Qu'est-ce que vous avez trouvé d'autre ?

Le détective vêtu de tweed qui mâchait un chewing-gum répondit :

— Un mouchoir en soie blanche avec du sang dessus. Il traînait par terre à moins d'un mètre du lit. En plus, il semble que le lacet de chaussure utilisé pour maintenir le sac-poubelle autour du cou du shérif provienne d'une des chaussures de sport qu'on a retrouvées là-bas, dans le placard. (Le détective s'interrompit quelques instants :) J'ai appris pour Jakes.

— C'est vraiment moche, répondit Marino que ce meurtre avait bouleversé.

— Il n'était pas en vie quand...

— Non, on lui a fracassé la poitrine.

Le détective cessa de mâchonner son chewing-gum.

Détaillant le lit, je demandai :

— Avez-vous découvert une arme ?

— Non. C'est sûr qu'il ne s'agit pas d'un suicide.

L'autre détective intervint :

— Ouais. Ça doit pas être commode de se tuer puis de se conduire à la morgue.

L'oreiller était trempé d'un sang rouge marron coagulé, et la séparation du sérum du caillot laissait autour des taches des auréoles plus claires. Du sang avait coulé le long du matelas, mais je ne vis aucune goutte sur le sol. Je repensai à la marque qu'avait laissée la balle sur le front de Brown. Elle faisait à peine plus d'un demi-centimètre de diamètre, et les bords abrasés étaient brûlés et lacérés. J'avais retrouvé de la fumée et de la suie à l'intérieur de la plaie et des traces de poudre brûlée ou intacte étaient restées sur les tissus sous-jacents, l'os et la durale. La blessure prouvait que l'arme avait été posée sur le front de Brown, et nous n'avions relevé aucun indice qui puisse permettre de penser qu'il avait eu un geste de défense ou qu'il s'était débattu.

Me tournant vers Marino, je déclarai :

— Je crois qu'il devait être couché sur le dos lorsqu'il a été abattu. En fait, on a presque l'impression qu'il dormait.

Marino se rapprocha du lit :

— Ben, ce serait pas facile de coller un flingue entre les yeux de quelqu'un de réveillé et qu'il ne réagisse pas.

— Il n'existe aucune preuve qui puisse nous permettre de penser qu'il a réagi. Le pistolet a été confortablement posé contre sa peau et il ne semble pas qu'il ait bougé.

— Peut-être qu'il était tombé dans les pommes.

— Son taux d'alcoolémie était de 0,16. Il est donc possible qu'il ait été inconscient, mais la chose n'est pas certaine. Il faudrait que nous passions toute la surface de la chambre à la Luma-Lite pour voir si nous ne sommes pas en train de passer à côté de traces de sang.

Montrant à Marino les marques sanglantes sur la tranche du matelas, je poursuivis :

— Il semble qu'il ait été tiré du lit et que le corps ait été immédiatement placé dans l'enveloppe. S'il avait été porté sur une plus longue distance, nous aurions retrouvé du sang ailleurs dans la maison.

— Juste.

Nous parcourûmes la chambre en regardant un peu partout. Marino entreprit d'inspecter le contenu des tiroirs, qui avaient déjà fait l'objet d'une fouille. Le shérif Brown avait un goût marqué pour la pornographie. Il appréciait particulièrement les femmes en situations dégradantes, ligotées, ou soumises à des actes de violence. Nous découvrîmes deux râteliers sur lesquels étaient exposés plusieurs fusils, carabines et armes d'assaut, dans un bureau situé à l'autre bout du couloir. Sous les râteliers se trouvait un placard dont la porte avait été forcée, mais il était difficile de savoir combien d'armes de poing ou de munitions manquaient puisque nous en ignorions le décompte initial. Il demeurait cependant plusieurs 9 et 10 mm et différents 44 et 357 Magnum. En plus de cela, le shérif Brown possédait une sélection d'étuis de chargeurs de rechange, de menottes et un gilet pare-balles en Kevlar.

— Dites-moi, il faisait pas dans la dentelle, lâcha Marino. Il devait avoir de solides relations à Washington, New York et peut-être même Miami.

— Peut-être y avait-il de la drogue, dans ces placards ? Peut-être Gault n'était-il pas intéressé par les armes ?

Un bruit de pas résonna dans l'escalier. Marino répondit :

— Moi je pense qu'il faudrait dire « ils ». À moins que vous pensiez que Gault pouvait manipuler tout seul cette enveloppe. Combien pesait Brown ?

— Pas loin de cent kilos, précisai-je au moment où Neils Vander apparaissait au coin du couloir, tenant la Luma-Lite par le manche.

Un assistant armé d'appareils photo et de tout un équipement le suivait.

Vander était vêtu d'une blouse de labo beaucoup trop grande, et portait des gants blancs. Ajouté à son pantalon en laine et ses bottes de neige, l'ensemble était ridiculement incongru. Vander avait une façon de me regarder qui aurait pu laisser croire que nous ne nous étions jamais rencontrés auparavant. Il ressemblait au portrait classique du scientifique fou, chauve comme une ampoule électrique, systématiquement pressé et dont les conclusions sont toujours exactes. J'avais énormément d'affection pour lui.

— Où voulez-vous que j'installe ce truc ? demanda-t-il à la ronde.

— D'abord dans la chambre et ensuite dans le bureau, répondis-je.

Nous retournâmes dans la chambre du shérif Brown et regardâmes Vander balayer la pièce de son pinceau lumineux magique. Il suffisait d'éteindre les lumières et de chausser des lunettes spéciales pour que le sang se mette à briller faiblement. Rien d'autre n'étincellerait avant plusieurs minutes. Vander manœuvra la Luma-Lite de sorte que son pinceau lumineux soit le plus large possible, et lorsqu'il balaya la pièce, on aurait dit qu'une lanterne brillait sous une eau profonde. Une tache apparut sur l'un des murs, au-dessus d'une commode, et flamboya comme une petite lune de forme irrégulière. Vander se rapprocha.

— Que quelqu'un rallume la lumière, demanda-t-il.

La lumière jaillit et nous retirâmes nos lunettes à verres teintés. Vander, sur la pointe des pieds, fixait le petit trou dans un nœud du bois.

— Bordel, qu'est-ce que c'est que ce truc ? s'exclama Marino.

Vander, qui n'avait pourtant pas l'habitude de s'exciter, répondit :

— C'est très intéressant. Il y a quelque chose de l'autre côté.

— L'autre côté de quoi ? insista Marino.

Il se rapprocha et leva le regard en plissant le front.

— Je vois rien du tout.

— Oh, mais si, il y a quelque chose. En plus, quelqu'un a posé ses doigts dans cette zone alors qu'il avait une sorte de résidu sur la peau.

— De la drogue ? m'enquis-je.

— Il y a de bonnes chances, oui.

Nous regardâmes tous le panneau de bois, qui avait l'air bien inoffensif lorsque la Luma-Lite ne l'éclairait pas. Mais lorsque je rapprochai une chaise du mur, je compris à quoi Vander faisait allusion. Le petit trou qui se trouvait au centre d'un nœud de bois était parfaitement rond, et il avait été percé par un outil. De l'autre côté du mur, se trouvait le bureau du shérif que nous venions juste de fouiller.

— C'est curieux, lâcha Marino comme nous sortions de la chambre.

Vander, oublieux de toute aventure, reprit son travail. Marino et moi, de retour dans le bureau, nous dirigeâmes vers le mur où devait se trouver le trou. Il était dissimulé par un appareillage de consoles vidéo, de chaînes hi-fi que nous avions déjà examinées. Marino ouvrit les portes du meuble qui protégeait l'appareillage, et en sortit le poste de télévision. Il retira les livres des étagères situées au-dessus du meuble, sans rien découvrir.

Il étudia la disposition du meuble, puis déclara :

— Hum, ce qui est intéressant, c'est que le fond

avance de quinze centimètres environ par rapport au mur.

— En effet. Essayons de le déplacer.

Nous le tirâmes, pour découvrir une minuscule caméra vidéo équipée d'un objectif grand-angle disposée contre le petit trou. La caméra était tout simplement posée sur le rebord d'une petite corniche, et un câble la reliait au meuble qui abritait la console vidéo. Une télécommande qui semblait faire partie de la télévision permettait de la mettre en marche. En cherchant encore un peu et en tentant diverses expériences, nous constatâmes que la caméra était complètement invisible de la chambre de Brown, sauf si elle était allumée, que son témoin lumineux rouge brillait et que l'on se plaçait devant le petit trou.

Marino déclara :

— Peut-être que Brown avait décidé de se faire quelques lignes de coke et qu'ensuite il a voulu s'envoyer en l'air avec quelqu'un. Et puis, peut-être qu'à un moment quelconque il a voulu vérifier que la caméra était bien allumée, et qu'il s'est approché du mur et a regardé par le trou.

— Peut-être. Quand pourrons-nous visionner la bande ?

— Je veux pas faire ça ici.

— Non, et je vous comprends. De toute façon, la caméra est si petite que nous ne verrions pas grand-chose.

— Je vais l'amener à la Répression du banditisme dès qu'on aura fini ici.

Il ne nous restait plus grand-chose à vérifier sur les lieux du crime. Ainsi qu'il le soupçonnait, Vander trouva des résidus significatifs dans le placard qui renfermait les armes de Brown, mais aucune autre trace de sang dans la maison. Les voisins qui habitaient de l'autre côté de la propriété de Brown, et dont la maison était protégée par un rideau d'arbres,

241

déclarèrent qu'ils n'avaient rien vu ou entendu de particulier au cours de la nuit, ni tôt ce matin.

— Voudriez-vous me déposer à ma voiture ? demandai-je au moment où nous repartions.

Marino me lança un regard soupçonneux :

— Où allez-vous ?

— Petersburgh

— Et pourquoi donc, bon Dieu ?

— Il faut que je voie un ami à propos de chaussures.

De nombreux camions empruntaient cette section de l'Interstate 95 que j'avais toujours trouvée particulièrement triste, et des constructions la bordaient comme des champignons. Même le complexe qui abritait la Philip Morris et que signalait un paquet de Merits haut comme un immeuble m'angoissait parce que l'odeur de tabac frais qui en émanait me troublait. Les cigarettes me manquaient toujours autant, surtout lorsque j'étais seule en voiture et par un jour comme celui-ci. Mon esprit fonctionnait à plein régime, et mon regard revenait sans cesse vers le rétroviseur, tentant de repérer une fourgonnette bleu foncé.

Le vent fouettait les arbres et la surface des marécages, et des flocons de neige voletaient. Comme j'approchais de Fort Lee, les baraquements et les entrepôts devinrent visibles. Des parapets avaient été construits sur des cadavres durant les heures les plus cruelles qu'ait jamais connues cette nation. Lorsque je repensais aux marécages de Virginie, à ses forêts et à tous ces disparus de la guerre de Sécession dont on n'avait jamais retrouvé les corps, ce conflit me paraissait presque récent. Il ne se passait pas une année sans que j'aie à examiner de vieux boutons, des fragments d'os et des cartouches envoyés aux labos. J'avais eu l'occasion de toucher les tissus et les visages de ce temps de violence reculé, et j'en avais retiré une sensation différente de celle que je vivais

242

à présent. Je finissais par croire que le mal avait muté vers l'extrême.

Le musée des Quartermaster, les Services d'intendance de l'armée, était situé à Fort Lee, juste après l'hôpital Kenner, un établissement militaire. Je dépassai lentement les bureaux et les salles de classe — aménagés dans des caravanes blanches garées en rangs —, et des escadrons de jeunes gens en tenue de camouflage ou de sport. Le bâtiment en brique que je cherchais possédait un toit bleu et des colonnades. Un blason, représentant un aigle posé sur une clef et une épée entrecroisées, se trouvait à gauche de la porte. Je me garai et entrai dans le bâtiment pour y dénicher John Gruber.

Le musée était le grenier des Services d'intendance qui, depuis la révolution américaine, avaient été les aubergistes de l'armée. Les troupes étaient habillées et nourries par le QM, qui avait également équipé les soldats de Buffalo d'éperons et de selles et la Jeep du général Patton de porte-voix. Je connaissais bien le musée parce que cette section était également chargée de réunir, identifier et enterrer les morts de l'armée. Fort Lee possédait la seule division d'enregistrement des tombes du pays, et ses officiers passaient dans mes bureaux très régulièrement.

Je dépassai des vitrines dans lesquelles étaient exposés des tenues de combat, des ustensiles d'ordonnance et la reconstitution d'une scène de tranchée de la Seconde Guerre mondiale, à laquelle ne manquaient ni les sacs de sable ni les grenades. Je m'arrêtai un instant devant des uniformes de la guerre civile américaine. Je savais qu'il s'agissait de pièces authentiques, et me demandai si leurs déchirures provenaient d'éclats d'obus ou étaient dues à l'usure du temps. J'eus une pensée pour les hommes qui les avaient portés.

— Dr Scarpetta ?

Je me retournai et répondis chaleureusement :

— Dr Gruber, justement je vous cherchais. Qu'est-

ce que c'est que cette flûte ? demandai-je en désignant une vitrine dans laquelle étaient exposés de
nombreux instruments de musique.

— C'est un flageolet de la guerre civile. À l'époque,
la musique était très importante, parce que c'était un
moyen de donner l'heure.

Le Dr Gruber était le conservateur du musée.
C'était un homme âgé aux cheveux gris en brous-
saille, et son visage semblait taillé dans le granit. Il
aimait les pantalons larges et les nœuds papillon.
Gruber ne manquait jamais de m'appeler lorsque le
musée organisait une exposition consacrée aux victimes de la guerre, et je lui rendais toujours visite lorsque des cadavres m'étaient amenés avec des objets
militaires inhabituels. Il était pratiquement capable
d'identifier n'importe quels boucle, bouton ou baïon-
nette au premier coup d'œil.

Désignant d'un mouvement de tête mon attaché-
case, il demanda :

— Je suppose que vous avez quelque chose à me
montrer ?

— Il s'agit des photographies dont je vous ai parlé
au téléphone.

— Allons dans mon bureau. À moins que vous
n'ayez envie de vous promener encore un peu dans
le musée.

Il eut le sourire modeste d'un grand-père qui parlerait de ses petits-enfants puis poursuivit :

— Nous avons en ce moment une bonne exposition sur « Tempête du désert », ainsi que l'uniforme
d'officier du général Eisenhower. Je ne crois pas que
vous l'ayez déjà vu.

— Dr Gruber, si cela ne vous dérange pas, je préférerais remettre cela à une prochaine fois.

Je ne tentai pas de noyer le poisson, du reste, mes
pensées devaient se lire sur mon visage.

Il me tapota l'épaule et me conduisit jusqu'à une
porte située à l'arrière du bâtiment, qui nous permit

de sortir du musée pour déboucher sur un parking où était garée une vieille caravane peinte en vert.

— C'était celle d'Eisenhower, précisa le Dr Gruber en marchant. De temps en temps, il habitait ici, et ça ne se passait pas trop mal, sauf quand Churchill lui rendait visite. Parce qu'alors là, avec les cigares, enfin, vous voyez.

Nous traversâmes une route étroite. La neige tombait de plus en plus fort. Les larmes me montèrent aux yeux, et je repensai au flageolet et à cette femme que nous avions baptisée Jane. Je me demandai si Gault avait visité ce musée. Il semblait avoir un certain goût pour les musées, et notamment ceux dans lesquels étaient exposés les objets de la violence. Nous suivîmes une contre-allée qui menait à un petit immeuble beige que j'avais déjà visité. Il avait été utilisé comme station-service durant la Seconde Guerre mondiale, et servait maintenant d'entrepôt aux archives des Services d'intendance de l'armée.

Le Dr Gruber déverrouilla une porte, et nous pénétrâmes dans une pièce remplie de tables et de mannequins revêtus d'uniformes dont certains devaient remonter à l'antiquité. Toute la paperasserie nécessaire aux acquisitions du catalogue du musée était posée sur les tables. Au fond de la pièce se trouvait une zone de stockage dont la température était maintenue au plus bas. Contre les murs d'aile s'entassaient des conteneurs métalliques, dans lesquels étaient rangés des parachutes, des vêtements, des ustensiles de réfectoire, des lunettes de protection et de vision. Mais ce qui nous intéressait se trouvait dans un grand placard en bois adossé contre un mur.

Le Dr Gruber augmenta l'éclairage et demanda :

— Puis-je voir ce que vous avez ? Il doit faire frisquet, et je suis désolé, mais il faut que cette pièce demeure fraîche.

J'ouvris mon attaché-case et en tirai une enveloppe dont je sortis plusieurs photographies noir et blanc des empreintes que nous avions retrouvées à Central

Park. Celles qui me tenaient le plus à cœur étaient bien sûr celles dont nous pensions qu'elles appartenaient à Gault. Je tendis les photos au Dr Gruber, et il se rapprocha d'une source lumineuse.

— Je me rends bien compte qu'elles sont difficiles à déchiffrer puisque nous les avons trouvées dans la neige, expliquai-je. J'aurais préféré qu'il y ait un peu plus d'ombre pour améliorer le contraste.

— C'est très bien comme cela. J'ai déjà une bonne idée de ce que c'est. Effectivement, c'est militaire. Ce qui me fascine, c'est le logo.

Mon regard suivit son doigt, qui désignait une petite zone circulaire du talon dont un des côtés se terminait en sorte de queue.

— En plus, il y a cette partie où l'on voit des losanges en relief et deux trous, vous voyez, ici. Ce pourrait être des chaussures avec des trous d'accroche, comme celles qu'on utilise pour monter aux arbres. Décidément, cela me dit vraiment quelque chose.

Le Dr Gruber se dirigea vers un placard dont il ouvrit les deux battants, révélant des rangées de brodequins militaires posés sur des étagères. Il sortit les souliers un à un, les retournant pour examiner leur semelle. Il ouvrit ensuite un deuxième placard et reprit son examen. Du fond d'une étagère, il tira une chaussure dont l'empeigne était en tissu vert et les renforts en cuir marron. Le haut du brodequin était resserré par deux brides de cuir à boucle. Il le retourna :

— Puis-je revoir ces photographies, s'il vous plaît ?

Je les lui maintins contre le brodequin, dont la semelle en gomme noire présentait de nombreux dessins. D'aspect granuleux et ondulé, elle était piquée et l'on distinguait des trous de clous. Sur la zone correspondant à l'éminence métacarpienne se trouvait une large surface ovale constituée par des losanges en relief et ces trous de prise si visibles sur la photographie. Quant au talon, il était décoré d'une sorte de volute dont le ruban semblait correspondre à cette petite queue qu'on distinguait à peine sur le cliché mais qu'on avait également retrouvée sur la tempe de Davila à l'endroit où nous pensions que l'avait frappé Gault.

— Que pouvez-vous me dire sur cette chaussure ?

Gruber la tournait en tous sens :

— Il s'agit d'une ranger de la Seconde Guerre mondiale, et elle a été testée ici, à Fort Lee. Du reste, nombre de semelles ont été faites et testées chez nous.

— C'est loin, la Seconde Guerre mondiale. Comment se fait-il que quelqu'un soit encore en possession de ce genre de souliers ? Du reste, qui les porterait encore maintenant ?

— Oh, mais si ! Ce genre de chose est conçu pour durer une éternité. Vous pourriez en trouver une paire dans un magasin de surplus de l'armée, ou bien quelqu'un de votre famille peut en avoir conservé une.

Le Dr Gruber replaça la ranger dans son placard bourré de jumelles, et je fus convaincue qu'il s'écoulerait pas mal de temps avant qu'on ne la ressorte à nouveau. Nous quittâmes l'entrepôt, et Gruber referma derrière nous. J'attendais, debout sur le trottoir qui se couvrait de neige. Je contemplai le ciel d'un gris dense et la circulation ralentie. Les automobilistes avaient allumé leurs feux de croisement et la journée semblait s'être immobilisée. Je savais maintenant quel genre de bottes avait porté Gault, mais je n'étais pas sûre que cette information ait une quelconque importance.

— Puis-je vous offrir un café, ma chère ?

Le Dr Gruber glissa légèrement, et je l'attrapai par le bras.

— Doux Jésus, cela va être terrible, une fois encore. La météo prévoit quinze centimètres de neige.

Passant son bras sous le mien, je déclarai :

— Il faut que je retourne à la morgue. Je ne sais comment vous remercier.

Il me tapota le bras.

— Dr Gruber, j'aimerais vous donner la description d'un homme, au cas où vous l'auriez vu ici par le passé.

Gruber écouta mon portrait, et je précisai les nombreuses teintes de cheveux de Gault. Je décrivis sa silhouette anguleuse et ses yeux si bleus et si pâles qu'on aurait cru ceux d'un Malamute. Je mentionnai également la façon étrange dont il s'habillait, et son goût évident pour les vêtements militaires ou les coupes inspirées des uniformes, comme les rangers ou le long manteau en cuir noir qu'il portait à New York.

Nous arrivâmes à hauteur de la porte de derrière du musée :

— Oh, nous avons ce genre de gens, mais j'ai bien peur que votre description n'évoque rien de particulier.

Le neige givrait le toit de la caravane d'Eisenhower. J'avais les mains et les cheveux mouillés, et les pieds glacés.

— Vous serait-il difficile de rechercher un nom dans vos archives ? J'aimerais savoir si un certain Peyton Gault a fait partie des Services d'intendance de l'armée.

Le Dr Gruber hésita :

— Vous pensez qu'il faisait partie de l'armée ?

— Je ne pense rien du tout, mais, selon moi, il est suffisamment âgé pour avoir servi lors de la Seconde Guerre mondiale. La seule autre chose que je puisse vous dire, c'est qu'il a jadis vécu dans une plantation de pacaniers à Albany, Georgie.

— On n'a pas le droit de consulter les archives, sauf lorsqu'on appartient à la famille ou que l'on est investi des pouvoirs d'attorney. Il faudrait que vous contactiez Saint Louis, et je suis désolé de vous apprendre que les dossiers qui vont de la lettre A à

248

la lettre J ont été détruits dans un incendie au début des années 80.

— Fantastique, dis-je lamentablement.

Gruber hésita encore puis déclara :

— Cependant nous avons ici, au musée, notre propre liste informatique de vétérans.

Une bouffée d'espoir m'envahit.

— Et si un vétéran veut prendre connaissance de son dossier, il lui suffit de verser un don de vingt-cinq dollars.

— Et que se passe-t-il si vous souhaitez consulter le dossier de quelqu'un ?

— C'est impossible.

Repoussant mes cheveux mouillés, j'insistai :

— Dr Gruber, je vous en prie. Nous sommes en train de parler d'un homme qui a massacré au moins neuf personnes de façon abominable. Et il tuera encore beaucoup d'autres gens si nous ne l'arrêtons pas.

Gruber leva le regard vers le ciel et contempla la neige qui tombait :

— Dieu du ciel, pourquoi faut-il que nous ayons ce genre de conversation à l'extérieur, ma chère ? Nous allons tous deux attraper une pneumonie. Si je comprends bien, Peyton Gault est le père de cet horrible meurtrier ?

Je déposai un baiser sur la joue de Gruber :

— Vous avez le numéro de mon *pager*, lançai-je en m'élançant pour rejoindre ma voiture.

Pendant tout le temps que je naviguai au milieu de la tempête de neige, la radio ne cessa d'évoquer les meurtres perpétrés à la morgue. En arrivant devant mes bureaux, je découvris que les fourgonnettes de la télévision et les équipes de journalistes des journaux télévisés entouraient l'immeuble. Je cherchai la meilleure solution, mais il fallait de toute façon que j'entre.

— Et merde, murmurai-je dans un souffle en pénétrant dans le parking.

Une horde de journalistes se précipita vers moi dès que je sortis de ma Mercedes noire. Les flashes des appareils photo crépitèrent. Je marchai résolument, le regard fixé droit devant. Des micros apparurent de tous les coins. Des gens crièrent mon nom pendant que je déverrouillais en hâte la porte de derrière pour la refermer sèchement. Je me retrouvai seule dans la baie déserte et calme, et songeai que les conditions météo avaient dû faire fuir tous les autres chez eux.

Ainsi que je m'y attendais, la salle d'autopsie était fermée. J'empruntai l'ascenseur pour monter à l'étage supérieur, constatai que les bureaux de mes assistants étaient déserts, et que les réceptionnistes et les autres employés étaient partis. J'étais donc complètement seule au deuxième étage, et la peur m'envahit. Ce sentiment empira lorsque je pénétrai dans mon bureau pour y découvrir les lettres sanglantes de CAIN qui vibraient sur l'écran de mon ordinateur.

Je me morigénai à voix haute :

— Bon, personne d'autre n'est là, donc, il n'y a aucune raison d'avoir peur.

Je m'installai derrière mon bureau, posant mon 38 bien en évidence dessus. Continuant mon soliloque, je poursuivis :

— Ce qui s'est produit appartient au passé. Il faut que tu reprennes le contrôle des événements. Tu es en pleine décompression.

J'inspirai profondément.

J'étais stupéfaite de me parler à moi-même, une telle chose ne me ressemblant pas du tout, et je m'en inquiétai tout en enregistrant les rapports des différents cas du matin sur le dictaphone. Les cœurs, foies et poumons des policiers abattus étaient normaux. Leurs artères étaient normales. Les os, leurs cerveaux, leurs carrures étaient normaux.

— Dans la limite des normes, dis-je au magnétophone. Dans la limite des normes, répétai-je encore et encore.

C'était ce qu'on leur avait fait qui n'était pas normal. Parce que Gault n'était pas normal. Parce qu'il n'avait pas de limites.

À cinq heures et quart, j'appelai les bureaux de l'American Express, et eus la chance que Brent y soit encore.

— Vous devriez rentrer chez vous sans tarder, dis-je. Les rues deviennent impraticables.

— J'ai une Range Rover.

— Les habitants de Richmond ne savent pas conduire par temps de neige.

— Dr Scarpetta, que puis-je faire pour vous ?

Brent était un jeune homme très compétent, et il m'avait déjà aidée à résoudre nombre de problèmes dans le passé.

— Il faudrait que vous me donniez un bilan de mes factures de carte American Express, dis-je. Est-ce possible ?

Il hésita.

— Je veux que l'on m'avertisse de toutes les opérations dès qu'elles vous parviennent. Je veux dire tout de suite, sans attendre mon relevé.

— Il y a un problème ?

— Oui, mais je ne peux pas en discuter avec vous. Tout ce dont j'ai besoin en ce moment, c'est que vous fassiez ce que je vous demande.

— Attendez.

J'entendis qu'il tapait sur un clavier :

— D'accord. J'ai votre numéro de carte, Dr Scarpetta. Vous savez qu'elle expire en février ?

— Avec un peu de chance, je n'aurai plus besoin de votre aide en février.

— Il y a eu très peu de factures depuis le mois d'octobre, annonça Brent. Presque aucune, d'ailleurs.

— Ce qui m'intéresse, ce sont les factures récentes.

— Il y en a cinq entre le 1er et le 25. Un endroit

qui s'appelle *Scaletta*, à New York. Voulez-vous que je vous communique leurs montants ?

— Donnez-moi une valeur moyenne.

— Hum, moyenne, attendez un peu. Environ quatre-vingts dollars à chaque fois. Qu'est-ce que c'est ? Un restaurant ?

— Continuez.

— La facture la plus récente... (Il s'interrompit quelques secondes)... émane de Richmond.

Mon rythme cardiaque s'accéléra :

— Quand cela ?

— Deux factures le vendredi 22.

C'est-à-dire deux jours avant que Marino et moi ne distribuions des couvertures aux pauvres et que le shérif Noël n'abatte Anthony Jones. Ce fut un choc pour moi de me dire que Gault avait peut-être été en ville à ce moment-là.

— Brent, parlez-moi des deux factures de Richmond.

— Deux cent quarante-trois dollars dans une galerie à Shockhoe Slip.

— Une galerie ? demandai-je, surprise. Vous voulez dire une galerie d'art ?

Shockhoe Slip se trouvait juste au coin de l'immeuble qu'occupaient mes bureaux. Je ne parvenais pas à croire que Gault ait eu l'audace d'utiliser ma carte de crédit là-bas. La plupart des commerçants me connaissaient.

— Oui, une galerie d'art, répondit Brent, et il me donna son nom et son adresse.

— Pouvez-vous me dire ce qui a été acheté dans cette galerie ?

Brent ne répondit pas tout de suite, puis :

— Dr Scarpetta, êtes-vous *certaine* qu'il n'y a pas un problème que je pourrais vous aider à résoudre ?

— Vous m'aidez. Vous m'aidez beaucoup.

— Bien, laissez-moi voir. Non, la nature des achats n'est pas indiquée. Je suis désolé.

Il avait l'air encore plus déçu que moi.

— Et quelle est l'autre facture ?

— USAir. Il s'agit d'un billet d'avion d'une valeur de cinq cents quatorze dollars. C'était un aller-retour Richmond-La Guardia.

— Les dates sont-elles précisées ?

— Seulement celle de la transaction. Il faudrait que vous appeliez la compagnie aérienne pour avoir la date du départ et du retour. Je vais vous donner le numéro du billet.

Je demandai ensuite à Brent de m'appeler immédiatement si d'autres factures apparaissaient sur l'écran de son ordinateur. Je consultai l'annuaire téléphonique tout en jetant un regard sur la pendule murale, composai le numéro de la galerie d'art et laissai sonner un long moment avant d'abandonner.

J'essayai ensuite les bureaux de USAir, et leur donnai le numéro de billet que Brent m'avait dicté. Gault avait quitté La Guardia à 7 heures du matin le vendredi 22 décembre pour y revenir ce même jour par le vol de 18 h 50, tout cela grâce à ma carte American Express. J'étais abasourdie. Gault était resté à Richmond toute la journée. Qu'avait-il fait de ce vendredi, à part sa visite dans une galerie d'art ?

— Merde, murmurai-je en repensant aux lois qui gouvernaient l'État de New York.

Gault était-il venu à Richmond pour acheter une arme ? Je rappelai la compagnie aérienne. Me présentant à nouveau, je demandai :

— Excusez-moi. Est-ce Rita ?

— Oui.

— Nous venons juste de nous parler. Je suis le Dr Scarpetta.

— Oui, madame. Que puis-je faire pour vous ?

— C'est au sujet du billet d'avion dont nous venons de discuter. Pouvez-vous me dire si le passager a fait enregistrer des bagages ?

— Attendez, je vous prie...

Les touches d'un clavier cliquetèrent.

— ... Oui, madame. Un sac a été enregistré sur le vol vers La Guardia.

— Mais pas sur le premier vol qui partait de La Guardia ?

— Non. Aucun bagage n'a été enregistré sur le vol qui allait de La Guardia à Richmond.

Gault avait été emprisonné dans le pénitencier jadis situé dans la ville de Richmond. Il était impossible de savoir qui il connaissait dans les environs, mais j'étais certaine que s'il souhaitait acheter un pistolet Glock 9 mm, il le pouvait. Les criminels de New York venaient très souvent jusqu'ici pour trouver des armes. Il était fort possible que Gault ait rangé le Glock dans le sac qu'il avait fait enregistrer pour abattre Jane la nuit suivante.

Tout ceci suggérait que le meurtre de Jane avait été prémédité, et ce paramètre n'avait jamais fait partie de l'équation. Nous étions tous partis de l'idée que Gault avait rencontré Jane par hasard et qu'il avait décidé de l'assassiner, comme cela avait été le cas pour ses autres victimes.

Je me préparai une grande tasse de thé bien chaud et tentai de me calmer. Avec le décalage horaire, c'était le milieu de l'après-midi à Seattle. Je tirai d'une étagère mon annuaire de l'Académie nationale des médecins légistes. Je le consultai et finis par trouver le nom et le numéro de téléphone du médecin expert général de Seattle.

Lorsqu'il répondit à mon appel, je m'annonçai :

— Dr Menendez ? Ici le Dr Scarpetta, de Richmond.

— Oh, répondit-il surpris. Comment allez-vous ? Joyeux Noël.

— Merci. Je suis désolée de vous déranger mais j'ai besoin de votre aide.

Il hésita quelques secondes :

— Il y a un problème ? Vous avez l'air tendue.

— Je suis dans une situation très difficile. Il s'agit d'un tueur en série qui échappe complètement à notre contrôle. (J'inspirai profondément.) Une des affaires qui le concerne implique une jeune femme non identifiée dont les dents ont subi de nombreuses restaurations à la feuille d'or.

D'un ton songeur, il répondit :

— C'est très curieux. Vous savez que nous avons encore des dentistes par ici qui pratiquent ce genre de technique ?

— C'est pour cette raison que je vous appelle. Il faut que je parle à l'un d'entre eux. Peut-être à la personne qui dirige leur organisation professionnelle.

— Souhaitez-vous que je les appelle, Dr Scarpetta ?

— Non, ce que j'aimerais, c'est trouver si, par miracle, ils sont connectés à un service informatique. J'ai l'impression qu'il s'agit d'une organisation assez petite et très inhabituelle. Il est possible qu'ils soient reliés entre eux par Internet, ou une quelconque messagerie informatique. Peut-être quelque chose du genre de Prodigy, qui sait ? Mais il faut que je trouve un moyen de leur faire passer instantanément une information.

— Je vais y mettre plusieurs personnes de chez moi. Comment puis-je vous joindre aisément, Dr Scarpetta ?

Je lui donnai mes différents numéros de téléphone. Je repensai à Gault et à la fourgonnette bleu sombre manquante. Je me demandai où il avait bien pu trouver l'enveloppe dans laquelle il avait mis le corps du shérif Brown et soudain, je me souvins. Nous en avions toujours une neuve dans chaque fourgonnette, en cas de problème. Donc, il était d'abord venu à la morgue voler le véhicule, pour se rendre ensuite chez le shérif Brown. Je parcourus une fois encore l'annuaire, pour savoir si le numéro de téléphone de la résidence du shérif s'y trouvait. Il n'y était pas.

Je décrochai et appelai les renseignements. Je

demandai à la personne qui me répondit le numéro de téléphone de Lamont Brown. L'opérateur me le donna, et je formai le numéro pour voir ce qui allait se passer.

« Je ne peux pas vous répondre pour l'instant parce que je suis sur mon traîneau, pour distribuer des cadeaux... », et la voix du shérif, enregistrée sur son répondeur, était vigoureuse et pleine de santé. « Oh ! Oh ! Oh ! Joyyyyeux Noël ! »

Je me sentis perdre mon sang-froid et me dirigeai vers les toilettes, revolver au poing. Je me promenais maintenant armée dans mes bureaux parce que Gault avait gâché ces lieux dans lesquels je m'étais toujours sentie en sécurité. Je m'immobilisai dans le couloir, et mon regard se promena du sol au plafond. Une couche de cire épaisse recouvrait le sol gris, et les murs étaient peints couleur coquille d'œuf. Je tentai de discerner le moindre son. Il était venu ici. Et il pouvait y revenir.

La peur me saisit et, lorsque je me lavai les mains dans les toilettes, je remarquai qu'elles tremblaient. Je transpirais et ma respiration était pénible. Je marchai promptement jusqu'à l'autre bout du couloir, et regardai par la fenêtre. De là, je pouvais apercevoir ma voiture recouverte de neige, et une seule fourgonnette. Nous n'avions toujours pas retrouvé l'autre. Je me réinstallai à mon bureau et poursuivis l'enregistrement de mes commentaires.

La sonnerie du téléphone retentit quelque part, et je sursautai. Le grincement de ma chaise me fit presque bondir. Lorsque j'entendis la porte de l'ascenseur coulisser à l'autre bout du couloir, je saisis mon revolver et demeurai parfaitement immobile, surveillant l'entrée de mon bureau, mon cœur s'affolant dans ma poitrine. Le bruit d'un pas ferme et pressé résonna dans le couloir, s'intensifiant au fur et à mesure qu'il se rapprochait. Mes deux mains étaient posées sur la crosse, et je levai la gueule de l'arme.

Lucy entra dans mon bureau.

Le doigt sur la détente, je m'exclamai :

— Mon Dieu. Mon Dieu, Lucy !

Je reposai l'arme sur mon bureau avant de poursuivre :

— Mais que fais-tu ici ? Pourquoi n'as-tu pas appelé avant ? Et comment es-tu rentrée ?

Elle me jeta un regard bizarre, et ses yeux tombèrent sur mon 38.

— Jan m'a conduite et j'ai une clef. C'est toi qui m'as donné la clef de l'immeuble, il y a longtemps déjà. J'ai appelé mais tu n'étais pas là.

La tête me tournait.

— À quelle heure as-tu appelé ?

— Il y a à peu près deux heures. Tu as failli me tuer.

Je tentai d'oxygéner mes poumons.

— Non, je n'ai pas failli te tuer.

— Ton doigt n'était pas posé où il est censé l'être : à côté de la détente. Il était déjà dessus. Je peux t'assurer que je suis contente que tu n'aies pas eu ton Browning aujourd'hui. Je suis contente que tu n'aies pas été armée de quelque chose qui part sur le coup.

J'avais mal au thorax, mais déclarai calmement :

— Je t'en prie, arrête.

— Il y a presque cinq centimètres de neige, Tante Kay.

Lucy restait sur le seuil de la porte, comme si elle s'interrogeait. Comme à son habitude, elle portait des pantalons de l'armée, des rangers et un anorak de ski.

J'avais l'impression qu'une main d'acier m'étreignait le cœur, et j'avais du mal à trouver mon souffle. Je demeurai immobile à fixer Lucy, et mon visage devint glacé.

— Jan est dans la voiture, dit-elle.

— Il y a la presse.

— Je n'ai pas remarqué de journalistes, mais de toute façon, nous sommes garées sur le parking payant de l'autre côté de la rue.

— Il y a eu plusieurs vols à main armée là-bas. Une fusillade s'est également produite. Il y a environ quatre mois.

Lucy me dévisagea. Elle suivit mes mains du regard tandis que je rangeais le revolver dans ma pochette.

D'un ton inquiet, elle déclara :

— Tu as la tremblote. Tante Kay, tu es blanche comme un linge.

Elle se rapprocha de mon bureau et annonça :

— Je te raccompagne à la maison.

Une douleur me transperça la poitrine, et j'appliquai ma main contre mon cœur sans même y penser. Je parvins à peine à répondre :

— C'est impossible.

La douleur devenait si intense que je parvenais très difficilement à respirer.

Lucy tenta de m'aider à me soulever de ma chaise, mais j'étais trop faible. Une paralysie descendait dans mes mains et mes doigts s'engourdissaient. Toujours assise, je me penchai vers l'avant en fermant les yeux. Une sueur glacée m'inonda. Je haletais rapidement, par faibles saccades.

Lucy s'affola.

Je me rendis vaguement compte qu'elle hurlait au téléphone. J'essayai de lui dire que j'allais bien, et que j'avais besoin d'un sac en papier mais il m'était impossible d'articuler un mot. Je savais précisément ce qui se produisait mais je ne parvenais pas à le lui expliquer. Elle essuya mon visage à l'aide d'un linge mouillé et frais. Elle me massa les épaules, tentant de me calmer, et j'eus la vision floue de mes mains crispées sur mes genoux comme des serres d'oiseau. Je savais ce qui allait se passer, mais j'étais trop épuisée pour le combattre.

— Appelle le Dr Zenner, parvins-je à formuler comme la douleur explosait à nouveau dans ma poitrine. Dis-lui de nous rejoindre là-bas.

— Où ça, « là-bas » ?

Terrifiée, Lucy m'épongea de nouveau le visage.

— La faculté de médecine de Virginie.

— Ça va aller ?

Je ne répondis pas.

— Surtout, ne t'en fais pas.

Je ne parvenais pas à décrisper mes mains, et j'avais si froid que je frissonnais.

— Je t'aime, Tante Kay, cria Lucy.

14

La faculté de médecine de Virginie avait sauvé la vie de ma nièce, l'année précédente. Aucun autre hôpital de la région n'était plus expert dans le suivi des malades atteints de traumatismes physiques graves. Lucy avait été transportée par avion sanitaire après son accident avec ma voiture, et j'étais convaincue que si l'unité de traumatologie n'avait pas été si performante, le choc reçu à la tête aurait probablement laissé des séquelles permanentes. J'avais souvent visité la salle des urgences de la faculté de médecine avant cette nuit, mais jamais comme patiente.

À neuf heures et demie ce soir-là, je reposais dans une petite chambre privée et calme au quatrième étage de l'hôpital. Marino et Janet se trouvaient dans le couloir, près de la porte de ma chambre. Lucy était assise à mon chevet et me tenait la main.

— Il ne s'est rien produit d'autre avec CAIN ? demandai-je.

— Ne pense pas à cela, ordonna-t-elle. Il faut que tu te reposes et que tu restes tranquille.

— Ils m'ont déjà donné quelque chose pour me tranquilliser. Je suis calme.

— Tu es dans un état épouvantable, Tante Kay.

— Je ne suis pas dans un état épouvantable.

— Tu as frôlé la crise cardiaque.

— Je souffrais de spasmes musculaires et j'ai hyper-ventilé, répondis-je. Je sais exactement ce qui s'est produit, j'ai examiné mon électrocardiogramme. Je n'avais rien qu'un sac en papier sur la tête et un bain chaud n'auraient pu résoudre.

— En tous les cas, ils ne te laisseront pas ressortir tant qu'ils ne seront pas assurés que tu ne risques pas d'autres spasmes. Il ne faut pas plaisanter avec des douleurs de poitrine.

— Mon cœur est en bon état et ils me laisseront ressortir si je le demande.

— Tu n'es guère accommodante.

— C'est le cas de la majorité des médecins.

Lucy fixa le mur d'un regard têtu. Elle n'avait pas été gentille avec moi depuis qu'elle était entrée dans ma chambre. Je ne savais pas au juste pour quelle raison elle était en colère.

— À quoi penses-tu ? demandai-je.

— Ils sont en train de mettre sur pied un poste de commandement, dit-elle. Ils en parlaient dans le couloir.

— Un poste de commandement ?

— Au quartier général de la police. Marino n'arrête pas de faire la navette entre ta chambre et le téléphone du couloir. Il parle à Mr Wesley.

— Où est-il ? demandai-je encore.

— Qui cela, Mr Wesley ou Marino ?

— Benton.

— Il va arriver.

— Il sait que je suis là.

Lucy me regarda. Elle n'était pas dupe :

— Il est en route.

Une femme de grande taille, aux cheveux courts et gris et au regard perçant, pénétra dans la chambre au même instant.

— Mon Dieu, mon Dieu, Kay, s'exclama le

Dr Anna Zenner. Dire qu'il faut maintenant que je réponde aux urgences à domicile.

— Ce n'est pas exactement une visite à domicile. Nous sommes quand même dans un hôpital. Vous souvenez-vous de Lucy ?

— Mais bien sûr, répondit le Dr Zenner en souriant à ma nièce.

— Je sors. Je reste à proximité, annonça Lucy.

— Vous avez oublié que je ne descends jamais au centre-ville, sauf lorsque j'y suis obligée, poursuivit le Dr Zenner, et surtout lorsqu'il neige.

— Merci, Anna. Je sais que vous ne faites ni visite à domicile ni même à l'hôpital ou ailleurs. Je suis tellement contente que vous soyez là, déclarai-je avec sincérité.

Le Dr Zenner s'assit sur mon lit. Je ressentis instantanément son énergie, parce qu'Anna était capable de dominer une pièce sans même essayer. Elle était étonnamment en forme pour une femme d'environ soixante-dix ans, et c'était un des êtres humains les plus admirables que j'aie jamais rencontrés.

Elle demanda avec cet accent germanique que le temps n'avait pas atténué :

— Qu'est-ce que vous avez fait de vous, Kay ?

— J'ai l'impression qu'elles sont en train de m'avoir, répondis-je. Je veux dire, toutes ces affaires.

Anna Zenner opina de la tête :

— Je n'entends que cela, à chaque fois que j'ouvre un journal ou que j'allume la télé.

Je la fixai et déclarai :

— J'ai failli tuer Lucy tout à l'heure.

— Racontez-moi comment les choses se sont produites.

Ce que je fis.

— Mais vous n'avez pas tiré ? s'enquit-elle.

— Je n'en étais pas loin.

— Aucune balle n'a été tirée ?

— Non.

— Alors, vous en étiez encore loin.

Je fermai les paupières. Mes yeux se remplirent de larmes :

— Ma vie aurait été finie.

— Kay, votre vie aurait également été finie si quelqu'un d'autre que Lucy avait franchi la porte de votre bureau. Quelqu'un dont vous avez des raisons d'avoir peur, vous voyez ce que je veux dire ? Vous avez réagi de la meilleure façon possible.

J'inspirai profondément en tremblant.

— Et le résultat n'est pas trop catastrophique. Je viens de la voir. Elle est belle et en bonne santé.

Je fondis en larmes et pleurai comme cela ne m'était pas arrivé depuis très longtemps, couvrant mon visage de mes mains. Le Dr Zenner me massa le dos et sortit des mouchoirs en papier d'une boîte. Mais elle ne tenta pas de me raisonner. Elle me laissa tranquillement pleurer.

Finalement, je parvins à articuler entre deux sanglots :

— J'ai tellement honte de moi.

— Vous n'avez pas à avoir honte. De temps en temps, il faut que cela sorte. Et vous ne le faites pas suffisamment, alors que je sais ce que vous voyez tous les jours.

— Ma mère est très malade, et je ne suis pas descendue à Miami pour la visiter. Pas une seule fois...

J'avais l'impression d'être inconsolable.

— ... Je suis presque une étrangère dans mes bureaux. Je ne peux pas rester chez moi, dans ma maison, sans protection, ni n'importe où, du reste.

— J'ai remarqué qu'il y avait beaucoup de policiers à la porte de votre chambre, observa-t-elle.

J'ouvris les paupières et la regardai :

— Il est en pleine décompensation.

Son regard était rivé au mien. Je poursuivis :

— Et c'est très bien. Il est plus téméraire, il prend de plus en plus de risques. C'est ce qu'a fait Ted Bundy, à la fin.

Le Dr Zenner m'offrit ce qu'elle savait faire le mieux : écouter.

— Et plus il décompensera, Anna, plus il risque de commettre une erreur qui nous permettra de l'avoir.

— Je suppose également qu'il n'a jamais été aussi dangereux que maintenant, demanda-t-elle. Il n'a plus de limite. Il a même abattu le Père Noël.

— Il a tué un shérif qui jouait au Père Noël une fois par an. Et ce shérif était également très impliqué dans le trafic de drogue. Peut-être la drogue était-elle à l'origine de leur lien.

— Parlez-moi de vous.

Je détournai mon regard et inspirai à nouveau profondément. Enfin, je me sentais un peu plus calme. Anna était une des rares personnes en ce monde qui me donnait l'impression que tout ne reposait pas sur mes épaules. Elle était psychiatre. Je la connaissais depuis que j'avais emménagé à Richmond et elle m'avait aidée lorsque Mark et moi nous étions séparés, puis lorsqu'il était mort. Elle avait le cœur et les mains d'une musicienne.

Anéantie, je confessai :

— Et moi, je suis comme lui, en pleine décompensation.

— Il faudrait que j'en sache davantage.

Je levai mon regard :

— C'est pour cette raison que je suis là, Anna. C'est pour cette raison que je suis habillée de cette chemise de nuit, que je suis dans ce lit. C'est pour cette raison que j'ai failli tuer ma nièce. C'est pour cela que ces gens sont à ma porte et s'inquiètent pour moi. Il y a des gens qui patrouillent ma rue, qui surveillent ma maison, et qui se font du souci à mon sujet. Partout, tout le monde se fait du souci pour moi.

— Parfois, il faut appeler la troupe.

D'un ton impatient, je rétorquai :

— Mais je ne veux pas de la troupe. Je veux qu'on me laisse seule.

— Ah ! Personnellement, je crois que vous avez besoin d'une armée entière. Nul ne peut combattre cet homme seul.

— Vous êtes psychiatre, Anna. Pourquoi ne le disséquez-vous pas ?

— Je ne traite pas les désordres de la personnalité. Bien sûr, c'est un sociopathe.

Elle se dirigea vers la fenêtre, écarta les rideaux et regarda au-dehors.

— Il neige toujours. C'est incroyable, n'est-ce pas, Kay ? Si cela se trouve, je devrai rester avec vous cette nuit, à l'hôpital. J'ai déjà eu, au fil de ma carrière, des patients qui n'avaient pas l'air d'appartenir à ce monde. Et j'ai toujours essayé de me désengager d'eux très rapidement. C'est un peu le problème, avec ces criminels qui deviennent des figures de légende. Ils vont chez le dentiste, chez le psychiatre ou chez le coiffeur. Il est impossible de ne pas les croiser de la même façon que l'on rencontre n'importe qui. Lorsque j'étais encore en Allemagne, j'ai traité un homme durant un an avant de me rendre compte qu'il avait déjà noyé trois femmes dans sa baignoire. C'était son truc. Il leur servait du vin puis les lavait. Il s'agenouillait devant elles et soudain, il leur attrapait les chevilles et tirait. Il est impossible de se relever, dans ces vieilles baignoires profondes, si quelqu'un vous maintient les pieds en l'air. (Elle s'interrompit quelques secondes avant de finir :) Je ne suis pas un psychiatre légiste.

— Je le sais.

— Cela aurait pu se faire. Saviez-vous que j'y ai souvent songé ?

— Non, je l'ignorais.

— Eh bien, je vais vous dire pour quelle raison j'ai évité cette spécialisation. Je ne peux pas passer trop de temps avec les monstres. C'est déjà suffisamment terrible pour les gens comme vous, qui vous occupez de leurs victimes. Mais je crois que rester assise dans la même pièce que tous les Gault de ce monde empoisonnerait mon âme. Vous voyez, j'ai une terrible confession à vous faire.

Elle se retourna et me considéra.

— Je me fiche pas mal de savoir pourquoi ils font ce qu'ils font, dit-elle, le regard étincelant. Je pense qu'ils devraient tous être pendus.

— Je suis assez d'accord avec vous.

— Mais cela ne signifie pas que mon instinct ne fonctionne pas en ce qui concerne Gault. En fait, j'appellerais cela de l'intuition féminine.

— À propos de Gault ?

— Oui. Avez-vous rencontré mon chat Chester ?

— Oh oui. C'est le plus gros chat que j'aie jamais vu.

Elle ne sourit pas.

— Chester sort et attrape une souris. Il joue avec elle jusqu'à la mort. C'est complètement sadique. Et puis, finalement, il la tue. Et qu'en fait-il ? Il la ramène à la maison. Il monte sur mon lit et la dépose sur mon oreiller. Cette souris est un cadeau qu'il me fait.

Je me sentis à nouveau glacée.

— Que voulez-vous dire, Anna ?

— Je crois que cet homme a une relation étrange mais significative avec vous. Comme si vous étiez sa mère, et qu'il vous rapporte ce qu'il a tué.

— Mais c'est impensable, m'exclamai-je.

— Mon hypothèse est que le fait d'attirer votre attention l'excite. Il veut vous impressionner. Lorsqu'il tue quelqu'un, c'est un cadeau qu'il vous fait. Et il sait que vous allez soigneusement étudier son meurtre, tenter de découvrir chacun de ses coups de crayon, presque comme une mère qui regarderait les dessins que son petit garçon lui ramène de l'école. Voyez-vous, Kay, son œuvre monstrueuse, c'est son art à lui.

Je repensai à la facture de carte bancaire laissée à la galerie de Shockhoe Slip et me demandai quel genre d'œuvre d'art avait achetée Gault.

— Il sait que vous allez l'analyser, penser à lui sans cesse, Kay.

— Anna, vous êtes en train de suggérer que je peux être responsable de ces morts.

— C'est absurde. Si vous vous mettez à croire ça, il faudra que je vous reçoive dans mon cabinet. Régulièrement.

— À votre avis, suis-je vraiment en danger ?

— Il me faut être très prudente sur ce point ...

Elle s'interrompit pour réfléchir, puis poursuivit :

— ... Je sais ce que disent les autres. C'est pour cette raison qu'il y a tellement de policiers à votre porte.

— Et que dites-vous ?

— Personnellement, je ne pense pas qu'il vous menace vraiment physiquement. Pas maintenant. Mais je crois que tous les gens qui vous entourent sont en grand danger. Vous voyez, il est en train de vous attribuer sa réalité.

— Expliquez-vous, je vous en prie.

— Il n'a personne, et il voudrait qu'il en soit de même pour vous.

Dans un mouvement de colère, je lançai :

— Il n'a personne à cause de ce qu'il fait.

— Tout ce que je sais, c'est qu'à chaque fois qu'il tue, il s'isole davantage. Et en ce moment, vous êtes dans le même cas. Il y a là comme une trame commune. La voyez-vous ?

Anna s'était rapprochée et avait posé la main sur mon front.

— Je n'en suis pas sûre.

— Vous n'avez pas de fièvre, dit-elle.

— Le shérif Brown me détestait.

— Vous voyez, c'est encore un cadeau. Gault a pensé que vous seriez contente. Il a tué la souris pour vous et il l'a ramenée dans votre morgue.

Cette pensée me donna la nausée.

Anna tira un stéthoscope de la poche de sa veste et le passa à son cou. Le visage sérieux, arrangeant ma chemise de nuit, elle ausculta mon cœur et mes poumons.

Elle bougea la membrane du stéthoscope le long de mon dos en me demandant :

— Respirez profondément. Encore.

Elle prit ma tension et me palpa le cou. Anna Zenner était un praticien rare, de la vieille école. Elle traitait la personne dans son ensemble, et pas seulement son esprit.

— Votre tension est faible, déclara-t-elle.

— Ce n'est pas nouveau.

— Que vous donnent-ils, ici ?

— De l'Ativan.

Le brassard produisit un son de déchirure lorsqu'elle le détacha de mon bras.

— C'est bien, l'Ativan. Cela n'a pas d'effets notables sur le système respiratoire ou cardiaque. C'est adapté à votre cas. Je peux vous faire une ordonnance.

— Non.

— Un anxiolytique serait souhaitable, je crois.

— Anna, ce dont j'ai besoin en ce moment, ce n'est pas de médicament.

Elle me tapota la main.

— Vous n'êtes pas en décompensation, Kay.

Elle se leva et passa son manteau.

— Anna, j'ai un service à vous demander. Comment se porte votre maison de Hilton Head ?

Elle sourit :

— C'est le meilleur anxiolytique que je connaisse. Et j'ai dû vous le dire un certain nombre de fois.

— Peut-être vais-je vous écouter, cette fois-ci. Il se peut que je doive effectuer un déplacement dans le coin, et j'aimerais y être aussi seule que possible.

Le Dr Zenner tira un trousseau de clefs de son sac à main et en retira une de l'anneau. Elle écrivit ensuite quelques mots sur une feuille d'ordonnance vierge et déposa le papier et la clef sur ma table de chevet.

Elle déclara simplement :

— Il n'y a rien de particulier à faire. Mais je vous laisse quelques indications et la clef de la maison. Ainsi, si l'envie d'y partir vous prenait au milieu de la nuit, vous n'avez même pas à me prévenir.

— C'est si gentil de votre part, Anna. Je ne crois pas en avoir besoin longtemps.

— Oh, mais vous devriez. La maison est petite et modeste. Elle donne sur l'océan. C'est sur la plage de Palmetto Dunes, pas très loin du Hyatt. Je ne compte pas m'y rendre avant quelque temps, et je crois que personne ne vous dérangera là-bas. En fait, vous pourriez même vous faire passer pour le Dr Zenner, dit-elle en gloussant. Personne ne me connaît dans le coin.

— Le Dr Zenner, méditai-je sans joie. Donc, maintenant, je suis allemande.

Elle ouvrit la porte de ma chambre et lança :

— Mais vous êtes très allemande. Et peu importe si on vous a toujours raconté le contraire.

Elle me quitta et je me redressai dans mon lit, pleine d'énergie et alerte. Je me levai. J'étais en train de fouiller dans le placard lorsque j'entendis la porte de ma chambre s'ouvrir. Je me dirigeai vers l'écho, m'attendant à trouver Lucy. Au lieu de cela, je me retrouvai nez à nez avec Paul Tucker. Je fus tellement surprise que j'en oubliai d'être gênée, et restai immobile, pieds nus, uniquement vêtue d'une sorte de chemise de nuit d'hôpital qui ne dissimulait pas grand-chose.

Il détourna le regard. Je retournai me coucher et tirai sur moi les couvertures.

— Je suis désolé. Le capitaine Marino m'a dit que je pouvais entrer, commença le chef de la police de Richmond, qui n'avait pas l'air confus du tout, en dépit de ses paroles.

Le regardant droit dans les yeux, je déclarai :

— Il aurait dû m'avertir d'abord.

— Mon Dieu, nous connaissons tous les manières

du capitaine Marino. Vous permettez ? dit-il en désignant une chaise d'un geste du menton.

— Je vous en prie. Je suis un public captif, dans tous les sens du terme.

— Vous êtes un public captif parce que la moitié de mon département de police veille sur vous en ce moment, dit-il, les traits durs.

Je le détaillai avec attention. La colère brillait dans ses yeux.

— Je suis parfaitement au courant de ce qui s'est produit dans votre morgue ce matin. Vous courez un très grave danger, Dr Scarpetta. Je suis ici pour vous en convaincre. Je veux que vous considériez cette situation avec le plus grand sérieux.

Indignée, je m'écriai :

— Comment pouvez-vous penser que je ne la prends pas au sérieux ?

— Eh bien, commençons avec ceci. Vous n'auriez pas dû retourner dans vos bureaux cet après-midi. Deux officiers de police viennent d'être assassinés, dont un à la morgue, et ceci pendant que vous vous y trouviez.

— Je n'avais pas d'autre choix que d'y retourner, colonel Tucker. À votre avis, qui a pratiqué l'autopsie de ces officiers ?

Il demeura silencieux puis demanda :

— Vous pensez que Gault a quitté la ville ?

— Non.

— Pourquoi ?

— J'ignore pourquoi mais je ne crois pas qu'il soit parti.

— Comment vous sentez-vous ?

J'éprouvais le sentiment qu'il tournait autour du pot, mais sans comprendre pour quelle raison.

— Je me sens bien. Du reste, dès que vous serez parti, je m'habillerai et je m'en irai.

Il allait dire quelque chose mais se retint.

Je l'observai quelques instants. Il était vêtu d'un survêtement bleu sombre de l'Académie nationale du FBI et portait des chaussures de cross montantes en cuir. Je me demandai s'il était en train de s'entraîner au gymnase lorsqu'on l'avait appelé. Je me souvins soudain que nous étions voisins. Lui et sa femme habitaient également Windsor Farms, à quelques rues de chez moi.

D'un ton presque accusateur, j'attaquai :

— Marino m'a dit d'évacuer ma maison. Étiez-vous au courant ?

— Oui, je suis au courant.

— Avez-vous été pour quelque chose dans cette suggestion ?

— Pourquoi pensez-vous que j'aie quelque chose à voir dans ce que Marino vous suggère ? répondit-il calmement.

— Nous sommes voisins et vous passez sûrement tous les jours devant chez moi.

— Non. Mais je sais où vous habitez, Kay.

— Ne m'appelez pas Kay, je vous prie.

Il demanda avec aisance :

— Si j'étais blanc, me le permettriez-vous ?

— Non.

Il n'eut pas l'air vexé. Il savait que je ne lui faisais pas confiance. Il n'ignorait pas non plus que j'avais un peu peur de lui, comme probablement de n'importe qui, en ce moment. Je devenais paranoïaque.

Paul Tucker se leva :

— Dr Scarpetta, j'ai placé votre maison sous surveillance, et ceci depuis plusieurs semaines.

Il s'interrompit et me regarda.

— Pourquoi ?

— Le shérif Brown.

La sécheresse envahit ma gorge :

— Mais de quoi parlez-vous ?

— Il était mouillé jusqu'au cou dans un réseau très complexe de vente de drogue, qui s'étend de Miami à New York. Certains de vos patients en faisaient également partie. Au moins huit, à notre connaissance.

— Des règlements de comptes de dealers.

Il acquiesça d'un signe de tête, le regard perdu en direction de la fenêtre.

— Brown vous détestait, docteur.

— Cela, au moins, c'était clair, même si la raison ne l'était pas.

— Disons simplement que vous faisiez votre travail trop soigneusement. Plusieurs de ses camarades se sont retrouvés derrière les barreaux pour de longues périodes, grâce à vous. (Il s'interrompit.) Nous avions des raisons de craindre qu'il commandite quelqu'un pour se charger de vous.

Je le regardai, assommée.

— Quoi ? Quelles raisons ?

— Des informateurs.

— Plusieurs ?

Tucker annonça :

— Brown avait déjà offert de l'argent à quelqu'un que nous avions de bonnes raisons de prendre au sérieux.

Je tendis le bras pour attraper mon verre d'eau. Le regard de Tucker fit le tour de la chambre.

— De qui avait-il loué les services ?

— Anthony Jones, lâcha Tucker en me regardant.

Ma surprise allait croissant, et je fus sidérée par ce qu'il me dit ensuite :

— La personne qui devait être abattue la veille de Noël, ce n'était pas Anthony Jones, mais vous.

Je restai sans voix.

— Tout ce scénario qui consistait à se tromper d'appartement n'avait pas d'autre but que de vous éliminer. Mais lorsque le shérif est sorti dans la cour après avoir traversé la cuisine, lui et Jones ont eu une altercation. Et vous connaissez la suite.

Tucker se leva :

— Et maintenant le shérif, lui aussi, est mort. Franchement, vous avez de la chance.

— Colonel Tucker ?

Il se tenait debout à côté de mon lit.

— Étiez-vous au courant de tout ceci avant les faits ?

Sinistre, il demanda :

— Vous me demandez si je possède des dons de voyance ?

— Je crois que vous savez parfaitement ce que je vous demande.

— Nous avions déjà un œil sur vous. Mais non, nous n'avons su qu'après que vous deviez être abattue la veille de Noël. Du reste, dans le cas contraire, vous n'auriez pas été dehors en train de distribuer des couvertures.

Songeur, il contempla le sol avant de poursuivre :

— Vous êtes sûre d'être prête à sortir d'ici ?

— Oui.

— Où comptez-vous passer la nuit ?

— Chez moi.

Il eut un signe de dénégation :

— C'est hors de question, et je ne vous recommande pas non plus d'aller dans un hôtel du coin.

— Marino a accepté de rester avec moi.

— Oh, alors là, évidemment, vous êtes en sécurité, déclara-t-il en grimaçant.

Il ouvrit la porte.

— Habillez-vous, Dr Scarpetta. Une réunion nous attend.

Lorsque j'émergeai de ma chambre d'hôpital peu de temps après, je fus accueillie par des regards fixes et peu de mots. Lucy et Janet se tenaient avec Marino, et Paul Tucker était tout seul. Il portait un gilet de Gore-Tex.

— Dr Scarpetta, je vous conduis.

Il adressa ensuite un signe de tête à Marino et ordonna :

— Vous nous suivez avec ces jeunes femmes.

Nous parcourûmes un couloir blanc ciré jusqu'à un ascenseur qui nous conduisit en bas. Des policiers en uniforme étaient partout présents, et lorsque les portes vitrées du service des urgences coulissèrent devant nous, trois d'entre eux apparurent pour nous escorter jusqu'à nos voitures. Marino et le chef de la police avaient garé leurs véhicules sur les places de parking réservées à la police et lorsque je découvris la voiture personnelle de Tucker, un autre spasme me crispa la poitrine. Il conduisait une Porsche noire 911. Elle n'était pas neuve mais en excellent état.

Marino vit également la voiture. Il demeura silencieux en déverrouillant les portières de sa Crown Victoria.

Dès que nous fûmes assis dans sa voiture, je demandai à Tucker :

— Vous trouviez-vous sur la portion d'Interstate 95 qui se dirige vers le sud, la nuit dernière ?

Il rabattit la ceinture de sécurité sur son torse et mit le contact.

— Pourquoi me demandez-vous cela ?

Il ne semblait pas d'humeur belliqueuse, juste curieux.

— Je rentrais de Quantico, et une voiture semblable à la votre a collé à notre pare-chocs.

— « Notre » pare-chocs ?

— J'étais avec Marino.

Il tourna à droite en sortant du parking, et se dirigea en direction du quartier général de la police :

— Je vois. Alors comme ça, vous étiez avec le grand chef du Klan ?

Les essuie-glaces repoussèrent la neige sur le pare-brise :

— Ainsi, c'était bien vous.

Les rues étaient glissantes, et je sentis que la voiture chassait lorsque Tucker ralentit à un feu rouge.

— J'ai bien vu un autocollant confédéré collé sur un pare-chocs la nuit dernière. Et effectivement, j'ai exprimé mon manque de sympathie pour cet emblème.

— Il s'agissait du camion de Marino.

— L'identité du propriétaire du camion m'était totalement indifférente.

Je me tournai pour le regarder. Tucker rit :

— Bien fait pour le capitaine.

— Vous êtes toujours aussi agressif ? demandai-je. C'est un bon moyen pour se faire descendre.

— Mais... qu'ils essaient.

— Coller au pare-chocs et se moquer des *rednecks* n'est pas recommandé.

— Au moins, vous admettez que Marino est un *redneck*, un petit Blanc bouseux.

— C'était un commentaire d'ordre général, précisai-je.

— Vous êtes une femme intelligente et raffinée, Dr Scarpetta. Je ne parviens pas à comprendre ce que vous lui trouvez.

— Mais il y a beaucoup à découvrir chez Marino si on prend la peine de regarder.

— Il est raciste. Il est homophobe et xénophobe. C'est l'un des êtres humains les plus ignares que j'aie jamais rencontrés et je souhaiterais de tout cœur qu'il soit le problème de quelqu'un d'autre, mais plus le mien.

— Il n'a confiance en rien ni en personne. Il est cynique et je vous assure qu'il a des raisons pour cela.

Tucker demeura silencieux.

— Vous ne le connaissez pas, ajoutai-je.

— Mais je ne veux pas le connaître. Ce que j'aimerais, c'est qu'il disparaisse.

— Je vous en prie, ne faites pas quelque chose d'aussi moche, lançai-je avec sincérité. Vous commettriez une énorme erreur.

— Marino est un cauchemar politique. On n'aurait jamais dû le mettre à la tête du poste du premier arrondissement.

— Alors, retransférez-le dans une division d'enquêteurs, à la brigade A. C'est vraiment là qu'il est le mieux.

Tucker conduisit en silence. Il n'avait plus envie de discuter de Marino.

— Pourquoi ne m'a-t-on jamais dit que quelqu'un voulait me tuer ? demandai-je.

Ces mots me parurent étranges. Je ne parvenais pas à accepter ce qu'ils signifiaient.

— Je veux savoir pour quelle raison vous ne m'avez pas prévenue que j'étais sous surveillance.

— J'ai fait ce que j'ai cru préférable.

— Vous auriez dû me le dire.

Tucker jeta un œil à son rétroviseur pour s'assurer que Marino était toujours derrière nous. Il contourna les bâtiments du quartier général de la police de Richmond.

— J'ai pensé que si je vous répétais ce que des mouchards nous avaient raconté, cela risquait d'être encore plus dangereux pour vous. J'ai eu peur que vous ne soyez... (Il s'interrompit.) Eh bien, agressive, tendue. Je ne voulais pas que votre attitude change. Je ne voulais pas que vous soyez sur la défensive, au risque d'aggraver les choses.

Non sans humeur, je rétorquai :

— Je crois que vous n'aviez pas le droit d'être si discret.

Tucker regarda droit devant lui.

— Dr Scarpetta, très honnêtement, ce que vous deviez en penser m'importait peu, et mon attitude n'a pas évolué aujourd'hui. La seule chose qui me préoccupe, c'est de vous sauver la vie.

Deux policiers, armés de fusils à pompe et revêtus d'un uniforme noir qui tranchait sur la neige, montaient la garde à l'entrée du parking du quartier général. Tucker s'arrêta et descendit sa vitre.

— Comment ça se passe ? demanda-t-il.

Un sergent à l'air sévère, son fusil pointant vers le ciel, répondit :

— C'est calme, monsieur.

— Bon, faites attention à vous, les gars.

— Oui, monsieur.

Tucker referma sa vitre et pénétra dans le parking. Il se gara à gauche d'une porte vitrée à double battant qui conduisait au hall de réception et au corps principal de ce large complexe de ciment qu'il commandait.

Peu de voitures de police, ou même de véhicules banalisés, étaient garés sur le parking. Il devait y avoir pas mal d'accidents en cette nuit glissante, et tous les autres policiers étaient à la recherche de Gault. Aux yeux de la police, il venait de prendre du galon, car il était maintenant devenu tueur de flics.

Tout en défaisant ma ceinture de sécurité, je remarquai :

— Le shérif Brown et vous possédez des voitures similaires.

— Et là s'arrête la similitude, ajouta Tucker en sortant de voiture.

Son bureau était localisé dans un long couloir triste, à quelques portes de la brigade A, la brigade criminelle. Les quartiers occupés par le chef de la police étaient d'une étonnante sobriété, ornés de meubles robustes et fonctionnels. Il n'y avait ni jolie lampe, ni tapis, et les murs avaient échappé aux inévitables photographies le représentant avec des célébrités ou des politiciens. Je ne vis pas non plus de certificats ou de diplômes qui puissent permettre de savoir où il avait poursuivi ses études et quels éloges il avait mérités.

Tucker jeta un coup d'œil à sa montre et me conduisit vers une petite salle de conférences qui jouxtait son bureau. La pièce, sans fenêtre, était moquettée d'un bleu profond, et au centre trônait une table ronde autour de laquelle étaient rangées huit chaises. S'y trouvaient également une télévision et un magnétoscope.

— Et pour Lucy et Janet ? demandai-je, m'attendant à ce que le chef de la police les exclue de la réunion.

Il s'assit confortablement sur une chaise à pivot

comme s'il avait l'intention d'assister à une retrans-
mission du Super-Bowl et répondit :

— Je suis déjà au courant. Elles sont agents.

D'un ton respectueux, Lucy corrigea :

— Je ne suis pas un agent.

Tucker leva le regard vers elle :

— Vous avez conçu CAIN.

— Pas complètement.

— Eh bien, CAIN joue un rôle dans tout ceci. Vous
pouvez donc rester.

Lucy soutint son regard et déclara :

— Votre département est connecté. Du reste,
c'était le premier à le faire.

La porte s'ouvrit. Benton Wesley pénétra dans la
salle de réunion, et tous tournèrent la tête vers lui. Il
portait des pantalons de velours et un pull. Il avait
l'air hagard de quelqu'un qui est trop épuisé pour
dormir.

— Benton, je crois que vous connaissez tout le
monde, lança Tucker comme s'il connaissait Wesley
de longue date.

Celui-ci avait adopté une allure très professionnelle. Il s'assit et dit :

— En effet. Je suis en retard parce que vous avez
fait du bon travail.

Tucker eut l'air perplexe.

— Oui, je me suis fait arrêter et on a vérifié mes
papiers à deux reprises.

Le chef eut l'air satisfait et déclara :

— Ah ! Tous les hommes sont dehors. Nous sommes vernis, avec les conditions météo.

Il ne plaisantait pas.

Ce fut Marino qui fournit l'explication à Lucy et
à Janet :

— La plupart des gens restent chez eux lorsqu'il
neige. Et moins il y a de gens dehors, plus c'est facile
pour nous.

— Sauf si Gault n'est pas non plus dehors, argu-
menta Lucy.

— Faut bien qu'il soit quelque part, insista Marino. Ce requin n'a pas vraiment de résidence secondaire dans le coin.

— Nous ignorons ce qu'il a ou n'a pas, dit Wesley. Il est possible qu'il connaisse quelqu'un dans la région.

Tucker se tourna vers Wesley et demanda :

— À votre avis, où est-il allé après avoir quitté la morgue ce matin ?

— Je ne crois pas qu'il ait quitté le coin.

— Pourquoi ?

Wesley me regarda et répondit :

— Parce que je crois qu'il veut rester où nous sommes.

— Et sa famille ? demanda alors Tucker.

— Ils n'habitent pas très loin de Beaufort, en Caroline du Sud. Ils ont récemment acheté une plantation de pacaniers de taille respectable. Elle se trouve sur une île. Je ne crois pas que Gault aille là-bas.

— Je pense qu'il vaudrait mieux ne pas faire de suppositions, déclara Tucker.

— Gault s'est séparé de sa famille.

— Pas complètement. Il trouve bien de l'argent quelque part.

— En effet, acquiesça Wesley. Il se peut qu'ils lui donnent de l'argent pour éviter qu'il ne revienne. Ils sont en plein dilemme : s'ils ne lui donnent rien, il peut revenir. S'ils l'aident, Gault peut demeurer où bon lui semble à tuer qui il veut.

Tucker commenta d'un ton sarcastique :

— Ils me font l'effet de parfaits citoyens.

— Ils ne nous aideront pas, poursuivit Wesley. Nous avons tenté le coup. Et qu'avez-vous fait d'autre à Richmond ?

— Tout ce que nous pouvions faire. Cet enfoiré tue des flics.

D'un ton calme et plat, Wesley déclara :

— Je ne crois pas qu'il s'agisse d'un choix délibéré. Je crois que Gault se fout des flics.

Tucker s'emporta :

— Eh bien, il a tiré le premier, et c'est à notre tour.

Wesley se contenta de le regarder. Tucker poursuivit :

— Nous avons placé deux hommes dans chaque voiture de patrouille, ainsi que des gardes sur le parking, essentiellement pour les changements d'équipe. Il y a une photo de Gault dans tous les véhicules et nous en avons distribué dans toutes les boutiques du coin... Du moins, celles qui étaient ouvertes.

— Et la surveillance ?

— Dans les endroits où il risque de se rendre. Ils sont tous placés sous surveillance. (Tucker me regarda et précisa :) Notamment votre maison et la mienne, ainsi que les bureaux du médecin expert général.

Il se tourna alors vers Wesley et demanda :

— Si vous pensez que nous avons oublié quelque endroit que ce soit, je vous en prie, dites-le-moi.

— Il ne doit pas y en avoir beaucoup d'autres. Gault a la fâcheuse petite manie de trucider ses amis.

Il fixa un point qui se trouvait devant lui et acheva :

— Et les hélicoptères de la police d'État ? Les avions de reconnaissance ?

— Absolument. Dès que la neige cessera de tomber.

Janet intervint, posant le type de question qu'elle passerait probablement le reste de sa carrière à formuler :

— Je ne parviens pas à comprendre comment il se déplace avec autant de facilité. Pourtant, il n'a pas l'air normal. Comment se fait-il que les gens ne le remarquent pas ?

— Il est extrêmement rusé, lui dis-je.

Tucker se tourna vers Marino pour lui demander :

— Vous avez la bande ?

— Oui, monsieur. Mais je ne suis pas sûr que...
commença-t-il.

Tucker releva légèrement le menton :

— Vous n'êtes pas sûr de quoi, capitaine ?

Marino regarda Lucy et Janet et acheva sa pensée :

— Je ne suis pas sûr qu'elles devraient la voir.

D'un ton cassant, Tucker ordonna :

— Allons-y, je vous en prie, capitaine.

Marino introduisit la bande dans le magnétoscope
et éteignit la lumière.

Des chiffres et des lignes apparurent sur l'écran de
télévision, et Marino annonça :

— Ça dure à peu près une heure. Ça dérange quelqu'un si je fume ?

— Oui, moi. Cela me dérange beaucoup, répondit
Tucker. Bien, il s'agit de ce que nous avons retrouvé
dans la caméra vidéo découverte au domicile du shérif Brown. Je ne l'ai pas encore visionnée.

La lecture de la bande commença, Marino présentant les images :

— OK, ce qu'on voit là, c'est la chambre à coucher
de Lamont Brown, qui se trouve à l'étage.

Le lit que j'avais vu un peu plus tôt dans la journée
était cette fois soigneusement fait, et on entendait
quelqu'un bouger à l'arrière-plan.

— Je crois que là, il était en train de vérifier que
sa caméra fonctionnait bien. Peut-être que c'est à ce
moment que le résidu blanc a été déposé sur le mur.
Vous voyez ? Maintenant, on avance dans le temps.

Marino enfonça la touche de pause et nous
contemplâmes l'image floue d'une chambre vide.

La voix de Tucker résonna dans la pénombre.

— Les tests de Brown pour la cocaïne étaient-ils
positifs ?

— Il est encore trop tôt pour que nous sachions
si son sang contenait de la cocaïne, ou même son
métabolite, la benzoyleconine, répondis-je. Tout ce
que nous avons jusqu'ici, c'est son taux d'alcoolémie.

Marino reprit :

280

— Ça fait comme s'il avait allumé puis éteint la caméra. Et puis après, il l'a rallumée de nouveau. On peut en être sûr parce que l'horloge indique une heure différente. D'abord, il est 10 h 06 la nuit dernière, puis il est 10 h 20.

— Il attendait de toute évidence quelqu'un, déclara le chef Tucker.

— Ou alors, ils étaient déjà là. Peut-être qu'ils se faisaient quelques lignes de coke en bas. Nous y voilà.

Marino enfonça la touche de lecture :

— C'est maintenant que ça commence pour de bon.

La pénombre qui régnait dans la salle de conférences était parfaitement silencieuse, à l'exception des gémissements d'un sommier et d'un grognement qui semblait davantage provoqué par la souffrance que par la passion. Le shérif Brown était nu et reposait sur le dos. Nous vîmes Gault de dos. Il portait des gants chirurgicaux et rien d'autre. Des vêtements de couleur sombre étaient étalés sur le lit, non loin du shérif. Marino se tut. Je pouvais apercevoir les profils de Lucy et de Janet. Leurs visages étaient dénués d'expression, et le chef Tucker semblait particulièrement calme. Wesley était assis à côté de moi et analysait froidement les images qui défilaient.

Gault était d'une pâleur malsaine. Chacune de ses vertèbres et de ses côtes saillait. Il devait avoir perdu beaucoup de poids et de masse musculaire. Je repensai à la cocaïne détectée dans l'un de ses cheveux, maintenant décolorés en blanc, et, lorsqu'il bougea, je découvris ses seins ronds.

Mon regard se tourna immédiatement vers Lucy, de l'autre côté de la table, et je la vis se raidir.

Je sentis les yeux de Marino se poser sur moi, alors que, sur l'écran, Carrie Grethen, à cheval sur son client, œuvrait à lui procurer l'extase. Mais la drogue avait dû abonder cette nuit-là, et en dépit des efforts de Carrie Grethen, le shérif Brown semblait incapable de réagir au plaisir qui allait lui coûter beaucoup plus cher que tout ce qu'il avait jamais payé. Lucy garda les yeux bravement rivés sur l'écran. Choquée, elle regarda son ex-amante pratiquer un acte lubrique après l'autre sur cet homme drogué au ventre gras.

La fin faisait peu de doute. Carrie allait à un moment donné sortir une arme et abattre le shérif. Pourtant, il n'en fut rien. Dix-huit minutes après le début de la bande, un bruit de pas résonna dans la chambre, et le complice de Carrie entra dans le champ de la caméra. Temple Gault était vêtu d'un costume sombre et portait également des gants. Il semblait totalement ignorer que chacun de ses gestes était filmé. Il s'arrêta au pied du lit et contempla la scène. Les yeux de Brown étaient fermés. Je n'aurais su dire s'il était conscient.

— La séance est terminée, lâcha Gault d'un ton impatient.

Son regard d'un bleu intense envahit l'écran. Il regarda droit vers notre salle de conférences. Il n'avait pas changé de couleur. Ses cheveux, lissés vers l'arrière et passés derrière ses oreilles, étaient toujours orange vif. Il déboutonna sa veste et en tira un pistolet 9 mm Glock.

Il s'approcha avec nonchalance de la tête du shérif.

Carrie regarda Gault appliquer le canon de l'arme entre les deux yeux du shérif Brown. Elle posa ses mains sur ses oreilles. Mon estomac se contracta et mes poings se serrèrent lorsque Gault pressa la détente et que le pistolet recula, comme horrifié par l'acte qu'il venait de commettre. Nous demeurâmes assis, assommés, jusqu'à ce que cessent les derniers sursauts et convulsions de l'agonie du shérif Brown. Carrie démonta.

— Oh ! merde, lâcha Gault en regardant son torse. J'ai été éclaboussé.

Carrie tira le mouchoir qui se trouvait dans la

poche de la veste de Gault et épongea son cou et ses revers.

— Ça ne se verra pas. Heureusement que tu portes des vêtements noirs.

Comme si la nudité de Carrie le dégoûtait, il dit :

— Va te mettre quelque chose.

Il avait une voix adolescente, inégale, et parlait doucement.

Il se dirigea vers le pied du lit et ramassa les vêtements sombres qui y étaient étalés. Carrie examina le lit.

— Et la montre ? C'est une Rolex. Une vraie, baby, et de l'or. La gourmette aussi.

D'un ton cassant, Gault ordonna :

— Va t'habiller. Maintenant.

— Je ne veux pas me salir, rétorqua-t-elle.

Elle lâcha le mouchoir souillé au pied du lit, là où la police le retrouverait un peu plus tard.

— Alors, ramène les sacs ici, ordonna-t-il.

On eut l'impression que Gault fouillait dans les vêtements au moment où il les déposa sur le dessus d'une commode, mais l'angle de la caméra ne nous permettait pas de le voir avec précision. Carrie revint avec les sacs.

Ils s'occupèrent du cadavre de Brown tous les deux et d'une façon qui traduisait la préparation et la précision. Tout d'abord, ils le revêtirent de son pyjama, pour une raison qui nous échappait. Du sang dégoulina sur la veste du vêtement lorsque Gault enveloppa la tête du shérif dans un sac-poubelle. Il lia le sac autour du cou grâce à un lacet qui provenait d'une des chaussures de sport rangée dans le placard.

Ils descendirent le corps du lit et le déposèrent dans l'enveloppe noire posée sur le sol. Gault portait le cadavre par les aisselles alors que Carrie lui soulevait les chevilles. Ils enfoncèrent le corps dans l'enveloppe et remontèrent la fermeture Éclair. Nous les vîmes transporter le corps de Lamont Brown à l'extérieur de la chambre, et perçûmes leur descente dans l'escalier. Quelques minutes plus tard, Carrie réapparut, prit ses vêtements et ressortit de la chambre. La pièce était maintenant déserte.

Tucker déclara d'un ton tendu :

— On ne peut pas souhaiter posséder de meilleures preuves. Les gants proviennent-ils de la morgue ?

— Sûrement de la fourgonnette volée, répondis-je. Il y en a une boîte dans chaque véhicule.

— C'est pas tout à fait fini, intervint Marino.

Il enclencha le bouton d'avance rapide. Des plans de la chambre vide défilèrent l'un après l'autre. Puis brusquement, une silhouette surgit. Il rembobina la bande et la silhouette ressortit à reculons.

Marino annonça :

— Regardez ce qui se passe exactement une heure et onze minutes plus tard.

Il enfonça la touche de lecture.

Carrie Grethen pénétra dans la chambre, habillée comme Gault. N'eût été sa chevelure blanche, j'aurais pu la confondre avec lui.

Étonné, Tucker demanda :

— Quoi ? Elle a mis son costume ?

— Ce n'est pas son costume, rétorquai-je. Celui qu'elle porte lui ressemble, mais ce n'est pas celui qu'avait Gault.

— Comment le savez-vous ? insista Tucker.

— Parce qu'il y a un mouchoir dans la poche du sien et qu'elle avait pris celui de Gault pour essuyer le sang qui l'avait éclaboussé. Et si vous rembobinez la bande, vous constaterez que les poches de sa veste à elle ont des revers, et pas celles de Gault.

— Ouais, dit Marino. Juste.

Carrie examina la pièce, le lit, le sol, comme si elle avait égaré quelque chose. Elle était hypernerveuse, en colère, et je fus convaincue qu'elle se trouvait en pleine descente de cocaïne. Elle regarda autour d'elle encore une minute puis quitta la pièce.

— Je me demande ce que cela signifiait, interrogea Tucker.

— Attendez, conseilla Marino.

Il avança encore la bande. Carrie apparut de nouveau à l'écran. Elle cherchait toujours quelque chose, fronçant les sourcils, tirant les couvertures, soulevant l'oreiller maculé de sang. Elle s'agenouilla par terre et vérifia sous le lit. Elle finit par vomir un chapelet d'insanités, ses yeux scrutant toujours la pièce.

La voix de Gault se fit entendre, quelque part à l'extérieur de la pièce.

— Dépêche-toi.

Carrie se regarda dans le miroir de la commode et rectifia sa coiffure. Durant un instant, son image nous parvint en gros plan, juste dans l'axe de la caméra, et je fus sidérée par sa détérioration physique. Je l'avais un jour trouvée belle, avec sa peau saine, ses traits parfaits et ses longs cheveux châtains. Mais la créature qui se tenait devant nous était décharnée, son regard était vitreux et ses cheveux blancs desséchés. Elle boutonna sa veste et sortit de la chambre.

— Qu'en concluez-vous ? demanda Tucker à Marino.

— Je sais pas. Je me suis passé la bande une douzaine de fois et j'arrive pas à comprendre.

Wesley intervint :

— Elle a égaré quelque chose, cela semble évident.

— Peut-être qu'elle faisait juste une dernière vérification, pour être sûre qu'ils n'avaient rien négligé, proposa Marino.

— Comme la présence d'une caméra vidéo, déclara Tucker en grimaçant.

— Non, peu lui importait que quelque chose ait été négligé au moment de leur départ, déclara Wesley. Elle a laissé le mouchoir ensanglanté de Gault par terre.

— Mais ils portaient tous les deux des gants, insista Marino. C'est drôlement prudent de leur part.

— De l'argent a-t-il été dérobé ? demanda Wesley.

Marino répondit :

— On ne sait pas exactement combien, mais le portefeuille de Brown a été nettoyé. Ils lui ont sûrement piqué des flingues, du liquide et de la came.

— Attendez un peu, lançai-je. L'enveloppe !

— Quelle enveloppe ? demanda Tucker.

— Ils ne l'ont pas placée dans sa poche. Nous les avons vus habiller le shérif et le placer dans la poche de la morgue, mais il n'y avait pas d'enveloppe. Rembobinez, dis-je. Remettez la bande à ce moment-là, que je sois sûre de ne pas faire erreur.

Marino rembobina la bande et nous repassa la séquence durant laquelle Gault et Carrie transportaient le cadavre hors de la chambre. Cela confirma que Lamont Brown avait bien été enveloppé dans la poche noire sans le message rose que j'avais découvert plus tard à la morgue dans la poche de sa veste de pyjama. Je repensai aux autres messages reçus auparavant, et à tous les ennuis que Lucy rencontrait avec CAIN. L'enveloppe était timbrée et portait mon adresse, comme si l'auteur du message avait eu l'intention de la poster.

— C'est peut-être cela que Carrie n'a pas retrouvé, dis-je. Peut-être est-ce elle qui m'envoyait ces lettres. Elle avait également l'intention de m'envoyer celle-ci, ce qui explique pourquoi elle m'était personnellement adressée et pourquoi elle était timbrée. Mais alors, Gault a placé l'enveloppe dans la poche de pyjama de Brown à l'insu de Carrie.

— Pour quelle raison Gault aurait-il fait ça ? demanda Wesley.

— Peut-être parce qu'il savait l'effet que cela produirait, répliquai-je. J'allais découvrir l'enveloppe à la morgue, et comprendre immédiatement que Brown avait été assassiné et que Gault était impliqué dans ce meurtre.

— Alors, ça signifie que ce n'est pas Gault qui est CAIN, mais Carrie, lança Marino.

— Ils ne sont CAIN ni l'un ni l'autre, intervint Lucy. Ce sont des espions.

Nous demeurâmes silencieux quelques instants.

Je repris la parole.

— Il semble évident que Carrie a continué à aider Gault pour ce qui concerne les ordinateurs du FBI. Ils font équipe, mais il a pris la lettre que me destinait Carrie, sans le lui dire. Je crois que c'est ce qu'elle cherchait dans la chambre.

— Pourquoi la cherchait-elle dans la chambre de Brown ? demanda Tucker. Voyez-vous une raison qui expliquerait qu'elle l'ait eue sur elle à ce moment-là ?

— Mais oui, répondis-je. Elle s'est déshabillée dans la chambre de Brown. Peut-être la lettre était-elle dans l'une de ses poches ? Repassez cette partie, Marino. Au moment où Gault ramasse les vêtements posés sur le lit.

Marino rembobina la bande jusqu'à cette séquence et bien qu'il ne fût pas possible de voir si Gault retirait bien une lettre d'une poche, il avait indiscutablement manipulé les vêtements de Carrie. Il lui aurait été possible de prendre le message à ce moment-là. Gault avait ensuite parfaitement pu le placer dans la poche de pyjama de Brown une fois dans la fourgonnette, ou même à la morgue.

D'un ton sceptique, Marino insista une nouvelle fois :

— Donc, vous êtes convaincue que c'est elle l'expéditeur des lettres que vous avez reçues ?

— C'est probable.

Tucker ne comprenait pas :

— Mais pour quelle raison ? Pourquoi ferait-elle cela, Dr Scarpetta ? Vous la connaissiez ?

— Non. Je l'ai simplement rencontrée, et notre dernière rencontre tenait de l'affrontement. De plus, ces messages ne ressemblent pas à Gault. Et je l'ai toujours pensé.

D'un ton calme, Wesley déclara :

— Elle voudrait vous détruire. Elle aimerait vous détruire toutes les deux, Lucy et vous.

— Pourquoi ? demanda Janet.

— Parce que Carrie Grethen est une psychopathe, poursuivit-il. Elle et Gault sont jumeaux. Du reste, il est intéressant de remarquer qu'ils s'habillent maintenant de la même façon. Ils se ressemblent.

— Je ne comprends pas ce qu'il a fait avec cette lettre, intervint Tucker. Pourquoi ne pas l'avoir simplement demandée à Carrie plutôt que de la prendre sans le lui dire ?

— Vous êtes en train de me demander comment fonctionne le cerveau de Gault, traduisit Wesley.

— En effet, oui.

— J'ignore la raison de ce geste.

— Mais il doit avoir une signification.

— Il en a une, confirma Wesley.

— Laquelle ? insista Tucker.

— Il signifie que Carrie pense partager une relation avec Gault. Elle pense pouvoir lui faire confiance, et elle se trompe. Cela signifie qu'il finira par la tuer s'il en a le loisir, déclara Wesley comme Marino rallumait les lampes.

Tout le monde cligna des yeux. Je jetai un regard à Lucy, qui n'avait rien dit, et compris son angoisse à un détail. Elle avait chaussé ses lunettes, alors qu'elle n'en avait pas besoin, sauf lorsqu'elle travaillait devant un écran d'ordinateur.

— De toute évidence, ils travaillent en duo, dit Marino.

— Qui commande ? demanda Janet.

— Gault, déclara Marino. C'est pour ça que c'est lui qui a le flingue et elle qui taille les pipes.

Tucker repoussa sa chaise :

— Ils ont rencontré Brown d'une façon ou d'une autre. Ils n'ont pas juste débarqué chez lui comme ça.

— Pensez-vous qu'il ait pu reconnaître Gault ? demanda Lucy.

— Peut-être pas, répondit Wesley.

— Je pense qu'ils l'ont contacté — ou elle, en tout cas — pour se procurer de la drogue.

— Le numéro de Brown n'est pas dans l'annuaire, mais il n'est pas non plus confidentiel, ajoutai-je.

— Nous n'avons retrouvé aucun message particulier sur son répondeur, déclara Marino.

— Je veux comprendre le lien, insista Tucker. Comment ces deux-là connaissaient-ils Brown ?

— L'hypothèse de la drogue me convient assez, dit Wesley. Il est également possible que Gault se soit intéressé au shérif à cause du Dr Scarpetta. Brown a abattu quelqu'un la veille de Noël, et les médias ont relaté l'affaire jusqu'à plus soif. Tout le monde savait que le Dr Scarpetta était présente pendant la fusillade, et il faisait peu de doute qu'elle devrait témoigner lors du procès. D'ailleurs, l'ironie du sort aurait voulu qu'elle finisse même dans le jury, puisque Brown l'avait fait désigner comme juré peu avant.

Je repensai à ce que m'avait dit Anna Zenner au sujet de Gault et des cadeaux qu'il me ramenait.

— Gault devait savoir tout cela, résuma le chef Tucker.

— Possible, acquiesça Wesley. Si jamais nous découvrons où il vit, on découvrira peut-être du même coup qu'il se fait envoyer le journal de Richmond par le courrier.

Tucker réfléchit un moment, puis me regarda :

— En ce cas, qui a tué ce policier à New York ? Est-ce cette femme aux cheveux blancs ?

— Non. Elle n'aurait pas pu lui expédier ce type de coup de pied. Sauf si elle est ceinture noire de karaté.

— Et vous pensez qu'ils formaient déjà équipe cette nuit-là dans le tunnel du métro ?

— Je ne sais pas si elle était avec lui.

— Oui, mais vous y étiez, insista Tucker.

— En effet. J'ai vu quelqu'un.

— Et ce quelqu'un avait les cheveux orange ou blancs ?

Je repensai à cette silhouette illuminée sous l'arche du tunnel. Je me souvins du long manteau noir et du visage pâle. Je n'avais pas pu voir la couleur de ses cheveux.

— Je crois que c'était Gault, cette nuit-là. Mais je ne peux pas le prouver. De plus, rien ne permet de suggérer qu'il a tué Jane avec l'aide d'un complice.

— Jane ? demanda Tucker.

Marino intervint :

— C'est comme ça qu'on a appelé la femme qu'il a tuée dans Central Park.

— En d'autres termes, cela suggère que cette Carrie Grethen n'est devenue sa complice dans le crime qu'après le retour de Gault en Virginie, poursuivit Tucker, tentant de rassembler les pièces du puzzle.

— Nous n'en savons vraiment rien, intervint Wesley. Ce ne sera jamais une science exacte, Paul. Principalement lorsqu'on a affaire à des criminels au cerveau pourri par la drogue. Plus ils décompensent, plus leur comportement devient étrange.

Le chef de la police se pencha et, regardant Wesley droit dans les yeux, demanda :

— S'il vous plaît, dites-moi ce que vous arrivez à sortir de tout ce bordel.

— Ils se connaissaient avant. Je soupçonne qu'ils se sont rencontrés par l'intermédiaire d'une boutique qui vend du matériel d'espionnage en Virginie du Nord. C'est de cette façon que le fonctionnement de CAIN a été compromis, *est* compromis. Cependant, il semble que leur relation soit maintenant passée à un autre niveau.

— Ouais, lâcha Marino. Bonnie a trouvé Clyde.

15

La voiture nous ramena chez moi au milieu de rues presque désertes. Il était très tard et la nuit était parfaitement tranquille. La neige recouvrait le sol comme du coton et absorbait les bruits. Les arbres dénudés paraissaient noirs contre cette blancheur, et la lune dissimulée par le brouillard ressemblait à un visage flou. J'avais envie d'aller me promener, mais Wesley s'y opposa.

Nous étions assis dans la BMW garée derrière la voiture de Marino, juste devant ma demeure.

— Il est tard, Kay. Vous avez eu une journée très traumatisante. Il n'est pas souhaitable que vous alliez vous promener dans les parages.

Je me sentais vulnérable et très fatiguée, et je n'avais pas envie qu'il parte :

— Vous pourriez vous promener avec moi ?.

— Je crois qu'il vaut mieux qu'aucun de nous deux ne se balade ici, insista-t-il tandis que Janet, Lucy et Marino s'engouffraient chez moi. Vous allez rentrer et dormir un peu.

— Et vous, qu'allez-vous faire, Benton ?

— J'ai une chambre.

— Où cela ? demandai-je comme si j'avais le droit de poser ce genre de question.

— Au centre-ville, à Linden Row. Allez vous coucher, Kay, je vous en prie.

Il s'interrompit, contemplant le pare-brise, puis reprit :

— Je voudrais faire davantage, mais je ne peux pas.

— Je le sais et je ne vous le demande pas. Bien sûr, vous ne pouvez pas plus me réconforter que je le pourrais si vous en aviez besoin. Si vous aviez besoin de quelqu'un. C'est dans ces moments-là que je déteste être amoureuse de vous. Je le déteste vraiment. Je déteste avoir besoin de vous. Comme en ce moment.... (Je luttai contre moi-même.) Oh, merde !

Il m'entoura les épaules de son bras et sécha mes larmes. Il caressa mes cheveux et me serra la main comme s'il l'aimait de tout son cœur.

— Je pourrais vous emmener avec moi à Linden Row cette nuit, si vous le souhaitez vraiment.

Mais il savait que je ne le souhaitais pas parce que c'était impossible. J'inspirai profondément.

— Non. Non, Benton.

Je sortis de sa voiture, ramassai une pleine poignée de neige et m'en frottai vigoureusement le visage avant de me diriger vers l'entrée de ma maison. Je ne voulais pas que quelqu'un puisse se rendre compte que j'avais pleuré dans l'obscurité, en compagnie de Benton Wesley.

Il ne redémarra pas tant que Marino, Lucy, Janet et moi ne fûmes pas barricadés à l'intérieur. Tucker avait ordonné que l'on maintienne une surveillance, vingt-quatre heures sur vingt-quatre, et Marino avait pris la responsabilité de notre sécurité. Il ne voulait pas la laisser à quelques hommes en civil, garés quelque part dans une voiture ou dans une fourgonnette. Il nous regroupa comme il l'eût fait de Bérets verts ou de guérilleros.

Au moment où nous pénétrions dans ma cuisine, il déclara :

— Bien. Je sais que Lucy sait tirer. Janet, vous avez intérêt à savoir aussi, si vous voulez obtenir votre diplôme de l'Académie.

Imperturbable et calme, comme à son habitude, elle répondit :

— Je savais déjà tirer avant de rentrer à l'Académie.

— Doc ?

J'étais plongée dans le réfrigérateur.

— Je peux vous faire des pâtes à l'huile d'olive avec du parmesan et un peu d'oignon. Si quelqu'un veut un sandwich, j'ai du fromage. Si vous me donnez un peu de temps pour le décongeler, j'ai un *piccage col pesto di ricotta,* ou même des *tortellini verdi.* Je crois qu'il devrait y en avoir assez pour quatre si je réchauffe les deux plats.

Tout le monde s'en moquait.

J'avais tellement envie de faire quelque chose de normal.

Désespérée, je poursuivis :

— Je suis désolée. Je ne suis pas allée faire les courses depuis un bon moment.

— Il faudrait que je voie votre coffre-fort, Doc.

— J'ai des bagels.

— Hé, est-ce que quelqu'un a faim ? demanda Marino.

Personne n'avait faim. Je refermai le congélateur. Le coffre-fort dans lequel je rangeais les armes se trouvait dans le garage.

Marino me suivit à l'extérieur, et j'ouvris le coffre.

— Cela vous ennuierait de me dire ce que vous êtes en train de faire, Marino ?

— Je nous arme.

Il sortit les armes de poing qui se trouvaient dans mon coffre les unes après les autres, et examina mes réserves de cartouches et de balles en s'exclamant :

— Putain ! Vous avez des actions chez Green Top.

Green Top était un armurier du coin qui ne fournissait pas d'armes aux malfaiteurs mais seulement aux citoyens respectueux des lois qui aimaient le sport ou cherchaient à protéger leur maison, ce que je rappelai à Marino. Bien sûr, il m'eût été difficile de prétendre que je ne possédais pas trop d'armes et de munitions, selon les normes admises.

Marino, à moitié plongé dans mon lourd et grand coffre-fort, poursuivit :

— Je savais pas que vous aviez tout ça. Putain, mais où vous avez trouvé ça ? J'étais pas avec vous.

D'un ton cassant, je répondis :

— Il m'arrive de faire des courses seule, de temps en temps. Croyez-moi ou non, mais je suis capable d'acheter à manger ou des vêtements, ou même des armes, sans personne pour m'accompagner. Et je suis très fatiguée, Marino. Finissons-en, voulez-vous ?

— Où sont vos fusils ?

— Que voulez-vous ?

— Qu'est-ce que vous avez ?

— Des Remington. Un Marine Magnum. Un 870 Express Security.

— Ça devrait aller.

— Voulez-vous que j'essaie de vous trouver un peu de plastic ? Je tomberai même peut-être sur un lance-grenades.

Il sortit un 9 mm Glock.

— Alors vous aussi, vous faites dans le Tupperware de combat ?

— Je l'ai utilisé pour des tests de balistique. Au demeurant, c'est pour cette même raison que je conserve tant d'armes chez moi. J'ai plusieurs communications à faire à ce sujet dans des congrès professionnels. Vous me rendez dingue, Marino. Allez-vous également fouiller les tiroirs de ma commode ?

Il rangea le Glock dans sa ceinture de pantalon.

— Voyons voir. Je vais vous piquer votre 9 mm Smith et Wesson et votre Colt. Janet aime les Colt.

Je refermai le coffre et fis tourner d'un geste coléreux les chiffres du code. Marino et moi retournâmes dans la maison et je montai à l'étage, parce que je n'avais pas envie de le voir distribuer des armes et des munitions. Je ne parvenais pas à me faire à l'idée que Lucy, en bas, manipulait un fusil à pompe, et je me demandai si quelque chose parviendrait jamais à remettre Gault en phase, ou à lui faire peur. Je n'étais plus loin de croire qu'il était une sorte de mort vivant, et qu'aucune de nos armes ne parviendrait à l'arrêter.

J'éteignis la lumière de ma chambre et demeurai un moment devant la fenêtre. Mon souffle se condensait sur la vitre, et je contemplai la nuit éclairée par la neige. Je me souvenais de ces jours, alors que je venais de m'installer à Richmond, où je m'étais réveillée pour découvrir un monde calme et blanc comme cette nuit. Parfois, la ville était paralysée et il m'était impossible d'aller travailler. Je me souvenais m'être promenée dans le quartier en donnant des coups de pied dans le tapis neigeux et en lançant des boules de neige aux arbres. Je me souvenais avoir suivi des yeux les jeux des enfants qui tiraient des traîneaux dans les rues.

J'essuyai la buée qui s'était formée sur la vitre de ma fenêtre. J'étais trop triste pour raconter à qui-conque ce que je ressentais. De l'autre côté de la rue, des bougies de Noël brillaient à toutes les fenêtres, sauf aux miennes. La rue était éclairée mais vide. Pas une seule voiture ne roulait. Je savais que Marino et son escadron d'intervention femelle passeraient la moitié de la nuit debout. Et ils allaient être déçus, parce que Gault ne viendrait pas ici. Je finissais par développer un instinct en ce qui concernait Gault. Ce qu'Anna avait perçu de lui était probablement exact.

Je lus dans mon lit jusqu'à ce que je m'endorme, et me réveillai à cinq heures du matin. Je descendis doucement, songeant que ce serait bien ma veine si je mourais chez moi d'un coup de fusil. La porte de l'une des chambres d'amis était fermée, et Marino ronflait sur le canapé. Je me faufilai jusqu'au garage et sortis ma Mercedes en marche arrière. Elle glissait merveilleusement sur la neige tendre et sèche. J'eus l'impression d'être un oiseau, et je volais.

J'accélérai dans Cary Street, et trouvai ça amusant lorsque je fis un tête-à-queue. Il n'y avait pas un chat. Je rétrogradai, avançant péniblement au milieu des congères qui envahissaient le parking de l'Internatio-nal Safeway. Le supermarché était toujours ouvert, et j'y achetai du jus d'orange frais, du fromage blanc, du bacon et des œufs. Je portais un chapeau, et per-sonne ne prêta attention à moi.

Je retrouvai ma voiture sur le parking, plus heureuse que je ne l'avais été depuis des semaines. Je chantai en chœur avec la radio, et entrepris de faire des glissades avec la voiture lorsque la chose était possible. Je rentrai la voiture dans mon garage, pour y découvrir Marino armé de son fusil Benelli plat et noir.

Il s'écria, tandis que je refermais les portes du garage :

— Bon Dieu, mais qu'est-ce que vous foutez ?

Mon euphorie s'envola.

— Je suis allée faire des courses.

— Nom de Dieu... je peux pas le croire ! me hurla-t-il.

Je perdis mon sang-froid et rétorquai :

— Mais où vous croyez-vous, à la fin ? On se refait Patty Hearst ? Je suis kidnappée ? Peut-être devrait-on m'enfermer dans un placard ?

Marino était furieux :

— Rentrez à la maison !

Je lui lançai un regard glacial.

— C'est ma maison. Ce n'est pas la vôtre. Ce n'est pas non plus celle de Tucker ni celle de Benton. Bordel, c'est MA maison. Et j'y rentrerai quand bon me semblera.

— Bien. Et vous pouvez mourir à l'intérieur de votre maison comme partout ailleurs.

Je le suivis dans la cuisine. Je sortis avec colère mes emplettes, les posant brutalement sur le plan de travail. Je cassai des œufs dans un bol et fourrai les coquilles dans la poubelle. J'allumai le gaz et battis comme une folle l'omelette avec les oignons et le fromage Fontina. Je fis du café et jurai parce que j'avais oublié d'acheter de la crème allégée. Enfin, j'arrachai des bouts de papier essuie-tout parce que je n'avais pas non plus de serviettes.

Tout en moulinant du poivre frais dans les œufs mousseux, je lui dis :

— Vous pouvez mettre la table dans le salon et allumer le feu.

— On a allumé le feu la nuit dernière.

Je commençais à me sentir mieux.

— Lucy et Janet sont réveillées ?

— J'sais pas.

Je graissai la poêle avec un peu d'huile d'olive.

— Eh bien, allez frapper à leur porte.

— Elles sont dans la même chambre.

— Oh, pour l'amour du ciel, Marino.

Je me tournai vers lui avec un regard exaspéré.

Nous petit-déjeunâmes à sept heures et demi en lisant le journal, qui était mouillé.

Lucy, du même ton que si nous avions été en vacances, par exemple dans une ravissante station de ski des Alpes, me demanda :

— Qu'est-ce que tu vas faire aujourd'hui ?

Elle portait les mêmes vêtements militaires qu'hier et était assise sur une ottomane près de la cheminée. Le Remington nickelé se trouvait par terre, à côté d'elle. Il était chargé de sept cartouches.

— Je dois faire quelques courses et donner des coups de téléphone.

Marino avait passé une paire de blue jeans et un sweat-shirt et me regardait d'un air soupçonneux en buvant bruyamment son café. Nos regards se croisèrent.

— Il faut que j'aille dans le centre.

Il ne réagit pas, se contentant de dire :

— Benton est déjà parti.

Je sentis le rouge me monter aux joues. Il poursuivit :

— J'ai déjà essayé de l'appeler mais il avait quitté l'hôtel. (Il regarda sa montre.) Il y a à peu près deux heures, vers six heures.

D'un ton posé, je précisai :

— Lorsque j'ai parlé du centre-ville, je faisais allusion à mon bureau.

— Ce que vous devez faire, Doc, c'est prendre la route du nord jusqu'à Quantico, et rester à l'étage de sécurité pendant quelque temps. Je suis sérieux. Au moins pour le week-end.

— D'accord, Marino. Mais pas avant d'avoir réglé certaines choses.

— Alors, emmenez Lucy et Janet avec vous.

Lucy avait le regard rivé sur la porte coulissante vitrée et Janet était toujours plongée dans le journal.

— Non. Elles peuvent rester ici jusqu'à notre départ pour Quantico.

— C'est pas une bonne idée.

— Marino, à moins que l'on ne m'ait arrêtée pour une raison que j'ignore, j'ai l'intention de sortir d'ici dans moins d'une demi-heure et d'aller à mon bureau. Et j'y vais *seule*.

Janet baissa son journal et dit à Marino :

— Il y a un moment où il faut reprendre sa vie en main.

Il la rembarra :

— Ceci est un problème de sécurité.

L'expression de Janet ne varia pas d'un iota.

— Non, c'est faux. Le problème, c'est votre comportement d'homme.

Marino la regarda sans comprendre.

D'un ton calme, elle ajouta :

— Vous êtes surprotecteur, vous voulez tout diriger et tout contrôler.

Marino n'eut pas l'air de se mettre en colère parce que Janet énonçait tout cela d'une voix douce.

— Vous avez une meilleure idée ?

— Le Dr Scarpetta peut se prendre en charge, répondit-elle. Mais elle ne doit pas rester seule la nuit dans cette maison.

— Il ne viendra pas ici, dis-je.

Janet se leva et s'étira.

— Non, lui ne viendra probablement pas, mais Carrie, si.

Lucy abandonna la contemplation de la porte

vitrée. La lumière du matin était aveuglante et de l'eau dégouttait des avant-toits.

— Et pourquoi ne puis-je pas t'accompagner au bureau ? interrogea Lucy.

— Mais tu ne pourras rien faire là-bas. Tu vas t'ennuyer.

— Je peux travailler sur l'ordinateur.

Je partis pour mes bureaux un peu plus tard, accompagnée de Lucy et de Janet, que j'installai avec Fielding, mon adjoint. À onze heures ce matin-là, les routes étaient détrempées par la neige, et les commerçants avaient ouvert tard. J'avais chaussé des bottes imperméables et passé une longue veste, et j'attendais sur le trottoir avant de traverser Franklin Street. Les services de la voirie répandaient du sel sur la chaussée et la circulation était sporadique, en ce vendredi précédant la nouvelle année.

Les Galeries James occupaient l'étage supérieur d'un ancien entrepôt de tabac, qu'elles partageaient avec une boutique Laura Ashley et un magasin de disques. Je pénétrai par une porte latérale, suivis un couloir chichement éclairé et pris un ascenseur si étroit que trois personnes de ma carrure auraient eu du mal à y tenir. J'appuyai sur le bouton pour monter jusqu'au troisième étage, et les portes de l'ascenseur s'ouvrirent bientôt sur un autre couloir faiblement éclairé. L'entrée de la galerie, dont les portes vitrées arboraient le nom peint en lettres calligraphiées noires, était située à l'autre bout du couloir.

James avait ouvert sa galerie à Richmond après avoir quitté New York. J'avais déjà acheté là une lithographie et un oiseau sculpté, et les bibelots en verre qui décoraient ma salle à manger venaient également de chez lui. Et puis, un an plus tôt, je lui avais retiré ma clientèle lorsqu'un artiste local avait réalisé, en mon honneur, des blouses de laboratoire dont le devant était en soie. Elles étaient décorées de taches de sang, d'os, de dessins et de scènes de crime.

Lorsque j'avais demandé à James de ne pas les vendre, il avait augmenté ses commandes.

Je l'aperçus derrière une vitrine. Il réarrangeait un plateau d'objets qui me semblèrent être des bracelets. Il leva la tête en réponse à mon coup de sonnette. Il eut un geste de dénégation et articula que la galerie était fermée. J'enlevai mes lunettes de soleil et mon chapeau, et cognai au panneau de verre de la porte d'entrée. Il me jeta un regard sans expression lorsque je sortis mes papiers d'identité et mon insigne.

Il fut surpris puis embarrassé lorsqu'il me reconnut. James, puisqu'il insistait pour que tout le monde l'appelât James, alors que son prénom était Elmer, se rapprocha. Il me regarda à nouveau et des clochettes tintèrent contre la vitre lorsqu'il déverrouilla la porte.

— Mais que se passe-t-il ? demanda-t-il en me laissant entrer.

Je baissai la fermeture Éclair de mon manteau.

— Il faut que nous parlions.

— Je n'ai plus de blouses de laboratoire.

— Je suis ravie de l'apprendre.

— Moi aussi, répondit-il de son petit ton mesquin. Je les ai toutes vendues à Noël dernier. Du reste, c'est l'article qui s'est le mieux vendu de toute la galerie. Nous sommes en train d'envisager de faire des tabliers d'autopsie avec le devant en soie, dans le genre de ceux que vous portez.

— Ce n'est pas à moi que vous manquez de respect. C'est aux morts. Vous ne serez jamais moi, par contre, un jour vous serez mort. Peut-être faudrait-il que vous y pensiez.

— Le problème avec vous, c'est que vous n'avez aucun sens de l'humour.

D'un ton calme, je répondis :

— Je ne suis pas venue écouter votre avis sur mon problème.

James était un homme de grande taille, très maniéré, aux cheveux gris coupés court et qui portait la moustache. Il s'était spécialisé dans les peintures, les bronzes et les meubles minimalistes, les bijoux inhabituels et les kaléidoscopes. Bien sûr, il avait un penchant certain pour l'irrévérence et le bizarre et rien chez lui n'était bon marché. Il traitait ses clients comme si dépenser de l'argent dans son magasin était une faveur. Du reste, je n'étais pas sûre que James ait jamais traité quelqu'un correctement.

— Eh bien, que faites-vous ici ? demanda-t-il. J'ai entendu parler de ce qui s'était produit au coin, dans vos bureaux.

— J'en suis convaincue, du reste, je ne vois pas comment quelqu'un pourrait encore l'ignorer.

— Est-il exact que l'un des flics a été mis dans...

Je lui lançai un regard glacial.

Il retourna derrière le comptoir, et je constatai qu'il nouait de petites étiquettes indiquant les prix sur des bracelets en or et en argent qui avaient la forme de serpents, ou d'anneaux de boîtes de soda, de cheveux tressés ou même de menottes.

— C'est spécial, n'est-ce pas ? dit-il en souriant.

— C'est différent.

Il m'en tendit un.

— C'est celui que je préfère.

Il s'agissait d'une chaîne ornée de mains en or rose.

— Il y a quelques jours, quelqu'un est venu dans votre galerie et a utilisé ma carte de crédit.

James reposa le bracelet sur le plateau.

— Oui, votre fils.

— Mon *quoi* ?

Il leva le regard vers moi :

— Votre fils. Voyons voir... Je crois qu'il s'appelait Kirk.

— Je n'ai pas de fils, du reste, je n'ai pas d'enfant. Ma carte American Express a été dérobée il y a déjà plusieurs mois.

James gronda :

— Et alors, bon sang de bois, pourquoi ne l'avez-vous pas annulée ?

— Parce que je ne me suis rendu compte que très récemment qu'on me l'avait volée. Et je ne suis pas non plus ici pour en discuter avec vous. Je veux que vous me disiez exactement ce qui s'est passé.

James tira un tabouret et s'assit, sans m'offrir une chaise.

— Il est venu le vendredi d'avant Noël. Je crois qu'il devait être aux environs de quatre heures de l'après-midi.

— Il s'agissait d'un homme ?

James me lança un regard dégoûté :

— Je sais faire la différence. Oui. Il s'agissait d'un homme.

— Pourriez-vous le décrire, s'il vous plaît ?

— Il mesurait un mètre soixante-quinze, mince, anguleux, les joues creuses. D'ailleurs, je l'ai trouvé assez beau.

— Et ses cheveux ?

— Il portait une casquette de base-ball et je n'en ai pas vu grand-chose. Mais j'ai eu l'impression qu'ils étaient d'un affreux roux. Le genre de ces poupées de chiffon avec des cheveux en laine à tricoter. Je ne sais pas chez quel coiffeur il s'est fait massacrer mais il devrait le traîner en justice pour faute professionnelle.

— Et ses yeux ?

— Il portait des lunettes avec des verres teintés, du genre Armani.

Il parut amusé et poursuivit :

— J'étais tellement surpris que vous ayez un fils de ce genre. Je vous aurais plutôt imaginée avec un garçon en pantalon kaki, petite cravate étroite, étudiant au MIT.

D'un ton sec, j'intervins :

— James, il n'y a rien d'amusant ou de léger dans cette conversation.

Son visage s'éclaira et ses yeux s'agrandirent lorsqu'il comprit ce que je voulais dire.

— Oh, mon Dieu. Il s'agit de l'homme dont on

parle dans les journaux ? Qui ça, déjà.... Oh, mon Dieu. *Il* est venu dans ma galerie ?

Je ne fis aucun commentaire.

James était extatique :

— Vous rendez-vous compte de ce que cela signifie ? De ce qui va se passer lorsque les gens sauront qu'il a visité la galerie ?

Je demeurai silencieuse.

— Mais ça va être fabuleux pour les affaires. Les gens vont venir de partout. Toutes les visites organisées vont passer chez moi.

— Exact. Surtout, ne manquez pas de faire de la publicité dans ce sens. Et tous les gens qui souffrent de désordres de la personnalité feront la queue pour entrer dans votre galerie. Ils tripoteront vos très onéreuses peintures, vos bronzes et vos tapisseries et vous poseront des questions à n'en plus finir. Et ils n'achèteront rien.

James se tut.

— Qu'a-t-il fait lorsqu'il est venu ?

— Il a flâné dans le magasin. Il m'a dit chercher un cadeau de dernière minute.

— À quoi ressemblait sa voix ?

— Calme, un peu aiguë. Je lui ai demandé à qui était destiné le cadeau, et il m'a répondu que c'était pour sa mère. Qu'elle était médecin. C'est pour cette raison que je lui ai montré la broche qu'il a fini par acheter. Un caducée. Deux serpents en or blanc lovés autour d'une hampe en or jaune. Les yeux des serpents sont en rubis. C'est fait main, et c'est un bijou spectaculaire.

— Il s'agit bien de la chose qu'il a payée deux cent cinquante dollars ?

— Oui.

James me jaugeait d'un œil critique, un doigt sous le menton.

— En fait, c'est vraiment vous. Cette broche, c'est vraiment vous. Voudriez-vous que je demande à l'artiste d'en réaliser une autre ?

— Et que s'est-il passé ensuite ?

— Je lui ai demandé s'il souhaitait un paquet cadeau et il a répondu que non. Il a sorti la carte de crédit, et j'ai dit : « Eh bien, mais le monde est petit. Votre mère travaille juste à côté. » Il n'a rien dit. Alors, je lui ai demandé s'il rentrait passer les fêtes chez lui et il a juste souri.

— Il n'a pas parlé ?

— Pas un mot. Il était inutile d'insister. Il n'était pas chaleureux, mais poli.

— Vous souvenez-vous de ce qu'il portait ?

— Un long manteau en cuir noir. Comme il avait une ceinture, je ne sais pas ce qu'il portait en dessous. Mais j'ai trouvé qu'il avait l'air chic.

— Et ses chaussures ?

— Je crois que c'étaient des grosses chaussures, comme des rangers.

— Vous n'avez rien remarqué d'autre ?

James réfléchit quelques instants, le regard perdu en direction de la porte vitrée de la galerie.

— Maintenant que vous m'y faites penser, dit-il enfin, il avait des marques sur les doigts, des sortes de brûlures. J'ai trouvé cela un peu effrayant.

— Et son hygiène ? demandai-je ensuite, car plus un drogué est accro au crack, moins il se préoccupe de ses vêtements ou de son hygiène.

— J'ai eu le sentiment qu'il était propre, mais je ne me suis pas approché de lui.

— Et il ne vous a rien acheté d'autre ?

— Malheureusement, non.

Elmer James s'accouda sur la vitrine et posa son menton sur son poing. Il soupira :

— Je me demande comment il m'a trouvé ?

Je m'en retournai, évitant les mares de neige fondue qui s'étaient formées dans les rues et les voitures qui les traversaient sans y prêter la moindre attention. Je me fis arroser une fois. Je remontai dans mes bureaux. Janet était à la bibliothèque ; et visionnait une bande vidéo pédagogique d'autopsie ; quant à Lucy, elle travaillait sur l'ordinateur. Je les abandonnai et descendis à la morgue pour rendre visite à mon personnel.

Fielding se trouvait à la première table d'autopsie, sur laquelle était allongée une jeune femme que l'on avait retrouvée morte dans la neige, juste en dessous de la fenêtre de sa chambre à coucher. Je remarquai la coloration rosée de sa peau et perçus l'odeur d'alcool dégagée par son sang. Le plâtre de son bras droit était couvert d'inscriptions et de signatures.

— Comment cela se passe-t-il ?

Fielding répondit en examinant une section de l'aorte :

— Son alcoolémie est de 0,23. Donc ce n'est pas cela qui l'a eue. J'ai l'impression qu'il s'agit d'un décès par exposition.

Je ne pus m'empêcher de repenser à Jane :

— Quelles sont les circonstances de la mort ?

— Il semble qu'elle soit sortie boire un verre avec des amis. Lorsqu'ils l'ont raccompagnée chez elle, vers onze heures du soir, il neigeait violemment. Ils l'ont déposée devant chez elle et n'ont pas attendu qu'elle rentre. La police pense qu'elle a dû faire tomber ses clefs dans la neige et qu'elle était trop saoule pour les retrouver.

Il fit tomber le prélèvement d'artère dans un flacon contenant du formol et poursuivit :

— Elle a essayé de rentrer en brisant la vitre de la fenêtre avec son plâtre.

Il retira le cerveau du plateau de la balance :

— Mais ça n'a pas marché. La fenêtre était trop haut, et de toute façon, avec un seul bras valide, elle n'aurait pas pu se hisser jusque-là. À un moment, elle a dû se trouver mal.

— Charmants amis, dis-je en m'éloignant.

Le Dr Anderson, une nouvelle venue parmi nous, photographiait une femme âgée de quatre-vingt-un ans dont la hanche était fracturée. Je ramassai les notes posées sur un bureau voisin et les parcourus rapidement.

— Il s'agit d'une autopsie ? demandai-je.

— Oui, répondit le Dr Anderson.

— Pour quelle raison ?

Elle s'interrompit et me regarda derrière son heaume de protection. Je compris à ses yeux qu'elle était intimidée.

— La fracture est vieille de deux semaines. Le médecin légiste d'Albemarle se demande si sa mort ne pourrait pas avoir été provoquée par des complications consécutives à l'accident.

— Quelles sont les circonstances de la mort ?

— Elle présentait une effusion pleurale et une difficulté respiratoire.

— Je ne vois pas de relation directe entre ces symptômes et une fracture de la hanche.

Le Dr Anderson posa ses mains gantées sur le rebord de la table en acier inoxydable.

— La volonté de Dieu peut vous prendre n'importe quand, poursuivis-je. Vous pouvez clore le dossier, il ne concerne pas l'institut médico-légal.

Fielding me lança, par-dessus le grincement de la scie Stryker :

— Dr Scarpetta ? Étiez-vous au courant que la réunion du conseil de transplantation se tenait jeudi ?

— Je fais partie d'un jury. (Me tournant vers le Dr Anderson, je demandai :) Vous êtes au tribunal, jeudi ?

— Oh, ça continue. Ils m'envoient des assignations alors qu'ils ont mis mon témoignage sous condition.

— Demandez à Rose de s'en occuper. Si vous êtes libre et que nous n'avons pas trop de cas jeudi prochain, vous pouvez aller à la réunion du conseil avec Fielding.

Je vérifiai le contenu des chariots et des placards

en me demandant si une autre boîte de gants manquait. Mais il semblait que Gault ait seulement pris ceux qui se trouvaient dans la fourgonnette. Lorsque je m'interrogeai sur ce qu'il avait pu trouver d'autre ici, mes pensées s'assombrirent.

Je me dirigeai tout droit vers mon bureau, sans dire un seul mot aux gens que je croisais, et ouvris la porte d'un petit placard situé sous mon microscope. J'avais rangé tout au fond un très beau nécessaire de dissection que Lucy m'avait offert à Noël. Il s'agissait d'outils en acier inoxydable de fabrication allemande et dont les manches lisses étaient particulièrement légers. Ils étaient très chers et terriblement coupants. Je déplaçai des dossiers en carton contenant des jeux de diapositives, des revues professionnelles, des lampes de rechange pour le microscope, des piles et des rames de papier informatique. Les scalpels avaient disparu.

Rose était dans son bureau, lequel jouxtait le mien. Elle parlait au téléphone, et je restai derrière elle.

— Mais vous avez déjà mis son témoignage sous condition, disait-elle. Et dans ce cas vous n'avez pas besoin de l'assigner à comparaître...

Elle me regarda en roulant des yeux. Rose prenait de l'âge mais elle était toujours aussi vigilante et énergique. Qu'il neige ou que le soleil resplendisse, elle était toujours là, comme la maîtresse d'école des *Misérables*.

Elle inscrivit quelque chose sur son calepin en continuant :

— Oui, oui, bien, nous progressons. Je puis vous assurer que le Dr Anderson vous en sera très reconnaissante. Bien sûr. Au revoir.

Ma secrétaire raccrocha et me regarda.

— Vous êtes indiscutablement restée absente beaucoup trop longtemps.

— Racontez-moi.

— Vous feriez mieux d'y prendre garde. Un de ces

jours, vous vous apercevrez que je suis partie travailler pour quelqu'un d'autre.

J'étais trop épuisée pour plaisanter.

— Et je ne pourrai pas vous en vouloir, Rose.

Elle me scruta comme une mère avisée qui devine lorsque son enfant a bu ou chapardé des cigarettes :

— Que se passe-t-il, Dr Scarpetta ?

— Avez-vous vu mes scalpels ?

Elle ne comprit pas à quoi je faisais allusion.

— Ceux que m'a offerts Lucy. Un ensemble de trois scalpels de tailles différentes dans une boîte en plastique dur.

Un éclair de compréhension passa sur son visage.

— Oh oui, je m'en souviens maintenant. Je croyais que vous les rangiez dans votre placard.

— Ils n'y sont pas.

— Mince ! J'espère que ce n'est pas l'équipe de nettoiement. Quand les avez-vous vus pour la dernière fois ?

— Probablement peu de temps après que Lucy me les eut offerts, c'est-à-dire peu avant Noël. Elle ne voulait pas les conserver sur elle pour descendre à Miami. Je vous ai montré l'ensemble, vous vous souvenez ? Et ensuite, je les ai rangés dans mon placard parce que je craignais de les laisser en bas.

Rose avait l'air sinistre.

— Je sais à quoi vous pensez... Quelle idée macabre !

Je tirai une chaise et m'installai.

— À la pensée qu'il puisse faire quelque chose comme ça avec mes...

Elle m'interrompit.

— Il faut vous ôter ça de la tête. Vous ne pouvez pas contrôler ses actes.

Mon regard se posa ailleurs.

— Je me fais du souci au sujet de Jennifer, poursuivit ma secrétaire.

Jennifer était une des employées du bureau de réception. Sa tâche principale consistait à trier les photographies, répondre au téléphone et entrer les différents rapports dans notre banque de données.

— Elle est traumatisée.

— Par ce qui vient de se produire ?

Rose acquiesça d'un signe de tête.

— Elle est restée un bon moment à pleurer dans les toilettes, aujourd'hui. Inutile de dire que ce qui s'est passé est affreux et que beaucoup de fables circulent à ce sujet. Mais elle est bien plus bouleversée que les autres. J'ai tenté de lui parler. J'ai bien peur qu'elle ne nous quitte.

Rose pointa la souris sur l'icône du WordPerfect et cliqua.

— Je vais vous imprimer les protocoles des autopsies pour votre synthèse, Dr Scarpetta.

— Vous avez déjà tapé les deux ?

— Je suis arrivée tôt ce matin. J'ai un 4 × 4.

— Je vais aller parler à Jennifer, dis-je.

Je parcourus le couloir et jetai un regard au passage dans la salle des ordinateurs. Lucy semblait hypnotisée par l'écran et je ne la dérangeai pas. Un peu plus loin, Tamara répondait sur une ligne pendant que deux autres sonnaient et que quelqu'un avait été placé sur une ligne d'attente dont le bouton lumineux clignotait. Cleta faisait des photocopies pendant que Jo entrait des certificats de décès sur un terminal.

Je parcourus le couloir en sens inverse et pénétrai dans les toilettes pour dames. Jennifer se trouvait devant un des lavabos, et s'aspergeait le visage d'eau.

Lorsqu'elle me vit dans le miroir, elle s'exclama, embarrassée et déconcertée :

— Oh, Dr Scarpetta ! Bonjour.

Jennifer était une jeune femme d'allure banale. Toute sa vie durant, elle devrait combattre l'embonpoint et trouver des vêtements pour le dissimuler. Elle avait les yeux saillants, ses dents avançaient et ses petits cheveux n'avaient pas de tenue. Elle avait l'habitude de porter un maquillage beaucoup trop chargé, même dans des moments comme celui-ci, où son apparence n'aurait pas dû la préoccuper à ce point.

Lui désignant une chaise en plastique rouge qui se trouvait proche des vestiaires, je lui dis gentiment :

— Asseyez-vous, je vous en prie.

— Je suis désolée, Dr Scarpetta. Je sais que je n'ai pas fait du bon travail aujourd'hui.

Je tirai une autre chaise et m'assis afin de ne pas la dominer en restant debout.

— Vous êtes bouleversée.

Elle se mordit la lèvre inférieure pour l'empêcher de trembler et ses yeux se remplirent de larmes.

— Puis-je faire quelque chose pour vous aider ? poursuivis-je.

Elle secoua la tête et sanglota :

— Je n'y arrive pas. Je ne parviens pas à arrêter de pleurer. Je saute en l'air à chaque fois que quelqu'un tire simplement sa chaise.

Elle s'essuya les yeux avec une serviette en papier. Ses mains tremblaient.

— J'ai l'impression de devenir folle.

— Quand tout ceci a-t-il commencé ?

Jennifer se moucha :

— Hier. Après qu'on eut trouvé le shérif et ce policier. J'ai entendu parler de celui d'en bas. Ils ont dit que même ses bottes étaient en feu.

— Jennifer, vous vous souvenez de ces brochures que j'ai fait circuler sur le syndrome post-traumatique ?

— Oui, madame.

— C'est quelque chose qui concerne tout le monde, dans un endroit comme celui-ci. J'ai bien dit tout le monde, même moi.

Sa bouche s'ouvrit de surprise :

— Vous aussi ?

— Mais bien sûr. Il faut que j'y fasse attention plus que quiconque.

— Et moi qui pensais que vous aviez l'habitude.

— Dieu nous garde de jamais nous habituer à ce genre de chose.

Elle baissa la voix, comme si nous étions en train de discuter de sexe.

— Je veux dire... Est-ce que vous êtes parfois dans le même état que moi ?

Elle ajouta précipitamment :

— Je veux dire, je suis sûre que non.

— Eh bien moi, je suis sûre du contraire. Parfois, je suis complètement bouleversée.

Ses yeux se remplirent à nouveau de larmes et elle prit une grande inspiration.

— Ah ? Eh bien, je me sens bien mieux. Vous savez, quand j'étais petite, mon père n'arrêtait pas de me dire à quel point j'étais bête et grosse. Je pensais pas que quelqu'un comme vous pouvait ressentir les mêmes choses que moi.

— Personne n'avait le droit de vous dire des choses pareilles, Jennifer. Vous êtes une jeune femme adorable, et nous avons beaucoup de chance de vous avoir parmi nous.

D'un ton très doux et les yeux baissés, Jennifer répondit :

— Merci.

Je me levai et proposai :

— Je crois que vous devriez rentrer chez vous, et prendre un long week-end agréable. Qu'en pensez-vous ?

Jennifer gardait le regard baissé. Se mordant la lèvre inférieure, elle dit :

— Je crois que je l'ai vu.

— Qui cela ?

— J'ai vu cet homme.

Elle croisa mon regard furtivement et poursuivit :

— Lorsque j'ai vu les photos à la télé, je ne pouvais pas le croire. J'arrête pas de me dire que j'aurais dû en parler à quelqu'un.

— Et où pensez-vous l'avoir vu ?

— Au *Rumors*.

— Le bar ?

Elle acquiesça d'un mouvement de tête.

— Et c'était quand ?

— Mardi.

Je la fixai.

— Mardi dernier ? Le lendemain de Noël ?

Ce mardi-là, Gault était à New York. Je l'avais vu dans le tunnel du métro, ou du moins, je le pensais.

— Oui, madame. Il devait être aux environs de dix heures. Je dansais avec Tommy.

J'ignorais qui était Tommy.

— Il restait complètement au fond. Je l'ai remarqué à cause de ses cheveux blancs. J'ai pas l'habitude de voir des gens de cet âge avec des cheveux si blancs. Il portait un costume noir super-cool avec un tee-shirt noir en dessous. Ça, je m'en souviens. Je me suis dit qu'il devait pas être de Richmond. Peut-être d'une grande ville comme Los Angeles.

— A-t-il dansé avec quelqu'un ?

— Oui, madame. Il a dansé avec une ou deux filles. Il leur a offert un verre, vous voyez. Et puis, quand j'ai regardé à nouveau, il était plus là.

— Il est parti seul ?

— J'ai eu l'impression qu'il était parti avec une fille.

— Vous savez qui était cette femme ? demandai-je avec angoisse.

Qui que ce fût, j'espérais que cette femme était toujours en vie.

— Je la connaissais pas. Je me souviens juste qu'il dansait avec cette fille. Ils ont dû faire trois danses ensemble et ils sont partis du bar en se tenant la main.

— Décrivez-la-moi.

— C'était une Noire. Elle était vraiment très mignonne avec sa robe rouge. Une robe décolletée assez courte. Je me souviens qu'elle avait un rouge à lèvres très vif, et les cheveux tressés en petites nattes avec des petites lumières qui clignotaient.

312

Jennifer s'interrompit.

— Et vous êtes sûre qu'ils sont partis ensemble de la boîte ? insistai-je.

— Ben, j'ai bien l'impression. Je les ai plus revus de la soirée, ni l'un ni l'autre, et Tommy et moi on est restés jusqu'à deux heures du matin.

— Jennifer, je veux que vous appeliez le capitaine Marino et que vous lui racontiez ce que vous venez de me dire.

Jennifer se leva, se sentant brusquement importante :

— J'y vais de ce pas.

Je rejoignis mon bureau au moment où Rose en sortait.

— Vous devez rappeler le Dr Gruber, me dit-elle.

Je formai le numéro du musée des Services d'intendance des armées, mais le Dr Gruber venait juste de s'absenter. Il me rappela deux heures plus tard.

— Avez-vous des problèmes avec la neige à Petersburgh ? lui demandai-je.

— Oh, le temps est humide et désagréable.

— Comment vont les choses ?

— J'ai des nouvelles pour vous. Je me sens d'ailleurs coupable à ce sujet.

J'attendis puis, voyant qu'il ne poursuivait pas, demandai :

— Pour quelle raison vous sentez-vous coupable ?

— J'ai consulté l'ordinateur au sujet du nom que vous m'aviez donné. Je n'aurais pas dû.

Il se tut à nouveau.

— Dr Gruber, je suis en train de pister un serial killer.

— Il n'a jamais fait partie de l'armée.

Déçue, j'insistai :

— Vous voulez dire que son père n'était pas militaire ?

— Ni l'un ni l'autre. Pas plus Temple que Peyton Gault, précisa le Dr Gruber.

— Oh ! Donc, les brodequins proviennent sûrement d'un magasin de surplus.

— Peut-être, mais il pourrait avoir un oncle.

— Qui a un oncle ?

— Temple Gault. C'est ce que je me demande. Il existe bien un Gault dans l'ordinateur, mais son prénom est Luther. Luther Gault. Il a servi dans l'Intendance durant la Seconde Guerre mondiale. (Le Dr Gruber s'interrompit quelques instants avant de conclure :) En réalité, il est resté ici, à Fort Lee, pendant pas mal de temps.

Je n'avais jamais entendu parler de Luther Gault.

— Est-il toujours en vie ?

— Il est mort à Seattle, il y a approximativement cinq ans.

— Et sur quoi vous fondez-vous lorsque vous dites que cet homme pourrait être l'oncle de Temple Gault ? Seattle est à l'autre bout du pays par rapport à la Georgie, d'où sont originaires les Gault.

— Le seul lien que je puisse établir, c'est le nom et Fort Lee.

Je demandai alors :

— Pensez-vous que ces chaussures auraient pu appartenir à cet homme ?

— Eh bien, ce sont des brodequins de la Seconde Guerre mondiale et ils ont été testés ici, à Fort Lee. Il se trouve que Luther Gault a été stationné chez nous durant la plus grande partie de sa carrière militaire. Ce qui se passait en général à l'époque, c'est que l'on demandait aux soldats et même aux officiers de porter les chaussures, ou d'essayer n'importe quel équipement, avant de les envoyer aux gars qui étaient dans les tranchées.

— Et qu'a fait Luther Gault après l'armée ?

— Je n'ai plus aucune information sur lui après qu'il a quitté l'armée, si ce n'est qu'il est mort à l'âge de soixante-dix-huit ans. (Le Dr Gruber fit une nouvelle pause.) Cela vous intéressera peut-être de savoir qu'il s'agissait d'un militaire de carrière et qu'il est parti à la retraite avec le grade de général de division.

— Et vous n'aviez jamais entendu parler de lui avant cette affaire ?

— Je n'ai pas dit cela. (Il se tut quelques instants.) Je suis certain que l'armée possède un épais dossier à son sujet. Il faudrait que vous puissiez y avoir accès.

— Me serait-il possible d'avoir une photographie ?

— L'ordinateur en possède une. C'est juste un banal cliché de dossier.

— Pourriez-vous me le faxer ?

Il hésita à nouveau avant de répondre :

— Bien sûr.

Je raccrochai au moment où Rose entrait dans mon bureau munie des protocoles d'autopsie de la veille. Je les relus et les corrigeai en attendant la sonnerie du fax. Quelques instants plus tard, la photo en noir et blanc de Luther Gault se matérialisa dans mon bureau. Il se tenait fièrement debout, vêtu d'une veste d'apparat noire et de pantalons à passepoil, boutons et revers en satin. La ressemblance était là. Temple Gault avait ses yeux.

J'appelai Wesley.

— Il se peut que Temple Gault ait eu un oncle à Seattle, annonçai-je. Il était général de division dans l'armée.

— Comment avez-vous découvert cela ?

Son calme froid me déplut.

— Cela n'a pas d'importance, Benton. Ce qui en a, par contre, c'est que je pense que nous devrions chercher le maximum d'informations à ce sujet.

Wesley poursuivit, toujours avec la même réserve :

— À votre avis, quel est le lien ?

Je perdis mon calme :

— Où sont en général les liens lorsqu'on tente d'arrêter quelqu'un du genre de Gault ? Quand on n'a rien, on cherche partout.

— Bien sûr, bien sûr. Il n'y a pas de problème,

mais nous ne pouvons rien faire pour l'instant. Vous non plus.

Il raccrocha.

Je demeurai assise, assommée, le cœur serré de chagrin. Quelqu'un devait être présent dans son bureau. Wesley ne m'avait jamais raccroché le téléphone au nez avant aujourd'hui. Ma paranoïa ne fit que croître, tandis que je sortais de mon bureau pour rejoindre Lucy.

J'atteignis la porte de la salle des ordinateurs. Avant même que je dise quoi que ce fût, elle s'écria :

— Salut !

Elle pouvait voir mon reflet dans l'écran du moniteur.

— Il faut qu'on y aille, dis-je.

— Pourquoi ? Il neige à nouveau ?

— Non. Le soleil est sorti.

Elle tapait tout en parlant.

— J'ai presque fini avec ça.

— Il faut que je vous ramène à Quantico, Janet et toi.

— Il faut que tu appelles Mamie, dit-elle. Elle a l'impression d'être négligée.

— On la néglige et je me sens coupable.

Lucy se retourna et me fixa au moment où la sonnerie de mon *pager* retentissait.

— Où est Janet ? demandai-je.

— Je crois qu'elle est descendue.

J'allumai l'écran du *pager* et reconnus le numéro personnel de Marino.

— Eh bien, va la chercher et je vous retrouve en bas dans une minute.

Je revins vers mon bureau et cette fois, je refermai la porte derrière moi. Lorsque je joignis Marino, il avait la voix de quelqu'un sous amphétamines.

— Ils sont partis, dit-il.

— Qui cela ?

— Nous avions trouvé où ils logeaient. Au *Motel Hacienda* sur l'Interstate 1, ce trou à rats pas très loin de l'endroit où vous achetez vos armes et vos munitions. C'est là que cette salope a emmené sa copine.

Je ne comprenais toujours pas à quoi il faisait allusion.

— Quelle copine, Marino ?

Enfin, je me souvins de ce que m'avait dit Jennifer :

— Oh, la femme que Carrie a ramassée au *Rumors*.

Il répondit d'un ton si excité qu'on aurait pu croire qu'il venait d'envoyer un SOS.

— Ouais. Elle s'appelle Apollonia et ...

— Elle est en vie ? l'interrompis-je.

— Oh, oui. Carrie l'a emmenée au motel et elles se sont fait une petite sauterie.

— Qui conduisait ?

— Apollonia.

— Avez-vous retrouvé ma fourgonnette sur le parking du motel ?

— Pas quand nous sommes arrivés là-bas, un peu avant que je vous appelle. Les chambres étaient vides. C'est comme s'ils n'étaient jamais venus dans ce motel.

— Donc, Carrie n'était pas à New York mardi dernier.

— Non. Elle était ici en train de s'envoyer en l'air pendant que Gault zigouillait Jimmy Davila. Et puis, je pense qu'elle a préparé un endroit pour lui et qu'elle l'a intercepté, où qu'il ait pu être.

— Je doute qu'il ait fait le voyage en avion de New York à Richmond. Cela aurait été beaucoup trop risqué.

— Ben, moi, je pense qu'il est allé à Washington DC mercredi.

— Marino, je suis allée à DC ce jour-là.

— Oui, je sais. Peut-être que vous étiez tous les deux dans le même avion.

— Je ne l'ai pas vu.

— Vous n'en savez rien. Mais l'important, c'est que

si vous étiez bien dans le même avion, vous pouvez être sûre que lui vous a vue.

Je me souvins être montée dans ce vieux taxi branlant dont ni les fenêtres ni le verrouillage des portes ne fonctionnaient, après être sortie de l'aéroport. Je me demandai si Gault m'avait observée à ce moment-là.

— Carrie a-t-elle une voiture ? demandai-je.

— Elle a un coupé Saab qui est à son nom. Mais elle le conduit sûrement pas en ce moment.

— Je ne suis pas complètement sûre des raisons qui ont poussé Carrie à ramasser cette Apollonia. Et comment l'avez-vous trouvée ?

— Facile. Elle travaille au *Rumors*, et je suis pas trop au courant de tout ce qu'elle vend, mais ça doit pas se limiter aux clopes.

— Bon sang, grommelai-je.

— J'ai l'impression que le lien, c'est la coke, poursuivit Marino. Peut-être que ça vous intéressera de savoir que cette Apollonia connaissait bien le shérif Brown. Même qu'on pourrait dire qu'ils sortaient ensemble.

— Pensez-vous qu'elle ait quelque chose à voir avec le meurtre du shérif ?

— Ouais. Elle a probablement aidé Gault et Carrie à le rencontrer. Je finis par croire que le shérif était plutôt un truc de dernière minute. Ce que je me dis, c'est que Carrie a dû demander à cette Apollonia où elle pourrait trouver de la coke, et le nom du shérif a été prononcé. Alors Carrie a tout raconté à Gault, qui a orchestré un autre de ses impétueux cauchemars.

— Cela se pourrait tout à fait. Apollonia savait-elle que Carrie était une femme ?

— Ouais. Elle s'en foutait.

— Bon sang, répétai-je. Nous étions si près.

— Je sais. Je parviens pas à croire qu'ils ont pu glisser aussi facilement entre les mailles du filet. Nous avons collé tout le monde à leur recherche, à l'exception de la garde nationale. On a des hélicoptères. Mais je le sens dans mes tripes, qu'ils ont quitté le coin.

— Je viens d'appeler Benton, mais il m'a raccroché le téléphone au nez, dis-je alors.

— Quoi ? Vous vous êtes engueulés ?

— Marino, quelque chose ne va pas du tout. J'ai eu le sentiment qu'il y avait quelqu'un d'autre dans son bureau, et qu'il ne voulait pas que cette personne se rende compte que c'était à moi qu'il parlait.

— C'était peut-être sa femme.

— Je pars tout de suite pour Quantico avec Lucy et Janet.

— Vous allez y passer la nuit ?

— Cela dépendra.

— Ben, moi je préférerais que vous ne vous baladiez pas en voiture dans les parages. Et si quelqu'un essaie de vous arrêter, pour n'importe quel motif, n'obtempérez pas. Ne vous arrêtez pour rien, ni sirènes, ni feux, sauf pour une voiture de police identifiable.

Marino était parti dans une de ses leçons de morale. Il poursuivit :

— Et gardez votre Remington par terre entre les deux sièges avant.

— Gault ne cessera pas de tuer, dis-je.

À l'autre bout du fil, Marino se tut.

— Lorsqu'il est venu dans mon bureau à la morgue, il a dérobé mon nécessaire de dissection.

— Vous êtes sûre que c'est pas plutôt quelqu'un de l'équipe de nettoiement ? Ça doit être génial pour découper le poisson, ces trucs.

— Je sais que c'est Gault.

16

Nous atteignîmes Quantico peu après trois heures, et lorsque je tentai de joindre Wesley, il n'était pas là. Je laissai un message, lui demandant de me contacter à l'ERF où je comptais passer les heures qui suivaient avec ma nièce.

En ce week-end de fête, aucun ingénieur ou scientifique n'était venu et nous pûmes travailler seules dans le calme.

Lucy, assise devant son bureau, annonça :

— Bien sûr, je pourrais passer en revue le courrier électronique mondial. (Elle consulta sa montre et proposa :) Écoute, pourquoi ne lancerait-on pas quelque chose dans la nature, et on attendrait de voir qui mord ?

— Attends, Lucy. Je vais d'abord rappeler ce médecin légiste de Seattle.

Je composai le numéro que j'avais inscrit sur un bout de papier. On me répondit que le praticien s'était absenté pour la journée.

— Il est très important que je puisse le joindre, expliquai-je au service de messagerie. Peut-être peut-on le contacter chez lui ?

— Je n'ai pas l'autorisation de donner ce genre d'information. Mais vous pouvez me laisser votre numéro de téléphone et lorsqu'il appellera pour prendre connaissance de ses messages...

Mon irritation s'accrut :

— Non, c'est impossible, répondis-je. Je ne suis pas à mon bureau. Par contre, je peux vous donner le numéro de mon *pager*. Demandez-lui de m'appeler, et je le rappellerai aussitôt.

Mais ce circuit ne fonctionna pas. Une heure plus tard, mon *pager* demeurait toujours muet.

Lucy, tout en voyageant à l'intérieur de CAIN, décréta :

— Elle n'a probablement rien compris au fait

qu'elle devait mettre des signes « £ » après chaque mot.

— As-tu trouvé des messages bizarres quelque part ?

— Non. Mais nous sommes vendredi, et beaucoup de gens sont en vacances. Je crois que nous devrions envoyer quelque chose sur Prodigy et voir ce qui nous revient.

Je m'installai à côté d'elle.

— C'est quoi le nom de ce groupe ?

— L'Académie américaine de la dentisterie sur feuille d'or.

— Et ils sont surtout représentés dans l'État de Washington ?

— Oui. Mais il vaut mieux inclure toute la côte Ouest dans la recherche.

— De toute façon, ma recherche s'étendra à tout le pays.

Lucy tapa les lettres de Prodigy, puis entra son numéro d'identification et son mot de passe, avant de poursuivre :

— Je crois que le mieux est encore de passer par le courrier électronique...

Elle changea de fenêtre sur l'ordinateur et me regarda :

— Que veux-tu que je dise ?

— Que penses-tu de : « À tous les utilisateurs de restaurations dentaires à la feuille d'or. Un médecin légiste a désespérément besoin de votre aide, aussi vite que possible » ? Ensuite, tu leur donnes les coordonnées pour qu'ils puissent nous contacter.

— D'accord. Je vais leur donner un numéro de boîte postale à Quantico et une copie papier te sera envoyée à ta boîte postale à Richmond. (Elle recommença à taper.) Les réponses risquent d'affluer durant un certain temps. Peut-être que tu vas te faire plein de correspondants dentistes.

Elle frappa une touche comme s'il s'agissait d'un coda et repoussa sa chaise.

— Voilà, c'est parti. Chaque abonné de Prodigy devrait déjà avoir un nouveau message dans son courrier électronique. Il ne nous reste plus qu'à souhaiter que quelqu'un est en train de jouer avec son ordinateur et qu'il pourra nous aider.

Elle n'avait pas fini sa phrase que son écran s'obscurcit soudain. De grandes lettres d'un vert vif se mirent à nager dessus. Une imprimante ronronna.

— Oh, c'est rapide, dis-je.

Mais Lucy avait bondi de sa chaise. Elle se précipita vers la pièce où vivait CAIN et passa son empreinte de pouce sur le scanner pour y pénétrer. Les portes en verre de la pièce se déverrouillèrent avec un claquement ferme et je suivis Lucy à l'intérieur. Les mêmes lettres flottaient sur le moniteur du système. Lucy attrapa un petit contrôleur posé sur le bureau et pressa un bouton. Elle jeta un coup d'œil à sa Breitling et activa son chronomètre.

— Allez, vas-y, vas-y, vas-y ! dit-elle.

Elle s'assit en face de CAIN, fixant l'écran au fur et à mesure que s'affichait le message. Il s'agissait en fait d'un petit paragraphe répété de nombreuses fois. Le message était le suivant :

... MESSAGE PQ43 76301 001732 DÉBUT...
DESTINATAIRE : TOUS LES FLICS
EXPÉDITEUR : CAIN
SI CAIN A TUÉ SON FRÈRE QUE CROYEZ-
VOUS QU'IL VOUS FERA ?
SI VOTRE PAGER SONNE DANS LA
MORGUE, C'EST JÉSUS QUI VOUS APPELLE.
... MESSAGE PQ43 76301 001732 FIN...

Je contemplai les étagères qui couvraient tout un mur et dans lesquelles étaient rangés les modems, ainsi que les lumières qui clignotaient. Bien que n'étant pas experte en matière d'informatique, je ne voyais aucune corrélation entre leur activité et ce qui était en train de se produire sur l'écran. Je regardai encore autour de moi et remarquai une prise de téléphone située sous le bureau. Le câble qui en sortait disparaissait sous le plancher surélevé, et je trouvai tout ceci bien étrange.

Pourquoi un quelconque appareil branché sur une prise de téléphone se trouverait-il sous un plancher ? Les téléphones se trouvaient généralement sur les bureaux et sur les tables. Les modems étaient sur les étagères. Je m'accroupis et soulevai un des trois panneaux qui recouvraient le sol de la pièce occupée par CAIN.

Incapable de détourner le regard de l'écran, Lucy s'exclama :

— Mais qu'est-ce que tu fais ?

Le modem que je découvris sous le plancher ressemblait à un casse-tête en forme de petit cube, et ses témoins lumineux clignotaient avec vivacité.

— Merde ! cria Lucy.

Je levai les yeux sur elle. Elle jeta un regard à sa montre et écrivit quelque chose. Les mouvements avaient cessé sur l'écran. Les témoins lumineux du modem s'éteignirent.

Consternée, je demandai :

— J'ai fait quelque chose qu'il ne fallait pas ?

Lucy frappa du poing sur le bureau et le clavier fit un bond.

— Salopard ! Je te tenais presque ! Encore une fois et je le tenais par la peau du cul !

Je me relevai.

— J'espère que je n'ai rien déconnecté.

— Non. Bon Dieu ! Il a interrompu la connexion. Je l'avais presque.

Elle regarda son moniteur comme si elle espérait que les mots en lettres vertes reviennent nager sur l'écran.

— Gault ?

— Celui qui se fait passer pour CAIN.

Lucy inspira une longue bouffée d'air et baissa le regard vers les viscères à nu de cette création à laquelle elle avait donné le nom du premier meurtrier de l'Histoire.

— Tu l'as trouvé. Tu te débrouilles bien, dit-elle affectueusement.

— C'est de cette façon qu'il parvient à entrer.

— Oui, mais c'est tellement évident que nul ne s'en est aperçu.

— Toi, tu t'en es rendu compte.

— Pas tout de suite.

— C'est Carrie qui l'a installé avant de quitter la base l'automne dernier ?

Lucy acquiesça d'un signe de tête.

— Et comme tout le monde, je cherchais quelque chose de beaucoup plus sophistiqué technologiquement. Mais c'est admirable de simplicité. Elle a caché son propre modem et le numéro pour se connecter est celui d'une ligne de diagnostic que nous n'utilisons presque jamais.

— Et depuis quand es-tu au courant ?

— Je l'ai su dès que les messages étranges ont commencé.

Bouleversée, je demandai :

— Et il a fallu que tu joues avec lui. Tu te rends compte à quel point c'est dangereux ?

Lucy se remit à taper :

— Il a essayé à quatre reprises. Merde, on était vraiment tout près.

— Tu as cru durant un moment que c'était Carrie qui était à l'origine de ces messages, n'est-ce pas ?

— C'est elle qui l'a mis sur pied, mais je ne crois pas que ce soit elle qui pénètre dans le système.

— Pourquoi pas ?

— Parce que j'ai suivi cet intrus jour et nuit. Il ne s'agit pas d'un expert.

Pour la première fois depuis des mois, elle prononça le nom de son ancienne amie :

— Et je sais comment fonctionne le cerveau de Carrie. De plus, Gault est trop narcissique pour permettre à quiconque d'incarner CAIN. Il n'y a que lui.

— J'ai reçu un message dont l'auteur pouvait être Carrie, et qui était signé de CAIN, dis-je. Et je suis certaine que Gault ne savait pas qu'elle me l'avait envoyé. De surcroît, je parierais que s'il a découvert le pot aux roses, il lui a retiré ce petit plaisir.

Je repensai au message sur papier rose dont nous pensions que Gault l'avait subtilisé à Carrie dans la demeure du shérif Brown. Lorsque Gault l'avait placé dans la poche ensanglantée du pyjama du shérif, c'était une façon pour lui de réaffirmer son ascendant. Gault allait utiliser Carrie. Dans un certain sens, elle était celle qui attend toujours dans la voiture, sauf lorsque Gault avait besoin d'elle pour soulever un cadavre ou pour pratiquer un acte dégradant.

— Et que vient-il de se passer, Lucy ?

Elle répondit sans me regarder :

— J'ai trouvé le virus et je viens d'ajouter le mien. À chaque fois qu'il tentera d'envoyer un message à quelque terminal que ce soit connecté sur CAIN, son message se répliquera sur son écran à lui. Comme s'il lui revenait en pleine figure au lieu de parvenir jusqu'à son destinataire. Et à chaque fois, un autre message s'affichera lui indiquant « Recommencez, s'il vous plaît. » À ce moment-là, il réessaiera. La première fois que cela s'est produit, l'icône du système lui a confirmé que son message avait bien été envoyé après deux essais. Lorsqu'il a recommencé la deuxième fois, la même chose s'est produite, mais cette fois-là, je l'ai contraint à se répéter à trois reprises. Le but de la manip, c'est de le garder le plus longtemps possible en ligne pour que nous puissions remonter jusqu'à l'origine de l'appel.

— Nous ?

Lucy attrapa la petite télécommande beige sur laquelle elle avait sauté un peu plus tôt.

— Mon bouton-panique, dit-elle. Il envoie un signal radio qui arrive directement à l'HRT.

— Et bien sûr, Wesley est au courant de ce modem dissimulé, et ceci depuis que tu l'as découvert ?

— Juste.

— J'aimerais que tu m'expliques quelque chose...

— D'accord, répondit-elle en me regardant.

— Même si l'on admet que Gault ou Carrie avait ce modem secret et ses numéros de codes, qu'en est-il de ton mot de passe ? Comment l'un ou l'autre a-t-il pu entrer dans le système en tant que super-utilisateur ? Et n'existe-t-il pas des commandes UNIX qui peuvent t'indiquer si un autre utilisateur ou un autre appareil a pénétré le système ?

— Carrie a programmé un virus capable de piéger mon nom d'utilisateur et mon mot de passe à chaque fois que je les change. Les formes codées étaient reversées et envoyées à Gault par E-mail. Il pouvait donc alors pénétrer sur le système en se faisant passer pour moi, mais le virus ne lui permettait de se connecter que si j'étais moi-même en train de travailler sur le système.

— En d'autres termes, il se cachait derrière toi.

— Comme une ombre. Il utilisait mon nom, mon nom d'utilisateur et mon mot de passe. J'ai compris ce qui ce passait lorsqu'un jour, j'ai fait une commande « WHO » et que je me suis aperçue que mon nom d'utilisateur s'affichait en double.

— Mais puisque CAIN rappelle les utilisateurs pour vérifier leur légitimité, comment se fait-il que le numéro de téléphone de Gault ne soit pas apparu sur la facture téléphonique mensuelle de l'ERF ?

— Cela fait partie du virus. Il ordonne au système de reporter le coût des rappels de contrôle sur une carte de crédit téléphonique. En d'autres termes, les appels de vérification de CAIN ne sont pas mentionnés sur les factures du bureau. Ils se retrouvent sur la facture de téléphone du père de Gault.

— Étonnant.

— De toute évidence, Gault a en sa possession la

carte de crédit téléphonique de son père et son numéro personnel d'identification.

— Et le père sait-il que son fils utilise sa carte ?

La sonnerie d'un téléphone retentit. Lucy décrocha :

— Oui, monsieur. Je sais. Nous étions tout près. Certainement, je vous amène les listings d'impression immédiatement.

Elle raccrocha.

— Je ne crois pas que quelqu'un l'ait mis au courant, me répondit-elle.

— Personne ici n'a averti Peyton Gault.

— Exact. C'était Mr Wesley.

— Il faut que je lui parle. Je peux lui porter les listings, si tu me fais confiance.

Lucy avait à nouveau le regard rivé au moniteur. Le programme d'économie d'écran s'était affiché et des triangles brillants glissaient lentement autour ou au travers d'autres triangles comme si la géométrie se mettait à faire l'amour.

Elle tapa « Prodigy », et me répondit :

— Tu peux les lui amener. Avant que tu y ailles... Bon sang, tu as des messages.

Je me rapprochai :

— Combien ?

— Oh, mince. Juste un.

Elle l'ouvrit.

Le message indiquait : « C'est quoi la feuille d'or ? »

— On va sûrement recevoir pas mal de trucs dans ce genre, déclara Lucy.

Sally était encore de service au bureau de réception lorsque je pénétrai dans le hall de l'Académie, et elle me laissa passer sans m'ennuyer avec le registre d'inscription ou le passe « visiteur ». Je parcourus d'un pas résolu le long couloir ocre, dépassai le bureau de poste et traversai la salle dans laquelle étaient nettoyées les armes. Je crois que j'aimerai toujours l'odeur du Hoppes numéro 9.

Un homme solitaire en treillis nettoyait le canon d'une carabine à air comprimé. Les longues paillasses noires étaient débarrassées et parfaitement propres, et je songeai aux années de classe, aux femmes et aux hommes que j'avais vus ici et à ces jours passés où, moi aussi, je m'étais tenue devant l'une de ces paillasses pour m'y occuper de mon arme de poing. J'avais vu les nouveaux agents entrer, puis partir. Je les avais regardés courir, se battre, tirer et suer. Je leur avais appris des choses et ils avaient été importants dans ma vie.

J'appelai l'ascenseur puis descendis à l'étage inférieur. Plusieurs profileurs étaient présents, qui me saluèrent. La secrétaire de Wesley était en vacances et je contournai son bureau pour frapper à la porte close. J'entendis la voix de Wesley. Une chaise grinça et il ouvrit la porte.

Surpris, il lança :

— Bonjour.

— Voici les listings que vous avez demandés à Lucy, dis-je en lui tendant la liasse.

— Merci. Entrez, je vous en prie.

Il chaussa ses lunettes de lecture et lut le message que Gault avait envoyé.

Wesley avait retiré sa veste, et sa chemise blanche était froissée sous ses bretelles en cuir tressé. Il avait transpiré et il avait besoin de se raser.

— Avez-vous encore perdu du poids ? demandai-je.

— Je ne me pèse jamais.

Il me jeta un regard par-dessus la monture de ses lunettes et s'assit derrière son bureau.

— Vous n'avez pas l'air en bonne santé.

— Il décompense de plus en plus, dit Wesley. C'est évident avec ce nouveau message. Il devient de plus en plus imprudent, de plus en plus effronté. Je parie que nous serons capables de le loger avant la fin du week-end.

Je n'étais pas convaincue :

— Et alors ?

— Nous déploierons l'HRT.

Je répondis d'un ton sec :

— Je vois. Et ils descendront en rappel d'un hélicoptère pour faire sauter tout l'immeuble.

Wesley me jeta à nouveau un regard et posa la liasse de listings sur son bureau :

— Vous êtes en colère, Kay.

— Non, Benton. Je ne suis pas en colère en général, je suis en colère contre vous.

— Et pour quelle raison ?

— Je vous avais demandé de ne pas impliquer Lucy là-dedans.

— Nous n'avons pas le choix.

— On a toujours différentes options, et peu m'importe ce que disent les autres.

— Lucy est en ce moment notre seul espoir pour ce qui concerne la localisation de Gault.

Il s'interrompit, me fixant, puis poursuivit :

— Et elle est capable de penser par elle-même.

— En effet. C'est précisément ce que je veux dire. Mais Lucy n'a pas toujours un interrupteur d'arrêt fonctionnel. Elle ne comprend pas toujours où sont les limites à ne pas dépasser.

— Nous ne la laisserons jamais faire quelque chose qui puisse la mettre en danger, affirma-t-il.

— Mais on l'a déjà mise en danger.

— Il faut que vous la laissiez grandir, Kay.

Je le dévisageai.

— Elle va obtenir son diplôme universitaire au printemps prochain. C'est une femme, maintenant, Kay.

— Je ne veux pas qu'elle revienne travailler ici.

Wesley sourit légèrement, mais dans son regard se lisaient la tristesse et l'épuisement.

— J'espère qu'elle y reviendra. Nous avons besoin

d'agents comme elle et Janet. Nous avons besoin de tout ce que nous pourrons trouver.

— Lucy me tait bien des choses. J'ai l'impression que vous conspirez tous les deux contre moi en me laissant dans le brouillard. C'est déjà assez pénible...

Je me retins.

Wesley me regarda droit dans les yeux :

— Kay, ceci n'a strictement rien à voir avec notre relation à tous deux.

— Je l'espère sincèrement.

— Vous voulez savoir tout ce que fait Lucy.

— Bien sûr.

— Mais lui dites-vous tout lorsque vous êtes sur une enquête, Kay ?

— Certainement pas.

— Je vois.

— Pourquoi m'avez-vous raccroché le téléphone au nez ?

— Vous êtes tombée à un mauvais moment.

— Vous ne m'aviez jamais fait cela avant, et pourtant il y a déjà eu de mauvais moments.

Il retira ses lunettes et en replia soigneusement les branches. Il attrapa sa tasse de café, jeta un œil au fond pour constater qu'elle était vide. Il la tenait à deux mains.

— Quelqu'un était dans mon bureau et je ne souhaitais pas que cette personne sache que c'était vous qui m'appeliez, dit Wesley.

— Qui était-ce ?

— Quelqu'un du Pentagone. Je ne vous dirai pas son nom.

Intriguée, je répétai :

— Le Pentagone ?

Il demeura silencieux.

— Et pour quelle raison vous inquiétez-vous du fait que quelqu'un du Pentagone puisse apprendre que je vous téléphone ? demandai-je alors.

Wesley reposa sa tasse et répondit simplement :

— Il semble que vous soyez à l'origine d'un

problème. J'aurais préféré que vous ne commenciez pas à fouiner autour de Fort Lee.

J'étais sidérée.

— Kay, votre ami le Dr Gruber risque d'être renvoyé. Je vous conseille d'éviter de le recontacter.

— C'est au sujet de Luther Gault ?

— Oui, du général Gault.

— Ils ne peuvent rien contre le Dr Gruber, protestai-je.

— J'ai bien peur du contraire. Le Dr Gruber a effectué une recherche sans autorisation préalable sur une base de données militaire. Il vous a confié des informations confidentielles.

— Confidentielles ? Mais c'est absurde ! Il s'agissait d'une page d'informations tout-venant que vous pouvez obtenir moyennant la somme de vingt dollars lors d'une visite au musée des Services d'intendance de l'armée. Ce n'est pas comme si j'avais demandé que l'on me procure un foutu dossier du Pentagone.

— Vos vingt dollars ne servent à rien, sauf si vous êtes la personne concernée par ces informations ou que vous disposez des pouvoirs d'un magistrat.

— Benton, nous sommes en train de parler d'un tueur en série. Vous avez tous perdu la tête, ma parole ? Merde, à la fin, qui se préoccupe d'un dossier informatique général ?

— L'armée.

— Pourquoi ? Sommes-nous en train d'évoquer un problème de sécurité territoriale ?

Wesley ne me répondit pas.

Voyant qu'il ne parlerait pas, je continuai :

— Bien. Vous pouvez garder vos petits secrets, les gars. Du reste, j'en ai plein le dos de vos petits secrets. Moi, ma seule priorité est d'éviter d'autres morts. Et je ne suis plus bien sûre que ce soit la vôtre.

Mon regard était impitoyable mais blessé.

Wesley intervint d'un ton sec :

— Je vous en prie. Vous savez, il y a des jours où

j'aimerais fumer autant que Marino. (Il eut un soupir d'exaspération.) Le général Gault n'a aucune importance dans cette enquête. Il est inutile de le traîner là-dedans.

— Et moi, je pense que tout ce que nous pourrons connaître de la famille de Temple Gault peut être important. Et je suis sidérée que vous ne pensiez pas la même chose. Toutes les informations sur le passé des gens sont fondamentales pour le profilage et pour la prédiction des comportements.

— Je vous répète que le général Gault doit rester extérieur à tout cela.

— Pour quelle raison ?

— Le respect.

Je me penchai vers lui :

— Bon Dieu, Benton. Gault a peut-être tué deux personnes avec les foutus rangers de son oncle. À votre avis, comment l'armée vivra-t-elle le fait que *Time* ou *Newsweek* s'emparent de l'affaire ?

— Pas de menace, Kay.

— Je n'hésiterai pas à le faire. Et j'irai au-delà des menaces si les gens ne font pas ce qui doit être fait. Parlez-moi du général. Je sais déjà que son neveu a hérité de ses yeux. Et que le général aimait bien parader puisqu'il préférait être photographié en grand uniforme, dans le genre de ceux d'Eisenhower.

— Peut-être avait-il un ego marqué, mais c'était un homme éblouissant par bien des aspects, répondit Wesley.

— Donc, il s'agit bien de l'oncle de Temple Gault ? Vous l'admettez ?

— Luther Gault est bien l'oncle de Temple Gault.

— Dites-m'en davantage.

— Il est né à Albany et il a obtenu un diplôme de l'école militaire de Citadel en 1942. Deux ans plus tard — à l'époque il était capitaine — sa division a été envoyée en France, et il s'est conduit en héros durant la bataille de la Bulge. Il a obtenu la *Medal of Honor* et a été à nouveau promu. Après la guerre, il a été muté à Fort Lee pour diriger la division des Services d'intendance qui s'occupe des recherches sur les uniformes.

— Donc, les brodequins lui appartenaient.

— En tous les cas, ils peuvent certainement être à lui.

— Le général était-il un homme de grande stature ?

— On m'a dit que le général Gault et son neveu étaient approximativement de la même taille, du moins lorsque le général était jeune.

Je repensai à la photographie du général dans sa veste d'uniforme d'apparat. Il était mince et pas très grand. Les traits de son visage étaient fermes et son regard droit, mais il n'avait pas l'air d'un homme méchant.

Wesley poursuivit :

— Luther Gault a également servi en Corée. Pendant un temps, il a été détaché au Pentagone pour y remplir le rôle d'adjoint au chef du personnel. Puis, il est revenu à Fort Lee comme commandant adjoint. Il a fini sa carrière au CAM-V.

— Ce qui signifie ?

— Commandement d'assistance militaire — Vietnam.

— Et ensuite, il a pris sa retraite à Seattle ?

— Lui et sa femme y ont déménagé.

— Il avait des enfants ?

— Deux fils.

— Et que savez-vous des relations entre le général et son frère ?

— Je n'en sais rien. Le général est mort et son frère refuse de nous parler.

— Ce qui fait que nous ignorons de quelle façon Gault a pu obtenir les chaussures de son oncle.

— Kay, il existe un code qui concerne les militaires décorés de la *Medal of Honor*. Ils font partie d'une classe à part. L'armée leur accorde un statut particulier et ils sont rigoureusement protégés.

— C'est donc la raison de tout ce secret ?

— L'armée n'a pas très envie que le monde sache que le neveu de son général deux étoiles médaillé est le psychopathe le plus célèbre du pays. Le Pentagone n'a pas non plus très envie que l'on apprenne — ainsi que vous l'avez mentionné — que ce tueur a probablement assassiné plusieurs personnes avec la paire de rangers du général Gault.

Je me levai :

— J'en ai assez des petits garçons et de leur code d'honneur. J'en ai assez de la connivence masculine et du culte du secret. Nous ne sommes pas des enfants engagés dans une partie de cow-boys et d'Indiens. Nous ne sommes pas des gamins du même quartier qui jouent à la guerre. (J'étais épuisée.) Je pensais que vous étiez plus évolué que cela.

Il m'imita et se leva au moment où la sonnerie de mon *pager* retentit :

— Vous prenez tout du mauvais côté, Kay.

Je déchiffrai l'écran de mon *pager*. Le code était celui de Seattle et, sans même demander la permission à Wesley, je décrochai son téléphone.

— Allô, répondit une voix qui m'était inconnue.

— Ce numéro vient juste d'appeler sur mon *pager*, dis-je.

— Je n'ai envoyé de message à personne. D'où appelez-vous ?

— De Virginie, répondis-je, prête à raccrocher.

— En effet, je viens d'appeler la Virginie. Attendez un peu. C'est au sujet de Prodigy ?

— Oh, peut-être avez-vous parlé à Lucy ?

— LUCYPARLE ?

— Oui.

— Nous venons juste d'échanger des messages électroniques. Je réponds au sujet d'une recherche concernant la feuille d'or. Je suis dentiste à Seattle, et membre de l'Académie de la dentisterie sur feuille d'or. Êtes-vous le médecin légiste ?

— Oui. Merci infiniment de nous contacter. Je

cherche à identifier une jeune femme dont les dents ont été réparées à la feuille d'or à de multiples reprises.

— Pourriez-vous me les décrire ?

Je lui décrivis les restaurations que nous avions trouvées sur la denture de Jane, ainsi que la détérioration de ses dents.

— Il est possible qu'il s'agisse d'une musicienne. Elle aurait pu jouer du saxophone.

— Nous avons eu quelqu'un par ici qui ressemblait beaucoup à ce portrait.

— Elle était de Seattle ?

— En effet. Tous les adhérents de notre Académie en avaient entendu parler parce qu'elle avait une bouche incroyable. Les restaurations et les anomalies dentaires qu'elle présentait ont été projetées sous forme de diapositives dans plusieurs de nos réunions professionnelles.

— Vous souvenez-vous du nom de cette femme ?

— Non, désolé. Elle ne faisait pas partie de mes patients. Mais je crois me souvenir avoir entendu un jour qu'elle avait été musicienne professionnelle avant d'être victime d'un accident affreux. C'est à ce moment-là que ses ennuis dentaires avaient commencé.

— La femme dont je parle présentait une fuite considérable d'émail, ajoutai-je. Nous pensons qu'elle pourrait être consécutive à un brossage excessif des dents.

— Oh, oui, absolument. C'était le cas de la femme.

— Je n'ai pas l'impression que cette femme dont vous parliez ait été une sans-abri ?

— Non, impossible, répondit-il. Quelqu'un a payé pour ce travail de dentisterie.

— C'était pourtant le cas de ma femme à moi, lorsqu'elle est morte à New York, précisai-je.

— Mince, cela me fait de la peine. Je suppose que qui qu'elle ait pu être, elle n'avait plus les moyens de s'occuper d'elle-même.

— Comment vous appelez-vous ?

— Jay Bennett.

— Dr Bennett, vous souvenez-vous d'autre chose, un détail, que vous auriez pu entendre au cours de l'une de ces séances de diapositives ?

Un long silence suivit ma question.

— Oui, mais c'est très flou.

Il hésita encore un peu avant de poursuivre :

— Oh, oui, je sais. La femme dont je vous parle faisait partie de la famille de quelqu'un d'important. Je me demande même si elle ne vivait pas avec cette personne ici, avant de disparaître.

Je donnai à Bennett d'autres informations, afin qu'il puisse me contacter s'il le souhaitait. Je raccrochai, et mon regard rencontra celui de Wesley.

— Je crois que Jane est la sœur de Gault.

— Quoi ?

Je sentis qu'il était sincèrement étonné.

— Je pense que Temple Gault a assassiné sa sœur, répétai-je. Je vous en prie, dites-moi que vous n'en saviez rien.

Il se vexa.

— Il me faut vérifier son identité.

Toute émotion m'avait désertée.

— Son dossier dentaire n'est-il pas suffisant ?

— Si nous pouvons mettre la main dessus. Si quelqu'un a conservé ses radios et si l'armée ne me met pas des bâtons dans les roues.

— L'armée ne sait pas qui elle est.

Wesley s'interrompit quelques instants, et ses yeux brillèrent sous les larmes qui s'y accumulaient. Son regard évita le mien. Il termina sa phrase :

— Il nous a dit ce qu'il avait fait lorsqu'il nous a envoyé son message par CAIN, aujourd'hui.

— Oui. Il nous a dit que CAIN avait tué son frère. La description que nous avons de Gault et d'elle à New York faisait davantage penser à deux hommes qu'à un homme et une femme. (Je réfléchis quelques instants.) Gault a-t-il d'autres frères et sœurs ?

336

— Il a juste une sœur. Nous savions qu'elle avait vécu sur la côte Ouest mais nous n'avions jamais pu la localiser parce qu'il semble qu'elle n'ait jamais eu de permis de conduire. Du moins le Service des mines n'a-t-il pas trace d'un permis en cours de validité. À la vérité, nous n'étions même pas sûrs qu'elle soit en vie.

— Elle n'est pas en vie.

Il tressaillit et son regard se perdit ailleurs.

Repensant aux pauvres affaires de Jane, aux symptômes de malnutrition de son corps, je poursuivis :

— Elle n'avait pas de domicile fixe, du moins ces dernières années. Elle avait traîné dans la rue pas mal de temps. En fait, je dirais qu'elle s'était bien débrouillée pour survivre, jusqu'à l'arrivée de son frère.

La voix de Wesley se brisa, et il eut l'air anéanti lorsqu'il dit :

— Comment quelqu'un peut-il faire une chose pareille ?

Je l'entourai de mes bras. Peu m'importait que quelqu'un entrât dans le bureau à ce moment-là. Je l'étreignis comme un ami.

— Rentrez chez vous, Benton.

17

Je passai le week-end et les fêtes du Premier de l'an à Quantico, et en dépit du fait que les réponses affluaient sur Prodigy, la vérification de l'identité de Jane n'était pas très prometteuse.

Son dentiste avait pris sa retraite l'année précédente et les panoramiques aux rayons X de Jane avaient été recyclés afin de récupérer l'argent qu'ils contenaient. Ces radios manquantes furent ma plus grosse désillusion, parce qu'elles auraient permis de détecter de vieilles fractures, une conformation particulière des sinus, des anomalies osseuses, rendant ainsi possible une identification. Lorsque je mentionnai son dossier, son dentiste, qui avait pris sa retraite et vivait maintenant à Los Angeles, se fit évasif.

Ce mardi après-midi, fonçant droit au but, je lui demandai :

— Vous avez son dossier, n'est-ce pas ?

— J'ai un million de boîtes d'archives dans mon garage.

— Je doute que vous en ayez un million.

— J'en ai beaucoup.

— Je vous en prie, docteur. Nous sommes en train de parler d'une femme que nous ne parvenons pas à identifier. Tous les êtres humains ont le droit d'être enterrés avec leur nom.

— Je vais regarder, d'accord ?

Quelques minutes plus tard, je contactai Marino par téléphone.

— Marino, il va falloir qu'on essaie une empreinte génétique ou une identification visuelle.

D'un ton amusé, il me répondit :

— Ouais. Et qu'est-ce que vous allez faire au juste ? Montrer une photo à Gault et lui demander si la femme à qui il a fait ça ressemble à sa sœur ?

— Je crois que son dentiste l'a menée en bateau. J'ai déjà vu ce genre de choses.

— Que voulez-vous dire ?

— De temps en temps, un praticien profite de la situation. Il facture des actes qu'il n'a jamais pratiqués afin de ramasser l'argent de la Sécurité sociale ou de la Mutuelle.

— Ben pourtant, elle avait un foutu boulot dans la bouche.

— Oui, mais son dentiste a très bien pu en déclarer encore davantage, vous pouvez me croire. Il a aisément pu déclarer le double de restaurations à la feuille d'or, par exemple. Cela se sera traduit par un gain supplémentaire de plusieurs milliers de dollars. Il lui suffisait juste de prétendre qu'il les avait pratiquées. Elle était mentalement défaillante et vivait avec un oncle âgé. Et ni l'un ni l'autre n'y connaissaient grand-chose.

— Je hais les connards.

— Si je parvenais à mettre la main sur ses dossiers, je ferais un rapport sur lui. Mais il ne les lâchera pas. Il est même fort possible qu'il les ait fait disparaître.

— Vous êtes convoquée comme membre du jury demain à huit heures du matin, dit Marino. C'est Rose qui vient de me téléphoner.

— Je suppose que cela signifie qu'il faut que je parte très tôt d'ici demain.

— Allez directement chez vous. Je passerai vous prendre.

— J'irai directement au palais de justice, répliquai-je.

— Non, sûrement pas. Vous conduirez certainement pas seule en ville en ce moment !

— Nous savons que Gault n'est pas à Richmond, répondis-je. Il a rejoint l'endroit où il se cache habituellement, un appartement ou une chambre dans lequel se trouve un ordinateur.

— Le chef Tucker n'a pas modifié son ordre concernant votre sécurité.

— Il n'a rien à commander me concernant. Pas même mon déjeuner.

— Ah, oui ? Ben moi, je vous dis qu'il peut. Tout ce qu'il a à faire, c'est vous attribuer quelques flics. De deux choses l'une, ou vous acceptez la situation ou vous essayez de les semer. Et s'il veut vous commander votre putain de déjeuner, vous l'aurez pareil.

Le lendemain matin, j'appelai les bureaux du médecin expert général de l'État de New York, et laissai un message destiné au Dr Horowitz, lui suggérant d'entreprendre une recherche d'empreinte génétique sur le sang de Jane. Puis, Marino passa me prendre chez moi. Des voisins regardèrent par leurs fenêtres ou ouvrirent leurs jolies portes pour ramasser leurs journaux. Trois voitures de patrouille étaient garées devant chez moi, et la Ford banalisée de Marino se trouvait dans l'allée de brique de mon garage. Windsor Farms se réveilla, alla travailler et me contempla comme je sortais, escortée de policiers. Les pelouses parfaitement entretenues étaient blanches de givre, et le ciel presque bleu.

Lorsque je parvins au palais de justice John Marshall, les choses se passèrent comme à l'accoutumée, si ce n'est que l'assistant en chef, devant son scanner, ne comprit pas ce que je faisais là.

Il me salua avec un large sourire :

— Bonjour, Dr Scarpetta. Et toute cette neige ! On a l'impression de vivre dans une carte postale, n'est-ce pas ? Et le capitaine, un bonjour à vous aussi, monsieur.

La machine à rayons X se déclencha à mon passage. Une assistante de sexe féminin me fouilla pendant que l'assistant qui aimait la neige passait en revue le contenu de mon sac. Marino et moi descendîmes à l'étage inférieur jusqu'à une pièce moquettée d'orange et meublée de chaises éparses de la même couleur. Seules quelques-unes d'entre elles étaient occupées. Nous nous assîmes au fond, écoutant les gens somnoler, froisser du papier, tousser et se moucher. Un homme vêtu d'une veste en cuir et dont le pan arrière de chemise sortait de son pantalon rôdait en quête de magazines. Un autre, en cashmere, lisait un roman. Le rugissement d'un aspirateur nous parvint de derrière une porte fermée. Il buta contre la porte orange puis se découragea.

En comptant Marino, trois officiers de police m'entouraient dans cette pièce où régnait un ennui mortel. Enfin, à huit heures cinquante, l'officier du jury surgit en retard et gravit un podium pour nous donner des informations.

Me regardant droit dans les yeux, elle commença :

— J'ai deux changements à vous annoncer. Le shérif que vous allez voir sur cette cassette vidéo n'est plus le shérif.

Marino murmura contre mon oreille :

— C'est parce qu'il n'est plus en vie.

L'officier du jury poursuivit :

— ... Et la bande vous annoncera que le tarif prévu pour votre participation est de trente dollars, mais en fait, il est toujours de vingt dollars.

Marino se pencha à nouveau vers mon oreille :

— Dingue ! Vous avez besoin d'un prêt ?

Nous regardâmes la cassette vidéo. J'y appris beaucoup de choses sur mon devoir de citoyenne et les privilèges qui l'accompagnaient. Je contemplai le shérif Brown, qui me remerciait à nouveau d'accomplir cette importante tâche. Il m'expliqua que mon nom était sorti, que je devais décider du sort d'une tierce personne, et il me montra l'ordinateur dont il s'était servi pour me sélectionner.

— Les noms sortants sont ensuite tirés au sort, récita-t-il dans un sourire. Notre système de justice est basé sur l'examen minutieux des preuves. Notre système dépend de nous.

Il donna ensuite un numéro de téléphone auquel je pouvais appeler, nous rappela à tous que le café coûtait vingt-cinq cents la tasse et que l'appareil ne rendait pas la monnaie.

Lorsque la cassette fut terminée, l'officier du jury, une belle femme noire, s'approcha de moi.

— Vous faites partie de la police ? me demanda-t-elle.

— Non, répondis-je avant d'expliquer qui j'étais.

Elle examina Marino et les deux autres policiers.

— Il va falloir que nous vous excusions, murmura-t-elle. Vous ne devriez pas être là. Vous auriez dû nous appeler pour nous expliquer le problème. Je ne comprends pas du tout pourquoi vous êtes là.

Les autres recrues nous fixaient. Du reste, leurs

regards s'étaient portés sur nous dès notre entrée dans la pièce, et la raison sembla maintenant se cristalliser dans leur esprit. Ils ignoraient tout de notre système judiciaire. J'étais entourée par la police, l'officier du jury était maintenant avec nous, je devais donc être l'accusée. Ils ne savaient probablement pas qu'un accusé ne lit pas de revues dans la même salle d'attente que les membres du jury.

Je ressortis du palais de justice aux environs de midi, et me demandai si je serais jamais admise à participer à un jury. Marino me déposa devant l'entrée principale de mon immeuble et je rejoignis mon bureau. Je rappelai New York, et obtins le Dr Horowitz.

Parlant de Jane, il m'apprit :

— Elle a été enterrée hier.

Je ressentis une peine immense.

— Je pensais que vous attendiez un peu plus longtemps, en général.

— Dix jours. On n'est pas loin du compte, Kay. Vous êtes au courant du problème que nous avons avec le stockage. Nous manquons de place.

— Nous pouvons l'identifier grâce à son empreinte génétique.

— Et pourquoi pas grâce à son dossier dentaire ?

Je lui expliquai le problème.

— C'est vraiment dommage.

Le Dr Horowitz s'interrompit. Je sentis sa réticence lorsqu'il reprit la parole.

— Je suis désolé d'avoir à vous apprendre cela, mais nous avons eu un pataquès terrible ici. (Il s'interrompit à nouveau.) Franchement, j'aurais préféré que nous ne l'ayons pas enterrée, mais c'est fait.

— Que s'est-il passé ?

— Personne ne semble en avoir la moindre idée. Nous avions conservé un échantillon de sang sur du papier filtre en vue d'une analyse d'ADN, comme nous le faisons habituellement. Et bien sûr, nous avions également conservé un flacon avec des sections de tous les organes majeurs, etc. L'échantillon sanguin est introuvable et le flacon a été jeté.

— Mais c'est impossible.

Le Dr Horowitz garda le silence.

— Vous n'avez pas de prélèvements de tissus fixés dans la paraffine en vue d'examens histologiques ?

Les tissus fixés peuvent également être utilisés pour une détection d'ADN lorsque tout le reste a échoué.

— Nous ne faisons pas de prélèvements pour des examens en microscopie lorsque la cause de la mort est claire.

Je ne savais quoi dire. De deux choses l'une, ou bien Horowitz était à la tête d'un service effroyablement incompétent, ou bien ces erreurs n'en étaient pas. J'avais toujours considéré que le médecin expert était un homme irréprochablement scrupuleux. Peut-être avais-je eu tort. Je n'ignorais pas comment se passaient les choses à New York. Les politiques ne pouvaient pas se retenir de mettre leur nez dans la morgue.

Je déclarai à Horowitz :

— Il faut l'exhumer. Je ne vois pas d'autre solution. A-t-elle été embaumée ?

— Nous n'embaumons que très rarement les corps qui sont destinés à Hart Island.

Hart Island est l'île de l'East River sur laquelle est situé Potter's Field, le cimetière des indigents.

— On va repérer son numéro d'identification, l'exhumer et on la fera ramener par ferry. Oui, ça, on peut le faire. C'est du reste la seule chose que nous puissions faire. Cela risque de prendre quelques jours.

Prudemment, je demandai :

— Dr Horowitz, que se passe-t-il chez vous ?

Il me répondit d'une voix calme mais désappointée :

— Je n'en ai pas la moindre idée.

Je demeurai assise à mon bureau pendant un

moment, cherchant ce qu'il convenait de faire. Mais plus j'y pensais, moins les choses semblaient avoir de logique. Pourquoi l'armée s'intéressait-elle au fait que Jane retrouve un nom ou pas ? Car, si elle était bien la nièce du général Gault, et que l'armée soit au courant de son décès, on aurait pu penser qu'ils souhaiteraient, au contraire, qu'on l'identifie, afin qu'elle soit enterrée dans un caveau décent.

Rose me lança de la porte qui séparait nos deux bureaux :

— Dr Scarpetta, c'est Brent, de la banque.

Rose transféra l'appel sur mon poste.

— J'ai une autre facture, annonça Brent.

— Bien, dis-je, les nerfs tendus.

— Hier. Un endroit du nom de *Fino*, à New York. J'ai vérifié. Ça se trouve dans East Thirty-sixth Street. Le montant de la facture est de 104 dollars et 13 cents.

Fino servait une merveilleuse cuisine du nord de l'Italie. Mes ancêtres étaient originaires de là-bas, et Gault avait prétendu qu'il était, lui aussi, un Italien du Nord répondant au nom de Benelli. Je tentai de joindre Wesley, mais il était sorti. J'essayai ensuite de contacter Lucy, mais elle n'était pas plus à l'ERF que dans sa chambre. Marino fut la seule personne à qui je pus annoncer que Gault était de retour à New York.

D'un ton dégoûté, il lâcha :

— Il a trouvé de nouveaux jeux. Il sait que vous surveillez les factures qui sont débitées sur votre carte bancaire, Doc. Tout ce qu'il fait, il le fait parce qu'il veut que vous l'appreniez.

— Oui, j'en suis consciente.

— On va pas arriver à le coincer grâce à votre carte American Express. Vous feriez mieux de la résilier, tout simplement.

Mais je ne pouvais pas. Cette carte était un peu comme ce modem que Lucy savait dissimulé sous le plancher de CAIN. Ces deux objets étaient des lignes ténues qui menaient à Gault. Il jouait, mais un jour, il pouvait en faire trop. Il pouvait devenir trop téméraire ou trop gonflé à la cocaïne, et commettre une erreur.

Marino poursuivit :

— Doc, vous devenez trop nerveuse avec cette histoire. Il faut que vous mettiez la pédale douce.

Il était possible que Gault souhaite que je le trouve. À chaque fois qu'il utilisait ma carte de crédit, c'était un message qu'il m'envoyait. Il me révélait d'autres choses le concernant. Je savais ce qu'il aimait manger, et qu'il ne buvait pas de vin rouge. Je savais quelles cigarettes il fumait, quels vêtements il portait. Et je repensai à ses chaussures.

Marino me posait une question :

— Vous m'écoutez ?

Nous étions toujours partis de la certitude que les souliers appartenaient à Gault.

— Les rangers étaient ceux de sa sœur, pensai-je tout haut.

— De quoi parlez-vous ? demanda Marino d'un ton impatient.

— Son oncle a dû les lui donner il y a des années, et Gault les lui a pris.

— Et quand ? Il ne les a pas pris à Cherry Hill en pleine neige.

— Je ne sais pas quand. Il est possible qu'il les lui ait pris peu de temps avant de la tuer. Peut-être lorsqu'ils étaient au Muséum d'histoire naturelle. Ils ont pratiquement la même pointure. Ils auraient pu échanger leurs chaussures. Je ne sais pas, n'importe quoi. Mais je doute qu'elle les lui ait donnés de bon cœur. Et une des raisons, c'est que ce genre de soulier fait merveille dans la neige. Jane aurait été bien plus à l'aise dans ceux-ci que dans ceux que nous avons retrouvés au campement de Benny.

Marino garda le silence, puis finit par demander :

— Mais pourquoi il prendrait ses rangers ?

— Facile. Parce qu'il les voulait.

Ce même après-midi, je conduisis jusqu'à l'aéroport de Richmond, chargée d'un attaché-case bourré et d'un petit sac. Je n'étais pas passée par mon agence de voyages parce que je ne voulais pas que quiconque apprenne ma destination. Une fois arrivée au bureau de l'USAir, je pris un billet pour Hilton Head, en Caroline du Sud.

L'hôtesse d'accueil au comptoir de la compagnie me dit d'un ton affable :

— J'ai entendu dire que c'était très joli, là-bas. Beaucoup de gens y jouent au golf et au tennis.

Elle enregistra mon petit sac de voyage.

Baissant la voix, je précisai :

— Il faut l'étiqueter. Il y a une arme à feu à l'intérieur.

Elle acquiesça d'un signe de tête et me tendit une étiquette d'un orange flamboyant qui indiquait que j'étais porteuse d'une arme déchargée.

— Vous pouvez la mettre dans le sac de voyage, dit-elle. Votre sac ferme bien à clef ?

Je verrouillai la fermeture Éclair, la surveillant lorsqu'elle posa mon sac sur le tapis roulant. Elle me tendit mon billet et je montai vers la porte d'embarquement grouillante de voyageurs qui n'avaient pas l'air trop heureux de s'en retourner chez eux ou vers leur travail après ces vacances.

Le voyage qui devait nous mener jusqu'à Charlotte me parut durer plus longtemps que l'heure qui était annoncée parce que je ne pouvais pas utiliser mon téléphone portatif et que mon *pager* se déclencha à deux reprises. Je parcourus rapidement le *Wall Street Journal* et le *Washington Post* mais mes pensées slalomaient sur une pente dangereuse. Je passai en revue ce que j'allais dire aux parents de Temple Gault et de la femme assassinée que nous avions appelée Jane.

Je n'étais même pas certaine que les Gault accepteraient de me recevoir, puisque je ne les avais pas prévenus de ma visite. Leur adresse ainsi que leur numéro de téléphone étaient confidentiels. Cependant, il ne devait pas être très difficile de trouver la propriété qu'ils avaient achetée aux environs de Beaufort. La plantation Live Oaks était une des plus anciennes de Caroline du Sud et les habitants du coin avaient certainement entendu parler de ce couple dont la ferme d'Albany avait été emportée dans les inondations.

Mon changement à l'aéroport de Charlotte était assez long pour me permettre de rappeler les numéros inscrits sur mon *pager*. Ils émanaient tous les deux de Rose, qui désirait que je vérifie avec elle les dates libres de mon agenda puisque différentes assignations du tribunal étaient arrivées à mon bureau.

— Et Lucy a tenté de vous joindre, ajouta-t-elle

— Elle a mon numéro de *pager*, m'étonnai-je.

— C'est ce que je lui ai demandé, dit ma secrétaire, mais elle a dit qu'elle essayerait à nouveau un peu plus tard.

— Vous a-t-elle dit d'où elle appelait ?

— Non. Je pense que ce devait être de Quantico.

Je n'avais plus le temps d'approfondir ce problème parce que le terminal D était éloigné de l'endroit où je me trouvais, et qu'il ne restait plus qu'un quart d'heure avant le décollage de l'avion à destination de Hilton Head. Je courus jusqu'au terminal D, et n'eus que le temps d'avaler un bretzel sans sel. J'attrapai au passage quelques petites portions de moutarde et montai à bord avec le seul repas de ma journée. L'homme d'affaires à côté de qui je m'installai fixa mon en-cas comme s'il était la preuve que j'étais une maîtresse de maison d'une rare discourtoisie, ignorant tout des voyages en avion.

Lorsque nous fûmes dans les airs, je plongeai dans mes sachets de moutarde et commandai un whisky avec des glaçons.

J'avais entendu le steward se plaindre de ne pas avoir suffisamment de monnaie, aussi demandai-je à l'homme assis à côté de moi :

— Vous n'auriez pas la monnaie de vingt dollars ?

Il sortit son portefeuille et je dépliai le *New York Times*. Il me tendit un billet de dix dollars et deux de cinq, aussi lui offris-je son verre :

— *Quid pro quo*, déclarai-je.

— Ça, c'est rudement gentil à vous, déclara-t-il avec un accent sirupeux du Sud. Vous êtes de New York, non ?

— Oui, mentis-je.

— Vous n'iriez pas par hasard à Hilton Head, pour la Convention de Caroline des magasins de proximité ? C'est au Hyatt.

— Non. La Convention des entreprises de pompes funèbres, mentis-je à nouveau. À l'*Holiday Inn*.

— Oh !

Il se tut.

Sur l'aéroport de Hilton Head étaient garés des avions privés et des Learjets appartenant aux gens très riches qui possédaient des maisons sur l'île. Le terminal avait tout d'une hutte, et les bagages étaient déposés à l'extérieur sur une passerelle en bois. L'air était frais, le ciel sombre menaçant, et j'entendis les passagers se plaindre comme ils se pressaient vers les voitures ou les navettes qui les attendaient.

L'homme qui avait occupé le siège situé à côté du mien s'exclama :

— Oh, merde !

Il traînait derrière lui des clubs de golf, et le tonnerre résonna, des éclairs déchirant par endroits le ciel comme si une guerre venait d'éclater.

Je louai une Lincoln gris métallisé et demeurai un moment blottie à l'intérieur sur le parking de l'aéroport. La pluie tambourinait sur le toit et je ne distinguais rien au travers du pare-brise tandis que j'étudiais la carte que m'avait offerte Hertz. La maison d'Anna Zenner se trouvait à Palmetto Dunes, pas très loin de l'hôtel Hyatt où se rendait mon voisin de voyage. Je regardai, cherchant si sa voiture se trouvait toujours sur le parking, mais il me sembla que l'homme et ses clubs de golf avaient disparu.

La pluie se calma un peu et je suivis les pancartes indiquant la sortie de l'aéroport jusqu'à William Hilton Parkway, ce qui me conduisit à Queens Folly Road. Je me perdis ensuite un peu jusqu'à ce que je trouve la maison. Je m'étais attendue à quelque chose de plus petit. La retraite d'Anna n'était pas un simple bungalow. Il s'agissait en réalité d'un splendide manoir rustique tout en bois patiné et verre. Le jardin dans lequel je me garai, à l'arrière de la maison, était planté de hauts palmiers serrés et de chênes d'eau drapés dans leur mousse espagnole. Un écureuil dévala le tronc d'un arbre au moment où je gravis les marches du perron. Il s'approcha tout près de moi et s'assit sur ses pattes arrière, ses joues se gonflant par saccades comme s'il avait énormément de choses à me raconter.

Je sortis la clef et lui lançai :

— Je parie qu'elle te nourrit, n'est-ce pas ?

Il était assis droit sur son postérieur, ses pattes avant repliées sur son ventre comme s'il se plaignait de quelque chose :

— Eh bien, je n'ai rien à te donner, si ce n'est le souvenir d'un bretzel. Je suis vraiment désolée.

Je m'interrompis. Il sautilla et se rapprocha encore.

— Et de surcroît, si tu as la rage, il faudra que je t'abatte.

Je pénétrai à l'intérieur de la maison, déçue qu'aucune alarme n'ait été installée.

— Dommage, conclus-je tout haut, mais je n'avais pas l'intention de déménager.

Je refermai la porte et poussai le verrou de sécurité. Nul ne savait que j'étais ici. J'allais être bien. Anna venait depuis des années à Hilton Head et elle n'avait jamais ressenti la nécessité de faire installer un système d'alarme. Gault se trouvait à New York et je ne voyais pas comment il aurait pu me suivre.

Je pénétrai dans le salon décoré de bois rustique et dont les fenêtres partaient du plancher pour monter jusqu'au ciel. Le bois dur était recouvert d'un tapis indien de couleurs vives et les meubles en acajou décoloré étaient recouverts de tissus sans affectation eux aussi, dans de ravissantes teintes gaies.

Je visitai les pièces les unes après les autres, de plus en plus affamée à mesure que l'océan semblait se transformer en plomb fondu et qu'une armée déterminée de nuages sombres avançait du nord. Un long ponton partait de la maison et enjambait les dunes. Je le parcourus, mon café à la main. Je contemplai les promeneurs ou les cyclistes, parfois un joggeur occasionnel. Le sable était dur et gris, et des escadrons de pélicans marron volaient en formation comme s'ils préparaient une attaque aérienne contre le pays des poissons inamicaux ou peut-être contre le temps.

Des hommes expédiaient leurs balles de golf dans la mer, et un marsouin fit surface. Puis, la planche de surf en polystyrène que tenait un petit garçon s'envola de ses mains. Elle traversa la plage en pirouettant et il courut après avec frénésie. J'observai la poursuite, qui dura sur plusieurs centaines de mètres jusqu'à ce que le trésor du petit garçon s'échoue au milieu des herbes au sommet de ma dune et se glisse par-dessus la barrière de ma maison. Je dévalai les marches et saisis la planche avant que le vent ne s'en empare à nouveau. Lorsqu'il me vit, le petit garçon hésita dans sa course.

Il ne devait pas être âgé de plus de huit ou neuf ans et portait un jean et un pull. Sa mère, en bas de la dune, tentait de le rattraper.

Le regard fixé sur le sable, il demanda :

— Puis-je avoir ma planche, s'il vous plaît ?

— Veux-tu que je t'aide à la redescendre vers ta maman ? demandai-je gentiment. Avec ce vent, une seule personne aura du mal à la porter.

Les mains tendues devant lui, il murmura timidement :

— Non, merci.

Debout sur le ponton d'Anna, regardant le petit garçon se bagarrer contre le vent, je me sentis rejetée. Il finit par aplatir l'objet contre lui comme une planche à repasser, et progressa péniblement dans le sable détrempé. Je les suivis du regard, lui et sa mère, jusqu'à ce qu'ils ne soient plus que des égratignures sur l'horizon, jusqu'à ce qu'ils disparaissent. Je tentai d'imaginer où ils se rendaient. Logeaient-ils à l'hôtel ou avaient-ils une maison dans le coin ? Où dorment les petits garçons et leurs mères par ici, lors des nuits d'orage ?

Je n'étais jamais partie en vacances lorsque j'étais petite fille parce que nous n'avions pas d'argent, et maintenant, je n'avais pas d'enfant. Je pensai à Wesley et eus envie de l'appeler en écoutant les remous du ressac sur la plage. Les étoiles apparaissaient au travers du voile des nuages et des voix me parvenaient, portées par le vent, sans que je puisse déchiffrer un seul mot. Il aurait aussi bien pu s'agir du cri des grenouilles ou des pleurs des oiseaux. Je retournai à l'intérieur avec ma tasse de café vide, et pas une fois je n'éprouvai de peur.

L'idée qu'il n'y avait probablement rien à manger dans la maison me traversa l'esprit, et tout ce que j'avais avalé aujourd'hui se résumait à ce bretzel.

Lorsque je découvris le stock de plats cuisinés allégés, je dis à voix haute :

— Merci, Anna.

Je réchauffai un plat de dinde et de légumes variés, allumai le feu au gaz et m'endormis sur un canapé blanc, mon Browning à portée de main. J'étais trop épuisée pour rêver. Je me levai en même temps que le soleil, et ma mission me parut irréelle, jusqu'à ce que je détecte du coin de l'œil mon attaché-case et que je repense à ce qu'il contenait. Il était encore trop tôt pour y aller, et je partis me promener vêtue d'un jean et d'un pull.

Le sable était ferme et plat vers Sea Pines, et le soleil brillait comme de l'or blanc sur l'eau. Des chevaliers des sables flânaient à la recherche de crabes et de vers, des mouettes glissaient sur le vent et des corbeaux rôdaient comme des brigands portant capuche noire.

Les gens âgés étaient de sortie, profitant du soleil tant qu'il était encore parcimonieux, et je me concentrai tout en marchant sur l'air marin qui semblait souffler à travers moi. J'avais l'impression de pouvoir respirer. Les sourires des étrangers qui me dépassaient main dans la main me réconfortèrent, et lorsqu'ils me faisaient de petits signes de la main, j'y répondais. Les amoureux s'étreignaient et les solitaires buvaient leur café sur les pontons en regardant la mer.

De retour dans la maison d'Anna, je me fis toaster un bagel que j'avais trouvé dans le congélateur et pris une longue douche chaude. Puis je passai à nouveau mon blazer et mes pantalons noirs. Je fis mon sac de voyage et fermai la maison comme si je ne devais pas y revenir. Je ne me rendis pas compte que quelqu'un me surveillait, jusqu'à ce que l'écureuil réapparaisse.

Déverrouillant ma portière, je lui lançai :

— Oh non, c'est encore toi.

Assis sur ses pattes arrière, il semblait me donner une leçon de morale.

— Écoute-moi bien. Anna a dit que je pouvais m'installer chez elle. Je suis une de ses meilleures amies.

Ses moustaches frissonnèrent et il me montra son petit ventre blanc.

Je jetai mon sac de voyage à l'arrière de la voiture et continuai :

— Si tu avais l'intention de me raconter tes problèmes, ce n'est pas la peine. C'est Anna le psychiatre, pas moi.

J'ouvris la portière côté conducteur. L'écureuil sautilla et se rapprocha. Je ne pus résister plus longtemps et plongeai la main dans mon attaché-case, où je retrouvai un petit paquet de cacahuètes que l'on m'avait donné dans l'avion. Je fis marche arrière et sortis de l'allée protégée par l'ombre des arbres. L'écureuil était toujours sur son derrière et mâchonnait avec vigueur. Il me regarda partir.

J'empruntai la 278-West et traversai un paysage luxuriant fleuri de joncs des marais et de soucis d'eau. Des lotus et des feuilles de nénuphar recouvraient les pièces d'eau, et un peu partout planaient des aigles. Les petites routes étroites conduisaient à de toutes petites églises blanches et à des caravanes encore décorées des guirlandes lumineuses de Noël. En me rapprochant de Beaufort, je passai devant des garages, de petits motels construits sur la lande. À la devanture d'un barbier flottait le drapeau confédéré. Je dus m'arrêter à deux reprises pour consulter ma carte.

Une fois sur l'île de St Helena, je dépassai péniblement, en mordant sur le bas-côté, un tracteur qui soulevait un nuage de poussière, puis me mis à chercher un endroit où m'arrêter pour demander mon chemin. Je découvris des bâtisses abandonnées, construites de blocs de ciment, qui, un jour, avaient été des magasins. Il y avait des fermes, des entreprises de conditionnement de tomates, des maisons de pompes funèbres le long des rues bordées de chênes touffus et de jardins protégés par des épouvantails. Je ne m'arrêtai qu'une fois parvenue sur Tripp Island, lorsque je trouvai un endroit pour déjeuner.

Le restaurant s'appelait *Gullah House*. La femme qui me conduisit à ma table était une Noire très forte, à la peau très foncée. Elle était resplendissante dans sa large robe aux couleurs tropicales et lorsqu'elle s'adressa à un serveur, de derrière le comptoir, leur langue me sembla musicale et pleine de mots étranges. Le patois gullah est censé être une sorte de mélange d'antillais et d'anglais élisabéthain. C'était, à l'époque, le langage que parlaient les esclaves.

Assise devant la table en bois, j'attendis mon thé glacé en m'inquiétant de ce que personne ici ne pourrait me dire où habitaient les Gault.

Ma serveuse revint avec une carafe en verre remplie de thé, de glaçons et de rondelles de citron.

— Qu'est-ce que je peux vous servir, ma jolie ?

Je désignai du doigt *Biddy een de Fiel*, incapable de le prononcer. La traduction promettait qu'il s'agissait de blancs de poulet grillés sur des feuilles de romaine.

— Vous voulez que je vous apporte des chips de patates douces ou des frittas de crabe en attendant ?

Son regard parcourait la salle de restaurant en même temps qu'elle me parlait.

— Non, merci.

Mais elle avait décidé que sa cliente commanderait davantage qu'un menu de régime, et elle me montra le dos du menu, sur lequel étaient proposées des crevettes du bas-pays en friture.

— Nous avons aussi des crevettes fraîches en friture, aujourd'hui. C'est si bon que ça fera claquer votre langue à vous faire sortir la cervelle.

Je la regardai :

— Eh bien, je crois que je devrais essayer un petit hors-d'œuvre.

— Vous voulez les deux ?

— Oui, s'il vous plaît.

Le service ne s'accéléra pas, et il était presque une heure de l'après-midi lorsque je réglai mon addition. La dame dans la robe chatoyante, dont je décidai qu'il s'agissait de la patronne, était sortie et discutait sur le parking avec une autre femme noire assise au volant d'une fourgonnette. Sur le flanc du véhicule était peint *Gullah Tours*.

— Excusez-moi, dis-je à la patronne du restaurant.

Ses yeux ressemblaient à de la pierre volcanique, soupçonneux mais pas inamicaux.

— Vous voulez faire un tour de l'île ? demanda-t-elle.

— En fait, j'aurais plutôt besoin que l'on m'indique mon chemin. Connaissez-vous la plantation Live Oaks ?

— C'est sur aucun circuit. Plus maintenant.

— Et donc, je ne peux pas m'y rendre ? insistai-je.

La patronne détourna la tête et me jeta un regard oblique.

— Y'a des nouveaux gens qui sont déménagés là-bas. Ils aiment pas trop les visites, vous voyez ce que je dis ?

— Oui, je vois. Mais il faut que j'y aille. Je ne veux pas faire une visite guidée. Je veux juste que l'on me dise comment m'y rendre.

J'eus brusquement la conviction que le dialecte que j'étais en train de parler n'était pas celui que la patronne — à qui appartenaient sans nul doute les *Gullah Tours* — avait envie d'entendre.

— Et si je vous payais une visite guidée et que vous demandiez au chauffeur de la fourgonnette de me montrer le chemin jusqu'à Live Oaks ?

Mon idée se révéla bonne. Je tendis vingt dollars et repris ma route. La plantation n'était pas loin, et la fourgonnette ralentit rapidement. Un bras dissimulé par une manche de couleur vive sortit de la fenêtre du véhicule et pointa en direction de plusieurs hectares de pacaniers protégés par une clôture blanche soigneusement entretenue. Le portail était ouvert, et je suivis une longue allée de terre. Je distinguai, à presque un kilomètre devant moi, une demeure en bois blanc et un vieux toit de couleur cuivre. Aucune pancarte n'indiquait le nom des propriétaires, ni ne signalait que je me trouvais dans la plantation des Live Oaks.

Je tournai à gauche dans l'allée et fouillai du regard les espaces qui séparaient les pacaniers dont les fruits avaient déjà été récoltés. Je dépassai une pièce d'eau couverte de lentilles d'eau. Un héron bleu marchait au bord de l'eau. Je n'aperçus âme qui vive, mais lorsque je me rapprochai de ce qui s'avérait être une splendide demeure datant d'avant la Guerre Civile, je découvris une voiture et un pick-up truck. Une vieille étable au toit de tôle se trouvait à l'arrière de la maison, à côté d'un silo. Le ciel s'était obscurci, et ma veste me sembla insuffisante. Je gravis les marches raides du perron et sonnai à la cloche.

À l'expression que je lus sur le visage de l'homme qui me répondit, je compris instantanément que le portail au bout de l'allée n'aurait pas dû être ouvert.

L'homme déclara d'un ton égal :

— Vous êtes dans une propriété privée.

S'il s'agissait du père de Temple Gault, je ne voyais aucune ressemblance. C'était un homme vigoureux, aux cheveux grisonnants et au visage long et buriné. Il portait des tennis, des pantalons kaki et un sweat-shirt gris uni avec une capuche.

Mon regard retint le sien, et mes doigts se serrèrent sur mon attaché-case.

— Je cherche Peyton Gault.

— Le portail aurait dû être fermé. Vous n'avez pas vu les pancartes « Défense d'entrer » ? Je les ai fait clouer récemment sur les poteaux de la clôture. Pourquoi voulez-vous voir Peyton Gault ?

— Il n'y a qu'à Peyton Gault que je puisse le dire.

Il me détailla minutieusement, le regard indécis.

— Vous n'êtes pas un genre de journaliste, n'est-ce pas ?

— Non, monsieur, certainement pas. Je suis le médecin expert général de l'État de Virginie.

Je lui tendis ma carte.

Il s'adossa au chambranle de la porte comme s'il ne se sentait pas bien et murmura :

— Doux Jésus, pitié. Pourquoi ne pouvez-vous pas nous laisser en paix ?

Il m'était impossible d'imaginer sa souffrance

intime pour ce qu'il avait engendré parce que, quelque part dans son cœur de père, il aimait encore son fils.

— Mr Gault, je vous en prie, permettez-moi de vous parler.

Il enfonça ses pouces et ses index à la commissure de ses yeux pour enrayer ses larmes. Les rides de son front bronzé se marquèrent davantage, et un soudain rayon de soleil changea le gris en blond.

— Ce n'est pas la curiosité qui m'amène, Mr Gault. Je ne suis pas venue faire des recherches, je vous en prie.

Peyton Gault s'essuya les yeux.

— Du jour où il est né, il n'a jamais été normal.

— Je sais que tout ceci est affreux pour vous. C'est une inaccessible horreur. Mais je comprends.

— Personne ne peut comprendre.

— Permettez-moi d'essayer, s'il vous plaît.

— Rien de bon n'en sortira.

— Si, il n'en sortira que du bon, insistai-je. Je suis ici pour faire ce qui est bien.

Il me regarda, incertain :

— Qui vous envoie ?

— Personne. Je suis venue de moi-même.

— Comment nous avez-vous trouvés ?

— J'ai demandé mon chemin, et je lui expliquai où.

— Vous ne devez pas avoir chaud dans cette veste ?

— Ça va.

— Bien, dit-il. Allons sur la jetée.

Celle-ci coupait au travers de marécages qui s'étendaient aussi loin que mon regard portait, et les Barrier Islands formaient de temps en temps à l'horizon une sorte de château d'eau. Nous nous penchâmes par-dessus les rambardes de la jetée, regardant des crabes appelants frémir dans la boue sombre. De temps en temps, une huître crachait.

— À l'époque de la Guerre Civile, il y avait deux

cent cinquante esclaves ici, me dit-il comme si nous étions là pour bavarder entre amis. Avant de repartir, vous devriez aller voir la Chapel of Ease. Ce n'est plus qu'une coquille vide avec une clôture en fer forgé rouillé qui entoure un tout petit cimetière.

Je le laissai parler.

— Bien sûr, les tombes ont été vandalisées et volées d'aussi loin qu'on s'en souvienne. Je crois que la chapelle a été construite vers 1740.

Je demeurai silencieuse.

Il soupira, le regard perdu vers l'océan.

— Je voudrais vous montrer des photographies, dis-je d'un ton doux.

— Vous savez, dit-il d'une voix de nouveau émue, c'est comme si cette inondation avait été une punition pour quelque chose que j'ai fait. Je suis né dans cette plantation d'Albany.

Il tourna le regard vers moi et poursuivit :

— Elle a résisté à presque deux siècles de guerre et d'intempéries. Et puis, le cyclone est arrivé, et la rivière Flint est montée de plus de six mètres. La police de l'État et la police militaire sont venues tout barricader, mais l'eau est montée jusqu'à ce foutu plafond et il n'y avait plus d'arbres. Ce n'est pas que nos seuls revenus proviennent des noix de pécan mais, pendant un moment, ma femme et moi avons vécu comme des sans-abri dans un centre d'accueil avec plus de trois cents autres sinistrés.

— Ce n'est pas votre fils qui est à l'origine de cette inondation, dis-je avec gentillesse. Même lui ne peut pas provoquer une catastrophe naturelle.

— De toute façon, c'est probablement aussi bien que nous ayons déménagé. Les gens n'arrêtaient pas de venir voir où il avait grandi. L'effet a été catastrophique sur les nerfs de Rachael.

— Rachael, c'est votre femme ?

Il acquiesça d'un signe de tête.

— Et votre fille ?

— Ça, c'est une autre triste histoire. Nous avons

dû envoyer Jayne sur la côte Ouest lorsqu'elle a eu onze ans.

Sidérée, je demandai :

— Jayne, c'est son nom ?

— En fait, elle s'appelle Rachael. Jayne, avec un « y », est son deuxième prénom. Vous ne le saviez peut-être pas, mais Temple et Jayne sont jumeaux.

— Non, je l'ignorais.

— Et il a toujours été jaloux d'elle. C'était un spectacle affreux à contempler, parce qu'elle, elle l'adorait. C'étaient les deux plus jolies têtes blondes que vous ayez jamais vues, mais on aurait dit que du jour où ils étaient nés, Temple avait voulu l'écraser comme un insecte. Il était cruel.

Il marqua un temps.

Une mouette nous dépassa en criant et un régiment de crabes chargea un buisson de joncs.

Peyton Gault ramassa ses cheveux vers l'arrière et posa le pied sur le rail inférieur de la rambarde du ponton. Il poursuivit :

— Je crois que j'ai compris l'horreur de ce qui se passait lorsqu'il a eu cinq ans, et qu'on a offert un chiot à Jayne. Un adorable petit chien, un bâtard.

Il s'interrompit à nouveau. Lorsqu'il reprit, sa voix s'était altérée :

— Eh bien, le chiot a disparu et la même nuit, Jayne s'est réveillée et l'a retrouvé dans son lit, mort. Temple a probablement étranglé l'animal.

— Vous m'avez dit que Jayne était partie vivre sur la côte Ouest ?

— Ma femme et moi ne savions plus quoi faire. Nous savions qu'un jour ou l'autre il finirait par la tuer, ce qu'il d'ailleurs presque réussi à faire un peu plus tard. C'est du moins ma conviction. Vous voyez, j'avais un frère qui habitait Seattle. Luther.

— Le général.

Peyton Gault continuait à fixer un point situé droit devant lui.

— J'ai l'impression que vous en savez tous beaucoup sur nous. Temple s'est bien débrouillé pour ça. Et dans peu de temps, je pourrai lire tout cela dans un livre, ou le voir à l'écran.

Il frappa sans violence de son poing sur la rambarde.

— Jayne est partie vivre chez votre frère et sa femme ?

— Et nous avons gardé Temple avec nous à Albany. Mais croyez-moi, si j'avais pu, c'est elle que j'aurais gardée avec moi, et lui dont je me serais débarrassé. C'est ça que j'aurais fait. C'était une petite fille douce, sensible. Gentille et très rêveuse.

Des larmes dévalèrent le long de ses joues.

— Elle savait jouer du piano et du saxophone. Et Luther l'a adorée comme un de ses propres enfants. Il avait des garçons. Tout s'est bien passé, surtout quand on sait à quoi nous étions confrontés. Rachael et moi, on allait plusieurs fois par an à Seattle. Et je peux vous dire que si c'était dur pour moi, ça lui a presque brisé le cœur. Et puis, nous avons fait une énorme erreur.

Il se tut quelques instants, attendant de pouvoir parler, s'éclaircissant la gorge à plusieurs reprises.

— Jayne a voulu absolument rentrer à la maison, un été. Je crois qu'elle devait aller sur ses vingt-cinq ans, et qu'elle voulait fêter son anniversaire avec tout le monde. Ainsi, Jayne, Luther et sa femme Sara ont fait le voyage en avion de Seattle à Albany. Temple n'avait pas du tout l'air affecté, et je me souviens...

Il se racla la gorge :

— ... Je me souviens parfaitement m'être dit que peut-être tout allait bien se passer. Que peut-être, en grandissant, il avait fini par se débarrasser de ce qui le possédait, quoi que ce puisse être. Jayne s'est amusée comme une folle à la soirée et elle a décidé d'emmener notre vieux chien de chasse, Snagletooth, en promenade. Elle a voulu qu'on la prenne en photo, ce qu'on a fait. Au milieu des pacaniers. Et puis nous sommes tous rentrés à l'intérieur, sauf

Temple et elle. Il s'est montré à l'heure du dîner, et je lui ai demandé : « Où est ta sœur ? » Il a répondu : « Elle a dit qu'elle partait en balade à cheval. » Et puis, nous avons attendu et attendu, et elle ne revenait pas. Luther et moi, nous sommes sortis à sa recherche. Nous avons découvert son cheval, toujours sellé, qui traînait vers les écuries, et elle était là, allongée par terre, avec tout ce sang partout.

Il s'essuya le visage de ses mains, et il m'était impossible de décrire la pitié que j'éprouvais pour cet homme ou pour sa fille, Jayne. Je redoutais d'avoir à lui apprendre que son histoire avait une fin.

Il continua péniblement :

— Le docteur a conclu que le cheval l'avait désarçonnée et qu'il avait botté, mais j'avais des doutes. J'ai cru que Luther allait tuer le garçon. Vous savez, sa *Medal of Honor*, il ne l'a pas obtenue en distribuant des ustensiles de cuisine aux officiers. Et lorsque Jayne a été suffisamment rétablie pour quitter l'hôpital, Luther l'a ramenée chez lui. Mais elle ne s'est jamais complètement remise.

— Mr Gault, avez-vous une idée de l'endroit où se trouve votre fille ?

— Eh bien, elle a fini par partir seule de son côté, il y a quatre ou cinq ans, lorsque Luther est mort. En général, on a de ses nouvelles à Noël, aux anniversaires, quand l'envie lui en prend.

— Vous avez eu de ses nouvelles à Noël ?

— Non, pas le jour de Noël, mais une ou deux semaines avant.

Il réfléchit intensément, une étrange expression peinte sur le visage.

— Et où se trouvait-elle ?

— Elle a appelé de New York.

— Savez-vous ce qu'elle y faisait, Mr Gault ?

— Je ne sais jamais ce qu'elle fait. Pour vous dire la vérité, je crois qu'elle roule juste sa bosse et qu'elle n'appelle que lorsqu'elle a besoin d'argent.

Il fixa une aigrette neigeuse immobile sur une souche d'arbre.

— Mais lorsqu'elle vous a téléphoné de New York, vous a-t-elle demandé de l'argent ? insistai-je.

— Vous permettez que je fume ?

— Bien sûr.

Il attrapa un paquet de Merits dans sa poche de poitrine et se bagarra contre le vent pour parvenir à l'allumer. Il se tourna dans un sens et dans l'autre jusqu'à ce que, finalement, je mette ma main en coupe au-dessus de la sienne et lui tienne l'allumette. Il tremblait.

— Cet aspect financier est très important, Mr Gault. Combien d'argent, et comment lui parvient-il ?

Il ne répondit pas tout de suite, puis déclara :

— Vous savez, c'est Rachael qui s'occupe de tout cela.

— Votre femme a-t-elle envoyé un mandat, ou un chèque ?

— Je suppose que vous ne connaissez pas ma fille. Personne n'acceptera d'encaisser un chèque pour elle. Rachael lui envoie de l'argent régulièrement par mandat. Vous savez, Jayne est sous traitement en permanence pour éviter les crises. À cause de ce qui est arrivé à sa tête.

— Où le mandat est-il envoyé ?

— À un bureau de la Western Union. Rachael pourrait vous dire lequel.

— Et votre fils ? Avez-vous des relations avec lui ?

Son visage se fit dur.

— Absolument aucune.

— Il n'a jamais essayé de revenir à la maison ?

— Non.

— Et ici ? Sait-il que vous avez emménagé ici ?

— La seule relation que j'ai l'intention d'entretenir avec lui se fera avec un fusil à double canon. Je me fiche pas mal qu'il soit mon fils.

Ses mâchoires se crispèrent.

— Mr Gault, savez-vous que votre fils utilise votre carte de téléphone ?

Il se redressa de toute sa hauteur, et fit tomber une cendre qui se dispersa dans le vent :

— C'est impossible.

— C'est votre femme qui règle les factures ?

— Ce genre-là, oui.

— Je vois.

Il jeta sa cigarette dans la boue et un crabe fonça dessus.

— Jayne est morte, n'est-ce pas ? Vous êtes coroner, et c'est pour cette raison que vous êtes venue.

— Oui, Mr Gault, je suis vraiment désolée.

— J'ai eu un pressentiment lorsque vous m'avez dit qui vous étiez. Cette femme dont on pense que Temple l'a assassinée dans Central Park, c'est ma petite fille.

— Voilà pourquoi je suis là, Mr Gault. Mais j'ai besoin de votre aide afin de prouver qu'il s'agit bien de votre fille.

Il me fixa droit dans les yeux, et je sentis que son terrible épuisement connaissait une trêve. Il se redressa, et sa fierté lui revint.

— Madame, je ne veux pas que ma fille soit enterrée sans nom, dans une quelconque fosse commune. Je veux qu'elle soit ici, avec Rachael et moi. Pour une fois, enfin, elle pourra vivre avec nous, parce qu'il est trop tard et qu'il ne peut plus lui faire de mal.

Nous marchâmes le long de la jetée.

Le vent aplatissait l'herbe et dévastait nos cheveux.

— Il est en mon pouvoir d'accomplir cela. Tout ce dont j'ai besoin, c'est de votre sang.

363

18

Avant que nous ne pénétrions dans la maison, Mr Gault me mit en garde et m'informa que sa femme avait les nerfs fragiles. Il m'expliqua avec beaucoup de délicatesse que Rachael Gault n'avait jamais accepté la réalité des destinées funestes de ses enfants.

Comme nous gravissions les marches du perron, il poursuivit d'une voix douce :

— Ce n'est pas qu'elle fera une crise de nerfs. Elle refusera simplement de l'admettre, vous comprenez.

— Peut-être préféreriez-vous voir ces photos dehors ?

La fatigue parut le rattraper :

— Des photos de Jayne ?

— D'elle et d'empreintes de chaussures.

Il passa une main calleuse dans ses cheveux :

— Des empreintes ?

— Vous souvenez-vous si Jayne a eu une paire de rangers militaires ? demandai-je alors.

Il secoua lentement la tête :

— Non. Mais Luther avait un tas de trucs dans ce genre.

— Savez-vous quelle pointure il chaussait ?

— Il avait le pied plus petit que le mien. Je crois qu'il devait chausser du 38 1/5 ou du 39 ?

— A-t-il un jour donné une paire de rangers à Temple ?

Mr Gault répondit sèchement :

— Eh bien, la seule occasion où Luther aurait pu donner ses rangers, c'est en bottant le derrière de Temple avec.

— Les souliers auraient pu être ceux de Jayne.

— Oh, oui. Elle et Luther devaient avoir approximativement la même taille. C'était une fille baraquée. En fait, elle était de la même taille que Temple. Je me suis toujours dit que c'était sûrement une partie du problème.

Mr Gault serait bien resté à parler toute la journée dehors, debout au milieu des vents violents. Il ne tenait pas à ce que j'ouvre mon attaché-case parce qu'il savait ce qu'il contenait.

— Nous pourrions éviter tout ceci. Vous n'avez pas besoin d'examiner ces photos. Nous pouvons réaliser une empreinte génétique.

Les yeux brillants de larmes, il acquiesça, tendant la main vers la poignée de la porte :

— Si ça ne vous dérange pas. Je crois que je ferais mieux d'annoncer cela à Rachael.

Le hall d'entrée de la maison des Gault était blanchi à la chaux avec un liséré gris pâle. Un vieux lustre en cuivre pendait du haut plafond, et un élégant escalier en spirale permettait d'accéder à l'étage. Le salon était meublé d'antiquités anglaises et de tapis orientaux, et aux murs étaient accrochés des portraits majestueux de gens d'un autre âge. Rachael Gault était assise sur un sofa guindé, une tapisserie sur les genoux. Les chaises de la salle à manger que je distinguais depuis la grande porte en arche étaient tapissées de la même façon.

Mr Gault se tint immobile devant elle, comme un prétendant timide tenant son chapeau à la main.

— Rachael, nous avons de la visite.

Son aiguille piqua et remonta :

— Oh, quel plaisir.

Elle sourit et reposa son ouvrage.

Rachael Gault avait dû être une beauté blonde à la peau pâle et aux yeux clairs. Je fus fascinée lorsque je constatai que Temple et Jayne tenaient de leur mère et de leur oncle, et décidai de ne pas me lancer dans des spéculations mais d'attribuer ce résultat aux lois mendéliennes sur les gènes dominants et les probabilités génétiques.

Mr Gault s'installa sur le sofa et me désigna une chaise à haut dossier.

— Et que fait le temps ?

Mrs Gault parlait avec le sourire mince de son fils et cette hypnotique cadence de l'accent du Sud profond. Elle me regarda droit dans les yeux et poursuivit :

— Je me demande s'il nous reste des crevettes. Vous savez, j'ignore votre nom. Allons, Peyton, ne soyons pas grossiers. Présente-moi ta nouvelle amie.

À nouveau, Mr Gault se lança, les mains sur les genoux et la tête baissée :

— Rachael, elle est médecin en Virginie.

Ses mains délicates serrèrent la tapisserie posée sur ses genoux.

— Oh ?

— C'est comme une sorte de coroner.

Il se tourna vers sa femme.

— Chérie, Jayne est morte.

Mrs Gault reprit son ouvrage de ses doigts agiles.

— Vous savez, nous avions un magnolia là-bas. Il avait presque un siècle et le cyclone l'a abattu, au printemps. Vous rendez-vous compte ? (Elle cousait toujours.) Nous avons aussi des tempêtes, par ici. Et chez vous ?

— J'habite Richmond.

L'aiguille plongeait de plus en plus vite dans l'étoffe. Elle dit :

— Ah oui. Vous voyez, nous avons eu de la chance de ne pas tous brûler pendant la guerre. Je suis sûre que votre arrière-grand-père s'est battu ?

— Je suis italienne. En fait, je suis originaire de Miami.

— Eh bien, on peut dire qu'il fait quelquefois très chaud, là-bas.

Mr Gault était assis sur le sofa, accablé. Il avait renoncé à regarder qui que ce soit.

— Mrs Gault, dis-je, j'ai vu Jayne à New York.

Elle eut l'air sincèrement heureuse.

— Vraiment ? Racontez-moi donc ça.

Ses mains me faisaient penser à des oiseaux-mouches.

— Lorsque je l'ai vue, elle était affreusement maigre, et elle avait coupé ses cheveux.

— Oh, elle n'a jamais été contente de ses cheveux. Elle ressemblait à Temple lorsqu'elle les avait courts. Ils sont jumeaux ; les gens les confondaient souvent et la prenaient pour un garçon. Elle les a toujours portés longs pour cette raison, aussi suis-je étonnée lorsque vous dites qu'elle les a coupés.

— Avez-vous toujours des contacts avec votre fils ?

— Il n'appelle pas aussi souvent qu'il le pourrait, ce vilain garçon. Mais il sait qu'il peut toujours me téléphoner.

— Jayne a appelé ici une quinzaine de jours avant Noël, dis-je.

Mrs Gault continua à piquer sans répondre.

— A-t-elle mentionné qu'elle avait vu son frère ?

Elle demeura silencieuse.

— Je me pose la question, car lui aussi se trouvait à New York, insistai-je.

— Absolument, et je lui ai dit qu'il devrait aller voir sa sœur pour lui souhaiter un joyeux Noël, déclara Mrs Gault.

Mr Gault se crispa de douleur.

— Avez-vous envoyé de l'argent à votre fille ? poursuivis-je.

Elle leva les yeux et me fixa.

— Eh bien, je trouve que vous devenez un peu indiscrète.

— Oui, madame. J'ai bien peur d'y être obligée.

Elle enfila un brin de coton d'un bleu vif dans une aiguille.

Je tentai une autre approche :

— Les médecins sont toujours indiscrets. Cela fait partie de notre métier.

Elle eut un petit rire :

— Oh, cela, oui, c'est vrai. C'est sûrement pour cette raison que je déteste leur rendre visite. Ils sont persuadés qu'ils peuvent tout soigner avec du lait de magnésie. On croirait boire de la peinture blanche. Peyton ? Voudrais-tu aller me chercher un verre d'eau avec des glaçons ? Et demande à notre invitée ce qu'elle désire.

— Rien, merci, répondis-je.

Il se leva à regret et quitta la pièce.

— C'était très gentil de votre part d'envoyer de l'argent à votre fille, poursuivis-je. S'il vous plaît, dites-moi comment vous faites. New York est une ville tellement grande et animée.

— Je passe par la Western Union, comme d'habitude.

— Mais où exactement avez-vous fait transférer le mandat ?

— À New York, c'est là qu'est Jayne.

— Où cela à New York, Mrs Gault ? Et en aviez-vous déjà envoyé ?

— Le mandat arrive dans un drugstore là-bas. Parce que Jayne a besoin d'acheter ses médicaments.

— Pour ses crises. La diphénylhydantoïne.

— Jayne m'a dit que ce n'était pas dans un quartier très fréquentable.

Elle cousait toujours.

— Le quartier s'appelle Houston, sauf que cela ne se prononce pas comme la ville du Texas.

— Houston et quoi ?

— Je ne comprends pas ce que vous voulez dire.

L'agitation la gagnait.

— Il me faudrait le nom d'une rue à l'intersection. J'ai besoin d'une adresse.

— Mais mon Dieu, pour quelle raison ?

— Parce que c'est peut-être là que votre fille s'est rendue juste avant de mourir.

Elle piqua plus vite encore. Ses lèvres n'étaient plus qu'un trait mince.

— Mrs Gault, je vous en prie, aidez-moi.

— Elle voyage souvent en bus. Elle dit qu'elle peut

voir l'Amérique défiler comme dans un film, lorsqu'elle est en bus.

— Je suis certaine que vous ne voulez pas que
quelqu'un d'autre meure.

Elle ferma les paupières et les serra.

— Je vous en prie, Mrs Gault.

— Et maintenant je me couche.

— Comment ?

Mr Gault entra dans la pièce :

— Rachael, il n'y a plus de glaçons. Je ne sais pas
ce qui s'est passé.

Ébahie, je regardai son mari.

— Et maintenant je me couche pour dormir, et je
confie mon âme à la garde du Seigneur, dit-il en la
regardant. C'était la prière que nous disions tous les
soirs avec les enfants lorsqu'ils étaient petits. C'est à
cela que tu pensais, ma chérie ?

— Question test pour la Western Union, répondit-elle.

— Parce que Jayne n'avait pas de papiers, complé-
tai-je. Bien sûr. Ils lui demandaient de répondre à
une question test avant de lui remettre l'argent et
son ordonnance.

— Oh oui. C'est ce que nous avons toujours utilisé.
Depuis des années.

— Et pour Temple ?

— Pour lui aussi.

Mr Gault se frotta le visage.

— Rachael, tu ne lui donnais pas d'argent à lui
aussi ? Je t'en prie, ne me dis pas que...

— C'est mon argent. J'ai de l'argent qui me vient
de ma famille, comme toi.

Elle reprit son ouvrage, tournant le canevas d'un
sens et de l'autre.

— Mrs Gault, Temple savait-il que Jayne devait
recevoir un mandat de vous par l'intermédiaire de la
Western Union ?

— Bien sûr. C'est son frère. Il a dit qu'il irait le
chercher pour elle parce qu'elle ne se sentait pas

bien. Depuis que ce cheval l'a désarçonnée. Elle n'a jamais eu l'esprit aussi clair que Temple. Et puis, j'en envoyais aussi un peu à mon fils.

— Avez-vous fréquemment envoyé de l'argent ? demandai-je une nouvelle fois.

Elle fit un nœud et chercha des yeux autour d'elle comme si elle avait perdu quelque chose.

— Mrs Gault, je ne quitterai pas cette maison tant que vous ne m'aurez pas répondu, à moins que vous ne me jetiez dehors.

— Lorsque Luther est mort, il n'y avait plus personne pour s'occuper d'elle, et elle ne voulait pas rentrer chez nous. Jayne ne voulait pas non plus aller dans une de ces institutions. Alors, où qu'elle aille, elle me donnait des nouvelles, et je l'aidais quand je le pouvais, dit Mrs Gault.

— Tu ne m'as jamais rien dit, intervint son mari, anéanti.

— Depuis combien de temps est-elle à New York ? demandai-je.

— Depuis le 1er décembre. Je lui ai envoyé de l'argent régulièrement, un peu à chaque fois. Cinquante dollars par-ci, cent par-là. Je lui en ai fait parvenir samedi dernier, comme d'habitude. C'est pour cela que je sais qu'elle va bien. Elle a répondu au test. Donc, elle s'est bien rendue dans ce drugstore.

Je me demandai depuis combien de temps Temple Gault interceptait l'argent de sa pauvre sœur. Je le méprisai avec une violence qui m'effraya.

Mrs Gault continua sur sa lancée, parlant de plus en plus vite :

— Elle n'a pas aimé Philadelphie. C'est là qu'elle était avant de partir pour New York. Vous parlez d'une ville fraternelle. Quelqu'un lui a volé sa flûte, là-bas. Elle l'avait à la main, et on le lui a volé.

— Son flageolet ?

— Son saxophone. Mon père jouait du violon, vous savez ?

Mr Gault et moi la regardions fixement.

— C'est peut-être son saxophone qu'on a dérobé, après tout. Moooon Dieu, je ne sais même pas où elle est allée. Chéri ? Tu te souviens lorsqu'elle est rentrée ici pour son anniversaire et qu'elle est allée se promener au milieu des pacaniers avec le chien ?

Les mains de Mrs Gault s'immobilisèrent.

— C'était à Albany. Nous n'y sommes plus, maintenant.

Elle ferma les yeux.

— Mon Dieu, elle avait vingt-cinq ans, et aucun garçon ne l'avait encore embrassée. (Elle rit.) Je me souviens qu'elle s'est mise au piano et qu'elle jouait comme une folle. Elle a chanté Happy Birthday à tue-tête. Et puis Temple l'a emmenée à la grange. Elle l'aurait suivi n'importe où. Je n'ai jamais compris pourquoi. Mais Temple peut être charmant quand il veut.

Une larme glissa entre ses cils.

— Elle est sortie monter ce fichu cheval, Priss, et elle n'est jamais rentrée. (D'autres larmes roulèrent.) Oh, Peyton, je n'ai jamais revu ma petite fille.

Il dit d'une voix tremblante :

— Temple l'a tuée, Rachael. Tout ça ne peut pas continuer.

Je retournai à Hilton Head et trouvai un vol pour Charlotte qui partait en début de soirée. De là, je pris la correspondance jusqu'à Richmond, où je récupérai ma voiture. Je ne retournai pas chez moi. Je me sentais pleine d'une sorte d'urgence qui me mettait les nerfs à vif. Je ne parvenais pas à joindre Wesley à Quantico, et Lucy ne m'avait toujours pas rappelée.

Il était presque neuf heures du soir lorsque je dépassai les champs de tir d'un noir d'encre, les baraquements, et les arbres qui engendraient des ombres gigantesques des deux côtés de la route étroite. J'étais secouée et exténuée. Je scrutais la nuit pour distinguer les signaux routiers ou d'éventuels daims traversant la route. Des lumières bleues illuminèrent soudain mon rétroviseur. Je tentai de distinguer ce qui se trouvait derrière moi, sans y parvenir, si ce n'est qu'il ne s'agissait pas d'une voiture de patrouille puisque ces dernières ont une barre lumineuse en plus des phares de la calandre.

Je poursuivis ma route. Me revenaient en mémoire des enquêtes auxquelles j'avais participé et dont les victimes étaient des femmes seules qui s'étaient arrêtées à l'approche de ce qu'elles croyaient être un flic. J'avais rebattu les oreilles de Lucy, au fil des années, en lui serinant qu'elle ne devait jamais stopper à la demande d'une voiture banalisée, sous aucune raison et particulièrement pas la nuit. La voiture me suivait avec obstination, mais je ne me rangeai pas sur le bas-côté avant d'avoir atteint le poste de garde de l'entrée de l'Académie.

Le véhicule s'arrêta sur mon pare-chocs arrière, et un MP en uniforme en descendit comme une flèche pour se poster devant ma portière, pistolet au poing. J'eus l'impression que mon cœur s'arrêtait.

— Sortez de la voiture et levez les mains ! ordonna-t-il.

Je demeurai absolument immobile.

Le MP recula de quelques pas, et je compris que le garde de la guérite lui disait quelque chose. Puis le garde sortit à son tour de son poste de contrôle et le MP se colla à ma fenêtre. Je baissai ma vitre et il abaissa son arme, sans me quitter des yeux. Il n'avait pas plus de dix-neuf ans.

D'un ton haineux parce qu'embarrassé, il déclara :

— Vous allez devoir sortir de votre véhicule, madame.

— Je sortirai si vous rangez votre arme dans votre holster et que vous reculez, déclarai-je.

Le garde en faction devant l'Académie, lui, recula de quelques pas.

— De surcroît, mon pistolet est rangé dans la console qui se trouve entre les deux sièges avant. Je vous préviens afin que vous ne soyez pas surpris.

— Vous êtes de la Drug Enforcement Administration ? s'enquit-il tout en fouillant du regard ma Mercedes.

Il portait une moustache qui faisait penser à un reste de colle provenant d'un ruban adhésif gris. Le sang battait à mes oreilles. Je savais qu'il allait nous faire une démonstration de sa force virile simplement parce que le garde de l'Académie nous observait.

J'étais descendue de ma voiture, et le gyrophare bleu éclairait nos visages par saccades.

Je le foudroyai du regard.

— Est-ce que je suis de la DEA ?

— Oui.

— Non.

— Alors, vous êtes du FBI ?

— Non.

Il était de plus en plus décontenancé :

— Eh bien alors qu'est-ce que vous êtes, madame ?

— Je suis médecin légiste.

— Qui est votre supérieur hiérarchique ?

— Je n'ai pas de supérieur hiérarchique.

— Vous devez avoir un supérieur, madame.

— Mon supérieur hiérarchique est le gouverneur de Virginie.

— Je voudrais voir votre permis de conduire.

— Pas avant que vous ne m'ayez informée de l'accusation qui pèse sur moi.

— Vous rouliez à 70 km/h sur une portion de route où la vitesse est limitée à 55 km/h, et vous avez essayé de vous enfuir.

— Parce que les gens qui tentent de fuir un contrôle de la police militaire ont pour habitude de foncer droit vers un poste de sécurité du FBI ?

— Il me faut votre permis de conduire.

— Permettez-moi de vous demander une chose, soldat : à votre avis, pourquoi ai-je refusé de m'arrêter sur une route déserte en pleine nuit ?

— Je ne sais pas, madame.

— Parce que les voitures banalisées arrêtent rarement les automobilistes, contrairement aux psychopathes.

Les éclairs bleu vif illuminaient par à-coups son visage pathétiquement jeune. Il ignorait probablement ce qu'était un psychopathe.

— Je ne m'arrêterai jamais devant votre Chevrolet banalisée, même si nous devions répéter ce genre de mésaventure pour le restant de nos vies. Vous comprenez ?

Une voiture en provenance de l'Académie arriva vers nous à vive allure et s'arrêta de l'autre côté de la guérite de contrôle.

Une portière s'ouvrit. Hors de moi, je poursuivis :

— Vous m'avez mise en joue. Vous avez tiré un foutu 9 mm et vous l'avez pointé sur moi. Personne chez les Marines ne vous a donc appris la signification de « démonstration de force abusive » ?

Benton apparut dans l'obscurité trouée de pulsations lumineuses :

— Kay ?

Je compris que le garde avait dû le prévenir, mais je me demandai pour quelle raison Wesley se trouvait à l'Académie à cette heure. Il ne pouvait pas venir de chez lui, puisqu'il habitait presque Fredericksburg.

Il s'adressa d'un ton sévère au MP :

— Bonsoir.

Les deux hommes s'écartèrent, et je ne pus entendre ce qu'ils se disaient. Mais le MP revint vers sa petite voiture. Le gyrophare bleu s'éteignit et il démarra.

— Merci, dit Wesley au garde. Venez, suivez-moi, me déclara-t-il.

Il ne se gara pas sur le parking que j'utilisais d'habitude, mais se dirigea vers les places réservées qui se trouvaient derrière le bâtiment Jefferson. Aucune autre voiture ne s'y trouvait, à l'exception d'un grand pick-up truck que je reconnus comme celui de Marino. Je sortis de la voiture.

— Que se passe-t-il ? demandai-je, mon souffle se concrétisant en buée dans le froid.

— Marino est en bas, à l'unité.

Wesley était vêtu d'un pull et d'un pantalon noirs et je sentis que quelque chose venait de se produire.

— Où est Lucy ? demandai-je précipitamment.

Sans répondre, Wesley introduisit son passe magnétique dans une fente et ouvrit une porte qui se trouvait à l'arrière du bâtiment.

— Nous devons parler, vous et moi.

Je compris où il voulait en venir.

— Non, je suis trop inquiète.

— Kay, je ne suis pas votre ennemi.

— Pourtant, c'est ce qu'il m'a parfois semblé.

Nous marchâmes sans attendre l'ascenseur.

— Je suis désolé, dit-il. Je vous aime et je ne sais pas quoi faire.

J'étais secouée :

— Je sais. Moi non plus, je ne sais pas quoi faire. Je ne cesse d'espérer que quelqu'un va me le dire. Mais je ne veux pas de ce qui se passe maintenant, Benton. Je veux ce que nous avions auparavant, mais pas ça.

Nous demeurâmes silencieux quelques instants. Il finit par lâcher :

— Lucy a eu une touche avec CAIN. Nous avons déployé l'HRT.

— Donc, elle est ici, soupirai-je, rassurée.

— Elle est à New York, et nous y partons.

Il regarda sa montre.

— Je ne comprends pas, dis-je tandis que l'écho de nos pas résonnait sur les marches.

Nous parcourûmes rapidement un long couloir où les négociateurs spécialisés dans les prises d'otages passaient leur temps, lorsqu'ils n'étaient pas à l'étranger pour persuader des terroristes de quitter des immeubles ou des pirates de l'air d'abandonner des avions.

— Mais je ne comprends pas pourquoi Lucy est à New York, insistai-je, déconcertée. Pour quelle raison s'y trouve-t-elle ?

Nous pénétrâmes dans le bureau de Wesley pour y découvrir Marino accroupi à côté d'un sac fourre-tout. La fermeture Éclair du sac était ouverte et un nécessaire de rasage ainsi que trois chargeurs pleins destinés à son Sig Sauer se trouvaient à côté, posés sur la moquette. Marino fouillait dans son sac à la recherche de quelque chose, et leva le regard vers moi.

— Vous allez pas le croire mais j'ai oublié mon rasoir, dit-il à Wesley.

Celui-ci répondit, sardonique :

— Oh, ils en ont aussi à New York.

— Je me suis rendue en Caroline du Sud, annonçai-je. J'ai parlé aux Gault.

Marino arrêta de retourner son sac et me fixa. Wesley s'assit derrière son bureau.

— J'espère qu'ils ignorent où se trouve leur fils, déclara-t-il étrangement.

Je le regardai, étonnée.

— Je n'ai pas eu le sentiment qu'ils savaient quoi que ce soit.

Wesley se frotta les yeux et poursuivit :

— Et puis, peut-être cela n'a-t-il pas d'importance. Simplement, je ne voudrais pas que quelqu'un le renseigne.

— Je suppose que Lucy l'a retenu suffisamment longtemps sur CAIN pour que l'on puisse remonter la trace de l'appel ?

Marino se releva et s'installa sur une chaise.

— Ce tordu crèche juste à Central Park.

— Où cela ? demandai-je.

— Au *Dakota*.

Je repensai à cette veille de Noël, à la fontaine de

Cherry Hill. Gault aurait pu nous observer. Il aurait pu voir les éclairages de la police de sa chambre.

— Il n'a pas les moyens d'habiter le *Dakota*, dis-je.

— Vous vous souvenez de sa fausse carte d'identité ? demanda Marino. Ce gars, cet Italien qui s'appelait Benelli ?

— C'est son appartement ?

— Oui, répondit Wesley. Il semble que Mr Benelli soit le flamboyant héritier d'une famille qui possède une fortune considérable. La direction du *Dakota* a pensé que l'occupant actuel de l'appartement — Gault — était de la famille de Mr Benelli. De toute évidence, on ne pose pas beaucoup de questions dans cet immeuble, et Gault avait un accent. C'est aussi très pratique, puisque Mr Benelli ne paye pas son loyer. C'est son père qui l'envoie de Vérone.

— Pourquoi ne pouvez-vous pas pénétrer au *Dakota* et arrêter Gault ? demandai-je. Pourquoi l'HRT ne peut-il pas le faire ?

— Nous pourrions, mais je n'y tiens pas. C'est trop risqué, déclara Wesley. Nous ne sommes pas en guerre, Kay. Nous ne pouvons nous permettre aucune bavure, aucune victime, et nous sommes contraints par la loi. Des résidents du *Dakota* risquent d'être blessés. Nous ignorons où se trouve Benelli. Il est peut-être dans la chambre.

— Ouais, dans un sac en plastique dans une malle de voyage, lâcha Marino.

— Nous savons où se trouve Gault, et nous avons placé l'immeuble sous surveillance. Mais si j'avais pu choisir, j'aurais préféré arrêter ce type ailleurs qu'à Manhattan. Il y a beaucoup trop de monde. Quand on en vient à un échange de coups de feu, et quelle que soit l'habileté des hommes, quelqu'un se fait descendre. Quelqu'un d'autre meurt. Une femme, un homme, un gosse qui est sorti au mauvais moment.

— Je comprends, admis-je. Je ne conteste pas ce que vous dites. Gault est-il dans l'appartement en ce moment ? Et Carrie ?

Wesley répondit :

— On ne les a vus ni l'un ni l'autre, et nous n'avons aucune raison de croire que Carrie voyage avec Gault.

— En tous les cas, il n'a pas utilisé ma carte American Express pour acheter son billet d'avion. De cela, je suis sûre.

Il poursuivit :

— Ce que nous savons, c'est que Gault était bien dans l'appartement à huit heures ce soir. C'est à ce moment qu'il s'est branché sur CAIN et que Lucy l'a piégé.

Mon regard passa de l'un à l'autre :

— Elle l'a piégé ? Elle l'a piégé d'ici mais maintenant elle est partie ? A-t-elle été expédiée avec l'HRT ?

J'eus la vision étrange de Lucy en rangers noirs et treillis militaire, embarquant dans un avion sur la base Air Force d'Andrews. Je l'imaginai au milieu d'un groupe de pilotes d'hélicoptère entraînés, de tireurs d'élite, d'experts en explosifs, et mon incrédulité ne fit que croître.

Le regard de Wesley croisa le mien.

— Lucy est à New York depuis deux jours, Kay. Elle travaille sur l'ordinateur de la Transit Police. C'est de là qu'elle a eu la touche.

Je ne voulais pas que Lucy reste à New York. Je ne voulais pas qu'elle soit dans le même État que Temple Gault.

— Mais pourquoi ne pas faire tout cela de Quantico puisque c'est là que se trouve CAIN ? persistai-je.

— La Transit Police possède un système extrêmement performant, Kay.

Marino intervint :

— Ils ont des trucs qu'on n'a pas, Doc.

— Comme quoi ?

Marino se pencha, les avant-bras sur ses genoux. Il comprenait ce que je ressentais. Je le voyais dans son regard.

— Une carte informatisée de tout le système du métro. On pense que c'est comme ça que Gault se déplace.

Wesley expliqua :

— Nous pensons que Carrie s'est débrouillée d'une façon ou d'une autre pour permettre à Gault d'accéder à l'ordinateur de la Transit Police par l'intermédiaire de CAIN. Gault a été capable de se concocter un circuit qui lui permet de parcourir la ville par les tunnels. De cette façon, il peut se procurer de la drogue et commettre des meurtres. Il a eu accès à des diagrammes détaillés qui incluent les stations, les contre-allées, les tunnels et les trappes de sortie de secours.

— Quelles trappes ?

— Le métro est pourvu de sorties de secours qui permettent de quitter les tunnels, dans l'éventualité où un train y resterait bloqué pour une raison quelconque. Les passagers sont alors guidés vers une de ces sorties, ce qui leur permet de se retrouver à l'air libre. Il en existe un certain nombre dans Central Park.

Wesley se leva et se dirigea vers sa valise. Il l'ouvrit et en tira un épais rouleau de papier blanc. Enlevant l'élastique qui l'entourait, il déroula de très longs relevés du système du métro new-yorkais, qui incluaient toutes les voies, toutes les structures, les refuges, poubelles, balises de repérage des voitures, et bordures de quai. Ces relevés recouvraient la presque totalité du sol du bureau de Wesley, certains d'entre eux excédant deux mètres de long. Je les étudiai, fascinée.

— C'est le commandant Penn qui vous les a donnés.

— En effet, acquiesça Wesley. Et ce qu'elle a sur son ordinateur est encore plus détaillé... (Il s'accroupit, désigna un point du doigt en retenant sa cravate :)... Par exemple, en mars 1979, on a enlevé les tourniquets à la CB 300. C'est juste ici.

Il me montra un dessin de la 110th Street Station, à l'intersection de Lennox Avenue et de 112th Street.

— Maintenant, ce genre de modification est directement saisi dans l'ordinateur de la Transit Police.

— Ce qui signifie que tous les changements sont instantanément répercutés sur les cartes informatiques.

— Exact.

Il tira vers nous un autre diagramme représentant la Eighty-first Street Station, celle du Muséum d'histoire naturelle.

— La raison pour laquelle nous croyons que Gault utilise ces cartes se trouve là.

Il tapota du doigt sur une zone qui indiquait l'existence d'une trappe de sortie toute proche de Cherry Hill.

— Si Gault a consulté cette carte, continua Wesley, il aura très probablement choisi cette issue de secours pour commettre le meurtre de Central Park et ressortir. De cette façon, lui et sa victime ont pu voyager dans les tunnels sans être vus après avoir quitté le musée. Lorsqu'ils ont fait surface dans le parc, ils ont dû se retrouver à proximité de la fontaine où Gault avait décidé de disposer le corps. Mais ce que vous ne pouvez pas savoir lorsque vous examinez ce relevé vieux de trois mois, c'est que la veille du meurtre, le département de la maintenance a condamné cette issue pour réparations. Nous pensons que ceci explique pourquoi Gault et sa victime sont sortis plus près du Ramble. Du reste, certaines des empreintes que nous avons retrouvées dans cette zone sont compatibles avec les leurs. Et la piste a été découverte près d'une sortie de secours.

— La question que vous devez donc vous poser, c'est comment savait-il que cette sortie dans Cherry Hill était condamnée ? intervint Marino.

— Il aurait pu vérifier avant, proposai-je.

— Impossible du dehors parce que les portes ne s'ouvrent que de l'intérieur des tunnels, dit Marino.

— Peut-être était-il dans le tunnel et a-t-il vu de l'intérieur que la porte avait été condamnée, rétorquai-je, car je sentais où tout ceci nous menait, et je n'aimais pas cela du tout.

D'un ton raisonnable, Wesley acquiesça :

— Bien sûr, c'est possible. Mais les flics du métro descendent fréquemment dans les tunnels. Ils sont partout, dans les stations, sur les quais, et aucun d'entre eux ne se souvient d'avoir vu Gault. Je crois qu'il se promène dans les tunnels grâce à l'ordinateur, jusqu'au moment où il décide d'y descendre.

— Et quel est le rôle de Lucy ?

— Manipuler, déclara Marino.

Wesley reprit :

— Je ne suis pas informaticien, mais pour autant que je comprenne, elle s'est débrouillée pour que Gault, lorsqu'il pénètre dans le système informatique, prenne connaissance d'un plan qu'elle a modifié.

— Modifié pour quoi faire ?

— Nous espérons pouvoir le piéger comme un rat dans un labyrinthe.

— Je croyais que l'HRT avait été déployé.

— Nous allons tenter tout ce que nous pouvons.

— Bien. Permettez-moi de vous suggérer un autre plan. Gault se rend à la Houston Professional Pharmacy lorsqu'il a besoin d'argent...

Ils me considérèrent comme si j'avais perdu la tête.

— ... C'est là que sa mère a fait parvenir de l'argent à la sœur de Temple, Jayne...

— Attendez un peu, m'interrompit Marino.

Mais je continuai :

— J'ai essayé de vous appeler plus tôt afin de vous mettre au courant. Je sais que Temple a intercepté l'argent parce que Mrs Gault a continué à envoyer des mandats après la mort de Jayne. Et quelqu'un a retiré cet argent. Ce quelqu'un connaissait la question test.

— Une minute, s'exclama Marino, attendez une

putain de minute ! Vous êtes en train de nous dire
que ce salopard a tué sa propre sœur ?

— Oui. C'était sa sœur jumelle.

Marino jeta un regard accusateur à Wesley et
s'écria :

— Seigneur, personne m'a rien dit !

— Vous êtes arrivé ici à peine deux minutes avant
que Kay ne se fasse arrêter, lui répondit Wesley.

— Je n'ai pas été arrêtée. Jayne, avec un « y », est
en réalité son deuxième prénom, ajoutai-je en les
mettant au courant.

— Voilà qui change tout, dit Wesley en appelant
New York.

Il était presque onze heures du soir lorsqu'il raccrocha. Il se leva, ramassa son attaché-case, son sac
et une radio portative qui se trouvait sur son bureau.
Marino se leva également de sa chaise.

— Unité trois à unité dix-sept, lança Wesley à la
radio.

— Dix-sept.

— Nous arrivons.

— Bien, monsieur.

— Je viens avec vous, dis-je à Wesley.

Il me regarda. Je ne faisais pas partie de la liste
initiale des passagers.

— Bien. Allons-y.

19

Nous discutâmes de notre plan pendant que le
pilote nous dirigeait vers Manhattan. Le bureau
des opérations du FBI à New York allait sélectionner
un agent et le placer en planque dans la pharmacie
située à l'intersection de Houston et de Second
Avenue. Deux autres agents seraient envoyés à la

plantation de Live Oaks. Du reste, ce plan était déjà en branle, alors même que nous parlions dans nos micros à activation vocale.

Si Mrs Gault continuait ses versements, le mandat arriverait demain. Puisque Gault n'avait aucun moyen de savoir que ses parents étaient avertis de la mort de leur fille, il partirait du principe que l'argent était à sa disposition.

La voix de Wesley se déversa dans mes écouteurs, et je regardai les plaines d'obscurité devant moi.

— Ce qu'il ne fera pas, c'est prendre un taxi pour se rendre à la pharmacie.

— Non, lâcha Marino. Je le crois pas non plus. Il sait qu'à part la reine d'Angleterre, tout le monde est à sa recherche.

— Nous voulons qu'il descende dans le métro.

— Pourtant, cela m'a l'air plus risqué en bas, remarquai-je en pensant à Davila. Pas de lumière. Et le troisième rail et les trains.

— Je sais, dit Wesley. Mais Gault a la mentalité d'un terroriste. Il se fiche complètement des gens qu'il tue. Nous ne pouvons pas risquer une fusillade dans Manhattan en plein jour.

Je comprenais ses arguments.

— Et comment pouvez-vous être certain qu'il passera par les tunnels pour se rendre jusqu'à la pharmacie ?

— On met la pression, mais sans l'effrayer.

— Comment ?

— Il semble qu'il y ait un défilé organisé contre le crime, demain.

— Tout à fait approprié, dis-je d'un ton ironique. La marche passe par le Bowery ?

— Oui. L'itinéraire peut aisément être modifié pour suivre Houston et Second Avenue.

Marino intervint :

— Suffit juste de déplacer les cônes de signalisation de la circulation.

— Le département de la Transit Police peut

envoyer un message informatique pour prévenir la police du Bowery qu'une manifestation aura lieu entre telle et telle heure. Gault lira sur l'ordinateur que ladite marche doit passer au moment précis où il est censé aller retirer l'argent. Il verra que la station de métro de Second Avenue a été momentanément fermée.

Une centrale atomique du Delaware brilla comme une barre de chauffage poussée au maximum, et de l'air froid s'infiltra.

— De sorte qu'il saura que ce n'est pas le moment de se déplacer en surface.

— Exactement. Lorsqu'il y a un défilé, il y a des flics.

— Ce qui m'inquiète, c'est qu'il décide de ne pas aller toucher l'argent, intervint Marino.

Wesley déclara, comme s'il le savait de source sûre :

— Il ira.

— Oui, acquiesçai-je. Il est accro au crack. C'est une addiction plus puissante que toutes les peurs qu'il pourrait éprouver.

— Vous croyez qu'il a tué sa sœur pour l'argent ? demanda Marino.

— Non, répondit Wesley. Mais les petites sommes que sa mère lui envoyait étaient une chose de plus qu'il s'appropriait. Et pour finir, il a pris tout ce que sa sœur avait jamais pu posséder.

— Non, c'est faux, dis-je. Elle n'a jamais été mauvaise, comme lui. Ça, c'était ce qu'elle possédait de meilleur, et Gault n'a pas pu lui prendre.

La voix de Marino s'échappa dans les airs :

— On débarque dans la Grosse Pomme avec nos flingues.

— Mon sac, j'avais oublié, dis-je.

— J'en parlerai au préfet demain à la première heure.

— On est à la première heure, commenta Marino.

Nous atterrîmes sur l'héliport qui se trouvait sur

l'Hudson, à côté d'un porte-avions Intrepid enrubanné de guirlandes lumineuses de Noël. Une voiture de la Transit Police nous attendait, et je me souvins de notre première arrivée ici, peu de temps auparavant, ainsi que de ma première rencontre avec le commandant Penn. Je me souvins du sang de Jane sur la neige alors que je ne connaissais pas encore l'insupportable vérité.

Nous retrouvâmes le New York Athletic Club.

Nous nous annonçâmes à la réception, tenue par un homme âgé dont on avait l'impression qu'il avait toujours travaillé à des heures impossibles, et je demandai à Wesley :

— Dans quelle chambre se trouve Lucy ?

— Elle n'est pas ici, me répondit-il en me tendant les clefs.

Nous nous éloignâmes de la réception.

— Bien. Maintenant, dites-le-moi.

Marino bâilla.

— On l'a vendue.

Wesley sourit légèrement lorsque les portes en cuivre de l'ascenseur coulissèrent.

— Elle est en résidence surveillée, si l'on peut dire. Elle habite avec le commandant Penn.

Une fois dans ma chambre, je me déshabillai et suspendis mon tailleur dans la douche. Je lui passai un coup de vapeur, ainsi que je le faisais depuis déjà deux nuits, en me demandant si je n'allais pas le jeter, enfin, si j'avais un jour la chance de pouvoir changer à nouveau de vêtements. Je dormis sous plusieurs couvertures, les fenêtres ouvertes en grand. Je me levai à six heures du matin, avant même que la sonnerie du réveil ne retentisse, me douchai et commandai un café et un *bagel*.

Wesley m'appela à sept heures et vint me chercher devant ma porte, escorté de Marino, quelques secondes plus tard. Nous descendîmes dans le hall et montâmes dans une voiture de police qui nous attendait. Mon Browning se trouvait dans mon attaché-case, et je souhaitai de tout cœur que Wesley ait obtenu un permis de port d'arme spécial, et vite, parce que je n'avais pas du tout envie de violer les lois de l'État de New York sur les armes à feu. Je repensai à Bernhard Goetz.

Comme nous nous dirigions vers Lower Manhattan, Wesley déclara :

— Voici ce que nous allons faire. Je dois téléphoner, j'en ai pour la matinée. Marino, je veux que vous soyez dans la rue avec les flics du métro. Et surtout, assurez-vous que ces foutus cônes de circulation sont bien là où ils doivent être.

— Reçu.

— Kay, je veux que vous demeuriez avec le commandant Penn et Lucy. Elles resteront en permanence en contact direct avec nos agents en Caroline du Sud, et avec celui qui est en planque dans la pharmacie.

Il jeta un regard à sa montre et poursuivit :

— Du reste, les agents que nous avons envoyés en Caroline du Sud devraient atteindre la plantation d'ici à une heure.

— Y'a plus qu'à espérer que les Gault vont pas tout faire foirer, lâcha Marino.

Wesley se tourna vers moi.

— Lorsque j'ai quitté les Gault, ils semblaient désireux de nous aider, dis-je. D'un autre côté, ne pourrions-nous pas envoyer nous-mêmes l'argent à la place de Mrs Gault, et la laisser en dehors de tout ceci ?

Wesley répondit :

— Si, nous le pourrions. Mais moins nous attirons l'attention, mieux c'est. Mrs Gault habite une toute petite ville. Si des agents de chez nous vont envoyer le mandat, quelqu'un risque de bavarder.

— Et les bavardages risqueraient de remonter jusqu'à Gault ? dis-je d'un ton sceptique.

— Si l'agent de la Western Union à Beaufort entre en contact avec celui de New York d'une quelconque façon, on ne sait pas trop ce qui peut se produire, et effrayer Gault. On ne peut pas se permettre ce genre de risque, et moins il y aura de gens impliqués dans notre plan, mieux cela sera.

— Je comprends.

— J'ai une autre raison de vouloir que vous restiez avec le commandant Penn, Kay. Si Mrs Gault décidait de nous mettre des bâtons dans les roues, il faudra que vous lui parliez afin de la remettre dans le droit chemin.

Marino intervint :

— De toute façon, il est possible que Gault passe quand même à la pharmacie. Si la vieille dame s'affole et que l'argent n'arrive pas, il se peut qu'il soit pas au courant jusqu'au bout.

— Nous ne savons pas ce qu'il fera, dit Wesley. Mais je pense qu'il appellera d'abord la pharmacie.

— Il faut qu'elle envoie ce mandat, acquiesçai-je. Il faut absolument qu'elle aille jusqu'au bout. Et c'est dur.

— En effet. Il s'agit de son fils, commenta Wesley.

— Et ensuite, que se passe-t-il ?

— Nous nous sommes débrouillés pour que la marche démarre à deux heures de l'après-midi, puisque c'est à peu près à cette heure-là que l'argent est arrivé dans le passé. L'HRT sera dehors, du reste, certains des hommes seront dans le défilé. Il y aura également d'autres agents, ainsi que des flics en civil. Ces derniers seront placés principalement dans le métro et dans les zones où se trouvent les sorties de secours du métro.

— Et la pharmacie ?

Wesley demeura silencieux quelques instants, puis déclara :

— Nous allons bien sûr placer deux agents là-bas. Mais nous ne voulons pas arrêter Gault dans le magasin ou même à proximité. Il pourrait se mettre à arroser l'endroit. S'il doit y avoir des pertes en vies humaines, il n'y en aura qu'une.

Marino lança :

— Tout ce que je demande, c'est d'être le veinard qui se le fait. Après, je pourrai prendre ma retraite heureux.

Wesley ajouta d'un ton catégorique :

— Il faut absolument qu'on le fasse descendre sous terre. Nous ignorons les armes qu'il possède à présent. Nous ne savons pas combien de gens il est capable de tuer avec des passes de karaté. Nous ignorons tant de choses. Mais, ce que je crois, c'est qu'il est complètement dopé à la coke, et qu'il décompense très rapidement. En plus, il n'a pas peur. C'est pour cela qu'il est tellement dangereux.

Je contemplai des immeubles tristes qui défilaient devant nos yeux. Une pluie légère tombait. Ce n'était pas un jour idéal pour une manifestation. Je demandai :

— Où allons-nous ?

— Penn a monté un poste de commandement à Bleecker Street. C'est suffisamment proche du drugstore de Houston mais quand même à une distance raisonnable. Son équipe a passé la nuit à l'installer, et à y amener de l'équipement informatique. Lucy est avec eux, expliqua Wesley.

— C'est à l'intérieur de la station de métro ?

L'officier qui était au volant répondit :

— Oui, madame. C'est un arrêt local qui n'est ouvert que les week-ends, donc ça devrait être tranquille. La Transit Police a un petit poste là-bas, qui couvre le Bowery.

Il se gara près de l'escalier qui descendait à l'intérieur de la station. Les trottoirs et les rues grouillaient de gens abrités sous des parapluies ou un journal déplié posé sur leur tête.

— Vous descendez et vous allez voir une porte en bois, à gauche des tourniquets. C'est juste à côté du guichet de renseignements, annonça l'officier de police.

Il décrocha le micro de sa radio :

— Unité un-onze.

— Unité un-onze, répondit le contrôleur.

— Dix-cinq unité trois.

Le contrôleur contacta l'unité trois et je reconnus la voix du commandant Penn. Elle savait que nous venions d'arriver. Wesley, Marino et moi-même descendîmes prudemment les marches glissantes. La pluie redoubla. Le carrelage de la station était sale et mouillé, mais il n'y avait personne. J'étais de plus en plus anxieuse.

Nous dépassâmes le guichet des renseignements, et Wesley frappa à une porte en bois. Celle-ci s'ouvrit, et le détective Maier, que j'avais rencontré pour la première fois à Cherry Hill, nous conduisit à l'intérieur d'une pièce qui avait été transformée en salle de contrôle. Des moniteurs de télévision en circuit fermé avaient été installés sur une longue table, et ma nièce était assise devant une console équipée de postes de téléphone, de radios et d'ordinateurs.

Le commandant Frances Penn, vêtue du pull commando sombre et des pantalons réglementaires du corps qu'elle commandait, vint immédiatement à ma rencontre, et me serra chaleureusement la main.

— Kay, je suis tellement heureuse que vous soyez là, déclara-t-elle, pleine d'une énergie nerveuse.

Lucy était absorbée dans la contemplation d'une rangée de quatre moniteurs. Chacun d'entre eux affichait le plan d'une zone différente du métro.

Wesley s'adressa au commandant Penn :

— Je dois me rendre au poste de campagne et Marino ira rejoindre vos gars dehors, comme nous en avions discuté.

Elle acquiesça d'un signe de tête.

— Je vous laisse donc en compagnie du Dr Scarpetta.

— Très bien.

— Jusqu'où cela va-t-il, au juste ? m'enquis-je.

— Eh bien, nous fermons la station de Second Avenue, celle qui se trouve juste à côté de la pharmacie, me répondit le commandant Penn. Nous bloquerons l'entrée avec des cônes de signalisation et des chèvres. Nous ne pouvons pas risquer une confrontation avec des civils présents dans cette zone. Nous pensons qu'il va remonter par le tunnel des voies qui se dirigent vers le nord, ou bien sortir par là, et le fait que la station de Second Avenue soit fermée devrait le séduire davantage.

Elle s'interrompit quelques instants, et regarda Lucy :

— Vous comprendrez mieux lorsque votre nièce vous montrera les choses sur l'écran.

— Vous espérez donc mettre la main sur lui quelque part dans la station ?

— C'est ce que nous espérons, en effet, intervint Wesley. Nous allons poster des hommes là-bas dans l'obscurité. L'HRT y sera, là et partout aux alentours. Le point essentiel étant que nous voulons l'arrêter dans un endroit où il n'y a personne.

— Bien entendu.

Maier nous observait.

— Comment vous êtes-vous rendu compte que la femme du parc était sa sœur ? demanda-t-il en me regardant droit dans les yeux.

Je résumai rapidement les événements à son profit, et ajoutai :

— Nous allons utiliser l'ADN pour le vérifier.

— Pas d'après ce que j'en sais, dit-il. J'ai entendu dire qu'ils avaient perdu son sang et tout le reste, à la morgue.

— Où avez-vous entendu cela ? demandai-je.

— Je connais des mecs qui travaillent là-bas. Vous savez, des types de la brigade des recherches des « personnes disparues » de la police de New York.

Je l'observai de près et déclarai :

— Nous allons la faire identifier.

— Eh ben, je peux vous dire que je trouve ça rudement dommage.

Le commandant Penn nous écoutait attentivement, et je sentis qu'elle parvenait à la même conclusion que moi.

— Et pourquoi pensez-vous cela ? lui demandat-elle.

La colère de Maier montait :

— Parce qu'à la façon dont fonctionne cette merde de système dans cette merde de ville, si jamais on met le grappin sur cet enfoiré ici, il va être accusé du meurtre de cette femme, parce qu'on n'a pas assez de preuves pour l'accuser du meurtre de Jimmy Davila. Et on n'a pas la peine de mort dans l'État de New York. Et l'affaire perd de son importance si la femme n'a pas de nom, si personne sait qui elle est.

— On dirait que vous souhaitez que le dossier perde en substance, intervint Wesley.

— Ouais, on dirait bien, parce que c'est ce que je pense.

Marino le fixait d'un regard dénué d'expression.

— Ce porc a descendu Davila avec son propre flingue, dit-il. Alors, ce qui devrait se passer, c'est que Gault grille sur la chaise.

Les mâchoires serrées, Maier décréta :

— Et comment, que c'est ce qui devrait se passer. Il a bousillé un flic. Un putain de bon flic qu'on est en train d'accuser d'un tas de conneries, parce que c'est comme ça que ça se passe quand on se fait descendre en service. Les politiciens, les gens, et la police des polices... spéculent. Chacun a ses priorités. Le monde entier a ses priorités. Ce serait beaucoup mieux pour nous tous si Gault était jugé en Virginie, et pas ici.

Maier me regarda à nouveau. Je compris ce qui était arrivé aux échantillons biologiques de Jane. Le détective Maier avait demandé à ses amis de la morgue de lui rendre un service, en l'honneur de leur camarade. En dépit du fait que ce qu'ils avaient fait était terrible, j'avais du mal à les en blâmer.

— Vous avez la chaise électrique, en Virginie, et Gault y a aussi commis des meurtres, continua

Maier. Et à ce qu'on dit, le Doc ici présent pulvérise tous les records quand il s'agit d'amener ces bêtes à la peine capitale. Seulement, si cet enfoiré est jugé à New York, vous ne témoignerez sûrement pas, n'est-ce pas ?

— Je l'ignore.

— Voyez, elle sait pas. C'est-à-dire qu'on peut mettre son mouchoir par-dessus.

Il nous jeta un regard circulaire, comme s'il avait déjà défendu son point de vue et qu'il ne pouvait y avoir aucune contestation.

— ... S'il n'est pas descendu par l'un d'entre nous ici, cet enfoiré doit aller en Virginie et être grillé là-bas.

Calmement, le commandant Penn déclara :

— Détective Maier, je souhaite vous voir en privé. Retournons dans mon bureau.

Ils sortirent par une porte derrière. Elle allait l'écarter de son poste parce qu'il était devenu incontrôlable. Elle le signalerait, et il serait très certainement suspendu.

— Nous y allons, déclara Wesley.

— Ouais, acquiesça Marino. Et la prochaine fois que vous nous verrez, ce sera à la télé.

Il parlait des moniteurs qui se trouvaient partout dans la pièce.

Je retirais mon manteau et mes gants et m'apprêtais à parler à Lucy lorsque la porte du fond s'ouvrit pour laisser passage à Maier. Il traversa la pièce à pas nerveux et rapides et s'arrêta à ma hauteur.

— Faites-le pour Jimbo, me dit-il avec une grande émotion. Ne laissez pas cet enfoiré s'en sortir.

Les veines de son cou saillaient, et il leva le regard vers le plafond.

— Je suis désolé.

Il ravala ses larmes, presque incapable de prononcer un mot, ouvrit brutalement la porte puis sortit.

— Lucy ?

Nous étions maintenant seules. Elle tapait devant l'écran et son intense concentration était perceptible.

— Salut, répondit-elle.

Je m'approchai et lui déposai un baiser sur la tête. Sans quitter sa tâche du regard, elle proposa :

— Assieds-toi.

J'examinai les moniteurs. Des flèches symbolisaient les trains à destination de Manhattan, Brooklyn, du Bronx et du Queens, et un quadrillage compliqué représentait les rues, les écoles et les centres médicaux. Tous portaient des numéros. Je m'installai derrière Lucy et sortis mes lunettes de mon attaché-case. Le commandant Penn réapparut à ce moment-là, le visage tendu :

— Ce n'était pas une partie de plaisir.

Elle se trouvait derrière nous, et le pistolet qu'elle portait à la ceinture frôlait presque mon oreille. Désignant du doigt des petits symboles lumineux qui ressemblaient à des échelles entortillées, je demandai :

— Qu'est-ce que c'est ?

— Les sorties de secours, répondit le commandant Penn.

— Pourriez-vous m'expliquer ce que vous faites ? continuai-je.

— Lucy, je vous en laisse le soin.

— En fait, c'est assez simple, dit celle-ci.

Mais je ne la croyais jamais lorsqu'elle commençait comme ça. Elle poursuivit :

— Je pars du principe que Gault, lui aussi, regarde ces cartes. Et donc, je lui fais voir ce que je veux qu'il voie.

Elle tapa quelques touches et une nouvelle zone du métro apparut devant mes yeux, avec ses symboles et une représentation linéaire des voies. Elle envoya un message et une écoutille se concrétisa en rouge sur l'écran.

— Ceci, c'est le chemin qu'il empruntera selon

nous, dit Lucy. La logique veut qu'il pénètre dans le métro à cet endroit-là...

Elle désigna du doigt le moniteur qui se trouvait à gauche de celui qui lui faisait face.

— ... Cet écran montre la station du Muséum d'histoire naturelle et, comme tu peux le voir, il existe trois sorties de secours près du Planétarium Hayden et une plus haut, à proximité des Beresford Apartments. Il pourrait également passer par les voies qui se dirigent au sud, qui sont plus proches de Kenilworth Apartments, et accéder aux tunnels de cette façon, puis choisir n'importe quel quai lorsqu'il veut monter dans une rame. Je n'ai rien modifié à ce niveau-là. Ce qui est important, c'est de l'induire en erreur au moment où il parvient au Bowery, à l'autre bout.

Elle tapa rapidement sur son clavier et des images apparurent les unes derrière les autres sur les différents moniteurs. Lucy était capable de jouer et de manipuler ces appareils comme s'il s'agissait de maquettes qu'elle retournait entre ses mains. Le symbole figurant une sortie de secours était allumé sur l'écran situé en face d'elle, entouré d'un carré.

— Nous pensons que son trou est là, reprit Lucy. Il s'agit de la sortie de secours située à la jonction de Fourth et Third, dans le Bowery. Juste là, derrière ce gros immeuble. Celui de la Cooper Union Foundation.

Le commandant Penn prit la parole :

— Si nous pensons qu'il a utilisé cette sortie, c'est parce que nous avons découvert que quelqu'un l'avait bricolée. Une bande de papier aluminium pliée a été placée entre la porte et le chambranle de sorte qu'on puisse l'ouvrir du dehors. Il s'agit également de l'issue la plus proche du drugstore, poursuivit-elle. Elle est située dans un coin assez désert, juste derrière cet immeuble. En fait, il s'agit d'une sorte de petite allée qui court entre les bennes à ordures. Gault pouvait donc entrer et sortir par ce chemin, quand bon lui semblait, et il y avait peu de chances que quiconque le repère, même en plein jour.

— Et puis, il y a autre chose, ajouta Lucy. Il y a un magasin de musique très célèbre à Cooper Square. Le Karl Fischer Music Store.

— Absolument, renchérit le commandant Penn. Un des employés du magasin se souvient de Jayne. Elle venait flâner entre les rayons de temps en temps. L'employé a précisé qu'elle était passée durant le mois de décembre.

— Quelqu'un lui a-t-il parlé ? demandai-je, et cette pensée me fit de la peine.

— Tout ce dont ils se souviennent, c'est que Jayne était intéressée par des partitions de jazz. Ce que je veux dire, c'est que nous ignorons la nature des liens de Gault avec cette zone. Mais ils pourraient être plus complexes que nous ne le pensons.

Lucy intervint :

— Ce que nous avons fait, c'est supprimer cette issue. La police l'a verrouillée, et terminé !

Elle frappa d'autres touches, et le symbole lumineux s'éteignit. Un message s'inscrivit à côté : « En panne. »

— Pourtant, ce serait un bon endroit pour lui mettre la main dessus, dis-je. Pourquoi ne veut-on pas qu'il aille derrière l'immeuble de la Cooper Union ?

Ce fut le commandant Penn qui me répondit :

— Parce que, encore une fois, c'est trop proche d'une zone grouillante de civils, et si jamais Gault replonge dans le tunnel, il pourra le faire très profondément de là, et se retrouver littéralement dans les boyaux du Bowery. Une poursuite à cet endroit serait très dangereuse et nous risquerions de le perdre. Je suis convaincue qu'il connaît ces tunnels mieux que nous.

— Alors, qu'est-ce qui va se passer ?

— Ce qui va se passer, c'est que, puisqu'il ne peut pas emprunter son issue de secours favorite, il lui reste deux solutions. Ou il choisit une autre issue de secours, située plus au nord sur la voie, ou bien il continue d'avancer par les tunnels et refait surface sur le quai de la Second Avenue Station.

— Et nous ne pensons pas qu'il cherche une autre issue de secours, dit le commandant Penn. Cela le forcerait à rester en surface trop longtemps. Et puisqu'une marche de protestation sera en cours dans les environs, Gault se doutera qu'il y a un déploiement de policiers. En conséquence, notre théorie, c'est qu'il va rester le plus longtemps possible sous terre.

— Voilà, acquiesça Lucy. C'est parfait. Gault sait que la station a été provisoirement fermée. Personne ne risque donc de l'apercevoir lorsqu'il émergera de la voie. Et il se retrouve proche de la pharmacie, pratiquement la porte à côté. Il ramasse son argent et il repart par le même chemin.

— Peut-être et peut-être pas, dis-je.

Inflexible, Lucy insista :

— Il est au courant pour la marche. Il sait que la station de Second Avenue est fermée. Il sait que sa sortie de secours a été condamnée. Il sait tout ce que nous voulons qu'il sache.

Je lui jetai un regard chargé de scepticisme :

— Et comment peux-tu en être si sûre ?

— Parce que je me suis débrouillée pour qu'un message me soit envoyé dès que quelqu'un accède à ces fichiers. Et je sais qu'on les a tous parcourus, je sais même quand.

Un éclair de colère brilla dans ses yeux.

— Et personne d'autre ne pouvait pénétrer dedans ?

— Pas de la façon dont je les ai bidouillés.

Le commandant Penn intervint :

— Kay, il y a encore quelque chose de très important. Venez voir par ici.

Elle attira mon attention vers la rangée de moniteurs de télévision en circuit fermé placés sur une longue table haute.

— Lucy, montrez à votre tante.

Celle-ci actionna quelques touches, et les écrans s'allumèrent, chacun renvoyant l'image d'une station de métro différente. Je pouvais suivre les gens, leurs parapluies refermés serrés sous leurs bras, et je reconnus les sacs de magasins comme Bloomingdale's ou Dean & DeLuca, ou encore du delicatessen de Second Avenue.

— La pluie s'est arrêtée, remarquai-je.

— Et maintenant, regarde ça.

Elle tapa d'autres ordres afin de synchroniser les télévisions en circuit fermé avec les plans de l'ordinateur, afin que les images apparaissent ensemble sur les différents écrans.

Lucy poursuivit son explication :

— En un sens, ce que je peux faire, c'est agir de la même façon qu'un contrôleur aérien. Si Gault fait quelque chose d'imprévu, je serai en contact radio permanent avec les flics et les fédéraux.

— Si, par exemple, Dieu nous en préserve, Gault parvenait à se libérer et plongeait dans les profondeurs du système, là, le long de ces voies, dit le commandant Penn en suivant du doigt la carte sur l'écran, Lucy pourrait guider la police et les prévenir par radio qu'une barrière en bois se trouve à droite. Ou le rebord d'un quai, ou les rails d'un train express, une sortie de secours, un passage ou un pylone de signalisation.

— Ceci dans le cas où il parvient à s'échapper et où nous devons le poursuivre dans l'enfer où il a déjà tué Davila, dis-je. Ceci dans le cas où le pire se produit.

Frances Penn me regarda :

— Quel est le pire, lorsque l'on a affaire à Gault ?

— Je souhaite de tout cœur que nous y ayons déjà assisté, répondis-je.

Lucy poursuivit en me montrant l'appareil :

— Tu sais que la Transit Police possède un système de téléphone grâce auquel il suffit de frôler les touches d'un écran pour composer un numéro. Si les numéros d'appel sont bien enregistrés dans l'ordinateur, il est possible d'appeler dans le monde entier. Et ce qui est vraiment génial, c'est pour le numéro d'urgence, le 911. Si tu le composes au niveau du sol, l'appel arrive au département de la police de New York, mais si tu le fais dans le métro, cela arrive à la Transit Police.

Je me levai et demandai au commandant Penn :

— Quand fermerez-vous Second Avenue Station ?

Elle regarda sa montre :

— Dans un peu moins d'une heure.

— Les trains vont-ils circuler ?

— Bien sûr, mais ils ne s'y arrêteront pas.

20

La Marche contre le crime débuta à l'heure prévue, composée de quinze groupements religieux et d'un ensemble varié d'hommes, de femmes et d'enfants qui voulaient retrouver la paix dans leur quartier. Le temps avait empiré et des vents glacés faisaient voltiger la neige, ce qui précipita nombre de gens dans le métro ou dans les taxis parce qu'il faisait vraiment trop froid pour marcher.

À deux heures quinze, Lucy, le commandant Penn et moi-même nous trouvions dans la salle de contrôle, et chaque moniteur, poste de télévision ou de radio était allumé. Wesley était posté dans une des voitures du Bureau que l'ERF avait repeintes pour qu'elles ressemblent à des Yellow Cabs et que l'on avait équipées de scanners, radios et autres appareils de surveillance. Marino patrouillait au sol avec des policiers du métro et des agents du FBI en civil. L'HRT avait été réparti entre l'immeuble du *Dakota*, la pharmacie et Bleecker Street. Nous ignorions la localisation précise de chacun des hommes, parce que tous bougeaient beaucoup et que nous nous trouvions immobilisées à l'intérieur.

Lucy se plaignit :

— Pourquoi personne n'a-t-il appelé ?

— Il n'a pas encore été repéré, répondit le commandant Penn.

En dépit de son imperturbable maintien, elle était tendue.

— Je suppose que le défilé a commencé, dis-je.

— Il progresse sur Lafayette et se dirige vers nous, répondit le commandant Penn.

Lucy et elle portaient des écouteurs branchés sur la station principale de la console, mais sur des canaux différents.

— Bien, bien ! déclara le commandant Penn en se redressant sur sa chaise. Nous l'avons détecté. Quai nº 7, cria-t-elle à Lucy, dont les doigts volèrent sur le clavier. Il vient juste de sortir d'une étroite contre-allée. Il a pénétré dans le métro par un tunnel qui passe sous le parc.

Le quai nº 7 apparut en noir et blanc sur un écran de télévision. Nous observâmes une silhouette revêtue d'un long manteau sombre. Il portait des grosses chaussures, un chapeau et des lunettes de soleil, et se tenait en recul des autres passagers tassés au bord du quai. Lucy pianota encore pour que s'affiche une autre vue d'ensemble du métro, et le commandant Penn demeura à l'écoute de la radio. Je contemplai les passagers qui marchaient ou étaient assis, lisaient des cartes ou se levaient. Un train entra en station en hurlant et ralentit avant de s'arrêter. Les portes des wagons s'ouvrirent, et il monta.

— Il va dans quel sens ? demandai-je.

— Vers le sud. Il vient de notre côté, répondit le commandant Penn d'un ton excité.

— Il est sur la ligne A, précisa Lucy en étudiant les différents moniteurs.

— Juste.

Le commandant Penn contacta quelqu'un par radio :

— Il ne peut pas aller plus loin que Washington Square, dit-elle. De là, il peut changer et emprunter la ligne F qui le conduira directement à la station de Second Avenue.

Lucy intervint :

— Nous allons vérifier les stations les unes après les autres. On ignore où il va descendre. Mais il finira bien par descendre quelque part afin de retourner dans les tunnels.

Le commandant Penn fit la liaison avec la radio :

— Oui, c'est ce qu'il doit faire s'il vient jusqu'à la station de Second Avenue. Il ne peut pas prendre la rame là, puisqu'elle ne s'y arrête pas.

Lucy manipula les moniteurs de la télévision en circuit fermé. Les stations de métro qu'ils affichaient changeaient à intervalles de temps rapprochés, tandis qu'un train que nous ne pouvions pas voir se dirigeait droit vers nous.

— Il n'est pas à Forty-second, dit-elle. On ne le voit pas non plus à Penn Station ni à Twenty-third.

Les moniteurs clignotaient, s'éteignaient pour se rallumer aussitôt, montrant les différents quais et des usagers qui ne savaient pas qu'ils étaient surveillés.

Le commandant Penn déclara :

— S'il est toujours dans le train, on devrait le retrouver à la station de Fourteenth Street.

Mais si tel était le cas, il ne descendit pas du train, ou du moins, ne le vîmes-nous pas. Puis, notre chance bascula d'une façon très inattendue.

Lucy s'exclama :

— Mon Dieu ! Il est à Grand Central Station. Merde, comment est-il arrivé là ?

— Il a dû bifurquer vers l'est avant ce que nous avions prévu, et couper par Times Square, déclara le commandant Penn.

— Mais pourquoi ? dit Lucy. Cela n'a pas de sens.

400

Le commandant Penn contacta l'unité deux par radio, c'est-à-dire Benton Wesley. Elle lui demanda si Gault avait d'ores et déjà appelé le drugstore. Elle retira ses écouteurs et brancha l'amplificateur afin que nous puissions entendre sa réponse.

— Non, il n'y a pas eu d'appel.

— Nos moniteurs viennent de le détecter à Grand Central Station, lui expliqua-t-elle.

— Quoi ?

— J'ignore pour quelle raison il est allé là-bas. Mais il pouvait prendre tant de chemins différents. Il peut descendre n'importe où, pour n'importe quel motif.

— J'en ai bien peur, acquiesça Wesley.

Le commandant Penn lui demanda alors :

— Où en est-on en Caroline du Sud ?

— Tout est dix-quatre. L'oiseau s'est envolé et il a atterri.

Mrs Gault avait envoyé l'argent, ou alors c'était le Bureau qui l'avait fait. Nous continuâmes d'examiner l'écran comme son fils unique empruntait le même train que des usagers qui ignoraient qu'il était un monstre.

Le commandant Penn continuait de retransmettre les informations par radio.

— Attendez une seconde. Il est à Fourteenth Street et Union Square, en direction du sud, droit vers vous.

Cela me rendait folle que nous ne puissions pas l'arrêter. Nous pouvions le voir, sans pouvoir rien y faire.

— J'ai l'impression qu'il change fréquemment de rame, dit Wesley.

Ce fut le commandant Penn qui lui répondit :

— Il est reparti. Le train vient de démarrer. Nous avons Astor Place à l'écran. C'est le dernier arrêt avant nous, sauf s'il décide de nous dépasser et de descendre dans le Bowery.

— La rame s'arrête, annonça Lucy.

Nous contemplâmes les voyageurs grâce aux moniteurs, sans voir Gault.

— Bon, il doit être resté dans le wagon, déclara le commandant Penn au micro.

— Nous l'avons perdu, dit Lucy.

Elle changea les images renvoyées par les écrans comme un téléspectateur frustré changerait de chaîne. Nous ne l'aperçûmes pas.

— Merde, murmura-t-elle.

Déroutée, le commandant Penn lâcha :

— Mais où peut-il être ? Il doit bien descendre quelque part, s'il veut aller à la pharmacie. Il ne peut pas utiliser la sortie de secours de Cooper Union.

Elle regarda Lucy et poursuivit :

— C'est cela. Il va peut-être tenter le coup. Mais il ne sortira pas. C'est verrouillé. Peut-être n'est-il pas au courant.

— Mais il doit l'être. Il a lu les messages électroniques que nous avons envoyés.

Elle passa de nouveau en revue les écrans. Aucune trace de Gault, et la radio demeurait silencieuse.

— Merde, s'exclama Lucy. Il devrait être sur la ligne 6. Essayons encore Astor Place et Lafayette.

Mais ce fut inutile.

Nous demeurâmes assises un moment, sans échanger un mot, fixant la porte en bois fermée qui donnait sur notre station de métro vide. Des milliers de gens marchaient au-dessus de nos têtes, le long de rues détrempées, pour montrer qu'ils en avaient assez du crime et de la violence. Je me plongeai dans le décryptage d'un plan du métro.

Le commandant Penn reprit la parole :

— Il devrait maintenant se trouver dans la station de Second Avenue. Théoriquement, il devait s'arrêter une station avant ou après et faire le reste du trajet à pied en empruntant les tunnels.

Une pensée terrible me traversa.

— Oui, mais il pourrait faire la même chose et descendre ici. Nous ne sommes pas aussi proches de la pharmacie mais nous sommes également sur la ligne 6.

— Oui, acquiesça Lucy en se tournant vers moi. La promenade d'ici à Houston n'est pas longue.

— Mais notre station est fermée, précisai-je.

Lucy pianota de nouveau.

Je me levai de ma chaise et regardai le commandant Penn :

— Nous sommes toutes seules ici. Juste nous trois. Les trains ne s'arrêtent pas dans cette station les week-ends. Il n'y a personne. Tout le monde est dans la station de Second Avenue ou au drugstore.

— Base à unité-deux, lança Lucy à la radio.

— Unité-deux, répondit Wesley.

— Tout est-il dix-quatre ? Parce que nous l'avons perdu.

— Attendez.

J'ouvris mon attaché-case et en sortis mon arme. Je l'armai mais enclenchai le cran de sécurité.

Le commandant Penn communiqua à son tour sur ondes radio pour leur demander leur localisation :

— Quel est votre dix-vingt ?

— On se maintient à la pharmacie.

Lucy tentait de retrouver la trace de Gault, et les écrans s'allumaient et clignotaient sur un rythme frénétique. La voix de Wesley nous parvint par radio :

— Attendez, attendez...

Puis nous entendîmes Marino :

— On dirait qu'on l'a.

Incrédule, le commandant Penn insista :

— Vous l'avez ? Mais où cela ?

— Il vient d'entrer dans la pharmacie, répondit la voix de Wesley. Attendez un peu, attendez.

Il y eut un silence, puis à nouveau la voix de Wesley :

— Il est au comptoir et il retire l'argent. Ne quittez pas.

Nous attendîmes dans un silence exaspérant.

Trois minutes s'écoulèrent avant que la voix de Wesley ne résonne à nouveau :

— Il sort du drugstore. Nous allons le cerner dès qu'il descendra dans la station. Ne quittez pas.

— Comment est-il habillé ? demandai-je. Est-ce vraiment la personne qui est montée au Muséum ?

Personne ne fit attention à moi.

— Bon Dieu, s'écria soudain Lucy.

Nous fixâmes les moniteurs.

Nous vîmes le quai de la station de Second Avenue, et les hommes de l'HRT sortir en trombe de l'obscurité des rails. Revêtus de treillis noirs et de rangers, ils traversèrent le quai en courant et gravirent les marches qui montaient vers la rue.

Le commandant Penn déclara :

— Quelque chose n'a pas marché. Ils vont l'arrêter dehors !

Des voix ricochèrent sur la radio.

— On l'a.

— Il tente de s'échapper.

— Ça va, ça va, on a son arme. Il est à terre.

— Vous l'avez menotté ?

Une sirène se déclencha dans la salle de contrôle. Les lampes rouge sang du plafond clignotèrent et un code en chiffres rouges, le 429, s'alluma sur l'écran d'un ordinateur.

Le commandant Penn s'écria :

— SOS ! Un officier à terre. Il a enclenché l'alarme de sa radio !

Elle fixa l'écran d'une expression à la fois assommée et incrédule.

— Qu'est-ce qui se passe ? demanda Lucy par radio.

— Je l'ignore, crachouilla la voix de Wesley. Quelque chose ne va pas. Gardez le contact.

— Mais ce n'est pas là-bas ! Le SOS ne provient pas de la station de Second Avenue, déclara le commandant Penn, abasourdie. Le code qui vient d'apparaître à l'écran est celui de Davila.

— Davila ? répétai-je, pétrifiée. Jimmy Davila ?

— C'était lui, l'unité 429. C'était son code. Il n'a pas été réattribué. Et il est là, sur l'écran.

Nous fixâmes celui-ci. Le code lumineux clignotait en chiffres rouges et changeait de position sur la grille électronique. Je fus stupéfaite que nul n'y ait pensé avant.

— Davila avait-il sa radio sur lui lorsqu'il a été tué ?

Le commandant Penn ne réagit pas.

— C'est Gault qui l'a. Il a la radio de Davila, dis-je.

La voix de Wesley nous parvint à nouveau, sans qu'il puisse connaître nos difficultés. Il ne pouvait pas être au courant du SOS.

— Nous ne sommes pas sûrs de l'avoir. Nous ne savons pas exactement qui nous avons.

Lucy se tourna vers moi, et me regarda avec intensité :

— Carrie. Ils ne savent pas si c'est Gault ou elle qu'ils ont arrêté. Ils se sont probablement encore habillés de façon identique.

Nous étions dans notre petite salle de contrôle sans fenêtre et sans personne alentour, contemplant la progression du code clignotant du SOS sur l'écran de l'ordinateur, qui se rapprochait de nous.

— C'est dans le tunnel de la voie qui va vers le sud, et il se dirige droit sur nous, annonça le commandant Penn d'une voix de plus en plus pressante.

Lucy comprit ce qui venait de se produire :

— Elle n'a pas reçu les messages que nous avons envoyés.

— Elle ? demanda le commandant Penn en regardant Lucy d'un air bizarre.

— Elle n'est pas au courant pour la manifestation, et elle ignore que la station de Second Avenue a été fermée, poursuivit Lucy. Il est même possible qu'elle ait tenté de sortir par l'écoutille de l'allée et qu'elle n'ait pas pu parce que nous l'avions condamnée. Elle est donc restée sous terre et s'est déplacée un peu partout depuis que nous l'avons détectée à Grand Central Station.

— Nous n'avons vu ni Gault ni Carrie sur les quais des stations qui se trouvent plus proches de nous, dis-je. Et tu ne peux pas être certaine qu'il s'agisse d'elle.

— Il y a tant de stations, renchérit le commandant Penn. Il est possible que quelqu'un soit descendu sans que nous le voyions.

Perdant un peu plus mon sang-froid à chaque minute qui passait, je poursuivis :

— Gault l'a envoyée à la pharmacie. Il sait d'une façon ou d'une autre tout ce que nous faisons.

— CAIN, murmura Lucy.

— Oui, et en plus il doit nous surveiller.

Lucy venait d'afficher sur son circuit fermé les vues de notre localisation, l'arrêt de Bleecker Street. Trois des moniteurs nous montraient le quai et les tourniquets sous différents angles, mais l'écran du quatrième demeurait aveugle.

— Quelque chose bloque la caméra, dit Lucy.

— C'était bloqué avant ? demandai-je.

— Non, pas lorsque nous sommes arrivées. Mais nous n'avons pas contrôlé notre propre station. A priori, il ne semblait pas nécessaire de surveiller l'endroit où nous nous trouvons.

Nous suivîmes des yeux le code rouge qui se déplaçait toujours sur l'écran.

— Il ne faut plus que nous communiquions par radio, déclarai-je au commandant Penn. Gault possède une radio, ajoutai-je, parce que je savais que le code rouge de notre écran était bien Gault.

Cela ne faisait aucun doute dans mon esprit.

— Vous savez qu'elle est allumée, et qu'il entend nos moindres paroles.

— Pourquoi le signal lumineux du SOS est-il toujours enclenché ? demanda Lucy. Est-ce qu'elle veut que nous sachions où elle se trouve ?

Je fixai ma nièce, qui semblait plongée en transe.

— Le bouton peut avoir été poussé par inadvertance, proposa le commandant Penn. Lorsqu'on en ignore la présence, il est impossible de savoir qu'il s'agit d'un signal de détresse. Il s'agit d'une alarme muette, il peut donc être actionné sans que vous vous en aperceviez.

Mais j'étais convaincue que rien de ce qui se passait n'était accidentel. Gault venait à nous parce que c'était là qu'il voulait être. Il était un requin nageant dans la pénombre des tunnels, et je repensai à ce que m'avait dit Anna des monstrueux cadeaux qu'il me destinait.

— C'est presque au niveau de la colonne de signalisation, dit Lucy en désignant l'écran. Merde, c'est tout près.

Nous ne savions que faire. Si nous envoyions un message radio à Wesley, Gault l'intercepterait et redisparaîtrait dans les tunnels. Mais si nous entrions en contact, les troupes ignoreraient ce qui se passait ici. Lucy était déjà à la porte, et l'entrouvrit légèrement.

Je hurlai presque :

— Qu'est-ce que tu fais ?

Elle referma rapidement.

— C'est la porte des toilettes des femmes. Le gardien a dû ouvrir la porte et la coincer pour nettoyer et il a oublié de la refermer. La porte bouche l'objectif de la caméra.

— As-tu vu quelqu'un à l'extérieur ?

La haine brilla dans ses yeux lorsqu'elle répondit :

— Non. Ils pensent avoir mis la main sur Carrie, mais comment peuvent-ils être sûrs qu'il ne s'agit pas de Gault ? Si ça se trouve, c'est elle qui a la radio de Davila. Je la connais. Elle sait probablement que je suis là.

La tension du commandant Penn était perceptible lorsqu'elle me dit :

— Nous avons de l'équipement dans le bureau.

— D'accord.

Nous nous précipitâmes vers une petite pièce dans laquelle se trouvaient un bureau et une chaise très usagés. Le commandant Penn ouvrit un placard et nous saisîmes les fusils, les boîtes de cartouches et des gilets en Kevlar. Nous ressortîmes aussitôt, mais lorsque nous rejoignîmes la salle de contrôle, Lucy ne s'y trouvait plus.

Mon regard se posa sur les moniteurs du circuit de télévision, et une image clignota sur le quatrième écran lorsque quelqu'un repoussa la porte des toilettes des femmes. Le code lumineux rouge de l'écran de surveillance avait progressé plus profondément dans la station. Il se trouvait sur une petite contre-allée. D'une seconde à l'autre, il parviendrait sur le quai. Je cherchai du regard mon Browning, mais il n'était plus sur la console où je l'avais posé plus tôt.

— Elle a pris mon pistolet, dis-je, sidérée. Elle est sortie. Elle est à la recherche de Carrie !

Nous chargeâmes les fusils aussi vite que nous le pouvions et ne prîmes pas même le temps d'enfiler les gilets en Kevlar. Mes mains étaient froides et maladroites.

Affolée, je criai :

— Il faut que vous préveniez Wesley par radio. Il faut qu'ils nous rejoignent ici.

— Vous ne pouvez pas y aller seule !

— Je ne peux pas laisser Lucy toute seule là-bas.

— Bon, nous y allons ensemble. Tenez, prenez une torche.

— Non, vous, vous cherchez de l'aide. Faites-les venir ici.

Je sortis en courant, sans savoir sur quoi j'allais tomber. Mais la station était déserte. Je demeurai parfaitement immobile, prête à tirer. Je remarquai la caméra fixe rivetée au mur en faïence verte qui se trouvait près des toilettes. Le quai était vide et j'entendis l'écho d'une rame dans le lointain. Elle passa bientôt devant moi à grande vitesse sans ralentir, puisque les trains ne s'arrêtaient pas dans cette station le samedi. Par les fenêtres, j'aperçus des voyageurs endormis ou en train de lire. Peu d'entre eux parurent remarquer la femme qui se trouvait sur le quai un fusil à la main, ou même trouver la scène étrange.

Je me demandai si Lucy était restée aux toilettes, mais cela n'avait pas de sens. Il y avait des toilettes juste à la sortie de la salle de contrôle, à l'intérieur de l'abri que nous avions occupé toute la journée. Je me rapprochai du quai, et mon cœur s'emballa. Il faisait un froid mordant et je n'avais pas de manteau. Mes doigts devenaient raides et se crispaient autour de la crosse du fusil.

Je pensai soudain avec un certain soulagement que Lucy était peut-être partie chercher de l'aide. Peut-être avait-elle refermé la porte des toilettes puis s'était-elle précipitée vers Second Avenue. Oui, mais si ce n'était pas le cas ? Je fixai la porte fermée, et je n'avais guère envie de pénétrer dans les toilettes.

Je me rapprochai progressivement, un pas prudent à la fois, regrettant de ne pas avoir mon pistolet. Un fusil est peu pratique à manipuler dans les endroits exigus ou dans les coins. Mon cœur battait dans ma gorge lorsqu'enfin j'atteignis la porte. Je saisis la poignée, la tirai violemment et me jetai à l'intérieur, le fusil pointé. Il n'y avait personne à proximité du lavabo. Pas un bruit. Je regardai sous les portes des toilettes et ma respiration s'arrêta lorsque je découvris une paire de pantalons bleus, et des bottes de travail en cuir marron d'une pointure trop importante pour être celles d'une femme. Un objet en métal cliqueta.

J'armai le fusil en tremblant et ordonnai :

— Sortez, les mains en l'air !

Une grosse clef à molette tomba avec un bruit métallique sur le sol carrelé. L'homme de la maintenance émergea de son cabinet dans sa cotte et son manteau avec l'air de quelqu'un qui est au bord de la crise cardiaque. Il nous regarda, moi et mon fusil, avec les yeux qui lui sortaient de la tête.

Terrorisé, les bras tendus en l'air comme si un footballeur venait de marquer un but, il articula :

— Je répare juste les toilettes ici. J'ai pas d'argent sur moi.

Pointant la gueule du fusil vers le plafond et repoussant le cran de sécurité, je m'exclamai :

— Vous êtes en plein milieu d'une opération de police. Sortez d'ici tout de suite !

Il ne fut pas utile de lui répéter cette suggestion. Il ne prit pas le temps de ramasser ses outils ou de refermer le cadenas de la porte des toilettes. Il grimpa quatre à quatre les marches qui menaient vers la rue, et je repris ma progression sur le quai. Je repérai toutes les caméras en me demandant si le commandant Penn pouvait me voir sur les moniteurs. J'étais sur le point de retourner à la salle de contrôle, lorsque je regardai la voie plongée dans l'obscurité et qu'il me sembla entendre des voix. J'entendis soudain des bruits de pas, quelque chose qui ressemblait à un grognement. Lucy hurla :

— Non, non, pas ça !

L'écho d'une détonation résonna comme une explosion dans un tambour de métal. Des éclairs trouèrent l'obscurité du côté d'où provenait le bruit, et les lumières de la station de Bleecker Street vacillèrent.

Il n'y avait pas de lumière le long des rails, et je ne voyais rien car je n'osais pas allumer la torche que je tenais à la main. Je me frayai un chemin à tâtons jusqu'à une passerelle métallique, puis descendis prudemment les marches étroites qui conduisaient dans le tunnel.

J'avançai, centimètre par centimètre, le souffle court et la respiration pénible, et mes yeux commencèrent à s'adapter à l'obscurité. Je distinguais à peine la silhouette des arches, les voies ou les avancées de ciment sur lesquelles les sans-abri installaient leurs lits. Mes pieds heurtaient des détritus et mes pas résonnaient lorsque je marchais sur des objets métalliques ou en verre.

Je tenais le fusil pointé devant moi afin d'éviter toute saillie que je n'aurais pas distinguée. Une odeur de saleté, de déjections humaines et de chair brûlée me parvint. Plus j'avançais, plus l'infecte puanteur était intense. Soudain, une lumière surgit brutalement comme une lune, lorsqu'un train apparut sur la voie qui conduisait vers le nord. Temple Gault se trouvait à moins de cinq mètres de moi.

Maintenant Lucy par une prise d'étranglement, il pointait un couteau sur sa gorge. Non loin d'eux, le détective Maier était soudé au troisième rail de la voie du sud, les mains et les mâchoires crispées sous le courant électrique qui passait au travers de son corps mort. Le train nous dépassa en hurlant, nous rendant l'obscurité.

J'allumai la torche et dis d'une voix tremblante :

— Laissez-la partir.

Gault grimaça sous la lumière et se protégea le visage. Il était si pâle qu'il ressemblait à un albinos, et je distinguai les petits muscles et les tendons de sa main nue qui tenait le scalpel qu'il m'avait dérobé. D'un seul mouvement, il pouvait lui trancher la gorge jusqu'à la moelle.

Je me rapprochai :

— Ce n'est pas elle que vous voulez.

— Ne m'éclaire pas comme ça, dit-il. Baisse la torche.

Je ne l'éteignis pas mais la posai délicatement sur un rebord en ciment, d'où elle projetait une lumière irrégulière, son rayon frappant de plein fouet la tête brûlée et ensanglantée du détective Maier. Je me demandai pour quelle raison Gault n'avait pas exigé que je pose mon fusil. Peut-être ne le voyait-il pas.

Je le tenais pointé vers le haut. J'étais maintenant à moins de deux mètres d'eux.

Les lèvres de Gault étaient gercées, et il reniflait bruyamment. Il était émacié et échevelé, et je me demandai s'il était en pleine montée de crack ou en descente. Il portait des jeans et des rangers, ainsi qu'une veste en cuir noir, éraflée et déchirée. Sur l'un des revers était épinglée la broche en forme de caducée dont je supposais qu'il l'avait achetée à Richmond quelques jours avant Noël.

— Elle n'est pas drôle, dis-je d'une voix que je ne pouvais empêcher de trembler.

Ses yeux effrayants parurent se focaliser et un filet de sang dévala le long du cou de Lucy. Je resserrai ma prise sur la crosse du fusil.

— Laissez-la partir. Et nous allons rester tous les deux, juste vous et moi. Je suis celle que vous voulez.

La lumière étincela dans son regard, et je pouvais presque voir leur étrange couleur bleue dans l'obscurité incomplète. Ses mains se déplacèrent brutalement, et il repoussa violemment Lucy vers le troisième rail. Je me jetai sur elle, agrippai son pull en la tirant vers moi, et nous tombâmes toutes les deux par terre avec le fusil, dont la chute produisit un vacarme. Des flammes jaillirent et des étincelles volèrent lorsqu'il percuta le rail gourmand.

Gault sourit, mon Browning à la main, et jeta le scalpel loin de lui. Il actionna la culasse, agrippant le pistolet des deux mains, et pointa le canon sur la tête de Lucy. Habitué à son Glock, il ne semblait pas être au courant que mon Browning possédait un cran de sûreté. Il pressa la détente, mais rien ne se produisit. Il ne comprit pas.

Repoussant Lucy, je lui criai :

— Cours, COURS !

Gault arma à nouveau, mais l'arme l'avait déjà été, et comme rien n'avait été éjecté, il y avait maintenant deux balles engagées dans le canon. Fou de rage, il pressa de nouveau la détente, mais l'arme s'enraya.

412

— COURS ! hurlai-je à nouveau.

J'étais à terre, mais je ne tentai pas de fuir parce que j'étais presque sûre qu'il ne poursuivrait pas Lucy si je restais là. Il essayait d'actionner la culasse, secouait l'arme tandis que Lucy se mettait à pleurer en trébuchant dans l'obscurité. Le scalpel était tout près du troisième rail, et je tâtonnai à sa recherche. Un rat courut sur mes jambes et je me coupai sur des morceaux de verre. Ma tête était dangereusement proche des chaussures de Gault.

Il se débattait toujours avec mon arme, et lorsqu'il me regarda, je le sentis se raidir. Tout en refermant ma prise sur le manche en acier frais du scalpel, je lus dans ses pensées. Je savais ce dont il était capable avec ses pieds, et il m'était impossible de l'atteindre à la poitrine ou de frapper l'un des vaisseaux principaux du cou parce que je n'en avais pas le temps. Je m'agenouillai. Je levai le couteau de dissection au moment où il se mettait en position pour m'expédier un coup de pied et plongeai la lame dans le haut de sa cuisse. M'aidant de mes deux mains, je tranchai autant que je le pus tandis qu'il poussait des hurlements suraigus.

Le sang artériel gicla sur mon visage, et je ressortis la lame de sa cuisse. Son artère fémorale tranchée se vidait en hémorragie au rythme des battements de son cœur monstrueux. Je plongeai vers l'avant, parce que je savais que l'HRT devait l'avoir dans sa ligne de mire et qu'ils attendaient.

— Tu m'as poignardé, dit Gault avec une incrédulité enfantine.

Courbé en deux, il fixait avec une fascination étonnée le sang jaillissant par saccades d'entre ses doigts qui comprimaient sa jambe.

— Ça ne veut pas s'arrêter. Tu es médecin. Arrête-le.

Je le regardai. Sous sa casquette, il avait le crâne rasé. Je repensai à sa jumelle morte, au cou de Lucy. Un fusil de tireur d'élite claqua à deux reprises. Le bruit des détonations provenait de l'intérieur du tunnel, en direction de la station, des balles cinglèrent, et Gault tomba à proximité du rail sur lequel il avait presque précipité Lucy. Un train arrivait, et je ne fis rien pour le dégager des rails. Je tournai le dos et m'éloignai sans regarder en arrière.

Lucy, Wesley et moi-même quittâmes New York le lundi, et l'hélicoptère s'envola d'abord en direction de l'est. Nous dépassâmes les falaises et les grandes demeures de Westchester, pour atteindre finalement cette île misérable et désolée qui ne figurait sur aucune carte touristique. Les restes d'une vieille cheminée surgissaient des ruines d'un vieux pénitencier en brique. Nous fîmes le tour de Potter's Field, et les prisonniers comme leurs gardiens levèrent les yeux en ce matin couvert.

Le Belljet Ranger descendit aussi bas qu'il le put, et j'espérai que rien ne nous contraindrait à atterrir. Je ne voulais pas m'approcher des hommes qui peuplaient Rikers Island. Les pierres tombales ressemblaient à des dents blanches jaillies des îlots d'herbe, et quelqu'un avait fabriqué une croix avec des pierres. Un semi-remorque était garé près de la tombe ouverte, et des hommes soulevaient le cercueil de pin tout neuf.

Ils s'interrompirent pour lever le regard tandis que les pales de l'hélicoptère brassaient l'air avec plus de violence que les vents âpres qu'ils connaissaient. Lucy et moi étions assises à l'arrière de l'appareil, nous tenant la main. Les prisonniers emmitouflés pour l'hiver ne nous adressèrent pas de signes. Un ferry mangé par la rouille se balançait sur l'eau, attendant d'embarquer le cercueil pour l'amener à Manhattan afin qu'il y subisse un dernier test. Aujourd'hui, la sœur jumelle de Gault traverserait le fleuve. Jayne, enfin, rentrerait chez elle.

Composition réalisée par S.C.C.M. - Paris XIIe

IMPRIMÉ EN FRANCE PAR BRODARD ET TAUPIN
Usine de La Flèche (Sarthe).
LIBRAIRIE GÉNÉRALE FRANÇAISE - 43, quai de Grenelle - 75015 Paris.
ISBN : 2 - 253 - 07699 - 6